威廉·莎士比亚

(1564—1616)

环球剧场

环球剧场位于英国伦敦，17 世纪时莎士比亚大多数作品都在环球剧场演出。

莎士比亚戏剧故事集

[英] 威廉 · 莎士比亚　著
[英] 查尔斯 · 兰姆　[英] 玛丽 · 兰姆　改编
萧乾　译

中原出版传媒集团
中原传媒股份公司
大象出版社
· 郑州 ·

图书在版编目(CIP)数据

莎士比亚戏剧故事集 / (英) 威廉 · 莎士比亚著;
(英) 查尔斯 · 兰姆, (英) 玛丽 · 兰姆改编; 萧乾
译.— 郑州 : 大象出版社, 2019. 7
ISBN 978-7-5711-0111-4

Ⅰ. ①莎… Ⅱ. ①威… ②查… ③玛… ④萧…
Ⅲ. ①戏剧文学—故事—作品集—英国—中世纪
Ⅳ. ①I561. 33

中国版本图书馆 CIP 数据核字(2019)第 019815 号

莎士比亚戏剧故事集

SHASHIBIYA XIJU GUSHI JI

[英]威廉 · 莎士比亚 著

[英]查尔斯 · 兰姆 [英]玛丽 · 兰姆 改编

萧 乾 译

策 划 人 李 辉 王刘纯

出 版 人 董中山

责任编辑 张 琰

责任校对 张迎娟 牛志远 安德华

装帧设计 王莉娟

出版发行 大象出版社(郑州市郑东新区祥盛街 27 号 邮政编码 450016)

发行科 0371-63863551 总编室 0371-65597936

网 址 www.daxiang.cn

印 刷 河南龙华印务有限公司

经 销 各地新华书店经销

开 本 890mm×1240mm 1/32

印 张 11

字 数 246 千字

版 次 2019 年 7 月第 1 版 2019 年 7 月第 1 次印刷

定 价 38.00 元

印厂地址 河南省获嘉县亢村镇纬七路 4 号

邮政编码 453822 电话 0373-6308296

译者前言

一

把深奥的古典文学作品加以通俗化，让本来没有可能接近原著的广大群众得以分享人类艺术宝库中的珍品，打破古典文学为少数人所垄断的局面，并在继承文学遗产方面，为孩子们做一些启蒙性的工作，这是多么重要而有意义的事啊！确实也有些人写过这类通俗读物，然而能做到通俗而不庸俗，并且经得住时间考验的，却如凤毛麟角。究其原因，这里显然存在着这样一个矛盾，即能的不一定肯，肯的又不一定能。换句话说，对古典文学造诣高深、文笔好的作家未必这样“甘为孺子牛”，步下“大雅之堂”来从事这种普及工作，而热心人又往往不能胜任。此外，向儿童普及，学识及文笔之外，还须关心孩子们的成长。这就无怪乎 1807 年杰出的英国散文家查尔斯·兰姆（1775—1834）和他的姐姐玛丽·兰姆（1764—1847）所合写的这部书在英国文学史上占有一个独特的位置了。

流传下来的莎士比亚诗剧共三十七个，即喜剧十四个，悲剧十二个，历史剧十一个。他们姐弟从中选了二十个最为人们所熟知的，把它们改写成叙事体的散文。其中，六个悲剧（即《李尔王》《麦克白》《雅典的太门》《罗密欧与朱丽叶》《哈姆莱特》和《奥瑟罗》）是由查尔斯·兰姆执笔的，其余十四篇是玛丽·兰姆改写的。1806年，也就是他们动手写此书那年的6月2日，玛丽在给撒拉·斯托达尔特的信中描绘了姐弟二人写此书的情景:“我们俩就像《仲夏夜之梦》里的赫米娅和海丽娜那样伙用一张桌子（可是并没坐在同一个垫子上），我闻着鼻烟，他呻吟着，说实在写不出来。他总是这么说着，直到写成了又觉得还算过得去。”

这两位改写者从一开始就为自己树立了一个颇高的目标：要尽量把原作语言的精华，糅合到故事中去。同时，为了保持风格的统一，防止把莎剧庸俗化，他们在全书中尽可能使用十六七世纪的语言。

兰姆姐弟这部作品的成功，首先在于他们对莎剧都有深湛的研究，两人写得一手好散文，并且具有孩子的眼睛和孩子的心。他们二人对莎士比亚时代的语言和文学都很熟悉。查尔斯写过《莎士比亚时代的英国剧作家的作品范式》（1808）、《论莎士比亚的悲剧》（1811）等论文。同时，儿童文学在他们的全部著作中占有相当位置。他们合著过《儿童诗歌集》（1805），玛丽写过《列斯特夫人的学校》（1808），查尔斯写过《红星王和红星后》（1805）。此外，查尔斯还曾把希腊史诗《奥德赛》也改编成故事。自然，他的主要作品仍然是《伊利亚随笔》（1823），那是英国文学史上浪漫主义最初的范例之一，是用讽刺和感伤的笔调揭露资产阶级社会的矛盾的。

查尔斯·兰姆出身寒苦。他的父亲约翰·兰姆给伦敦的一个律师当仆役。查尔斯由于口吃，没读过大学，在东印度公司当了三十三年的小职员。玛丽还靠揽些针线活计贴补家用。不幸的是她曾神经失常，亲手杀了自己的生母。查尔斯本人也曾一度进过疯人院。

在改写时，他们以莎剧中所包含的品质教育为经——自然是按照当时英国的标准，以原作那晶莹如珠玉的诗句为纬。他们紧紧抓住这两个关键。在处理每个诗剧的时候，他们总先突出主要人物和他们之间的矛盾，略掉次要的人物和情节，文字简练，有条不紊。在《威尼斯商人》中，作者开门见山地把安东尼奥和夏洛克之间的矛盾冲突摆了出来。《哈姆莱特》不是像原剧那样先由次要人物出场来烘托，而是马上把悲剧的核心展示出来。在《奥瑟罗》中，作者抓紧了悲剧的每一环节，把一个错综复杂的心理过程刻画得简洁有力、层次分明。

由于作者善于整理、选择、剪裁、概括，每个故事的轮廓都是清楚、鲜明的。他们虽然很注意简练，然而为了帮助小读者对剧情理解得透彻些，在《哈姆莱特》中却不惜使用一些篇幅去说明王子为什么不马上替他父亲报仇。全书虽然严格尊重原作，为了适应读者的生活经验，在《太尔亲王配力克里斯》中，却把玛丽娜被卖作妓女那段，隐约地用“被卖作奴隶”一笔带过。这些都说明他们时刻记住这部作品是为谁而写的，懂得照顾年轻读者所具备的条件和特殊的需要。

二

威廉·莎士比亚（1564—1616）是欧洲文艺复兴时期英国的一位伟大的剧作家和卓越的人文主义的代表。恩格斯曾指出，文艺复兴是“人类前所未有的最伟大的进步的革命”。莎士比亚生活在中世纪的封建制度正在土崩瓦解、新兴的资产阶级开始上升的大转变时代。一方面中世纪以神为中心的愚昧的世界观正在消灭，另一方面资产阶级的以个人主义为中心的世界观正在深入人心，人文主义在社会文化思潮中日益占统治地位。人文主义反对封建的社会关系及伦理观念，诸如包办婚姻及禁欲主义，主张建立资产阶级的社会关系及伦理概念，诸如恋爱自由和世俗的幸福。它提倡人道以反对神道，提倡人权以反对绝对君权，提倡个性解放以反对宗教桎梏。从莎剧中我们可以看到这位伟大的作家在四百多年前所反映的由封建主义向资本主义过渡的英国生活。他大胆地批判了封建制度的黑暗与残酷，强烈地表达了新兴资产阶级的愿望。在欧洲文化史上，他是起过很大进步作用的一位巨人。

在莎士比亚故居里，至今还陈列着一些这位作家的遗物，然而关于他的生平，我们知道得却很少。只晓得他出生于英国中西部沃里克郡艾冯河畔的斯特雷福。他父亲是个商人。他没受过高深的教育，在文法学校里念了几年拉丁文、希腊文和一些中世纪烦琐哲学后，十五岁上他父亲就破产了。家道中落后，据说他当过肉店学徒，教过书，还传说他因潜入大地主庄园去猎鹿，受到追缉，因而被迫逃往伦敦。

1585 年到伦敦后，他最初给赴剧院看戏的绅士们照看马匹。后来他当上了演员——演一些配角，1590 年左右才开始写作。当时的文坛由一小撮贵青学者所垄断。一个成名的剧作家曾以轻蔑的语气嘲笑他那样一个“粗俗的平民”居然也敢同“高尚的天才”来比高低。1599 年，他参加了伦敦著名的环球剧院，还常作巡回演出。1612 年回到故乡隐居，1616 年就溘然与世长辞了。

莎士比亚生前并没看到自己的作品出版。他的第一个剧本集是在他死后七年才问世的。目前流传下来的这三十七个诗剧、一百五十四首十四行诗和两首长诗仅仅是他的全部作品的一部分，其余的都已散佚了。在中世纪口头文学的影响下，他广泛地采用了动人的传奇故事，通过几百个有血有肉的人物形象，把他对现实生活的观察体会，生动而深刻地表现出来。在《哈姆莱特》一剧中，作者通过王子对伶人甲的一段谈话，道出他的现实主义的创作方法："太平淡了也不对，你应该接受你自己的常识的指导，把动作和语言互相配合起来，特别要注意这一点：你不能越过常道，因为任何过分的表现都是和演剧的原意相反的。自有戏剧以来，它的目的始终是反映自然，显示善恶的本来面目，给它的时代看一看它自己演变发展的模型。"

三

兰姆姐弟这里改写的二十个故事，都属于悲剧和喜剧两种。直到本世纪初叶，才有一位英国作家奎勒－库奇（1863—1944）把历史剧也选编成故事集。从莎士比亚的创作过程来看，他早期写的多是喜剧——当时他对生活满怀信心，作品充满浪漫气息，英国刚击败入侵英吉利海峡的西班牙"无敌舰队"，举国欢腾。年轻的莎士比亚受这种乐观情绪感染，对现实赞美多于嘲讽，对人生肯定多于批判。他的悲剧写于晚期，这是由于他对现实生活有了进一步的认识，政局的动荡不安，社会的矛盾重重，封建势力的余威，金钱在人与人之间所起的破坏作用等等，都使他头脑更加清醒，对生活的认识更加深刻。根据他的观察和剖析，在剧本中对现实进行了更多、更尖锐的批判。所以一般说来，他的悲剧写得更为深刻。

本书这二十个故事，大部分都涉及男女间的恋爱这个主题。这是因为在欧洲反封建的斗争中，婚姻自由的斗争是表现得较为集中，也是较为尖锐的一面。同时我们还能通过这些爱情故事，看到莎士比亚所揭露的当时政治、社会生活的丑恶面。例如《罗密欧与朱丽叶》这出戏描写的就是一对青年男女为了爱情的理想而同阻碍他们结合的封建制度所进行的坚决斗争。在这个悲剧中，莎士比亚有力地控诉了封建社会对爱情自由的扼杀，谴责了家族间世世代代所结下的无原则的宿仇，批判了中世纪僧侣统治下的禁欲主义，同时也歌颂了青年一代真挚热烈、坚贞不屈的感情。《辛白林》揭露了无赖流氓阿埃基摩对一个美满婚姻的破坏。《冬天的故事》对国王里昂提斯的昏聩多疑、专横跋扈做了批判。在《一报还一报》中，我们看到了社会的混乱、道德的沦丧。“犯罪的人飞黄腾达，正直的人负冤含屈；十恶不赦的也许逍遥法外，一时失足的反而铁案难逃。”莎士比亚在此作中无情地揭露了当时法律的虚伪性。

《威尼斯商人》所反映的图景就更为广阔，它所揭示的矛盾也更为重大尖锐了。这个故事中的正面人物安东尼奥是代表新兴资产阶级势力的商人，反面人物夏洛克一方面是个残酷凶恶的高利贷者，另一方面又是个在民族问题上受歧视的犹太人。他们之间展开的是一场严酷的斗争。它反映了专制王权统治下的资产阶级和新贵族之间的联盟，安东尼奥代表的是促使资本主义发展的进步力量。剧本批判了光剥削不生产的封建生产方式的旧式高利贷者——铁石心肠的吸血鬼夏洛克。马克思和列宁在他们的著作中都曾多次运用《威尼斯商人》中的人物和事件来揭露资产阶级玩弄法律条文来对工人进行剥削的事实。在这个戏中，莎士比亚接触到一个极为重大的课题：金钱。

在莎士比亚的戏剧中，我们时常可以读到他对金钱的谴责。在《辛白林》中，他说：“让一切金钱化为尘土吧！只有崇拜污秽邪神的人才会把它看重。”罗密欧去买毒药的时候，对那个卖药的人说：“这是你的钱，这才是害人灵魂更坏的毒药。在这个万恶的世界上，它比你那禁售的毒药更会杀人。”太门在倾家荡产、尝到人世炎凉之后，对金钱发出了诅咒："这东西，只那么一点点儿，就可以使黑的变成白的，丑的变成美的，错的变成对的，卑贱变成尊贵，老人变成少年，懦夫变成勇士。"这个戏从金钱关系直接批判到社会罪恶，是莎士比亚对资产阶级社会的有力控诉。马克思认为《雅典的太门》"绝妙地描绘了货币的本质"[①]。

这些故事的背景大部分不在英国。这里有丹麦国王、希腊贵族、摩尔将军或意大利绅士。其实，作品里所反映的都是莎士比亚同时代的政治社会生活的现实。这是因为伊丽莎白王朝的官府对思想控制得非常严厉，镇压手段也极残酷，轻则割掉舌头，重则处以绞刑。像《哈姆莱特》这个戏，就是借丹麦的历史题材来反映当时英国宫廷的荒淫无耻和为了争夺王位而展开的尖锐残酷的斗争，同时也反映了当时新旧交替的社会的矛盾。《一报还一报》是十六七世纪英国社会生活的缩影。在《麦克白》中，作者赤裸裸地揭露出一个暴君的疯狂和凶残。《李尔王》反映的是宫廷生活中错综复杂的家庭关系，揭露了王室成员的贪婪和自私。国王李尔在暴风雨中才想到了民间疾苦。环绕着《奥瑟罗》这个描写黑皮肤的摩尔人由于莫须有的怀疑而杀害了心爱的妻子的悲剧，莎士比亚提出了两个关于民族的重大问题。故事一开始，作者就以赞美的心情叙述了白种人苔丝狄蒙娜如何战胜了元老院的反对，同勇敢而品质高贵的摩尔人奥瑟罗结了婚，并且甘愿放弃舒适的闺房生活，陪他一道出征塞浦路斯。这个勇敢的女子既冲破了种族的界限，又砸碎了封建婚姻的枷锁，是一位双重叛逆的女性。从毒辣阴险的伊阿古的行径中我们得出什么结论呢？尽管

---

① 见马克思：《经济学－哲学手稿》（1844 年），引自《马克思恩格斯论艺术》第一卷，人民文学出版社，1960 年版，第 240 页。

黑脸将军由于轻信谗言而受骗上当，杀妻之后又自戕，他是光明磊落的；而白种人伊阿古，则比毒蛇更为阴险毒辣。

四

莎士比亚是在英国产业革命开始之前一百六十年左右从事创作的，他比马克思早出生两个半世纪。他的世界观是超不出资产阶级个人主义的范畴的。这就是说，他同情人民，怜悯人民，但并不认识人民群众的智慧和力量。他的生活理想是个性解放、自由、平等、博爱等等，但是资产阶级自由即使在初期形式下，本质上也是消极的——只是为了摧毁封建主义的枷锁，摆脱神权的控制；他所要求的只是资产阶级的自由，而资产阶级的自由就意味着对无产阶级的奴役——买卖和雇佣的自由。他看到了他所生活的社会的丑恶，然而他并不想去推翻它。《威尼斯商人》中的女“律师”鲍细娅在公堂上一再宣称“威尼斯法庭执法无私”，把威尼斯的法律说成是“绝对公道”。她所强调的是地地道道的资产阶级法治精神。她还宣扬了所谓基督教的宽恕之道。她并没有也不可能从根本上否定那时的商业准则和法治思想。

尤其在莎士比亚的早期作品中，在描绘现实生活时是充满了浪漫主义气息的。在《皆大欢喜》中，亚登森林俨然成了个世外桃源。在故事煞尾处，那个篡位的公爵原想到亚登森林去杀害他的哥哥。可是“天意安排”，碰上一个修道士。经修道士那么一劝，公爵就放下屠刀，立地成佛，表示要把公国还给他哥哥。这里反映出作者对现实的逃避。

莎士比亚在戏剧中创造了一些大胆反抗的女性，但是《终成眷属》中的海丽娜虽然为了爱情而奋斗，对封建等级制度进行了斗争，但她的形象却是软弱的，缺乏女性尊严的。甚至苔丝狄蒙娜在丈夫的淫威下，也表示了屈从。奥瑟罗据以杀害妻子的荣誉感，完全是封建制度下夫权思想的残余，因而他才在怀疑妻子不贞时，认为理所当然地有权处死她。

哈姆莱特王子在独白中，对当时社会上的不合理现象表示了深切的抗议和谴责。他认为丹麦和全世界都是一座监狱，他想改造现实，“重整乾坤”；然而到头来他只能提出问题，却找不到解答，因为这位王子以及创造他的剧作者莎士比亚看不到群众的力量，也反对革命暴力斗争；他只能幻想在一位“开明君主”的统治下，自上而下地改革。

有些故事中还出现一些精灵或鬼魂。十六七世纪的英国距离中世纪还不远，科学还未昌盛到使剧作家及读者能够全部摆脱这类超现实的东西。另一方面，莎士比亚这样安排也有意识地在行使诗人的“特权”，是从艺术效果出发的。例如他在《哈姆莱特》中就用鬼来渲染悲剧的阴森气氛，在《仲夏夜之梦》中，又用仙王仙后来把读者引入一个芬香灿烂的童话世界中去。

五

这部故事集是 1809 年 1 月以两卷本的形式出版的，副标题是“专为年轻人而作”，出版人是当时进步的宪章派作家威廉·高德汶。书出后，不但受到孩子们的欢迎，大人们也竞相购阅，所以第一版很快就销售一空。一个半世纪以来，许多名画家如威廉·哈卫（1831）、约翰·吉尔勃特（1866）、阿瑟·拉康姆（1899）和希兹·罗宾逊（1902）都曾为此书画过插图。这部故事集曾译成几十种文字。一百六十多年来，多少卓越的莎士比亚学者、著名的莎剧演员，以及千千万万喜爱莎剧的读者，最早都是通过这部启蒙性的著作而入门的。它确实是莎剧这座宝山与广大读者之间的一座宝贵的桥梁。

远在 1903 年（即光绪二十九年），上海达文社就曾出版过此书的中译本，题名《澥外奇谭》，译者未署名，次年林纾（琴南）和魏易又出过一个合译本，题名《神怪小说：吟边燕语》。后来国内还陆续出版过几种英汉对照的《莎士乐府本事》。这些都早已绝版了。目前这个译本根据的是牛津大学出版社印行的《查尔斯及玛丽·兰姆诗文集》，编者是托马斯·赫金生。

译者在动手的时候，本想把它译得尽量“上口”些，然而结果却距离这个理想很远。主要的原因自然是本人能力不逮，可是原作有意识地充分使用十六七世纪的语言这个意图，也为翻译工作造成了些困难。为了便于读者理解，译者在不至损害原作的前提下，曾在个别地方作了些字面上的改动。此译本出版于 1956 年 7 月，原名《莎士比亚故事集》。次年再版时在书名上加了“戏剧”二字，以免误会为莎士比亚写的或关于他的故事。这次是第三次印刷。

在一般情况下，一部书的再版本来是很平常的事。然而 70 年代后期的今天，任何一部书的再版或重印——正如许多电影、戏曲、美术、音乐作品的重新问世一样，其意义都是极不寻常的；此书的再版也不例外。因为只有党中央一举粉碎了祸国殃民的“四人帮”，拨开了文化专制、愚昧主义的乌云，使毛泽东同志的关于“百花齐放、百家争鸣”“古为今用，洋为中用”“推陈出新”的论述，在意识形态领域内重新得到贯彻之后，这个中译本才有可能重新与广大读者见面。毛泽东同志历来主张：对一切外国文学艺术的优秀遗产必须批判地继承、借鉴，从而推陈出新，繁荣我们的文学创作。但是“四人帮”出于其反革命目的，疯狂反对毛泽东思想，对外国文学斩尽杀绝，摧残和破坏社会主义的文学事业，妄图使我们的文学队伍目光短浅，愚昧无知。我们这本书的再版，正如当前在社会主义文化战线上出现的许多令人欢欣鼓舞的事物一样，标志着我国的社会主义文学艺术正在大踏步地走向繁荣。

这次再版，限于水平和时间，译者除赶写这篇前言外，对译文只略作改动。译者诚恳地希望得到广大读者的指正，以便日后把它进一步修改得流畅些。

在翻译过程中，主要参考了朱生豪的那套较完整的译本，个别地方曾参照了曹禺的《罗密欧与朱丽叶》和日本坪内逍遥的译文。为了便于读者阅读原剧，全书篇目及人物均采用朱译。最近人民文学出版社出版的朱译新校本对原译专名词的音译方面作了较大的改动。我们也根据新校本重新统一了一下。

原作者在序言一开头就指出，这部作品是作为年轻读者研究莎剧原作的初阶而写的。这当然也是中译本的旨趣所在。

1978 年 2 月

原　序

这些故事是为年轻的读者写的，当作他们研究莎士比亚作品的一个初阶。为了这个缘故，我们曾尽可能地采用原作的语言。在把原作编写成为前后连贯的普通故事形式而加进去的词句上，我们也曾仔细斟酌，竭力做到不至于损害原作语言的美。因此，我们曾尽量避免使用莎士比亚时代以后流行的语言。

年轻的读者将来读到这些故事所根据的原作的时候，会发现在由悲剧编写成的故事方面，莎士比亚自己的语言时常没有经过很大改动就在故事的叙述或是对话里出现了；然而在根据喜剧改编的故事方面，我们几乎没法把莎士比亚的语言改成叙述的文字，因此，对不习惯于戏剧形式的年轻读者来说，对话恐怕用得太多了些。如果这是个缺陷的话，这也是由于我们一心一意想让大家尽量读到莎士比亚自己的语言。年轻的读者念到“他说”“她说”以及一问一答的地方要是感到厌烦的话，请他们多多谅解，因为只有这样才能叫他们略微尝尝原作的精华。莎士比亚的戏剧是一座丰富的宝藏，他们得等年纪再大一些的时候才能去欣赏。这些故事只是从那座宝藏里抽出来的一些渺小、毫无光彩的铜钱，充其量也不过是根据莎士比亚完美无比的图画临摹下来的复制品，模模糊糊，很不完整。这些故事的确模糊、不完整，为了使它们念起来像散文，我们不得不把莎士比亚的许多绝妙词句改得远不能表达原作的含义，这样一来，就常常破坏了莎士比亚语言的美。即使有些地方我们一字不动地采用了原作的自由体诗，这样，希望利用原作的朴素简洁叫年轻的读者以为读的是散文，然而把莎士比亚的语言从它天然的土壤和野生的充满诗意的花园里移植过来，无论怎样总要损伤不少它固有的美。

我们曾经想把这些故事写得叫年纪很小的孩子读起来也容易懂。我们时时刻刻想着尽量朝这个方向去做，可是大部分故事的主题使得这个意图很难实现。把男男女女的经历用幼小的心灵所容易理解的语言写出来，可真不是件容易做到的事。

年轻的读者看完了，一定会认为这些故事足以丰富大家的想象，提高大家的品质，使他们抛弃一切自私的、唯利是图的念头；这些故事教给他们一切美好的、高贵的思想和行为，叫他们有礼貌、仁慈、慷慨、富同情心，这些也正是我们自己的愿望。我们还希望年轻的读者长大了读莎士比亚原来的戏剧的时候，更会证明是这样，因为他的作品里充满了教给人这些美德的范例。

目 录

暴风雨

THE TEMPEST

在海上有这么一个岛，岛上面只住着个叫普洛斯彼罗的老头儿和他的女儿米兰达。米兰达是一个很美丽的年轻姑娘，她到这个岛上来的时候年纪还小得很，除了她父亲的脸，再也记不得别人的脸了。

他们住在一座用石头凿成的洞窟（或者说洞室）里，这座洞窟隔成几间屋子，普洛斯彼罗管一间叫作书房，里面放着他的书，大部分是一些关于魔法的；当时凡是有学问的人都喜欢研究魔法，而且普洛斯彼罗也发现这种学问很有用处。他是由于一个奇怪的机缘飘到这个岛上来的，这个岛曾经被一个名叫西考拉克斯的女巫施过妖术；在普洛斯彼罗来到岛上不久以前她就死了。普洛斯彼罗凭着自己的魔法，把许多善良的精灵释放出来，这些精灵都是因为不肯照西考拉克斯邪恶的命令办事，曾经被她囚在一些大树干里。从那时候起，这些温和的精灵就听从普洛斯彼罗的指挥，他们的头目是爱丽儿。

这个活泼的小精灵爱丽儿生性并不爱跟人家捣乱，他只是喜欢捉弄一个名叫凯列班的丑妖怪。他恨凯列班，因为凯列班是他以前的仇人西考拉克斯的儿子。这个凯列班是普洛斯彼罗在树林子里找到的，他是一个奇形怪状的东西，猴子也要比他长得像人得多。普洛斯彼罗把他带回洞室里，教他说话。普洛斯彼罗本来会待他很好的，可是凯列班从他母亲西考拉克斯那里继承下来的劣根性使他什么好的或者有用的本事也学不成，所以只能把他当个奴隶来使唤，派他捡柴和干那顶吃力的活儿；爱丽儿的责任就是强迫他去做这些事。

每逢凯列班一偷懒或者玩忽了他的工作，爱丽儿（除了普洛斯彼罗谁都看不见他）就会轻手轻脚地跑过来掐他，有时候把他摔到烂泥里，然后爱丽儿就变成一只猴子向他做鬼脸，紧接着又变成一只刺猬，躺在凯列班跟前打滚，凯列班生怕刺猬的尖刺会扎着他光着的脚。只要凯列班对普洛斯彼罗吩咐给他的活儿一疏忽，爱丽儿就会玩这一套恼人的把戏来捉弄他。

普洛斯彼罗有了这些神通广大的精灵听他使唤，就能够利用他们的力量来驾驭风涛和海浪。他们就照他吩咐的兴起一阵猛烈的风浪，这时候风浪里正过着一条精美的大船，它在狂暴的波涛中挣扎着，随时都会被波涛吞下去。普洛斯彼罗指着那条船对他女儿说，船里载满了跟他们一样的生灵。“哦，亲爱的父亲，”她说，“要是你曾经用魔法兴起这场可怕的风浪，那么请你可怜可怜他们遇到的不幸吧。你瞧，船眼看就要给撞碎啦。可怜的人们，他们会死得一个也不剩。我要是有力量的话，我宁可叫海沉到地底下去，也不让这么好的一只船和船上所载的可宝贵的生灵毁灭。”

“我的女儿米兰达，你不要这么着急，”普洛斯彼罗说，“我不会伤害他们的。我早就嘱咐好了，不许叫船上的人受到一点点损害。亲爱的孩子，我这样做都是为了你。你不知道你是谁，也不知道你是从什么地方来的；关于我呢，你也只知道我是你的父亲，住在这个破山洞里。你还记不记得来到这个洞里以前的事情？我想你记不得了，因为你那时候还不到三岁呢。”

“我当然记得，父亲。”米兰达回答说。

“凭着什么记得呢？”普洛斯彼罗问，“凭着别的房子或是人吗？我的孩子，告诉我你记得什么。”

米兰达说："我觉得就像回想起一场梦似的。从前我不是有四五个女人伺候吗？"

普洛斯彼罗回答说："有的，而且还不止四五个呢。可是这些事你怎么还记得起呢？你记得你怎么到这儿来的吗？"

"不记得了，父亲，"米兰达说，"别的我都记不得啦。"

"十二年以前，米兰达，"普洛斯彼罗接着说，"我是米兰[1]的公爵，你是个郡主，也是我唯一的继承人。我有个弟弟，叫安东尼奥，我什么都信任他，因为我喜欢隐遁起来，关上门读书，所以我总是把国事都托付给你的叔叔，就是我那个不忠实的弟弟（他确实是不忠实的）。我把世俗的事情完全抛在一边不管，一味埋头读书，把我的时间全都用来修身养性。我的弟弟安东尼奥掌权以后，居然以为自己就是公爵了。我给他机会，让他在人民中间建立起威望，这下却在他的劣根性里引起了狂妄的野心，他竟想夺取我的公国。过不久，由于那不勒斯[2]王（一个有势力的国王，也是我的敌人）的帮助，他达到了目的。"

"那时候他们怎么没有杀死咱们呢？"米兰达说。

"我的孩子，"她父亲回答说，"他们不敢，因为人民非常爱戴我。安东尼奥把咱们放到一只大船上。船在海里才走出几海里，他就逼着咱们坐上一条小船，上面既没有缆索、帆篷，也没有桅樯。他把咱们丢在那儿，以为这样一来咱们就活不成了。可是宫里有一个好心的大臣，叫贡柴罗，这个人很爱我，他偷偷在船里放了饮水、干粮、衣裳和一些对我来说是比公国还要宝贵的书。"

"啊，父亲！"米兰达说，"那时候我是您多么大一个累赘呀！"

---

① 在意大利北部伦巴第大区。

② 在罗马的东南。

“没的话，宝贝，”普洛斯彼罗说，“你是个小天使，幸亏有你，我才活了下来。你那天真的笑容使我能忍受住一切的不幸。咱们的干粮一直吃到在这个荒岛上登了陆。从那时候起，我最大的快乐就是教育你，米兰达，你从我的教育里得到不少好处。”

“真感谢您啊，亲爱的父亲，”米兰达说，“现在请告诉我，您为什么要兴起这场风浪呢？”

“告诉你吧，”她父亲说，“这场风浪会把我的仇人那不勒斯王和我那狠心的弟弟冲到这个岛上来。”

说完这话，爱丽儿这个精灵刚好在他主人面前出现，来报告刮起风暴的经过和他怎样处置了船上的人。普洛斯彼罗就用魔杖轻轻碰了他女儿一下，她就睡着了。尽管米兰达永远看不见这些精灵，普洛斯彼罗却也不愿意让她听见他跟空气谈话（她会这么觉得的）。

“唔，勇敢的精灵，”普洛斯彼罗对爱丽儿说，“你的事情干得怎么样呀？”

爱丽儿把这场风暴有声有色地形容了一番，又说水手们怎样害怕，国王的儿子腓迪南是头一个跳下海去的，他父亲以为看见自己心爱的儿子被海浪吞下去死掉了。

“其实他很安全，”爱丽儿说，“他交抱着胳膊坐在岛上一个角落里，哀悼着他的父王的死——他也认为国王准是淹死了，其实，他连一根头发都没有伤着。他的王袍虽然沾着海水，看上去倒比以前更华丽了。”

“这才是我的乖巧的爱丽儿哩，”普洛斯彼罗说，“把那个年轻的王子带到这儿来吧，一定得让我女儿见见他。国王在哪儿？还有我的弟弟呢？”

“我离开他们的时候，他们都在找腓迪南哪，”爱丽儿回答说，“他们并不抱很大的希望，以为眼睁睁看见他淹死了。船上的水手也一个没有少，尽管每个人都以为只有他自己得了救。他们虽然看不见那只船，可是它稳稳当当地停在海港里。”

“爱丽儿，”普洛斯彼罗说，“交给你的差事你已经很忠实地办完了，可是还有一些事要办呢。”

“还有事要办吗？”爱丽儿说，“主人，请允许我提醒您一下，您曾经答应过释放我。请您回想我给您做了多少重要的事情，从来没有对您撒过一次谎，没出过一次差错，伺候您的时候也从来没发过一句牢骚。”

“呵，怎么！”普洛斯彼罗说，“你忘了我是把你从什么样的磨难里救出来的啦。你难道忘记那个凶恶的女巫西考拉克斯了吗？她上了年纪，又好妒忌，腰弯得头都要着地了。她是在哪儿出生的？说，你说说看。”

“主人，她是在阿尔及尔①出生的。”爱丽儿说。

“哦，她是在阿尔及尔出生的吗？”普洛斯彼罗说，“我得把你的来历说一遍，我看你是不记得了。没有人听到这个坏女巫西考拉克斯的妖术不害怕的，所以她从阿尔及尔给赶了出来，水手们把她丢在这里。你心太软，不能照着她的邪恶命令办事，她就把你囚在大树里，我发现你在那儿哇哇哭着哪。要记住，是我把你从那场磨难里搭救出来的。”

“对不起，亲爱的主人，”爱丽儿说，他因为自己显得忘恩负义了，觉得很惭愧，“我要听凭您的使唤。”

“就这样吧，”普洛斯彼罗说，“到时候我总会释放你的。”然后他又吩咐爱丽儿去做些旁的事情。爱丽儿立刻就去了，他先

---

① 在非洲北部。

到刚才丢下腓迪南的地方，看到他仍然垂头丧气地坐在草地上。

“啊，少爷，”爱丽儿看到他的时候说，“我马上就把你弄走。我觉得应该把你带去，让米兰达小姐看看你这漂亮的模样。来，少爷，跟我走吧。”然后他开始唱了起来：

你的父亲睡在五英寻[1]下的深渊，
　　他的骨骼变成珊瑚，
珍珠正是他的眼睛。
　　他通身没一点点腐烂，
只是受到海水的变幻，
变得富丽而又珍奇。
海上女神每小时敲起她的丧钟，
安静啊，叮当当——我听到了她的钟声。

关于国王失踪的这个离奇消息，很快就把王子从昏迷中惊醒过来了。他莫名其妙地跟着爱丽儿的声音走，一直被引到普洛斯彼罗和米兰达那里，他们正在树荫底下坐着哪。米兰达除了她自己的父亲，从来还没有看见过另外的男人。

“米兰达，”普洛斯彼罗说，“告诉我，那边你看到了什么？”

“咦，父亲，”米兰达非常惊讶地说，“那一定是个精灵。天呀！他是怎样东张西望啊！父亲，他生得真好看。他是个精灵吗？”

“不，女儿，”她父亲回答说，“他也吃也睡，跟咱们一样有各种知觉，你看见的这个年轻人本来是在船上的。他因为着急难过，有些变了样子，要不然你很可以说他是个美男子。他失掉了他的同伴，这时候正在四下里找他们呢。”

米兰达本来以为所有的人都跟她父亲一样，面孔很严肃，留

---

① 编者注：海洋测量中的深度单位，标准说法为浔，1 英寻 =1.8288 米。

着灰胡子，所以看到这个漂亮的年轻王子的相貌，她分外喜欢。腓迪南在这个荒凉地方遇到这样一位可爱的姑娘，同时，由于他听到的怪声音，觉得一切都是不平凡的，所以他认为自己一定是来到一个仙岛上了，认为米兰达就是这个地方的仙女。于是，他就这么称呼起她来。

她羞答答地回答说，她并不是仙女，只是一个普通的女孩子。她刚要讲自己的身世，这时候普洛斯彼罗打断了她的话头。他看到他们互相爱慕，心里十分高兴，因为他看得出他们是像我们平常所说的一见倾心了。可是为了试试腓迪南的爱情究竟靠得住靠不住，他决定故意为难他们一下。于是，他走过去，正言厉色地说王子是个奸细，到岛上来是想从他（岛的主人）手里把这个岛夺去。“跟我来，”他说，“我要把你的脖子和脚捆在一起，叫你喝海水，吃贝蛤、干树根和橡子的皮壳。”

“不成，”腓迪南说，“我一定要抵抗，除非你能用力气压倒我，不然的话，我一定不受你这样的虐待。”说着，他拔出剑来，可是普洛斯彼罗把魔杖一挥，就把他定在原来站的地方，不能动弹了。

米兰达紧紧抱着她的父亲说：“您为什么这么残忍啊？父亲，请您发发慈悲吧，我要做他的保人。他是我一辈子所看到的第二个人，我觉得他是个正经人。”

“住嘴！”她父亲说，“女儿，你要是再说一个字，我就要骂了！怎么，你想袒护一个骗子吗？你一共只看到过他和凯列班，你就以为再没有比他更好的男人了。告诉你，傻丫头，大部分男人都比他强得多，就像他比凯列班强一样。”他说这话是为了试试他女儿的爱情靠得住靠不住。她回答说：“我对爱情并不抱什么奢望。我不想看到一个比他更漂亮的男人了。”

“来吧，年轻人，”普洛斯彼罗对王子说，“你没有力量来违背我。”

“我实在没有。”腓迪南回答说。他还不知道是魔法叫他失掉了所有抵抗的力量，他很吃惊，发现自己不得不莫名其妙地跟着普洛斯彼罗走。他一路回过头来望着米兰达，一直望到看不见她为止。当他跟着普洛斯彼罗走进洞窟的时候，他说：“我的精神都给束缚住了，就像在梦里一样；可是只要我每天能从我的牢房里望一眼这位美丽的姑娘，那么这个人的恐吓和我浑身感到的软弱对我就都算不得什么了。”

普洛斯彼罗把腓迪南在这洞室里关了不大工夫，就把他带出来，派了他一个很苦的活儿，还特意让他女儿知道派给腓迪南的这个苦活儿，然后普洛斯彼罗假装到书房去，偷偷地望着他们俩。

普洛斯彼罗吩咐腓迪南把一些沉重的木头堆起来。王子一向干不惯这种吃力的活儿，不久，米兰达就看见她的情人快要累死了。

“哎！”她说，“不要太辛苦了。我父亲正读书呢，这三个钟头以内他不会来的，请你歇歇吧。”

“啊，亲爱的小姐，”腓迪南说，“我可不敢，我得先干完了活儿才休息呢。”

“要是你坐下来，”米兰达说，“我就替你搬一会儿木头。”可是腓迪南无论如何也不肯答应。米兰达不但没有帮上忙，反而成了障碍，因为他们一下就没完没了地长谈起来，木头搬得更慢了。

普洛斯彼罗叫腓迪南干这个活儿，只是为了试试他的爱情。他并不是像他女儿所以为的那样在读书，却隐着身子站在他们旁边，偷听他们的谈话。

腓迪南问起她的名字，她告诉了他，并且说她把名字说出来是违背了她父亲特别嘱咐过的话。

普洛斯彼罗对于他女儿头一回的违命只是微微笑了笑，因为是他用魔法叫他女儿这么快就陷进情网的，所以他并不气她为了表示爱情而忘记服从他的命令。他很高兴地听着腓迪南对米兰达讲的一番话，在谈话中间王子表示他爱米兰达胜似他爱生平见过的一切女人。

米兰达听见他称赞起她的容貌，说她比世界上所有的女人都美，就回答说："我不记得见过旁的女人的脸，除了你——我的好朋友，和我亲爱的父亲，我也没见过旁的男人。我不知道外面的人都长得什么样子，可是相信我，先生，除了你，我在世界上不愿意有旁的伴侣；除了你，我也再想象不出一个叫我喜欢的相貌。可是，先生，我怕我的话讲得有些太随便，把我父亲的教训全忘光了。"

普洛斯彼罗听到这话微微笑了笑，点点头，好像是在说："这事正合我的心愿，我的女儿将要去做那不勒斯的王后了。"

然后，腓迪南又在很长一段动听的谈话里（因为年轻的王子们讲话十分文雅），告诉天真烂漫的米兰达说，他是那不勒斯王位的继承者，他要她做他的王后。

"啊，先生！"她说，"我真是个傻子，高兴得反而流起泪来了。我用纯朴、圣洁的天真来报答你。既然你肯娶我，那么我就是你的妻子啦。"

这时候，普洛斯彼罗在他俩面前现了身，弄得腓迪南连向米兰达道谢都来不及。

"一点儿也不用害怕，我的孩子，"他说，"你们说的话我都悄悄听见了，我很同意。腓迪南，要是我对你太苛刻了，我就好好弥补一下，把我女儿嫁给你吧。你所受的一切苦恼都只不过是我对你的爱情的考验；你呢，是高贵地经受住了。那么，把我的女儿带去吧，就作为我的礼物——这也是你的真实爱情应得的报偿。不要笑我夸口，随便你怎么称赞她，都抵不上她本人好。”然后，他告诉他们说，他有一件事得去办，希望他们坐下来谈谈，等他回来。这个命令看来米兰达一点也不想违背。

普洛斯彼罗离开他们以后，就把他的精灵爱丽儿叫来。爱丽儿很快地在他面前出现，急着要叙述他是怎么对付普洛斯彼罗的弟弟和那不勒斯王的。爱丽儿说他离开他们的时候，他让他们看到听到的那些奇怪的事物，已经把他们吓得几乎发了疯。当他们四下走累了，饿得要死的时候，他忽然在他们面前摆上一桌美味的酒席，然后，他们刚要吃的时候，他又变成一个鸟身女面的东西（生着翅膀、奇丑无比的妖精）出现在他们面前，那桌酒席又不见了。然后，叫他们大吃一惊的是这个看来像个鸟身女面的东西竟跟他们说起话来，提醒他们当初把普洛斯彼罗赶出他的公国，叫他和他幼小的女儿在海里淹死有多么残忍；还说，就是为了这个才叫他们看见这些恐怖的景象。

那不勒斯王和那个不忠实的弟弟安东尼奥都很懊悔，当初不该对普洛斯彼罗那样无情无义。爱丽儿告诉他的主人说，他相信他们是真的悔过了，他自己虽然是个精灵，也觉得他们怪可怜的。

“那就把他们带到这儿来吧，爱丽儿，”普洛斯彼罗说，“你不过是个精灵，要是连你看了他们受苦都动心了，那么我跟他们同样是人，难道能不同情他们吗？快把他们带来吧，可爱的爱丽儿。”

爱丽儿很快就把国王、安东尼奥和跟在他们后面的老贡柴罗带来了。为了把他们吸引到主人跟前，爱丽儿在空中奏起粗犷的音乐，使得他们很惊奇，都跟着他走来。这个贡柴罗就是当年好心替普洛斯彼罗准备书籍和干粮的那个人，那时候，普洛斯彼罗的坏弟弟把他丢在海上一条没有遮拦的船里，以为他会死掉。

他们又是伤心又是害怕，慌张得竟认不出普洛斯彼罗来了。他先在好心的老贡柴罗面前现了身，称他是自己的救命恩人，然后，他的弟弟和国王才知道他就是当年他们存心谋害过的那个普洛斯彼罗。

安东尼奥流着泪，用悲痛的话和真诚的悔悟哀求他哥哥的宽恕，国王也诚恳地表示懊悔不该帮助安东尼奥推翻他哥哥。普洛斯彼罗饶恕了他们。当他们保证一定要恢复他的爵位的时候，他对那不勒斯王说："我也给你预备了一件礼物。"他打开一扇门，让他看见他的儿子腓迪南正在跟米兰达下棋呢。

没有比他们父子这番意外的相遇更快乐的啦，因为他们彼此都认定对方已经在风浪里淹死了。

"奇妙啊！"米兰达说，"这些人多么高尚啊！世界上既然住了这样的人们，它一定是美丽的。"

那不勒斯王看见年轻的米兰达长得这么漂亮，风度又这样优美，也跟他儿子一样吃惊。

"这个女孩子是谁？"他说，"她好像是把我们拆散了又叫我们团圆起来的女神。"

"不，父亲，"腓迪南回答说，他看出父亲也像他自己初看到米兰达的时候那样弄错了，所以笑起来，"她是凡人，可是非凡的上天已经把她给了我。父亲，我选中她的时候没能征求您的同意，当时我没想到您还活着。她是这位著名的米兰公爵普洛斯彼罗的女儿，我久闻公爵的大名，可是直到现在才见着他。他给了我新的生命，成为我的第二个父亲，因为他把这位亲爱的姑娘嫁给了我。"

"那么我也就是她的公公了，"国王说，"可是说起来多奇怪，我先得请求我这个儿媳妇的饶恕。”

“别提了，”普洛斯彼罗说，“咱们既然有了这样快乐的结局，就不必去回想以往的不幸了吧。”然后普洛斯彼罗拥抱他的弟弟，又向他保证一定饶恕他。还说，贤明的、掌管一切的老天爷让他从可怜的米兰公国被赶出来，只是为了好叫他的女儿继承那不勒斯的王位，因为正由于他们在这个荒岛上会面，国王的儿子才爱上了米兰达的。

普洛斯彼罗安慰他弟弟的这一番宽厚的话语，使安东尼奥十分惭愧和懊悔，他哭得连话都说不出来了。慈祥的老贡柴罗看到这场令人快乐的和解也哭了，祈祷上天祝福这一对年轻人。

普洛斯彼罗这时候告诉他们说，他们的船很安全地停在海港里，水手们都在船上，他和他女儿第二天早晨要陪他们一起回去。“这会儿，”他说，“请来分享一下我这寒碜的洞窟所能款待的吃食吧。晚上我要把我在这个荒岛上度过的生活讲给你们听，给你们解解闷。”然后他叫凯列班去预备食物，并且把洞窟收拾好。国王一行人看到这个妖怪的粗形丑相，都大吃一惊。普洛斯彼罗说，这个凯列班是他唯一的仆人。

普洛斯彼罗离开荒岛以前，解除了爱丽儿的职务，这个活泼的小精灵快乐极了。尽管爱丽儿对主人十分忠心，他却老是渴望着享受充分的自由，像一只野鸟那么无拘无束地在空中漫游，有时候在绿树底下，有时候在悦目的果子和芬香的花丛里。

“机灵的爱丽儿，”普洛斯彼罗在释放这个小精灵的时候说，“我会想念你的。可是你应该去享受享受自由了。”

“谢谢你，我亲爱的主人，”爱丽儿说，“可是，让我先用和风把你们的船吹送到家，然后你再跟帮助过你的这个忠实仆人告别吧。主人，等我恢复了自由，我会活得多么开心啊！”

这时候爱丽儿唱起这支可爱的歌子

蜜蜂咂吮的地方，我也在那儿咂吮，
我躺在莲香花的花冠里休息，
一直睡到猫头鹰啼叫的时候，
我骑上蝙蝠的背东飞西飞，
快快活活地追赶着炎夏的季节。
如今我要快快活活地
在枝头的累累花丛底下过活。

然后普洛斯彼罗把他的魔法书和魔杖都深深地埋在地下，因为他已经下定决心，再也不使魔法了。他既然这样战胜了他的敌人，又跟他弟弟和那不勒斯王讲了和，如今，为了使他的幸福毫无缺陷，只等他重新回到本国去，恢复他的爵位，并且亲眼看到他的女儿米兰达跟腓迪南王子举行快乐的婚礼。国王说他们一回到那不勒斯，立刻就要隆重地举行婚礼。在精灵爱丽儿的平安护送下，他们经过一程愉快的航行，不久就到了目的地。

仲夏夜之梦

A MIDSUMMER NIGHT'S DREAM

雅典城有一条法律，规定父亲高兴把女儿嫁给谁，就有权力强迫她嫁给谁。要是女儿不肯嫁给她父亲替她选中的丈夫，父亲凭这条法律就可以要求判她死罪。可是做父亲的一般是不愿意把自己女儿的性命送掉的，所以尽管城里的年轻姑娘们也有不大听话的时候，这条法律却很少或者从来也没有施行过，也许做父母的只是时常用这条可怕的法律来吓唬吓唬女儿罢了。

可是有一回竟出了一桩事。一个名叫伊吉斯的老人真的跑到忒修斯（当时统治雅典的公爵）面前来控诉说：他要把他女儿赫米亚嫁给雅典贵族家庭出身的一个青年狄米特律斯，可是女儿不同意，因为她已经爱上了另外一个年轻的雅典人，叫拉山德。伊吉斯请求忒修斯来审判她，并且要求照这条残酷的法律来处治他的女儿。

赫米亚替自己辩解说，她违背父亲的意旨是因为狄米特律斯曾经向她的好朋友海丽娜表示过爱情，并且海丽娜也疯狂地爱着狄米特律斯。可是尽管赫米亚提出这个正大光明的理由来说明她为什么违背父亲的命令，并没能感动严峻的伊吉斯。

忒修斯虽然是位伟大而又仁慈的公爵，却没有权力改变国家的法律。因此，他只能给赫米亚四天的工夫去考虑；四天以后，要是她仍然不肯嫁给狄米特律斯，就要判她死刑。

赫米亚从公爵那里退出来以后，就去找她的情人拉山德，把她的危急情势告诉他，说她要么就得放弃他而嫁给狄米特律斯，要么就得在四天以后死掉。

拉山德听到这个不祥消息十分悲伤。这时候他想起他有个姑妈住在离雅典不远的地方，到那个地方就不能对赫米亚施行这条残酷的法律了（因为出了城界它就无效了），他提议赫米亚当天晚上从她父亲家里逃出来，跟他一起到他姑妈家去，他们就在那儿结婚。“我在离城几英里地以外的树林子里等着你——”拉山德说，“就是咱们在愉快的五月里，常跟海丽娜一起散步的那个可爱的树林子。”

赫米亚兴高采烈地同意了这个建议。除了她的朋友海丽娜，她再没把要逃跑的事告诉旁人。海丽娜（姑娘们为了爱情会做出傻事来的）非常不仁厚地决定跑去把这件事说给狄米特律斯听，虽然把朋友的秘密泄露出去对她自己并没什么好处，只不过是无趣地跟着她那不忠实的爱人到树林子里去，因为她准知道狄米特律斯一定会到那里去追踪赫米亚的。

拉山德跟赫米亚约定见面的树林子，就是那些叫作仙人的小东西时常出没的地方。

仙王奥布朗和仙后提泰妮娅带着他们所有的小随从，在这个树林子里举行夜宴。

这时候，小仙王和小仙后之间不幸闹翻了。每逢皎月当空的夜晚，他们在这个快乐的树林子里的阴凉小道上总是一见面就吵架，直吵到那些小仙子都害怕得爬到橡果壳儿里藏起来。

这次闹翻是由于提泰妮娅不肯把她偷偷换来的[①]小男孩送给奥布朗——这个小男孩的母亲是提泰妮娅的朋友，她死的时候，仙后就把孩子从奶妈那儿偷走，带到树林子里来。

---

① 欧洲神话中，传说仙人常常在半夜把人家聪明美丽的孩子偷去，用愚蠢的妖童替换。

这一对情人在树林子里相会的晚上，提泰妮娅正带着几个宫女散步，她遇见奥布朗，后边还跟着仙宫的侍臣。

“真不巧又在月光下面碰见了你，骄傲的提泰妮娅！”仙王说。仙后回答说：“怎么，好妒忌的奥布朗，是你吗？仙子们，快快走开吧，我已经发誓不跟他在一起啦！”“等一等，轻浮的仙女，”奥布朗说，“难道我不是你的丈夫吗？为什么提泰妮娅要违抗她的奥布朗呢？把你偷偷换来的小男孩给我做僮儿吧。”

“你死了心吧，”王后说，“拿你整个仙国也买不了我这个孩子。”然后她就气冲冲地离开了她丈夫。“好，去你的吧，”奥布朗说，“为了报复这次的侮辱，我要在天亮以前给你苦头吃。”于是，奥布朗把他最宠信的枢密大臣迫克叫来。

迫克（有时候他也称作“好人罗宾”）是个伶俐狡猾的精灵，他常在邻近的村子里玩些滑稽的鬼把戏：有时候跑到牛奶房去撇取奶皮，有时候他那轻巧灵便的身体钻进搅奶器里。当他在搅奶器里跳着奇妙的舞蹈的时候，挤奶的姑娘无论费多大事也不能把奶油做成黄油，村里的小伙子去做也不成。什么时候迫克高兴到酿酒器里去恶作剧，麦酒就一定给他弄坏。当几个要好的街坊聚在一起舒舒服服喝几杯麦酒的时候，迫克就变成一只烤螃蟹，跳进酒杯里去。趁老太婆要喝的当儿，他就蹦到她的嘴唇上，把麦酒洒遍了她那干瘪的下巴。过了一会儿，老太婆正要庄重地坐下来，讲个悲惨的故事给街坊们听，迫克又从她身底下抽出那只三脚凳，把那可怜的老太婆摔在地上。于是那些正在闲谈的人都捧腹大笑，赌誓说，他们从来也没有这么开心过。

“迫克，到这儿来，”奥布朗对这个快乐的小夜游者说，“去替我采一朵姑娘们叫作‘爱懒花’的那种花。把那小紫花的汁液滴在睡着的人的眼皮上，就能叫他们醒来头一眼看见什么就爱上什么。在我的提泰妮娅睡着的时候，我要把这种花汁滴到她眼皮上去。她一睁开眼睛不管看见的是狮子、熊、好捣乱的猴子，还是忙手忙脚的无尾猿，她都会爱上的。我还知道另外一种魔法，可以替她解除眼睛上的这种魔法，可是她得先把那个孩子给我做僮儿。”

迫克打心坎上喜欢恶作剧，对主人要玩的这个把戏感到非常有兴趣，就跑去找花了。奥布朗等着迫克回来的当儿，看见狄米特律斯和海丽娜走进树林子里来，他偷听到狄米特律斯怪海丽娜不该跟着他。他说了许多无情的话，海丽娜温柔地劝他，叫他回想当初他怎样爱过她，并且向她表示过忠诚。他却把海丽娜（像他所说的）丢给野兽，海丽娜呢，仍旧拼命追他。

一向对忠实的爱人有好感的仙王，深深同情海丽娜。拉山德说，他们在月亮底下常到这个愉快的树林子里来散步，也许在狄米特律斯爱着海丽娜的快乐日子里，奥布朗还看见过她呢。不管怎样，等迫克带着小紫花回来，奥布朗就对他的宠儿说：“拿一点儿花去，树林子里有个可爱的雅典姑娘，她爱上了一个傲慢的小伙子。你要是看见那个小伙子在睡觉，就滴一些爱汁在他眼睛里，可是要等姑娘离他很近的时候再去滴，那么他醒来头一眼看见的就会是这个受他轻视的姑娘。你可以从那个小伙子穿的雅典式长袍上认出他来。”迫克答应把这件事办得很巧妙，然后奥布朗就趁提泰妮娅不在意，到她的卧室去，这时候她正预备睡觉。她的仙室是个花坛，长着野麝香草、莲香花和芬芳的紫罗兰，上面盖着金银花、麝香、蔷薇和野玫瑰。提泰妮娅每天晚上总要在这儿睡一阵，她盖的被子是研光了的蛇皮，蛇皮虽然是很小的一块，却也足够裹起一个仙人了。

他看见提泰妮娅正在吩咐她的仙人们在她睡着的时候都该做

些什么。“你们当中，”仙后说，“有的去杀死麝香、蔷薇嫩苞里的蛀虫子，有的去跟蝙蝠打仗，把它们的皮翅膀拿来给我的小仙子们做外衣，有的去监视那每天晚上都吵吵闹闹的猫头鹰，不要让它走近我的身边。不过，现在先把我唱睡了吧。”于是，她们就唱起这支歌来了：

双舌的花蛇，扎手的刺猬，
远远走开吧；
蝾螈和蜥蜴，不要捣乱，
也不要走近仙后的身边。
夜莺，用甜蜜的腔调，
给我们唱一支催眠曲吧。
睡呀，睡呀，睡觉吧！睡呀，睡呀，睡觉吧！
灾害、邪魔和符咒都走开，
永远不许挨近美丽仙后的身边。
好啦，催眠曲，再见吧！

仙人们用这支可爱的催眠曲把她们的仙后唱睡了以后，就走开了，去做她吩咐下的重要工作。这时候，奥布朗轻着脚步走近他的提泰妮娅身边，滴了些爱汁在她眼皮上，说：

你醒来睁开眼睛看到什么，
就把什么当作真正的情人。

可是咱们再回来说说赫米亚吧。她为了逃避由于不肯嫁给狄米特律斯而注定的死罪，那天晚上就从她父亲家里逃了出来。她走进树林子，看见她心爱的拉山德已经在那儿等着她，好把她带到他姑妈家去。可是他俩还没走完半个树林子，赫米亚就已经累极了。拉山德对这位亲爱的姑娘照顾得十分周到；赫米亚为了他，甚至不顾自己的性命，可见她对拉山德爱得有多么真挚。拉山德劝她在一片软草地上休息一下，等天亮再走，他自己在离她不多远的地上也躺了下去，他俩很快就睡着了。在这儿，他们给迫克发现了。迫克看见一个漂亮小伙子在睡觉，又见他的衣裳是雅典样式的，离他不远还睡着一个可爱的姑娘，就断定他们必然是奥布朗派他来找的那个雅典姑娘和她那个傲慢的情人。既然只有他们俩在一起，迫克很自然地估计男的醒来头一眼一定就会看到那个女的。于是，迫克不再犹豫，就动手往他眼睛里滴了一些小紫花的汁液。可是事情跟原来想的不一样，海丽娜刚好打这儿走，拉山德一睁开眼睛，第一个看见的不是赫米亚，却是海丽娜。说也奇怪，爱汁的魔力真大，拉山德对赫米亚的爱情居然全都消失了，他却爱上了海丽娜。

要是他醒来头一眼看见的是赫米亚，那么迫克的冒失就没什么关系了，因为他已经对那位忠实的姑娘十分痴情了。可是仙人的爱汁硬叫可怜的拉山德忘掉他自己的忠实的赫米亚，反而去追求另一位姑娘，深更半夜把赫米亚孤零零一个人丢在树林子里睡觉，这真是个悲惨的意外。

于是，这件不幸的事就这样发生了。正如前面说过的，狄米特律斯粗暴地从海丽娜身边跑开以后，海丽娜竭力想赶上他，可是这场赛跑双方的力量差得很远，她跑了没多久就跑不动了，因为在长距离的赛跑上男人总要比女人强。过了一会儿，海丽娜就望不到狄米特律斯了，她又伤心又孤单地四下徘徊着，后来走着走着就走到拉山德正在睡觉的地方。“啊，”她说，“躺在地上的是拉山德，他是死了呢，还是在睡觉呢？”接着她轻轻碰了他一下说：“可敬的先生，你要是活着的话，就醒醒吧。”拉山德听到这话，睁开眼睛（爱汁开始发生效力了），他马上对她非常缠绵地说着爱慕和赞美的话，说她比赫米亚漂亮得多，就像鸽子比乌鸦漂亮一样，说他为了可爱的海丽娜情愿赴汤蹈火，还说了许多类似的痴情话。海丽娜知道拉山德是她朋友赫米亚的情人，也知道他已经跟她郑重其事地订了婚，所以听到拉山德对她说这样的话，生气极了，她以为（这也怪不得她）拉山德是在拿她开玩笑。“唉，”她说，“我凭什么生来要让大家嘲弄和轻视呢？年轻人，狄米特律斯永远不肯温柔地看我一眼，不肯对我说句亲热的话，难道这还不够吗？还不够吗？先生，你还要用这样讥笑的态度来假装向我表示爱情。拉山德，我本来以为你是个诚恳有教养的君子呢。”她气冲冲地说了这些话，就赶快走开了。拉山德紧跟在她后头，把他自己的那位还在睡觉的赫米亚忘得干干净净。

赫米亚醒来，发现她一个人在那儿，就又难过又害怕。她在树林子里到处徘徊，不知道拉山德出了什么事，也不知道该朝哪个方向去找他。这当儿，奥布朗看到狄米特律斯睡得正熟；他没找到赫米亚和他的情敌拉山德，同时，这场没有结果的搜寻也把他弄得很累了。奥布朗问了迫克一些话，知道他把爱汁滴错了人的眼睛。现在他找到了本来打算找的那个人，于是他用爱汁在睡着的狄米特律斯的眼皮上碰了一下，狄米特律斯马上就醒了。他头一眼看见的是海丽娜，他就像拉山德先前那样，也对她说起痴情话来。就在这时候拉山德出现了，后面跟着赫米亚（由于迫克无意中的失误，现在该轮到赫米亚来追踪她的情人了）。于是，拉山德和狄米特律斯同时开口向海丽娜表示爱情，因为他们都受着同一种强烈的迷药所支配。

海丽娜大吃一惊，以为狄米特律斯、拉山德和曾经跟她要好过的赫米亚全都串通起来跟她开玩笑呢。

赫米亚跟海丽娜一样吃惊，拉山德和狄米特律斯本来都爱她，她不知道究竟为什么现在他们却都成了海丽娜的情人。在赫米亚看来，这件事并不是开玩笑。

这两个姑娘一向是最知己的朋友，现在居然拌起嘴来了。

“残忍的赫米亚，”海丽娜说，“是你叫拉山德用虚伪的赞美来招我生气。你的另一个情人狄米特律斯，以前恨不得把我踩在脚底下，难道你没有让他管我叫什么女神、仙女、绝世美人、宝贝、天人吗？他恨我，要不是你唆使他来跟我开玩笑，他不会对我说这种话的。残忍的赫米亚，你居然跟男人联合起来嘲笑你的可怜的朋友。我们同学时候结下的友谊你就全都忘记了吗？赫米亚，有多少次咱们俩坐在同一个椅垫上，唱着同一支歌，绣着从一个花样描下来的花；像并蒂的樱桃一样一块儿长大，看起来就像是一个人。赫米亚，你这样跟男人联合起来嘲弄你可怜的朋友，这不是太不讲交情，太不合乎闺秀的身份了吗？”

“你这些气话真叫我听了莫名其妙，”赫米亚说，“我并没有嘲弄你，我看你倒像是在嘲弄我哩。”“唉，”海丽娜回答说，“你们尽管装下去吧，装成一副苦脸，等我一转过身去就对我作嘴脸；然后你们又挤眉弄眼，绷着脸把这个有趣的玩笑开下去。只要你们稍微还有点怜悯之心，稍微懂得点风度或是礼数，你们就不会这么对待我的。”

当海丽娜跟赫米亚拌嘴的时候，狄米特律斯和拉山德离开了她们，为着争海丽娜的爱在树林子里决斗去了。

一发现男人不在，她们也就走开了，重新疲倦地在树林子里四下徘徊着，寻找她们的情人。

仙王跟小迫克一块儿偷听了她们的拌嘴。她们刚一走开，仙王就对迫克说：“这是你疏忽了，迫克，不然就是你故意捣的鬼吧？”“相信我，精灵的王，”迫克回答说，“我弄错了。你不是告诉我说，从那个男人穿的雅典样式的衣裳上就认得出他来吗？不过，事情弄成这样，我一点儿也不难过，因为我看他们这场嘴拌得倒很好玩哩。”

“你也听见了，”奥布朗说，“狄米特律斯和拉山德已经去找一个合适地方决斗去啦。我吩咐你用浓雾把黑夜笼罩起来，把这些拌起嘴来的情人引到黑暗里，叫他们迷失了路，谁也找不到谁。装出对方的声音，用难听的话激他们，叫他们跟你走，让他们每个人都以为听到的是情敌的声音，你要弄到他们累得再也走不动了。等他们睡着了，你就把另一种花的汁液滴进拉山德的眼睛里去，他醒来的时候就会忘掉他刚才对海丽娜发生的爱，恢复他以前对赫米亚的热恋。这么一来，两个美丽的姑娘就都能快快乐乐地跟她们所爱的男人在一起了，他们大家会把过去发生的一切事情看作一场恼人的梦。快点办去吧，迫克，我要去看看我的提泰妮娅找到了怎样可爱的情人哩。”

提泰妮娅还在睡觉，奥布朗看到她旁边有一个乡巴佬，这人是在树林子里迷了路的，并且也睡着了。“这家伙，”他说，“让他成为我的提泰妮娅真心的爱人吧。”他拿了一个驴头套在乡巴佬的头上，驴头大小正合适，就像原来长在他脖子上似的。奥布朗虽然是轻轻地把驴头放上去的，可还是把他弄醒了。他直起身来，并不知道奥布朗在他身上搞了些什么,就一直走到睡着仙后的花坛上去。

“啊！我看见的是什么天使呀！”提泰妮娅一边睁开眼睛一边说，那朵小紫花的汁液开始起了作用，“你的聪明是跟你的美貌一样超凡吗？”

“啊，太太，”愚蠢的乡巴佬说，“要是俺真聪明得能够走出这座树林子，那俺就已经很知足了。”

“请不要跑出这座树林子，”着了迷的仙后说，“我是个不

FRANK
GODWIN

平凡的精灵。我爱你。跟我一块儿来吧，我会派仙人来伺候你的。”

于是，她叫了四个仙人来，他们的名字是：豆花、蛛网、飞蛾和芥子。

“你们好好伺候这位可爱的先生，”仙后说，“他走路的时候你们就在他周围蹦，他站着看的时候你们就围着他跳舞；请他吃葡萄和杏子，把蜜蜂的蜜囊偷来给他。”她又对乡巴佬说：“来，咱们坐在一块儿。美丽的驴子，让我来摸摸你那可爱的毛茸茸的脸蛋儿吧！温柔的宝贝儿，让我吻吻你那漂亮的大耳朵吧！”

“豆花在哪儿？”长着驴头的乡巴佬说，他并不怎么注意仙后对他说的情话，可是对刚派给他的随从却感到很骄傲。

“这儿哪，老爷。”小豆花说。

“抓抓俺的头，”乡巴佬说，“蛛网在哪儿？”

“这儿哪，老爷。”蛛网说。

“好蛛网先生，”愚蠢的乡巴佬说，“把那荆树上红颜色的小蜜蜂给俺杀死。好蛛网先生，把蜜蜂给俺拿来。蛛网先生，做事的时候不要太慌张，留心不要把蜜囊弄破了。你要是打翻了蜜囊，俺可就难过啦。芥子先生在哪儿呢？”

“在这儿，老爷，”芥子说，“您有什么吩咐？”

“没有什么，”乡巴佬说，“好芥子先生，你只要帮豆花先生替我抓抓头就行啦。芥子先生，俺可该去理理发啦，俺觉得脸上怪毛髭髭的。”

“温柔的情人呀，”仙后说，“你想吃点什么呢？我有个胆子大的仙子，他会找到松鼠的存粮，会给你捡些新鲜的干果。”

“干豌豆俺倒想吃它一两把，”乡巴佬说，他戴上了驴头，就也有了驴的胃口，“可是俺求你不要让你手下的人来惊动俺，俺想睡了。”

“那就睡吧，”仙后说，“我要把你搂在我的怀里。啊，我多么爱你，多么疼你啊！”

仙王看见乡巴佬在仙后怀里睡起觉来，就走到她跟前，责备她不该把爱情滥用到一头驴子身上。

这一点她没法否认，因为乡巴佬那时候正睡在她怀里，她还在他的驴头上插满了花。

奥布朗捉弄了她一阵以后，又向她要那个偷换来的孩子。她因为自己跟新的意中人在一起，给丈夫撞上了，非常惭愧，也就不敢拒绝了。

奥布朗就这样把要了那么久的小孩子终于弄到手，做他的僮儿。于是，他就可怜起提泰妮娅来，觉得都是由于他自己开的玩笑，才害得她落到这样见不得人的地步。奥布朗往她眼睛里滴了一些另外一种花的汁液。仙后马上神志清醒了，对她自己刚才的钟情感到很惊奇，说她现在看到这个畸形的怪物非常讨厌。

奥布朗也把驴头从乡巴佬脖子上取了下来，给他仍旧安上他那个愚蠢的脑袋，让他继续睡他的觉。

奥布朗和他的提泰妮娅现在言归于好了，他就把那两对爱人的故事和他们半夜拌嘴的经过讲给她听，她答应跟他一起去看看这件奇遇的结果。

仙王和仙后找到了那两个情人和他们的漂亮小姐，他们都睡在草地上，彼此离得不远。迫克为了补救他先前的过失，想尽办法叫他们彼此不知不觉就都给带到同一个地方来，他用仙王给他的解药轻轻地把拉山德眼睛上的迷药给去掉了。

赫米亚第一个醒过来了，看到她失去的拉山德正睡在离她那么近的地方，就望着他，对他刚才那阵莫名其妙的反复无常感到很惊奇。过不久，拉山德睁开眼睛，一看到赫米亚，他那先前被仙人用迷药蒙蔽住的神志又清醒过来了；神志一清醒，他也恢复了对赫米亚的爱。他俩谈起夜里的奇遇，搞不清究竟这些事是真正发生过，还是他俩都做了同样莫名其妙的梦。

这时候海丽娜和狄米特律斯也都醒了，一场大梦已经使海丽娜苦恼愤怒的心情平静下来。她听到狄米特律斯对她依然表示爱慕，心里非常高兴。她看出他说的都是真心话，感到真是惊喜交集。

两位在夜里漫游的美丽姑娘现在已不再是情敌了，她们重新成为忠实的朋友。她们彼此宽恕了对方所说的刻薄话，心平气和地一道商量在当前的情势下最好应该怎么办。不久大家都同意，既然狄米特律斯已经不再要求娶赫米亚了，他就应该竭力去说服她父亲取消那已经判了她的那残酷的死刑。为了帮朋友的忙，狄米特律斯正预备回雅典去为这件事情奔走。这时候，他们很惊讶地看到赫米亚的父亲伊吉斯来了，他是到树林子里来追他逃跑的女儿的。

伊吉斯晓得狄米特律斯现在已经不想娶他女儿，他也就不再反对她嫁给拉山德了，答应他们四天以后可以举行婚礼，那恰巧正是本来预备处死赫米亚的日子。现在海丽娜所爱的狄米特律斯对她很忠实了，她也欢欢喜喜地答应在同一天和他结婚。

仙王和仙后在旁边隐着身亲眼看着这场和解，现在见到由于奥布朗的帮助，这两对情人的恋爱都得到了美满的结局，感到非常高兴。于是，这些好心的精灵决定在全仙国举行比赛和欢宴，来庆祝快要举行的婚礼。

现在，要是有人听了这个关于仙人和他们所玩的把戏的故事不高兴起来，认为事情太离奇、叫人难以相信的话，那么大家只要这么想就好了：他们自己是在睡觉做梦哪，这些奇遇都是他们在梦里看到的幻象。我希望读者中间没有一个人会这么不讲理，为一场美妙的、无伤大雅的仲夏夜之梦竟会不高兴起来。

冬天的故事

THE WINTER'S TALE

从前，西西里[1]国王里昂提斯跟他那位美丽贤惠的王后赫米温妮相处得非常和谐。里昂提斯跟这位卓绝的夫人之间的爱情让他感到很幸福，他什么事情都称心如意，只除了一件：他有时候想看看他的老朋友和同学——波希米亚[2]国王波力克希尼斯，并且想把他引见给他的王后。里昂提斯跟波力克希尼斯是从小在一块儿长大的，可是他们俩的父亲一死，就都被叫回去统治各自的王国。虽说他们经常交换礼物、信件，并且派遣亲信大臣互相问候，他们俩却好多年没有见面了。

后来，经过一再邀请，波力克希尼斯才从波希米亚到西西里宫廷来拜访他的朋友里昂提斯。

最初，里昂提斯对这次拜访感到的只是快乐。他请王后要特别殷勤地招待他这位少年时代的朋友。同他这位亲爱的朋友和老伙伴聚首，他真是幸福极了。他们谈着旧日的事情，回想起在学校里度过的时日和少年时候玩的一些鬼把戏，并且说给赫米温妮听，赫米温妮也总是快快活活地参加这种谈话。

波力克希尼斯住了好久之后，预备回去了。这时候，赫米温妮就照她丈夫的意思，也跟他一起挽留波力克希尼斯再多住些日子。

从此，这位善良的王后的苦恼就开始了，因为波力克希尼斯

---

① 意大利的一个岛。

② 今捷克的西部。

拒绝了里昂提斯的挽留，却被赫米温妮的温柔委婉的话打动了，他决定再多住上几个星期。这么一来，尽管里昂提斯一向深知他的朋友波力克希尼斯为人正直，讲道义，也同样知道贞洁的王后的美好品质，然而他却起了一种难以克制的嫉妒心。尽管赫米温妮对波力克希尼斯表示的殷勤都是她丈夫特别关照的，她那样做也只是为了叫他高兴，可是这一切却更加深了不幸的国王的嫉妒心。里昂提斯本来是个热烈忠实的朋友，最好、最体贴入微的丈夫，现在忽然变成野蛮的、没有人性的怪物了。他把宫廷里一个叫卡密罗的大臣召进来，把自己的猜疑告诉给卡密罗，吩咐他去毒死波力克希尼斯。

卡密罗是个好人，他准知道里昂提斯的嫉妒实际上一点儿根据也没有，因此，他不但没有把波力克希尼斯毒死，反而把国王下的命令透露给他，并且同意跟他一块儿逃出西西里的国境。波力克希尼斯就靠着卡密罗的帮助，平平安安回到了他自己的波希米亚王国。从那时候起，卡密罗就住在国王的宫廷里，成为波力克希尼斯的知己和宠臣。

波力克希尼斯一逃走，嫉妒的里昂提斯更加生气了。他到王后的屋子里去，这位善良的女人正跟她的小儿子迈密勒斯坐在一起，迈密勒斯刚要讲一个他最得意的故事给他母亲解闷呢。这时候，国王进来把孩子带走，然后就把赫米温妮下到监牢里去。

迈密勒斯虽然是个年纪很小的孩子，却很爱他母亲。他看到母亲受到这么大的侮辱，知道人们把她从他身边带走，下到监牢里去，他很伤心。他慢慢衰弱憔悴下去，饮食睡眠都减少了，后来大家都以为他会因为悲伤而死掉的。

国王把王后下到监牢去以后，就派克里奥米尼斯和狄温这两个西西里大臣到德尔福斯的亚坡罗[1]神庙去问问神谕：王后有没有对他不忠实的行为。

赫米温妮进了监牢以后不久，生了一个小女儿。这个可怜的女人看到她那可爱的娃娃，倒也得了不少安慰。她对娃娃说："我可怜的小犯人啊，我跟你一样的清白。"

品格高贵的宝丽娜是赫米温妮的一个好心肠的朋友，她是西西里大臣安提哥纳斯的妻子。这位叫宝丽娜的夫人一听说王后新生了孩子，就到关着王后的监牢去。她对伺候赫米温妮的宫女爱米利娅说："爱米利娅，请你告诉王后，要是她肯把她的小宝贝托付给我，我就把她抱到她的父王面前。说不定他见了他这个无辜的孩子会心软起来。""最可敬的夫人，"爱米利娅回答说，"我很愿意把您这个高贵的提议转达给王后。她今天正在盼望能有个朋友敢把孩子带到国王面前。""还请告诉她，"宝丽娜说，"我愿意很大胆地在里昂提斯面前替她辩护呢。""愿上帝永远祝福您，"爱米利娅说，"您对我们仁慈的王后真好！"然后，爱米利娅就到赫米温妮那儿去，赫米温妮高高兴兴地把她的娃娃托付给宝丽娜，因为她真怕没人敢把孩子带到她父亲那里。

宝丽娜带着新生的娃娃，硬闯到国王跟前。尽管她丈夫怕国王会生气，竭力阻止她，她还是把娃娃放到她父亲面前。宝丽娜对国王说了一番正义的话来替赫米温妮辩护，她严厉地责备国王不人道，恳求他可怜他那无辜的妻子和小孩。可是宝丽娜勇敢的劝谏只不过叫里昂提斯更加生气了，他吩咐宝丽娜的丈夫安提哥纳斯把她带下去。

宝丽娜走的时候，她把小娃娃留在她父亲的脚边，心想：只

---

① 希腊神话中的光明和音乐之神。

剩下国王和娃娃在一起的时候，他看到这个无辜的孩子有多么孤苦伶仃，总会怜悯起来的。

善良的宝丽娜想错了。她刚一走，这个无情的父亲就吩咐安提哥纳斯把孩子抱走，送到海上去，丢在荒凉的海岸上随她死去。

安提哥纳斯跟好心肠的卡密罗一点儿也不一样，他太听里昂提斯的话了，马上就抱着那个孩子坐船到海上去，打算一找到荒凉的海岸，就把她丢下。

国王认定赫米温妮犯了不忠实的罪过，他甚至等不及克里奥米尼斯和狄温回来——他曾派他们到德尔福斯的亚波罗神庙去问神谕，王后产后还没调养好，失掉她宝贝的娃娃的痛苦也还没有恢复过来的时候，里昂提斯就叫人把她提来，当着宫廷里所有的大臣和贵族的面审判她。全国所有的大臣、法官和贵族都集合起来审问赫米温妮，不幸的王后作为犯人站在她的臣子面前正受审的时候，克里奥米尼斯和狄温走进了厅里，把加了封的神谕呈给国王。里昂提斯吩咐拆开神谕的封口，大声念出来。神谕上面写着："赫米温妮是没罪的，波力克希尼斯无可责备，卡密罗是个忠实的臣子，里昂提斯是个多疑的暴君。如果那个失去的找不回来，国王就永远没有继承人了。"国王不肯相信神谕，他说这都是王后的亲信编造出来的，他要求审判官继续审问王后。可是就在里昂提斯说话的时候，一个人走了进来，告诉国王说，迈密勒斯王子听到要把他母亲问成死罪，感到悲伤和耻辱，突然死去了。

赫米温妮一听到这个挚爱的、感情深厚的孩子竟为了她的不幸忧愁而死，就昏过去了。里昂提斯也被这个消息刺痛了心，可怜起不幸的王后来。他吩咐宝丽娜和王后的侍女把她带走，想法把她救醒。过不久，宝丽娜回来告诉国王说，赫米温妮死了。

里昂提斯听说王后死了，他这才后悔对王后太残忍了。现在他想一定是他的虐待使赫米温妮的心碎了，于是他相信她是清白的了。现在他才认为神谕上的话是真的，因为他知道“如果那个失去的找不回来”指的是他的小女儿，如今，年轻的王子迈密勒斯又已经死去，他就不会有继承人了。他情愿牺牲他的王国去找回他失掉的女儿。从那以后里昂提斯深深后悔，在悲哀和悔恨里度过许多年月。

安提哥纳斯带着小公主坐船漂到海上，被一场风暴刮到波希米亚（也就是那个好心肠的国王波力克希尼斯的王国）的海岸。安提哥纳斯在这儿上了岸，就把娃娃遗弃了。

安提哥纳斯再也没有回到西西里去向里昂提斯报告他把小公主丢在什么地方了，因为他刚要回到船上去的时候，树林子里跳出一只熊来，把他咬了个稀烂。这对他倒是公正的处罚，因为他听从了里昂提斯的邪恶的命令。

孩子穿着华丽的衣裳，戴着贵重的宝石，因为赫米温妮把她送到国王那儿去的时候，给她打扮得很漂亮。安提哥纳斯在她的斗篷上别了一张字条，上面写着潘狄塔这个名字和几句暗示她出身高贵和遭遇不幸的话。

这个可怜的弃儿被一个牧羊人拾到了。他是个心地慈祥的人，他把小潘狄塔抱回家去，交给他的妻子好好抚养着。可是由于贫穷，牧人受到诱惑，把他所捡到的宝贝隐藏起来；他又搬了家，免得让人知道他打哪儿发的财。他用潘狄塔的一部分宝石买了几群羊，于是他成了个有钱的牧人。他把潘狄塔当作自己的孩子抚养大了，她也认为自己只不过是个牧羊人的女儿。

小潘狄塔出脱成一个可爱的姑娘，虽说她受的教育不过是一个牧羊人的女儿所能得到的，可是她还是从她那做王后的母亲那里继承了先天的美德，那美德从她那没有受过教养的心灵里放出光彩，因而从她的一举一动来看，没人会知道她不是在她父亲的王宫里长大的。

波希米亚王波力克希尼斯有一个独生子，名叫弗罗利泽。这个年轻王子在牧羊人的房子附近打猎的时候，瞅见了老人的这个养女；潘狄塔的美丽、腼腆和王后般的风度立刻使王子爱上了她。不久王子就化名道里克尔斯，扮成一个平民，经常到老牧人家来拜访。弗罗利泽时常不在王宫里，这件事叫波力克希尼斯很着急，他派人暗地里监视他儿子，后来发觉原来他爱上了牧人的漂亮女儿。于是波力克希尼斯把卡密罗（就是曾经从里昂提斯的狂怒下救过他的性命的那个忠实的卡密罗）召了来。他要卡密罗陪他到潘狄塔的养父（那个牧人）的家里去一趟。

波力克希尼斯和卡密罗都化了装，来到老牧人家里。那时候牧人们正在庆祝剪羊毛的节日。他们虽说是生人，可是在剪羊毛节的日子，所有的客人都是受欢迎的，所以他们也被邀请进去，参加大家的盛会。宴会充满了欢乐和愉快。桌子都摆开了，隆重地准备起这次乡村宴会。有些小伙子和姑娘在房子前面的草地上跳舞，另外的年轻小伙子却站在门口从一个货郎担儿上买缎带、手套和类似的小物件。

大家正在这样热闹着的时候，弗罗利泽和潘狄塔却安安静静地坐在一个僻静的角落，他们好像更喜欢两个人谈谈心，不愿意参加周围人的游戏和无聊的娱乐。

国王化装得很巧妙，叫他儿子没法认出他来，所以他走过去，近得足可以听到他们的谈话。看到潘狄塔跟他儿子谈话的时候那又朴素又优雅的风度，波力克希尼斯十分惊讶。他对卡密罗说：“我一生没见过出身低微而又长得这样漂亮的姑娘。她的一言一行，都好像比她自己的身份高一些，她高贵得跟这个地方一点儿也不相称。”

卡密罗回答说：“真的呢，在这些牧羊人家的姑娘里她可称得起是王后了。”

“好朋友，请问一声，”国王对老牧人说，“跟你女儿谈心的那个俊秀的乡下小伙子是谁啊？”“大家管他叫道里克尔斯，”牧羊人回答说，“他说他爱我的女儿，说实在的，要想从他们的接吻上分辨出谁更爱谁来，那是不可能的。要是年轻的道里克尔斯能够娶上她，她会给他带来梦想不到的好处。”他指的是潘狄塔剩下的宝石，他用去一部分买了几群羊，其余的宝石就小心地收藏起来，预备给她做嫁妆。

随后，波力克希尼斯跟他儿子说起话来。“怎么样，小伙子！”他说，“你好像一肚子的心事，没兴致吃酒席去了。我年轻的时候常常送许多礼物给我的情人，可是你却让那个货郎担儿走过，什么东西也没给你的姑娘买。”

年轻的王子一点儿也没想到他是在跟父亲讲话，就回答说：

“老先生，她并不看重这些不值一文的东西。潘狄塔要我给她的礼物是锁在我心里的。”于是他掉过身来对潘狄塔说：“啊，听我说，潘狄塔，这位老先生好像也是个过来人，那么，让我当着他的面向你表白吧。”这时候，弗罗利泽就请这位陌生的老人家做他向潘狄塔郑重许下婚约的证人。他对波力克希尼斯说：“我请你做我们订婚的证人吧。”

“给你们做离婚的证人吧，少爷。”国王说着就露出真的面目来。于是波力克希尼斯就责备他儿子居然敢跟这个出身低贱的丫头订婚。他还管潘狄塔叫“牧羊崽子”“牧羊拐杖”和别的侮辱她的名字。他恫吓潘狄塔说，要是她再让他儿子来看她，他就毫不容情地把她和她的父亲老牧人一块儿处死。

然后国王就气冲冲地走了，并且吩咐卡密罗带着弗罗利泽王子跟他一道回去。

国王波力克希尼斯骂了潘狄塔一顿，他走了以后，就激发起潘狄塔高贵的天性了。她说：“虽然咱们什么都完了，可是我并不害怕。有一两回我几乎要开口，想明明白白地对他说：同一个太阳照着他的宫殿，可也并不躲开我们的茅屋，太阳是一视同仁的。”然后她又伤心地说：“可是我现在已经从这场梦里醒过来了，我也不再以王后自居了。离开我吧，先生，我要一边挤奶一边哭去。”

好心肠的卡密罗很喜欢潘狄塔活泼大方的举止。他又看出年轻的王子非常爱他的情人，他父王的命令也不能使他丢弃她。卡密罗想出一个办法来，既可以帮助这对情人，同时又可以实行他心里的一条妙计。

卡密罗早就知道西西里国王里昂提斯已经真心悔过了。尽管卡密罗现在成了波力克希尼斯王的好朋友，他不免还想再看看他的旧主人和故乡。因此，他向弗罗利泽和潘狄塔提议：劝他们跟他到西西里的王宫去，在那里里昂提斯一定会照顾他们，直等到由他出面调解，得到波力克希尼斯的原谅，并且准许他们结婚。

他们俩听了很高兴，就同意了这个提议。卡密罗把逃跑的一切准备都安排好了，他答应让老牧人跟他们一起走。

牧人把潘狄塔剩下的首饰、她吃奶时候穿的衣裳和那张他发现别在她斗篷上的字条都随身带了去。

经过一程顺利的航行，弗罗利泽和潘狄塔、卡密罗和老牧人就平安地到了里昂提斯的王宫。里昂提斯还在为着他死去的赫米温妮和丢掉的孩子伤心，他非常宽厚地接待了卡密罗，对弗罗利泽王子也热烈欢迎。可是里昂提斯的全部注意力好像都贯注在潘狄塔身上——弗罗利泽介绍她的时候，说是他的公主。里昂提斯看到她长得很像他死去的王后赫米温妮，就又勾起了他的悲伤。他说，要是他没有残忍地把他的亲生女儿毁掉，她也会长成这么一个可爱的姑娘了。“同时，”他又对弗罗利泽说，“我跟你那贤明的父亲也断了交往，失掉了他的友谊。如今，我顶盼望的就是再见他一面。”

这个老牧人听到国王对潘狄塔多么注意，又知道他曾经丢过一个女儿，是在小时候扔掉的，老牧人就把他拾到小潘狄塔的时间和她被遗弃的情况，还有宝石和其他能够证明孩子高贵出身的标记印证了一下。最后他只能得出这样一个结论：潘狄塔就是国王失去的女儿。

老牧人把他拾到那个孩子的情况向国王说了一遍，并且告诉他安提哥纳斯是怎么死的，因为他曾经眼睁睁地看到他给熊抓住。说话的时候，弗罗利泽和潘狄塔、卡密罗和忠实的宝丽娜都在场。他给他们看那件华丽的斗篷，宝丽娜记得赫米温妮就是用它裹孩子的。他还拿出一颗宝石，她记得赫米温妮曾把它挂在潘狄塔的脖子上。他又拿出那张字条来，宝丽娜认得出上面的笔迹是她丈夫的。没疑问，潘狄塔是里昂提斯的亲生女儿了。可是宝丽娜高贵的心里有多么矛盾啊！她一方面为了丈夫的死而难过，一方面又高兴神谕果然应验了，国王的继承人（丢了许久的女儿）又找着了。里昂提斯一听说潘狄塔是他的女儿，想到赫米温妮不能活着看看她的孩子，心里感到万分悲痛，好半天什么都说不出来，只能说着："啊，你的母亲，你的母亲！"

在这种悲喜交集的情景下，宝丽娜插进来一句话。她对里昂提斯说，她有一座雕像，是那个杰出的意大利大师裘里奥·罗曼诺[①]新近雕成的。这座像雕得跟王后一模一样，要是国王陛下肯到她家去看看，他一定会以为那就是赫米温妮本人呢。于是，大家都到那儿去了。国王急着要看到他的赫米温妮的雕像，潘狄塔也恨不得马上看看她从来没有见过的母亲长得什么样。

宝丽娜把遮着这座著名雕像的帷幕拉开，雕像果然跟赫米温妮一模一样。国王一见，就勾起他的心事来了，好半天他连说句话或者动一动的力气都没有。

"陛下，我喜欢您的沉默，"宝丽娜说，"这更能表示您的惊奇。这座雕像不是很像您的王后吗？"

最后国王说："啊，当初我向她求婚的时候，她就是这样站着，也是这样一副雍容大方的气派。宝丽娜，不过，赫米温妮看上去没有这座雕像那么老。"宝丽娜回答说："这更是雕刻家高明的地方了，他把雕像雕得跟今天的赫米温妮一个样儿，要是她还活着的话。可是让我把帷幕拉下来吧，国王，要不然您会以为

---

① 裘里奥·罗曼诺（大约年代 1492—1546），意大利艺术家。

它在动哩。”

这时候，国王说：“宁可叫我死，也别拉下帷幕来！瞧，卡密罗，你不觉得她在呼吸吗？她的眼睛似乎在转动。”“我必得把帷幕拉下来了，国王，”宝丽娜说，“您出神得快要把雕像当成活人了。”“啊，可爱的宝丽娜，”里昂提斯说，“让我一连二十年的工夫把她当成活人吧！可是我仍然觉得她在往外呼气。哪一把好凿子刻出过呼吸来呢？谁也别笑我，我要过去吻吻她。”“啊呀，陛下，那可不成！”宝丽娜说，“她嘴上的红颜色还没有干，那油彩会染了您的嘴唇。我可以把帷幕拉下来了吧？”“不，二十年的工夫不要拉下来。”

潘狄塔一直跪在那里，默默地仰望着她那完美无双的母亲的雕像，这时候她说：“只要望得见我亲爱的母亲，我也能够在这里待上那么些年。”

“不要再痴心妄想了，”宝丽娜对里昂提斯说，“让我把帷幕拉下来吧，不然的话，就会有更叫您吃惊的事。我能够叫这座雕像真的动起来，叫她从石座上走下来，握住您的手。不过那样一来您就会以为有什么妖术帮助我了，这我可不承认。”

“不论你能够叫她做什么，”大吃一惊的国王说，“我都愿意瞧着。不论你能够让她说什么，我都愿意听着。你既然能让她动，就一定能让她说话。”

于是，宝丽娜吩咐奏起徐缓庄严的音乐，这是她特地预备下的。使在场的人大吃一惊的是：雕像从石座上走下来了，用胳膊搂住里昂提斯的脖子。雕像这时候说起话来了，祈求上帝祝福她的丈夫和她的孩子——新近找到的潘狄塔。

难怪雕像会搂着里昂提斯的脖子，祝福她的丈夫和孩子。这并不奇怪，因为雕像的确是赫米温妮本人——真正的、活生生的王后。

原来宝丽娜向国王谎报说赫米温妮死了，她认为只有用这个办法才能够保全王后的性命。从那时候起，赫米温妮就跟善良的宝丽娜住在一起。要不是她听说潘狄塔找到了，她并不想让里昂提斯知道她还活着，因为尽管她早就原谅了里昂提斯对自己的伤害，她却不能够饶恕他对她吃奶的女儿的残酷行为。

“死”了的王后又这样复活了，丢了的女儿也找到了，忧愁了好多年的里昂提斯快乐得不得了。

到处听到的都只是祝贺和热烈的问候。现在快乐的父王母后向弗罗利泽王子道了谢，感谢他爱上了他们这个表面上看起来似乎是出身微贱的女儿。他们又祝福好心肠的老牧人，因为他保全了他们孩子的性命。卡密罗和宝丽娜都非常快乐，因为他们能够亲眼看到他们尽忠效劳得到这样好的结果。好像这场奇怪的、出乎意外的欢乐应该圆满得什么也不缺少似的，这当儿波力克希尼斯也亲自来到了王宫。

原来波力克希尼斯知道卡密罗早就想回到西西里来，他一发觉他儿子和卡密罗失踪了，就立刻猜出准可以在这儿找到那两个逃跑的人。他拼命追赶，刚好在里昂提斯一生最快乐的时刻赶到了。

波力克希尼斯也参加了大家的欢乐，他原谅了他的朋友里昂提斯对他平白无故的嫉妒。他们仍旧像小的时候那样相亲相爱了。现在再也不用担心波力克希尼斯会反对他儿子跟潘狄塔结婚了。潘狄塔已经不再是“牧羊拐杖”，而是西西里王位的继承人了。

赫米温妮受了许多年的苦，她的坚忍的德行终于得到这样的报偿。这个卓绝的女人跟她的里昂提斯和潘狄塔一块儿过了好多年，她是最快乐的母亲和王后。

无事生非

MUCH ADO ABOUT NOTHING

从前在梅辛那[①]的王宫里住着两个姑娘，一个叫希罗，一个叫贝特丽丝。希罗是梅辛那总督里奥那托的女儿，贝特丽丝是总督的侄女。

贝特丽丝性情很活泼，她喜欢说些轻快的俏皮话，叫她的堂妹希罗开心。希罗的性情比较庄重严肃。不管发生什么事情，无忧无虑的贝特丽丝总是拿来开玩笑。

这两个姑娘的故事开始的时候，有几个在军队里官阶很高的年轻人拜访里奥那托来了。他们都是因为勇敢超众，在一场刚结束的战争里建立了功绩，如今在回家的路上打梅辛那经过。他们当中有阿拉贡[②]亲王唐·彼德罗和他的朋友克劳狄奥（佛罗伦萨[③]的贵族）；跟他们一块儿来的还有性情狂放而又富于机智的培尼狄克，他是帕度亚[④]的贵族。

这些客人以前都曾经到过梅辛那，现在好客的总督把他们当作老朋友和知己介绍给他的女儿和侄女。

培尼狄克刚一走进屋子，就跟里奥那托和亲王热烈地谈起话来。不管什么人谈话，贝特丽丝都喜欢插嘴。她用话打断培尼狄克说："培尼狄克先生，我奇怪你怎么还在这儿谈话哪？没有人

① 西西里岛东北角上的城市。

② 古代西班牙东北部的城市。

③ 意大利中部的城市。

④ 意大利北部的城市。

听着你哩。”培尼狄克跟贝特丽丝一样，也是个闲不住嘴的人，可是这种随随便便打的招呼却叫他不大高兴。他觉得一个有教养的姑娘说起话来这样轻率是不相宜的，他想起上次他到梅辛那来的时候，贝特丽丝常常拿他开玩笑。爱开玩笑的人最不喜欢别人拿他们自己开玩笑，培尼狄克和贝特丽丝也是一样。过去这两个机灵嘴快的人每一次见面都要展开一场彼此挖苦讥笑的舌战，分手的时候彼此又总是气恼恼的。所以当培尼狄克正谈着话的时候，贝特丽丝跑来打断了他，告诉他没有人听他说话，培尼狄克就假装先前没注意到她在场，说："哎哟，我亲爱的傲慢小姐，您还活着吗？"现在他们之间重新展开了舌战，接着就是一场又长又热烈的争论。在争论的时候，贝特丽丝虽然知道培尼狄克在最近这次战争中间表现得很勇敢，她却说她要把他打死的人一个个吃光。她注意到亲王很喜欢听培尼狄克的谈话，就叫他"亲王的小丑"。这句讥讽话比贝特丽丝以前说过的任何话都更叫培尼狄克难堪。她为了隐隐地讽刺他是个懦夫，说她要把他杀死的人个个吃光，这他倒不在乎，因为他知道自己是个勇敢的人。可是大口才家最怕背上个小丑的污名，这种指责有时候跟事实是太接近了，所以培尼狄克因为贝特丽丝叫他"亲王的小丑"，心里很恨她。

希罗这个贞静的姑娘在这些贵宾面前一句话也不说。克劳狄奥仔细留意到她比以前更好看了，他注视着她那苗条的身材有多么优美（因为她是个叫人敬爱的年轻姑娘）。这时候，亲王听到培尼狄克和贝特丽丝之间诙谐的谈话感到十分有趣。他小声对里奥那托说："这真是个愉快活泼的年轻姑娘。她倒可以成为培尼狄克的好妻子。"里奥那托听了这个暗示回答说："啊，殿下，殿下，他们要是结了婚，不上一个星期就会谈得发疯的。"尽管里奥那托认为他们不适宜做夫妻，可是亲王仍然没有放弃叫这两个机智的口才家配成一对儿的念头。

亲王和克劳狄奥从王宫里回来的时候，发现原来除了他替培尼狄克和贝特丽丝筹划的婚姻，他们这一伙好朋友当中还有旁人也在撮合着哪，因为克劳狄奥竭力称赞希罗，这一下亲王猜到了他的心思。亲王很高兴，就对克劳狄奥说："你爱希罗吗？"对于这个问题克劳狄奥回答说："啊，殿下，我上次到梅辛那来的时候，是用军人的眼光来看她，虽然满心喜欢，可是没有工夫去讲爱情。现在呢，在这种快乐的太平日子，不想战争，脑子里就腾出地方来了。如今脑子里冒的是一缕缕缠绵的柔情，这种柔情告诉我年轻的希罗有多么美，使我想起来出征以前我已经爱上她了。"克劳狄奥表白他爱希罗的话叫亲王听了很感动，他马上就去求里奥那托收克劳狄奥做他的女婿。里奥那托同意了这个建议，同时，亲王没费多大事就说服了温柔的希罗去听高贵的克劳狄奥向她求婚。克劳狄奥是个天资优厚、很有学问的贵族，如今他又有了这位好亲王帮忙撮合，很快就怂恿了里奥那托早早指定他跟希罗举行婚礼的日子。

只要再等上几天，克劳狄奥就可以跟他的美丽姑娘结婚了，可是他仍然抱怨这中间的日子太无聊了，因为大多数青年在专心等待一件事情实现的时候，心里总是不耐烦的。因此，亲王为了让他不觉得时间拖得太长，就提议一种好玩的游戏：他们要想出一条妙计，叫培尼狄克和贝特丽丝两个人发生恋爱。克劳狄奥很高兴地参加了亲王这个一时想起的逗趣，里奥那托答应帮助他们，连希罗也说，她要尽她微薄的力量帮助她的堂姐得到个好丈夫。

亲王想出的计策是要男人们叫培尼狄克相信贝特丽丝爱上了他，然后又要希罗叫贝特丽丝也相信培尼狄克爱上了她。

亲王、里奥那托和克劳狄奥先活动起来了。他们等着时机，正当培尼狄克静静地坐在凉亭里看书的时候，亲王和他的助手们就站到凉亭后边的树丛里，离培尼狄克近得叫他没法不把他们的话全听进耳朵去。随便谈了一些话以后，亲王说：“里奥那托，你过来。那天你告诉我什么话来着——不是说你的侄女贝特丽丝爱上培尼狄克先生了吗？我再也想不到那位小姐会爱上什么男人。”“我也没有想到，殿下，”里奥那托回答说，“尤其想不到她对培尼狄克会这样多情，因为从外表上看，她好像很讨厌他似的。”克劳狄奥证实了这些话，说希罗告诉他贝特丽丝很爱培尼狄克，要是培尼狄克不肯爱她，她就一定会伤心而死。里奥那托和克劳狄奥似乎都认为培尼狄克绝不会不爱她的，因为他一向喜欢逗弄所有的漂亮女人，尤其是贝特丽丝。

亲王听了这些话，假装很同情贝特丽丝。于是他说：“要是把这件事情告诉培尼狄克就好了。”“告诉他有什么好处呢？”克劳狄奥说，“他也不过把它当作一桩笑话，更叫那个可怜的姑娘难堪罢了。”“他要是真的这样，”亲王说，“那么把他吊死倒是件好事，因为贝特丽丝是个非常可爱的姑娘，她什么事情都聪明，就是在爱上培尼狄克这件事上不大聪明。”这时候，亲王向他的同伴们示意向前边走去，让培尼狄克仔细去想一想他偷听到的话。

培尼狄克非常热切地听了这场谈话，听说贝特丽丝爱上了他，就自言自语地说：“有这样的事吗？风会吹到那个角里去吗？”他们走了以后，他一个人这样纳闷着，“这不会是骗人的！他们的神气很认真，话又是从希罗嘴里听来的。他们好像还很同情那个姑娘。爱上了我！我一定要好好报答她才是！我从来也没想到过要结婚。当初我说我要做一辈子的单身汉，那是因为我没有想到会活到结上婚的那一天。他们说这个姑娘品行好，长得又美，她的确是这样。还说她除了爱上了我这件事，在别的事情上都是很聪明的，可是爱上了我也并不能证明她就愚蠢了啊。贝特丽丝来了。对天起誓，她真是个漂亮姑娘！我真的从她脸上看出几分爱我的意思来了。”这时候贝特丽丝走近了他，用她平常的尖刻口吻说：“他们硬叫我来请你进去吃饭，这可是违反我自己的心意。”培尼狄克真是从来也没想过要像现在这样彬彬有礼地对她讲话，他回答说：“美丽的贝特丽丝，多谢你，辛苦了。”贝特丽丝又说了两三句粗鲁的话就走开了。培尼狄克觉得从她那些不客气的话里隐隐可以看出她的柔情，他大声说：“我要是不心疼她，我就是个恶棍。我要是不爱她，我就是个犹太人。我要去向她讨一张玉照。”

这位先生就这样上了他们为他做好的圈套。现在该轮到希罗来想法尽她对贝特丽丝的一份责任了。为了这件事，她派人去把欧苏拉和玛格莱特叫了来，她们俩是她的丫鬟。她对玛格莱特说：“好玛格莱特，你跑到客厅里去，我的堂姐贝特丽丝正在那儿跟亲王和克劳狄奥谈话。你悄悄地告诉她，说我和欧苏拉正在果园里散步，我们谈的全是关于她的事情。叫她偷偷溜到那座可爱的凉亭里去，那里的金银花被太阳晒得成熟了，却像忘恩负义的宠臣似的，反而不让太阳进来了。”希罗要玛格莱特骗贝特丽丝去的凉亭，刚好就是培尼狄克最近在里面偷听过消息的那座可爱的凉亭。“我一定叫她立刻就来。”玛格莱特说。

于是希罗把欧苏拉带到果园里去，对她说：“欧苏拉，贝特丽丝来的时候，我们就沿着这条小路来回走，我们谈的必须都是跟培尼狄克有关系的事。我一提到他的名字，你就把他夸得好像走遍天下再也找不到他这么好的男人了。我跟你说的就是培尼狄克怎样爱上了贝特丽丝。马上就来吧，瞧，贝特丽丝像只田凫似的缩头缩脑地跑来听咱们谈话了。”于是她们谈开了。希罗就像在回答欧苏拉说的什么话似的说：“不，真的，欧苏拉，她太瞧不起人了。她的脾气就像山上的野鸟那么高傲。”“可是你有把握吗？”欧苏拉说，“培尼狄克真是这样一心一意地爱着贝特丽丝吗？”希罗回答说：“亲王跟我的未婚夫克劳狄奥都这么说，他们一定要我把这件事告诉她。可是我劝他们说，要是他们爱护培尼狄克的话，就永远不要让贝特丽丝知道这件事。”“不错，”欧苏拉回答说，“可别让她知道他爱她，免得她去嘲弄他。”“嗳，说实在的，”希罗说，“不管是多么聪明、高贵、年轻或者漂亮的男子，她都要把他说得一钱不值。”“对，对，这样吹毛求疵真不大好。”欧苏拉说。“是啊，”希罗回答说，“可是谁敢这么跟她说呢？我要是去说的话，她会把我挖苦坏的。”“哦！你冤枉你的堂姐啦，”欧苏拉说，“她不会这样没有眼力，居然拒绝像培尼狄克这样一位难得的绅士。”“他的名望非常好，”希罗说，“说实在的，除了我亲爱的克劳狄奥，在意大利就算他顶了不起了。”这时候，希罗暗示她的丫鬟该换换话题了，于是欧苏拉就说：“小姐，您什么时候结婚呢？”希罗说她明天就跟克劳狄奥结婚，她要求欧苏拉跟她一块儿进去挑几件新衣裳，她想跟她商量一下明天该穿什么好。贝特丽丝一直屏着气急切地偷听着这番谈话。她们走了以后，她就喊：“我的耳朵怎么会这么热？这难道是真的吗？轻蔑和嘲笑，我跟你们永别了！再见吧，少女的骄傲！培尼狄克，爱下去吧！我不会辜负你的，让我这颗野马似的心在你的恩爱的手下驯服起来吧。”

不论谁看到这一对老冤家变成了亲爱的新朋友，看到天性快乐的亲王那有趣的计策哄得他们俩爱上了以后第一次会面的情景，都一定会感到愉快的。

可是现在我们也该提提希罗遭遇的可悲的命运了。第二天本来是希罗结婚的日子，却给她和她的好父亲里奥那托的心上带来了悲哀。

亲王有个同父异母的弟弟，他跟亲王一起从战场上来到了梅辛那。这弟弟（他名字叫唐·约翰）是个又阴险又不安分的人，他专门喜欢布置阴谋来陷害别人。他恨他哥哥亲王，恨克劳狄奥，因为克劳狄奥跟亲王要好；他拿定主意不让克劳狄奥跟希罗结婚，目的只是叫克劳狄奥和亲王痛苦，他好得到损害别人的快乐，因为他知道亲王一心一意想成全这桩亲事，对这件事热心得不亚于克劳狄奥自己。为了达到这个毒辣的目的，他雇了一个跟他自己一样坏的人，名叫波拉契奥。为了唆使这个人去破坏，唐·约翰许下他一大笔钱。这个波拉契奥正在跟希罗的丫鬟玛格莱特谈恋爱。唐·约翰知道了这件事，就怂恿他去让玛格莱特答应当天晚上等希罗睡了以后，隔着她女主人的卧室窗户跟他谈心，并且穿上希罗的衣裳，这样更好骗克劳狄奥，叫他相信那就是希罗。唐·约翰布下这个毒计，想达到的正是这个目的。

唐·约翰接着就到亲王和克劳狄奥那儿去，告诉他们希罗这个姑娘的行为很不检点，她深更半夜隔着卧室的窗户跟男人谈心。这正是结婚的头天晚上，他表示愿意当天夜里领他们去，让他们亲耳听到希罗隔着她的窗户跟一个男人谈心。他们同意跟他一块儿去，克劳狄奥还说："要是今天晚上我看到什么叫我不该跟她结婚的事，那么明天我就要在本来预备跟她结婚的教堂里，当着大家羞辱她。"亲王也说："我既然帮助你把她求到手，我也要跟你一起羞辱她。"

唐·约翰当天晚上把他们带到希罗的卧室附近，他们看见波拉契奥站在窗子底下，还看见玛格莱特从希罗的窗口往外看，并且听见她跟波拉契奥谈心。玛格莱特穿的正是亲王和克劳狄奥曾看到希罗穿过的衣裳，于是他们就相信那就是希罗姑娘本人了。

克劳狄奥一旦发现了（他以为是发现了）这件事，就气得跟什么似的。他对清白无辜的希罗的一腔爱情马上就变成了仇恨，他决定照他以前所说的那样做，第二天在教堂里戳穿她这件事。亲王同意了，他认为无论把什么样的责罚加在这个不规矩的姑娘身上也不算苛刻，因为就在她准备跟高贵的克劳狄奥结婚的头天晚上，她居然还隔着窗户跟另外一个男人谈心。

第二天，他们都聚在一起举行婚礼。克劳狄奥和希罗站在神父（或者像人们称呼他的——修道士）面前，神父正要举行婚礼，克劳狄奥却用最激动的言词宣布了无辜的希罗的罪状。希罗听他说出这样荒唐的话来，十分惊讶。她温顺地说："我的夫君生病了吗？他怎么会讲起这样的胡话来？"

里奥那托非常震惊，就对亲王说："殿下，您怎么不说话呢？""我说什么好呢？"亲王说，"我竭力怂恿我的好朋友跟一个不足娶的女人结合，我已经够丢脸了。里奥那托，我凭人格向你起誓，我自己、我弟弟和这位懊丧的克劳狄奥，昨天晚上我们确实看到并且听见她半夜里在卧室的窗口跟一个男人谈心。"

培尼狄克听到这些话很惊讶，他说："这不像是在举行婚礼啦。"

"真的，天哪！"伤心的希罗回答说，接着这位不幸的姑娘就晕了过去，看上去完全像是死了的样子。亲王和克劳狄奥没有留下来看看希罗会不会醒过来，也根本没有理会他们叫里奥那托多么痛苦，就离开了教堂。愤怒使他们的心肠变硬了。

贝特丽丝想法子叫希罗苏醒过来，培尼狄克也留下来帮忙。他说："姑娘怎么啦？""我想她是死了。"贝特丽丝非常苦恼地回答说，因为她很爱她的堂妹，她深深知道她堂妹素日品行端正，毫不相信听到的那些坏话。可怜的老父亲可不是这样，他相信了关于他孩子丢脸的故事。这时候希罗像个死人一样躺在他面前，他朝着女儿唉声叹气，还说巴不得希罗再也不睁开眼睛来，那情景真是凄惨极了。

可是老修道士是个聪明人，善于观察人的性格。当这姑娘听到别人责备她的时候，他十分注意姑娘的神色，看到她脸上涌满了羞辱的红晕，又看到天神般的白色把羞红的脸色赶走了，在她眼睛里他看到一种火，可以看出亲王指责这个少女不贞的话都是没根据的。于是，他对那个伤心的父亲说："这位可爱的姑娘要不是凭空受到冤枉，你就管我叫傻子，别再相信我的学问我的见识，也别再相信我的年龄我的身份或是我的职务了。"

希罗从昏迷状态中苏醒过来以后，修道士对她说："姑娘，他们告你跟什么人要好呢？"希罗回答说："那些告我的人知道是什么人，我可不知道。"然后她回头来对里奥那托说："啊，父亲，您要是能证明我曾经在不适当的时候跟什么人谈过心，或是昨天晚上我跟什么人说过一句话，那么您就别再认我，您尽管恨我，把我折磨死吧。"

"亲王和克劳狄奥，"修道士说，"一定是起了什么奇怪的误会。"然后他劝里奥那托宣布说希罗已经死了。他说，他们离开希罗的时候，她正处在死了一样的昏迷状态里，他们会很容易相信这话的。他还劝他穿上丧服，给她立一座墓碑，凡是属于葬礼的仪式都要一概照办。

"为什么要这样呢？"里奥那托说，"这样做有什么好处呢？"

神父回答说："宣布她死了会把毁谤变成怜悯，这样会有些好处，可是我所盼望的好处还不仅仅这一点。克劳狄奥一听说她是给他那些话一下子气死的，她生前可爱的影子就一定会在他的脑子里浮现出来。要是爱情曾经打动过他的心，这时候他就会哀悼她，尽管他仍旧自以为揭发的事是真的，他也会后悔不该那么羞辱她。"

这时候培尼狄克说："里奥那托，你听修道士的话吧，虽然你知道我多么爱亲王和克劳狄奥，我还是用我的人格担保不把这个秘密泄露给他们知道。"

经过这样的劝说，里奥那托答应了。他悲痛地说："我已经伤心得一点儿主意也没有了，连最细的一根线都能牵着我走。"然后，好心肠的修道士就把里奥那托和希罗带走，去劝慰他们，只剩下贝特丽丝和培尼狄克两个人留了下来。他们那几位朋友布置下一个有趣的计策，原是为了好把他们这样搞到一起，指望着大大寻一下开心。如今，那些朋友都苦恼得垂头丧气，似乎再也没心肠来跟他们开玩笑了。

培尼狄克头一个开口。他说："贝特丽丝姑娘，你一直在哭吗？""是呀，我还要再哭一阵呢。"贝特丽丝说。"不错，"培尼狄克说，"我相信你的好堂妹受了冤枉。""嗳，"贝特丽丝说，"谁要是替她申了冤，我得怎样去酬谢他啊！"于是培尼狄克说："有什么办法能表示这种友谊吗？世界上我没有比你更爱的人了，这不是很奇怪吗？""我也可以说，"贝特丽丝说，"我在世界上没有比你更爱的人了。可是别相信我，不过我也没说瞎话。我什么也不承认，可什么也不否认。我很替我的堂妹难过。""凭着我的剑起誓，"培尼狄克说，"你爱我，我也承认我爱你。来，随便你吩咐我为你做什么事吧。""杀死克劳狄奥。"贝特丽丝说。"啊，那无论怎样也不成。"培尼狄克说，因为他很爱他的朋友克劳狄奥，并且他相信克劳狄奥是受捉弄了。"克劳狄奥信口诽谤、侮辱我的堂妹，破坏她的名誉，难道他不是个坏蛋吗？"贝特丽丝说，"啊，我要是个男人就好了！""听我说，贝特丽丝！"培尼狄克说。

可是替克劳狄奥辩护的话贝特丽丝一句也不要听。她继续逼着培尼狄克替她堂妹报仇。她说：“隔着窗户跟一个男人谈心，说得真像话！可爱的希罗！她给冤枉了，诽谤了，她一辈子完了。为了管教管教这个克劳狄奥，我但愿自己是个男人！或者我能有个朋友，为了我的缘故他愿意做一个男子汉！可是勇气都已经融化成为礼貌和客气话了。我既然不能凭着愿望变成男人，我只好还做女人家，伤着心死掉。”“等一等，好贝特丽丝，”培尼狄克说，“我举这只手向你发誓，我爱你。”“你要是爱我，就别净用手来发誓，拿它干点别的事吧。”贝特丽丝说。“凭良心，你认为克劳狄奥冤枉希罗了吗？”培尼狄克问。“是啊，”贝特丽丝回答说，“就像我知道我有思想，有一颗良心一样得千真万确。”“好吧，”培尼狄克说，“我答应你去向他挑战决斗。让我亲一亲你的手再走。我举这只手向你发誓，我一定狠狠地让克劳狄奥吃点儿苦头。请你等我的消息，挂念着我。安慰安慰你的堂妹去吧。”

正当贝特丽丝这样竭力怂恿培尼狄克，并且用愤慨的话激发他的侠胆义肠，让他为了希罗去向他亲密的朋友克劳狄奥挑战决斗的时候，里奥那托也在向亲王和克劳狄奥挑战决斗，要他们用剑来回答他们加给他女儿的损害，说她已经伤心得死去了。可是他们由于尊敬他的高龄，同情他的悲伤，就说：“不，别跟我们吵架吧，好心的老人家。”这时候培尼狄克来了，他也向克劳狄奥挑战决斗，要他用剑来答复他加给希罗的伤害。克劳狄奥和亲王对彼此说：“这是贝特丽丝叫他来干的。”这时候，要不是天理公道给希罗的清白无辜带来了比决斗那样不可靠的命运更好的证明，克劳狄奥一定会接受培尼狄克的挑战的。

亲王和克劳狄奥还在谈论培尼狄克的挑战的时候，一个狱卒把波拉契奥当作犯人押到亲王这儿来了。原来波拉契奥跟他的同伴谈起唐·约翰雇他去干的勾当，给人听见了。

波拉契奥当着克劳狄奥的面把一切都对亲王招供出来。他说穿着小姐的衣裳隔着窗户跟他谈心的是玛格莱特，他们把她错当成希罗姑娘本人了。这么一来，克劳狄奥和亲王心里再也不怀疑希罗的清白无辜了。即使他们还有什么猜疑的话，唐·约翰一逃跑，他们的怀疑也就一扫而光了。唐·约翰晓得他干的坏事败露了，他哥哥当然会震怒的，就从梅辛那逃走了。

克劳狄奥知道他冤枉了希罗，心里非常悲痛，他还以为希罗一听到他那些残酷的话真的立刻死了呢。他所爱的希罗的形影又在他的脑子里出现了，依然像他最初爱上她的时候那样美丽。亲王问他刚才听到的话是不是像烙铁一样熨透了他的心，他回答说，听到波拉契奥说话的时候，他觉得自己就像是吃了毒药似的。

于是，这个悔悟过来的克劳狄奥就请求里奥那托老人家宽恕他加给他孩子的伤害。他发誓说，为了他曾经轻信对他的未婚妻的诬告这个过错，随便里奥那托加给他怎样的惩罚，他都愿意忍受，这样才对得起他亲爱的希罗。

里奥那托的惩罚是要他第二天早晨跟希罗的一个堂妹结婚。他说这个姑娘现在是他的继承人了，她长得十分像希罗。克劳狄奥为了顾全他对里奥那托所发的庄重的誓言，就答应跟这个不相识的姑娘结婚，即使她是个黑人也没关系。可是他心里非常难过。那天晚上他在里奥那托给希罗立的墓碑前面流着泪，忏悔了一夜。

到了早晨，亲王陪着克劳狄奥到教堂来了。那位好心肠的神父、里奥那托和他的“侄女”都已经聚在那儿，预备举行第二次婚礼。里奥那托把许给克劳狄奥的新娘子介绍给他。她戴着一副面罩，好叫克劳狄奥看不到她的脸。克劳狄奥对这位戴面罩的姑娘说：“在这位圣洁的神父面前，把你的手递给我，要是你愿意跟我结婚，我就是你的丈夫。”“我活着的时候，我做过你的一个妻子了。”这个不相识的姑娘说。她把面罩揭开，原来她并不是什么侄女（像她所假装的），却是里奥那托的亲生女儿，希罗姑娘本人。对克劳狄奥说来，这当然是再愉快不过的意外了（他本来以为她已经死了），他快乐得几乎不能相信自己的眼睛。亲王看到这一切，也同样吃了一惊。他大声说：“这不是希罗吗？不是那个死了的希罗吗？”里奥那托回答说：“殿下，在诽谤还活着的时候，她才是死的呢。”神父答应他们，举行完仪式以后，把这个好像是奇迹的事解释给他们听。他正要给他们进行婚礼，培尼狄克拦住说，他同时也要跟贝特丽丝结婚。贝特丽丝对这个婚姻稍微表示了些反对，于是培尼狄克就提起贝特丽丝对他表示过的爱情（这是他从希罗那儿听来的）来质问。这时候就有了一场愉快的解释，他们这才发现原来两个人都上了当，以为对方爱上了自己（其实这种爱情根本就不存在），一个哄弄人的玩笑却使他们成为真正的情人了。可是凭一条有趣的计策骗他们发生的感情，现在已经十分强烈了，一本正经的解释也动摇不了啦。培尼狄克既然提议跟她结婚，随便人们用什么办法来反对，他也不睬。他继续快快活活地跟贝特丽丝开着玩笑，对她发誓说：他只是为了可怜她才娶她的，因为听说她憔悴得快要死了。贝特丽丝还嘴说：她是经过好久的劝说才让步的，一半也是为了救他一命，因为听说他害相思病快害死了。于是两个狂荡的口才家和解了，并且等克劳狄奥和希罗结完婚，也跟着结为夫妻了。在故事的结尾还要说明一下：布置那个阴谋的唐·约翰在逃跑的路上给逮住，押回梅辛那来了。这个又阴险又不安分的人眼看到他干的勾当失败以后，梅辛那宫里一片欢乐和盛宴本身就是对他的严厉惩罚。

皆大欢喜

AS YOU LIKE IT

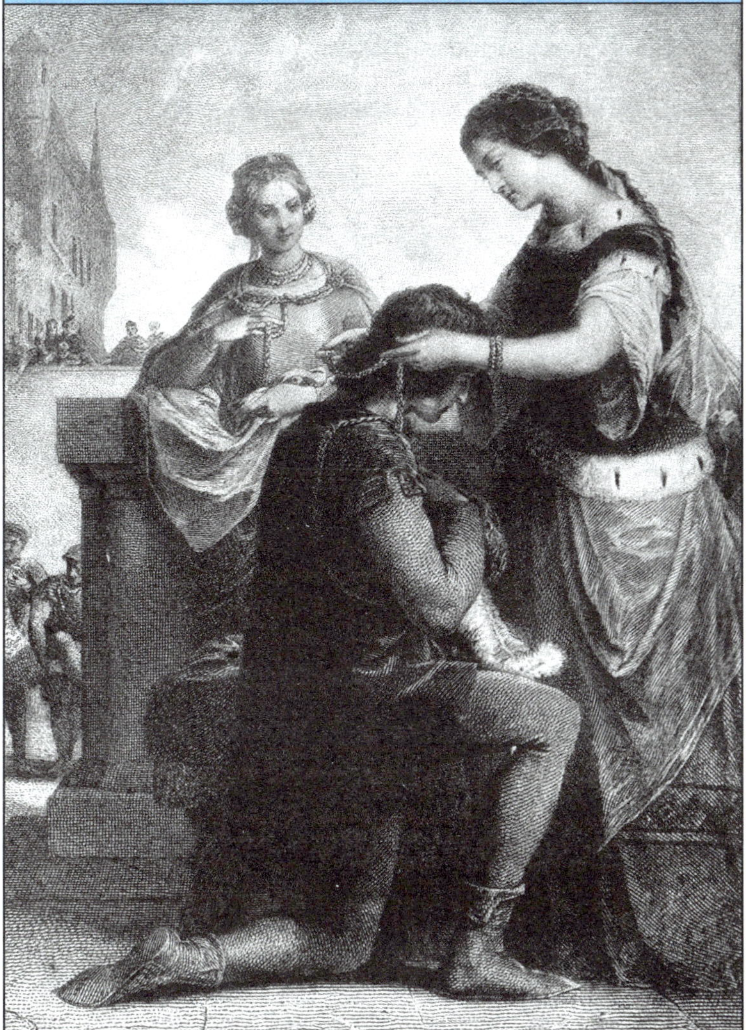

当法兰西还是分作若干省份（或者照他们当时的说法，就是分成若干公国）的时候，有一省是由一个篡位者统治着，他把他哥哥（合法的公爵）废了，并且放逐出去。

这位从自己的领土上被赶出来的公爵带着几个忠实的随从，隐遁到亚登森林里去了。这位好公爵就跟他亲爱的朋友在这儿住了下来。只要他们的土地和收入还在养肥着奸诈的篡位者一天，这些人为了公爵的缘故，就宁愿也在外边流浪。由于习惯的力量，他们很快就觉得在这儿过的自由自在的生活比宫廷里那种华丽而虚伪的排场可爱多了。他们在这儿像英国古时候的罗宾汉[①]一样过日子，每天都有许多贵族青年从宫廷到这个树林子里来，大家就像生活在黄金时代的人们一样，时间无忧无虑地飞逝过去。夏天，他们在树林子里并排躺在大树那爽人的阴影底下，看着野鹿嬉戏。他们非常喜欢这些可怜的带斑纹的傻动物，野鹿好像是树林子里天然的住户，因此，为了弄些鹿肉来充饥而不得不下手杀死它们的时候，心里总是觉得很难受。冬天的寒风叫公爵感到他命运里不幸的变化，他就耐心地忍受着，并且说："往我身上刮的一阵阵寒风都是忠臣，他们不对我献媚，却把我的处境真实地表现给我看。风虽然像刀割般地刺人，可是牙齿却不像残忍和忘恩负义的行为那样尖利。我发现无论人们怎样抱怨环境，还是可以从里面取得一些可喜的好处，就像那可以做贵重药材的宝石，

① 英国中古传说中的绿林好汉。

却是从有毒的、受人轻视的癞蛤蟆脑袋里取出来的一样[1]。”这位有耐性的公爵就这样从他看到的每一件东西上得到有益的教训。虽然生活在这个不见人烟的地方，他靠着这种喜欢从事物上取得教训的性格，也能够从树上找到言语，从潺潺的小河里找到书本，从岩石上找到教训，从一切事物上都能得到益处。

这位被流放的公爵有一个独生女，名叫罗瑟琳。篡位的弗莱德里克公爵把她父亲放逐出去以后，仍然把她留在宫里，当作他自己的女儿西莉娅的伴儿。这两位姑娘之间有一种密切的友谊，她们父亲的不睦一点儿也没有影响到她们的这种友谊。西莉娅竭力讨罗瑟琳的喜欢，来弥补她自己的父亲废黜罗瑟琳的父亲这种不公正的行为。每逢罗瑟琳想起她父亲的被逐，以及她自己寄在这个奸恶的篡位者的篱下而悲伤起来的时候，西莉娅就竭力安慰她，劝解她。

有一天，西莉娅像平时一样对罗瑟琳说：“罗瑟琳，我的好姐姐，请你快活些吧。”这时候公爵派来一个人，告诉她们说：有一场角斗就要开始了，要是她们想去看看，就得立刻到宫殿前面的广场上来。西莉娅觉得这会叫罗瑟琳开心，就同意去看了。

如今角斗只有乡下人才玩，可是那时候连王公的宫廷里的人也喜欢玩这种游戏，还当着美丽的贵夫人和公主们的面来较量呢。于是，西莉娅和罗瑟琳就看这次的角斗去了。她们觉得这场角斗看起来一定很惨，因为一个身子壮、力气又大的人（他对角斗饱有经验，在这种比赛中打死过许多人）正要跟一个年纪非常轻的人去角斗，由于这个人年纪很轻，对角斗没有经验，观众都认为

---

① 编者注：欧洲古世纪传说中常出现的蟾蜍石，多产于年纪较大的蟾蜍大脑中，有魔力，能驱邪、验毒、治病。

他一定会给打死。

公爵看见西莉娅和罗瑟琳就说："啊，女儿和侄女，你们溜到这儿来看角斗来了吗？你们不会感到兴趣的，两个人的力量差得太远了，为了可怜这个年轻人，我想劝他别去角斗。姑娘们，你们去跟他说说吧，看能不能说得动他。"

姑娘们都很乐意去做这件合乎人道的事。西莉娅先苦口婆心地劝这位陌生的年轻人放弃这场角斗，接着罗瑟琳又非常恳切地跟他谈，而且非常担心他就要冒的危险，结果这些温柔的话不但没能劝动他放弃角斗，反而叫他更想凭自己的勇气在这两个可爱的姑娘面前一显身手了。

他用异常委婉谦逊的话谢绝了西莉娅和罗瑟琳的请求，这下她们对他越发关心了。最后，他这样拒绝说："我十分抱歉，不能答应你们这样美貌出众的姑娘的要求。让你们美丽的眼睛和温柔的心肠伴随着我来参加这场比赛吧。在角斗中要是我输了，那不过是一个从来没有受人宠爱过的人丢了脸；要是我死了，那不过是死了一个甘心愿意去死的人。我不会有什么对不起朋友的地方，因为我根本没有朋友来哀悼我；我也不会使世间受到什么损害，因为我在世上什么也没有；我在世上占据的位置如果空出来，也许可以由更好的人来补充。"

现在这场角斗开始了。西莉娅希望这个陌生的年轻人别受伤，罗瑟琳对他的同情更深。他所说的无朋无友的境遇和他想死去的话，使罗瑟琳觉得他跟她自己是同样的不幸，她非常可怜他。在角斗的时候，罗瑟琳对他非常关心，她简直可以说当时就爱上了他。

两位美丽高贵的姑娘对这个不知名的青年所表示的好意，给了他勇气和力量，使他做出了奇迹，他终于完全打败了他的敌手。

那敌手受伤很重，有半晌说不出话来，也动弹不了。

弗莱德里克公爵看到这个陌生的年轻人所表现出的勇气和武技，很是高兴。他想了解一下他的姓名和家世，有意提拔他。

陌生人说他名叫奥兰多，他是罗兰·德·鲍埃爵士的小儿子。

奥兰多的父亲罗兰·德·鲍埃爵士已经去世好几年了，可是他在世的时候是那被放逐的公爵的忠臣和密友。因此，弗莱德里克一听说奥兰多的父亲是那个被他放逐的哥哥的朋友，他对这个勇敢的年轻人的好感就全变成恼怒，他非常不高兴地走开了。随便听到他哥哥的哪个朋友的名字他都讨厌，可是心里仍然佩服这个青年的英勇，他走出去的时候说："要是奥兰多是别人的儿子就好了。"

罗瑟琳听到她新近看中了的人是她父亲的老朋友的儿子，十分欢喜。她对西莉娅说："我父亲很爱罗兰·德·鲍埃爵士，我要是早知道这个年轻人是他儿子的话，我就会流着泪求他不要冒这种险了。"

接着两位姑娘走到他跟前，她们看到他正因为公爵突然发了脾气感到羞愧呢，就对他说出亲切鼓励的话。临走的时候，罗瑟琳回过头来，又对她父亲的老朋友的这个年少英俊的儿子说了些体贴的话。她从脖子上拿下一圈项链，说："先生，为了我的缘故，请你戴上这个吧。我运气很不好，不然我会送你一件更贵重的礼物。"

两位姑娘单独在一起的时候，罗瑟琳说的话还是句句离不开奥兰多，于是西莉娅看出她的堂姐已经爱上这个年轻漂亮的角斗家了。她对罗瑟琳说："你这样一下子就爱上了他是可能的吗？"罗瑟琳说："我的父亲（公爵）曾经很爱过他的父亲。""难道说你就也得那么热烈地去爱他的儿子吗？"西莉娅说，"照这样说起来，我岂不是应该恨他了吗？因为我的父亲恨他的父亲。不过我并不恨奥兰多。”

弗莱德里克看到罗兰·德·鲍埃爵士的儿子以后，心里很生气。由这件事他想起被放逐的公爵在贵族当中还有许多朋友，同时，又因为大家夸奖他侄女的德行，看在她的善良的父亲面上可怜她，弗莱德里克早就不高兴罗瑟琳了，于是他突然对她起了恶意。正当西莉娅跟罗瑟琳谈论着奥兰多的时候，弗莱德里克走进了屋子，怒容满面地吩咐罗瑟琳立刻离开王宫，跟她父亲一块儿过流亡的生活去。西莉娅替她哀求也没用，他告诉西莉娅说，让罗瑟琳待在宫里不过是为了她的缘故。“那时候，”西莉娅说，“我并没有请求您让她留下来，因为那时候我还太小，不懂得她的好处，可是现在我知道她有多么好了。我们一向同起同卧，一块儿念书、玩耍和吃饭，要是没有她陪伴，我简直不能活了。”弗莱德里克回答说：“你捉摸不住她。她那种圆滑、她的沉默本身和她的耐性，都等于向大家求情，他们可怜她。你替她求情才是傻子呢。她一走，你就会显得更聪明更有德行了。因此，不要替她说情啦，因为我对她下的判决是不能挽回的。”

西莉娅一发现她劝不动她父亲让罗瑟琳留在她身边，就毅然决定跟罗瑟琳一起走。当天晚上她就离开她父亲的宫廷，陪着她的朋友到亚登森林去找罗瑟琳的父亲——被放逐的公爵。

出发以前，西莉娅觉得她们两个年轻姑娘穿着华丽的衣裳行路，恐怕不大安全，她就提议扮成乡下姑娘模样，好隐瞒起她们的身份。罗瑟琳说，要是她们当中一个化装成男人，那就更保险了。于是，她们两人很快就决定，因为罗瑟琳个子高，她穿上年轻的乡下汉的衣裳，西莉娅打扮成乡下妞儿的样子。她们要对人说是兄妹，罗瑟琳说她想化名叫盖尼米德，西莉娅就取了爱莲娜这个名字。

两位美丽的郡主化装成这个模样，身边带着钱和宝石当盘缠，就开始了长途旅行。亚登森林离得很远，在公爵领土的边界以外。

罗瑟琳姑娘（现在该叫她盖尼米德了）一穿上男人的衣裳，就好像也有了男人的勇气啦。西莉娅陪着罗瑟琳走过这许多英里叫人疲乏的路，表现出忠实的友谊，使得这个新哥哥也竭力用愉快的精神来报答这种诚挚的爱，就仿佛她真是盖尼米德——温柔的乡下姑娘爱莲娜的粗鲁、大胆的哥哥了。

到了亚登森林以后，她们就再也找不到一路上所遇到的那样方便的旅馆，住得也没那么舒服了。盖尼米德本来一路上都用轻松有趣的话快快活活地鼓舞着她的妹妹，由于缺乏饮食和休息，这时候她也对爱莲娜承认她累得心里真想索性给她的男子打扮丢脸，像个女人一样大哭一场。爱莲娜也说她走不动了，于是盖尼米德又拼命记起男人有责任安慰、劝解女人，因为女人比较软弱。为了在她新妹妹面前显得勇敢，她说："来，爱莲娜妹妹，坚强一些吧，咱们的路快走完了，已经到亚登森林啦。"可是硬装出来的男子气概和勉强挺起来的勇气都再也不能支持她们了，因为虽然她们是在亚登森林里，她们却不知道到哪儿去找公爵。这两位姑娘走累了，她们这趟旅行也许会得到一个悲惨的结果：可能迷失了路，半路上饿死。可是幸亏当她们坐在草地上累得几乎要死，也没有希望得救的时候，一个乡下人恰好打这里路过。盖尼米德又装出男人的大胆神情说："牧羊人，在这个荒凉的地方，要是凭人情或者金钱能够让我们得到吃喝的话，那么就请你把我们带到一个能够歇脚的地方去吧，因为这个年轻姑娘（我的妹妹）走路走得太累了，并且由于没有吃的，她饿昏了。"

那人回答说：他不过给一个牧羊人当仆人，他的主人就要出卖房子，因此，她们只能得到一点点很可怜的吃喝。不过要是她们肯跟他去的话，那儿有什么，都欢迎她们来分享。于是她们就跟着他走，眼看可以得救的希望给了她们新的力量。她们买下了牧羊人的房子和羊群，把引她们到牧羊人的房子去的那个人留下来伺候她们。这样，她们很幸运，得到了一间整洁的茅屋和充足的粮食。她们决定在这儿待下来，一直待到她们在森林里打听出公爵的下落。

等她们旅途的疲劳歇过来以后，她们就喜欢起这种新的生活方式来了,几乎当真以为自己就是她们所假装的牧羊郎和牧羊女。不过有时候盖尼米德还记起他曾经是罗瑟琳姑娘，她痴情地爱上了勇敢的奥兰多,因为奥兰多是她父亲的朋友老罗兰爵士的儿子。虽然盖尼米德以为奥兰多在许多英里路以外，遥远得正像她们走过的叫人疲倦的路，可是不久就发现，原来奥兰多也在这座亚登森林里。这件离奇的事是这样发生的。

奥兰多是罗兰·德·鲍埃爵士的小儿子。爵士死的时候（奥兰多那时候年纪还小得很），把他交给他的大哥奥列佛去抚养，在祝福奥列佛的时候，嘱咐他要让他的小弟弟受很好的教育，要把他照顾得跟他们古老门第的尊严相称。可是奥列佛不是个好哥哥。他毫不顾念父亲临死时候的吩咐，一直也没把弟弟送进学校去，只叫他待在家里，没人教导，没人照管。不过奥兰多的天性和高贵的品质非常像他的卓绝的父亲，所以尽管他没受到什么教育，他却像个极细心地教养大了的青年。奥列佛非常妒忌他这个没受过教育的弟弟长得竟这样好，举止又这样落落大方，他终于想把他害死。为了达到这个目的，他叫人去劝他跟那个有名的拳师去角斗——前面也说过，这个拳师打死过许多人。奥兰多正因为这个残忍的哥哥对他漠不关心，才说出自己无朋无友、情愿去死的话。

跟奥列佛恶毒的希望正相反，他的弟弟居然得胜了，于是他的嫉妒心和恶意更遏止不住了，他发誓要放火把奥兰多睡的房子烧掉。正发誓的时候，给伺候过他们父亲的一个忠实的老仆人听见了，这个仆人很爱奥兰多，因为他长得像罗兰爵士。当奥兰多从公爵的宫廷里回来的时候，这个老头儿迎了出来。他一看见奥兰多，想到亲爱的少爷所处的危境，不由得就激动地这样嚷："啊，我善良的主人，我的好主人，啊，您叫人想起老罗兰爵爷！您怎么这样好呢？您怎么这样善良、健壮、勇敢呢？您怎么这样傻，竟把那个有名的拳师打败了呢？您的名声传得太快，已经比您先到家了。"奥兰多听到这些话，简直莫名其妙，就问他到底是怎么回事。老头儿告诉他说，他那坏心眼儿的哥哥本来就妒忌大家对他的爱戴，如今又听说他在公爵的宫廷里打胜了，得到荣誉，打算当天晚上就放火烧掉他的房子，把他害死。最后，他劝奥兰多马上逃走，躲开眼前的危险。亚当（这是那个好心肠的老头儿的名字）知道奥兰多没钱，早把他自己那点储蓄随身带了来。他说："我有五百个克朗[①]，这是我在您父亲手下做事的时候从工钱里省吃俭用攒下来的一点钱，本来是预备我这副老骨头干不动活儿的时候花的。您拿去吧，上帝饿不死乌鸦，我老了的时候，他也会照顾我的！那笔钱就在这儿，我把它全都给您，让我当您的仆人吧。我虽然看上去显得老，可是您有什么事情吩咐，需要什么，我做起来会跟一个年轻人一样。""啊，好老人家！"奥兰多说，"从你身上可以多么清楚地看出古人的那种忠心耿耿呀！你太不合时宜了。咱们一块儿走吧，等不到把你年轻时候赚来的

---

① 当时欧洲通用的一种硬币，上面刻着王冠，所以叫"克朗"（王冠）。

钱花光，我就可以有办法赚一点钱来维持咱们俩的生活。”

于是，这个忠实的仆人就跟他所爱戴的主人一块儿出发了，奥兰多和亚当朝前走去，并不知道往哪条路走好，最后他们来到了亚登森林，在这儿找不到吃的，也遇到盖尼米德和爱莲娜曾经遭受过的困难。他们只顾乱走，寻找有人居住的地方，直弄得又饿又累，几乎筋疲力尽了。亚当终于说：“啊，我亲爱的主人，我快饿死了，我再也走不动啦！”然后，他就躺了下来，想把那地方当作他的坟墓，跟他的主人永别。奥兰多看到老仆人衰弱到这个地步，就把他抱到舒适的树荫底下，对他说：“打起精神来吧，老亚当，在这儿歇一歇。可别说什么死不死的话了！”

奥兰多到处去找吃的，恰好来到森林里公爵住的地方。公爵和他的朋友们正要吃饭，这位尊贵的公爵坐在草地上，上面除了几棵大树遮阴，没有别的帷幕。

饥饿已经把奥兰多逼得不顾死活了，他拔出剑来，打算凭力气硬去抢他们吃的东西。他说："住手，不准再吃了，得把你们吃的东西给我！"公爵问他究竟是因为落难才变得这么强横呢，还是因为他生来就是个不懂礼貌的莽汉。听了这话，奥兰多就说，他快要饿死了。于是公爵对他说，欢迎他坐下来跟他们一块儿吃饭。奥兰多听他说话这么温和，连忙收起他的剑，想到自己刚才那么鲁莽地向他们要吃的，脸也羞得通红。"请你原谅我，"他说，"我还以为这儿什么都讲究动野蛮呢，所以我才摆出一副强梁粗暴的样子。你们在这个荒野里，躺在凄凉的树荫下，就忘记了时间的消逝。可是不论你们是些什么人，只要你们曾经见过好日子，只要你们到过打钟召集礼拜的地方，只要你们参加过上流人的宴会，只要你们从眼皮上擦过泪水，懂得怜悯人和被人怜悯是怎么回事，那么现在就让这些温和的话感动你们，用人间的礼貌来对待我吧！"公爵回答说："我们的确（像你所说的）曾经见过好日子，虽然我们现在住在这个荒凉的树林子里，可是我们也曾在大小城市里住过，曾经被神圣的钟声召集到教堂里去过，曾经参加过上流人的宴会，也从我们的眼皮上擦过被神圣的怜悯所感动而流下的眼泪。所以请你坐下来，放开了量吃个饱吧。""有一位可怜的老人家，"奥兰多回答说，"纯粹为了爱我的缘故，跟着我一瘸一拐地走了许多叫人疲乏的路，现在受着衰老和饥饿双重的压迫。除非他先吃饱了，我决不碰一点儿食物。""快去找他，把他带到这儿来，"公爵说，"我们等你回来才吃。"于是奥兰多走了，就像一只母鹿去找它的小鹿，喂它吃的一样。不一会儿，他背着亚当回来了。公爵说："放下你背上那位可敬的老人家，你们两位我们都欢迎。"随后他们喂老头儿东西吃，提起他的心神。他就苏醒过来，恢复了健康和体力。

公爵问奥兰多是什么人，等他知道奥兰多是他老朋友罗兰·德·鲍埃的儿子以后，就把他收留下来，加以保护。奥兰多和他的老仆人就跟公爵一块儿住在森林里。

奥兰多来到森林里没几天，盖尼米德和爱莲娜就也到了这里（像前面所说的），并且买下了牧羊人的茅屋。

盖尼米德和爱莲娜看到树上刻着罗瑟琳这个名字，很是惊讶，树上还拴着写给罗瑟琳的十四行情诗。正在纳闷这是怎么回事的时候，她们遇到了奥兰多，并且看见他脖子上挂着罗瑟琳送给他的项链。

奥兰多怎么也没料到盖尼米德就是那位美丽的罗瑟琳郡主，她身份那样高贵，居然对他表示了好感，使他生了爱慕的心，一天到晚都在树上刻她的名字，写那些十四行诗，赞美她的美貌。不过他看到这个俊秀的年轻牧人那种优美的神情，他也十分喜欢，就跟她攀谈起来。他觉得盖尼米德有点儿像他心爱的罗瑟琳，只是她没有那位高贵小姐的庄严仪表，因为盖尼米德故意装出将要成年的小伙子常有的那种鲁莽样子。她非常乖巧、诙谐地跟奥兰多谈起一个情人的事。她说："这个人常到我们的树林子里来，在我们的嫩树皮上刻满了'罗瑟琳'这个名字，把刚长起来的树木糟蹋得不成样子了，他在山楂树上挂起诗篇，在荆棘枝上吊着哀歌，都是赞美那个罗瑟琳的。我要是能够找到这个痴情郎，我一定好好给他出个主意，很快就能治好他的相思病。"

奥兰多承认他自己就是盖尼米德说的那个痴情郎，他要求盖尼米德把刚才提到的好主意说给他。盖尼米德提出的治法和给他出的主意是要奥兰多每天到她和她妹妹爱莲娜住的茅屋里来。"然后，"盖尼米德说，"我装作罗瑟琳，你把我当作真是罗瑟琳一样，假装向我求爱。然后我就模仿起放荡的姑娘向她们情人玩的种种奇怪的花样，直到我叫你会为你的痴情害起臊来。这就是我向你提出的治你相思病的办法。”奥兰多对这个治法的信心并不大，不过他还是同意每天到盖尼米德的茅屋里来，扮演一出求婚的戏。于是奥兰多每天都来拜访盖尼米德和爱莲娜，奥兰多把牧羊人盖尼米德叫作他的罗瑟琳，每天都说些青年人求爱的时候喜欢说的情话。不过，盖尼米德在治奥兰多对罗瑟琳的相思病这件事情上好像并没发生多大效果。

尽管奥兰多以为这不过是闹着玩（他梦想不到盖尼米德就是他的罗瑟琳），可是这却给他机会把他心里一切温存的话都说出来。盖尼米德知道这些情话都是说给她自己的，她私下里感到一种快乐，可是奥兰多的快乐也几乎不比盖尼米德少。

就这样，这三个年轻人度过了许多快乐的日子。好心肠的爱莲娜看到盖尼米德兴致很高，也就随她去了，反正扮演的这出求婚戏使她感到有趣，所以她也没有去提醒盖尼米德说，罗瑟琳姑娘到现在还没有让她父亲（公爵）知道她在这里，其实她们已经从奥兰多嘴里打听到了她父亲在森林里的住处。有一天，盖尼米德遇到公爵，跟他谈了些话，公爵还问起她的家世。盖尼米德回答说，她的家世跟公爵的一样好，这话使公爵听了不禁微笑起来，因为他丝毫没有料到这个美貌的牧羊童会是王族出身。盖尼米德看到公爵气色很好，又很快乐，也就想过几天再做详细的解释吧。

一天早晨奥兰多正要去拜访盖尼米德的时候，看见一个人躺在地上睡觉，有一条大绿蛇绕在他脖子上。那蛇看见奥兰多走近了，就溜到矮树丛里去。奥兰多走近一些，看见一只母狮子趴在那里，头伏在地上，像只猫一样地守在那里，等着那个睡觉的人醒来（据说狮子不肯吃死的或是睡着的动物）。看来好像上天故意派奥兰多把这个人从蛇和母狮子的嘴里救出来，可是奥兰多朝那个睡觉的人脸上一看，发现原来这个处在双重威胁下面的人正是他哥哥奥列佛。奥列佛曾经那么狠心虐待过他，还恫吓要放火烧死他。他几乎想不管他，随那只饥饿的母狮子把他吃掉。可是手足之情和他善良的本性马上压倒了他最初的愤恨。他拔出剑来朝那只狮子扑过去，把它杀死，这样才把他哥哥的性命从毒蛇和猛狮嘴里保全下来。可是在奥兰多打败那只母狮子以前，他的一条胳膊给狮子的利爪抓破了。

奥兰多跟母狮子搏斗的时候，奥列佛醒了。看到他曾经那么残忍地虐待过的弟弟奥兰多正在冒着性命危险把他从狂怒的猛兽嘴里救出来，他心里立刻觉得又惭愧又悔恨。他忏悔自己以前的卑劣行为，痛哭流涕地请求他弟弟饶恕他加给他的伤害。奥兰多看到他这么后悔，很高兴，立刻就原谅了他，兄弟俩拥抱起来。从那以后，奥列佛就用真正的手足之情来爱奥兰多了，虽然他到森林里来原是想杀害他的。

奥兰多胳膊上的伤口流了很多血，他觉得自己没有气力去拜访盖尼米德了，就要求他哥哥去把他意外的遭遇告诉给盖尼米德。奥兰多说："我开玩笑地管他叫作我的罗瑟琳。"

于是，奥列佛就到那儿去了，把奥兰多怎样救他一条命的事告诉盖尼米德和爱莲娜。等他讲完了奥兰多的勇敢行为和他自己怎样侥幸逃脱出来以后，他又向她们承认他就是曾经狠心虐待过奥兰多的那个哥哥，接着又说，他们哥儿俩已经和好了。

奥列佛对自己所犯的过错诚恳地表示出来的难过，在爱莲娜仁慈的心里留下了强烈的印象，她立刻爱上了他。同时奥列佛也领会到听他说到为自己的过错感到苦恼的时候，她有多么同情，于是他也立刻爱上了她。可是当爱情这样偷偷爬进爱莲娜和奥列佛心坎里的时候，奥列佛照顾盖尼米德也够忙的了——盖尼米德听说奥兰多遇到危险，被狮子抓伤的事，就晕倒了。她清醒过来以后，就借口说她是为了模仿想象中的罗瑟琳的情态假装晕过去的。盖尼米德对奥列佛说：“告诉你弟弟奥兰多，我假装晕倒装得有多么像。”可是奥列佛从她苍白的脸色看出她是真的晕过去了。这个年轻人竟会这么脆弱，他觉得很奇怪，就说：“好，你要真是假装的话，就振作起来，假装成个男子汉吧。”“我是要这样做，”盖尼米德老实回答说，“可是凭良心说，我理该是个女人。”

奥列佛这次拜访待了很久，最后等他回到他弟弟那儿去，就带了很多消息给奥兰多。除了盖尼米德听到他受伤就晕过去的事情，奥列佛还告诉他，他自己怎样爱上了那个美丽的牧羊女爱莲娜。他们虽然是初次见面，爱莲娜听了他求婚的话，却表示很有好感。他就像谈一件已经决定了的事情一样，告诉他弟弟他要跟爱莲娜结婚。他说他非常爱她，想住在这里做个牧羊人，把家乡的田产和房子都让给奥兰多。

“我很赞成，”奥兰多说，“你们的婚礼就在明天举行吧，我去请公爵和他的朋友们都来。你去劝劝你的牧羊女同意这样做吧，她现在就剩一个人了，因为你看，她哥哥来啦。”奥列佛到爱莲娜那儿去了，奥兰多看见盖尼米德走近了，她是来慰问她这个受伤的朋友的。

奥兰多跟盖尼米德谈起奥列佛和爱莲娜之间突然发生的爱情。奥兰多说他曾给他哥哥出主意，去劝那个美丽的牧羊女第二天就跟他结婚。然后他又补了一句话：他多么希望在同一天跟他的罗瑟琳结婚呀。

盖尼米德很赞成这个办法，她说要是奥兰多真像他自己所说的那么爱罗瑟琳的话，他的愿望是应当可以实现的，因为第二天她就会安排好，让罗瑟琳亲自出面；并且说，罗瑟琳也一定愿意跟奥兰多结婚。

既然盖尼米德就是罗瑟琳姑娘本人，她假装靠魔法的帮助来实现的这件事（她说这魔法是从她叔叔那儿学来的，她叔叔是一个有名的魔法师），表面上看来很奇妙，其实是很容易办到的。

这位痴情的恋人奥兰多对他所听到的事将信将疑，他问盖尼米德说的是不是真话。“我用生命来起誓，我说的都是真话，”盖尼米德说，“去穿上你最漂亮的衣裳，把公爵和你的朋友们都请来参加婚礼吧，因为你要是愿意明天跟罗瑟琳结婚，她明天就会到这儿来的。”

奥列佛已经得到爱莲娜的同意，第二天早晨他们俩就到公爵跟前来，奥兰多也跟他们一道来了。

他们都聚在一起庆祝这双重的喜事。可是只有一个新娘到场，所以大家又是惊奇又是猜测，不过大多数人都认为盖尼米德是在拿奥兰多开玩笑。

公爵听说他自己的女儿将要被人用这种奇怪的方式带来，就问奥兰多相信不相信牧羊童对那件事真能说得到办得到。奥兰多正在对他说，他自己也不知道怎样想才好。这时候盖尼米德进来了，她问公爵要是她把他女儿带来，他会不会同意让她跟奥兰多结婚。公爵说：“即使我有好几个王国，我也愿意统统给她做陪嫁。”然后盖尼米德对奥兰多说：“你是说要是我把她带到这儿来，你就跟她结婚吗？”奥兰多说：“即使我是统治许多王国的君王，我也愿意。”

盖尼米德和爱莲娜就一起走出去了，盖尼米德脱下男装，重新穿上女人的衣裳，没有靠魔法的力量就变成罗瑟琳了。爱莲娜把乡下人的衣裳脱下来，换上她自己的华丽服装，也一点不费力就变成了西莉娅姑娘。

他们走开以后，公爵对奥兰多说，他觉得牧羊童盖尼米德长得活像他女儿罗瑟琳。奥兰多说，他也看出来长得像的地方。

没容他们推测这件事情的下文，罗瑟琳和西莉娅就已经穿着她们自己的衣裳进来了。罗瑟琳不再假装是靠魔法的力量到这儿来的，她跪在她父亲面前，求他祝福。她出现得这么突然，在场的人都觉得十分奇怪，简直真像是靠魔法的力量。可是罗瑟琳不愿意再跟她父亲开玩笑了，她把被放逐出来的经过告诉了他，还提到她假扮成牧羊童住在树林子里，她的堂妹西莉娅扮作她的妹妹。

公爵实践了刚才同意他们结婚的诺言，奥兰多跟罗瑟琳、奥列佛跟西莉娅就同时结了婚。尽管婚礼是在这个荒凉的树林子里举行的，不能有这种仪式应有的种种豪华排场，可是这样快乐的结婚日子是从来也没有过的。他们在凉快爽人的树荫底下吃着鹿肉，就好像为了使这位好公爵和两对忠实的新人的幸福更美满，什么都不该缺少似的，忽然来了个送信的人，报告公爵一个可喜的消息：公爵的领土又归还给他了。

那个篡位的公爵对于他女儿西莉娅的逃走十分生气，又听说每天都有贤能的人到亚登森林去，投奔被放逐的合法的公爵，他很嫉妒他哥哥在逆境里竟这么受人尊敬，于是就率领大队人马向森林赶来，打算逮住他哥哥，把他和所有忠于他的随从都杀死。可是天意安排得很巧，这个坏心肠的弟弟改变了他的恶毒的意图，因为他刚一走到这个荒凉的森林的边儿上，就碰到一个年老的修道士——那是一位隐士。他跟隐士谈了好半天，最后把他心里的坏主意完全改变了。从这时候起他就真正悔过了，决定放弃本来不是他分内的领土，隐退到一个修道院里度他的余年。他痛改前非以后，头一件事就是派一个送信人到他哥哥那儿去（上文已经说过了），表示要把自己篡夺了这么久的公国归还给他，同时也要把他的朋友（他患难中的忠实随从）的土地和收入还给他们。

这个可喜的消息来得很凑巧，真是出人意料，大家听了都很高兴。这样，两位郡主举行婚礼时候的喜庆和快乐的气氛就更加热烈了。西莉娅为了罗瑟琳的父亲（公爵）交的好运，向她堂姐道贺。她诚恳地祝她快乐，因为尽管她自己不再是公国的继承人了，可是由于公爵复位，罗瑟琳现在当了继承人。堂姐妹俩之间的感情是十分美好的，一点儿也没有掺杂眼红或是吃醋的成分。

公爵现在有机会来报答那些在放逐中一直跟他在一起的忠实朋友了。这些可敬的人曾坚忍地跟他共患难，如今也很高兴回到他们合法的公爵的宫里去过太平无事、丰衣足食的日子。

维洛那二绅士

THE TWO GENTLEMEN OF VERONA

维洛那[1]城里有两个年轻的绅士，一个叫凡伦丁，一个叫普洛丢斯。很久以来他们之间就有了牢固的从没间断过的友谊。他们在一起读书，除了普洛丢斯有时候去拜访他所爱的一位小姐外，两个人有空总是在一起。凡伦丁因为自己没爱上谁，听到他朋友老是谈他的朱利亚，有时候不免就有点儿腻烦了。于是他就取笑普洛丢斯，用俏皮话来嘲弄这种痴情，还说他自己绝不让这种无谓的幻想钻进脑子里去。他说他宁可过他自由自在的快活日子也不愿意尝受[2]当情郎的普洛丢斯所尝受的那种焦灼盼望、担惊受怕的心情。

有一天早晨，凡伦丁到普洛丢斯这儿来告诉他说，他们暂时得分一下手，因为他要到米兰去。普洛丢斯不愿意跟他的朋友离别，就死说活说劝凡伦丁不要走。可是凡伦丁说："亲爱的普洛丢斯，别再劝我了。我不愿意像个懒人一样待在家里，游手好闲地把我的青春消磨掉。年轻人老待在家里，不会有什么高远的见识。你要不是给可敬的朱利亚温柔的眼色拴住了，我也会约你陪我一道去见见世面的。可是你既然在谈恋爱，那么就爱下去吧，祝你得到美满的结果！"

两人相互表示他们之间的友谊一定是牢不可破的。

"再会吧，可爱的凡伦丁，"普洛丢斯说，"你在路上要是

---

① 意大利的城市，在威尼斯西边。

② 编者注：尝受，是指亲身领受。

看到什么值得欣赏的珍贵东西，希望你能想起我来，让我分享你的幸福。”

于是，凡伦丁当天就动身到米兰去了。普洛丢斯等朋友离开他以后，就坐下来给朱利亚写信，把信交给朱利亚的女仆露西塔，叫她转交给她的女主人。

朱利亚和普洛丢斯心心相印，一往情深，可是她是个性情高傲的小姐，她觉得要是轻易就把心许给他，会失掉少女的尊严，所以她假装不理会他的爱情，使他在追求她时感到非常不安。

因此，当露西塔把信交给朱利亚的时候，她不肯收下，还怪那个女仆不该从普洛丢斯手里把信接过来，吩咐她离开房间。可是朱利亚很想看看信里写的是什么，所以她马上又把女仆叫了回来。露西塔回来以后，她问：“几点钟啦？”露西塔知道她的女主人想看这封信的心比想知道几点钟还要殷切，就没有回答她的问题，却把那封她拒绝收下的信又递了过去。朱利亚看到女仆居然敢表示看透了她的心思，就把信撕碎，扔在地上，又吩咐女仆出去。露西塔一路往外走，又停下来捡那封信的碎片，可是朱利亚并不愿意她把碎纸片拿走，就假装发脾气说：“去吧，给我出去，这些纸片让它们留在地上好了。不然的话，你会拿去摆弄得叫我生气！”

然后朱利亚就尽量把碎纸片拼凑起来。她最初认出来的是“爱情受了创伤的普洛丢斯”这几个字，她望着这几个字和其他类似的痴情字眼儿叹气，尽管把信都撕碎了——或者照她的说法，叫信受了创伤（朱利亚是从“爱情受了创伤的普洛丢斯”这句话想起的），她跟这些缠绵的词儿说着话，说她要把它们放在怀里，像让它们睡在床上一样，直到伤口复了原。她还要吻每一片碎纸，向它们赔罪。

她就这样带着温柔可爱的稚气自言自语地谈下去，后来发现总也不能把整封信都拼起来，她恼恨起自己不该那么狠心，竟把这样甜蜜缠绵的信（像她所说的）给撕毁了。于是，她给普洛丢斯写了一封比她过去所写的要温存多了的信。

普洛丢斯接到这封对他表示好感的回信非常高兴，他一边读信一边大声说："甜蜜的爱情！甜蜜的字句！甜蜜的人生！"他正读得忘形，被他父亲打断了。"喂，"老先生说，"你在读什么信哪？"

"父亲，"普洛丢斯回答说，"这是我在米兰的朋友凡伦丁写来的。"

"把信拿给我，"他父亲说，"让我看看里面都讲些什么消息。"

"没有什么消息，父亲，"普洛丢斯慌里慌张地说，"他只是说米兰公爵多么器重他，他天天都受到公爵的宠爱，信里还提到他多么希望我也跟他在一起，分享他的幸福。"

"那么对于他这种希望你怎么想呢？"他父亲问。

"我听从的是您老人家的意旨，不是朋友的愿望。"普洛丢斯说。

普洛丢斯的父亲刚好跟他的朋友谈着这桩事情。那位朋友说，他很奇怪大多数人都把儿子送到海外去闯运气，他老人家却让儿子蹲在家里消磨青春。还说："有的去打仗，在战场上立功；有的到辽远的地方去发现海岛；有的到外国大学里去进修；他的朋友凡伦丁也到米兰公爵的宫廷里去了。这些事你儿子都做得来，要是他不趁年轻的时候出去游历游历，成年以后会吃很大的亏。"

普洛丢斯的父亲觉得他朋友的劝告很有道理，所以一听普洛丢斯告诉他说，凡伦丁希望他也跟他在一起，分享他的幸福，就立刻决定叫他儿子到米兰去。这个独断专行的老先生一向只吩咐他儿子做这做那，从来也不跟他讲道理，所以他也没告诉普洛丢斯为什么突然做出这个决定来。他只说：“我的意思跟凡伦丁希望的一样。”他看到他儿子吃惊的神情，就又说：“我这么突然决定让你到米兰公爵的宫廷里去过些日子，你可不要觉得奇怪。我怎样决定的，事情就怎样办了，没什么可商量的。明天你就准备动身，不用推托什么，我说话就算话。”

普洛丢斯知道反对他父亲也没用，因为他父亲从来不许他违背他的意思。他只有怪自己没老老实实告诉他父亲那是朱利亚来的信，所以才造成他必须跟她离别的悲惨后果。

朱利亚知道要跟普洛丢斯分开很长一段时候，她也就不再假装着冷淡了。他们难过地告了别，发誓要彼此相爱，永不变心。普洛丢斯跟朱利亚交换了戒指，相互发誓永远留着作纪念。这样伤心地告别以后，普洛丢斯就动身到米兰——他的朋友凡伦丁住的地方去。

实际上凡伦丁的确受着米兰公爵的宠爱，正像普洛丢斯假报给他父亲听的那样。另外还发生一件事，这是普洛丢斯做梦也没想到的：凡伦丁已经抛弃了他平常满口夸说的无牵无挂，他也跟普洛丢斯一样成为一个痴情郎了。

使凡伦丁发生这个奇妙变化的是一位西尔维亚小姐。她是米兰公爵的女儿，她也爱上了凡伦丁。可他们是瞒住公爵谈的恋爱，因为尽管公爵对凡伦丁很好，每天都邀他到宫里去，不过公爵想把女儿嫁给一个年轻的朝臣，名叫修里奥。西尔维亚看不起这个修里奥，因为他丝毫也没有凡伦丁的那种高尚的情趣和非凡的品格。

有一天，修里奥和凡伦丁这两个情敌同时拜访西尔维亚去了。

凡伦丁把修里奥的每一句话都抓来作笑柄，逗得西尔维亚十分开心。这时候，公爵走进来，告诉凡伦丁一个好消息：他的朋友普洛丢斯到了。

凡伦丁说："要是问我顶大的愿望是什么，那就是在这儿见到他。"然后，他对公爵满口夸奖起普洛丢斯来，说："殿下，我当初虽然很不知道爱惜光阴，可是我这位朋友却不曾白白度过岁月。他品貌才学，样样都好。上流人应有的美德，他都具备了。"

"他既然这样好，咱们就热烈欢迎他吧，"公爵说，"我这话是对你说的，西尔维亚；也是对你说的，修里奥先生；至于凡伦丁，就用不着我嘱咐了。"

说到这里，普洛丢斯来了。凡伦丁就把他介绍给西尔维亚，说："可爱的小姐，请接待他，让他跟我一样做您的仆从。"

凡伦丁和普洛丢斯拜访完了，两个人单独在一起的时候，凡伦丁就说："现在对我说说家乡里的情况吧。你的小姐好吗？你们的恋爱顺利吗？"

普洛丢斯回答说："从前你一听到我的恋爱就腻烦。我知道你不喜欢谈这种恋爱的事儿。"

"啊，普洛丢斯，"凡伦丁接过去说，"可是我的生活现在变了。由于从前不把爱情看在眼里，我已经受到了处罚。爱情为了报复我对它的侮辱，叫我总睁了眼睛发呆，睡不着觉。啊，好普洛丢斯，爱情是一个非常有权力的君王，我在它面前甘拜下风了。我承认天底下再没有比爱情的责罚更痛苦的，也没有比服侍它更快乐的事了。如今只要单单提起爱情这个字眼儿，我就能够三顿饭都吃不下，也不想睡觉了。"

凡伦丁承认恋爱使他的性情起了这样的变化，在他的朋友普洛丢斯听来是很大的胜利。可是普洛丢斯已经不能称作是个朋友了，因为他们一起谈着的爱情那个万能的主宰（甚至正当他们谈着爱情怎样使凡伦丁发生变化的时候），也在普洛丢斯的心里活动起来。直到那时候，普洛丢斯一向是个真挚的情人和忠实的朋友的典范，然而见了西尔维亚短短一面以后，他竟变成一个不讲信义的朋友和不忠实的情人了。一见到西尔维亚，他对朱利亚所有的爱情就像一场梦幻似的消失了，他跟凡伦丁多年的友谊也没能制止他夺取西尔维亚的爱情的念头。普洛丢斯在决定遗弃朱利亚而跟凡伦丁成为情敌的时候，心里倒也是踌躇再三的，正如许多天性善良的人做起不义的事来都会那样；可是他终于压倒了他的道义感，几乎毫不难过地让自己陷进这个新的不幸的情网里去了。

凡伦丁把他跟西尔维亚的恋爱经过悄悄地都告诉了普洛丢斯，谈到他们怎样谨慎地瞒住她的父亲（公爵），并且说，因为看情形公爵永远也不会同意他们的恋爱，他已经劝西尔维亚当天晚上从她父亲的宫里逃出来，跟他到曼多亚[①]去。然后他又给普洛丢斯看一个用绳子做成的梯子，他想天黑以后利用这个梯子帮助西尔维亚从宫里的一个窗口逃出来。

事情是难以相信的，然而确实是这样：普洛丢斯听了他的朋友老老实实叙述完这个最宝贵的秘密，就决定跑到公爵那里，把一切都泄露给他。

这个不讲信义的朋友先对公爵油嘴滑舌地说了一大套，比方说：照朋友间的惯例，他本应当把他要透露的事隐瞒起来，可是公爵这样款待他，他对公爵真是感恩不尽，要不是这样，随便什么世俗的好处都不能叫他把实情吐露出来。然后他就把凡伦丁告

---

① 意大利曼多亚省的首府，在维洛那西南二十五英里处。

诉他的话一五一十地讲给公爵听，包括那个绳梯——凡伦丁是想把那个梯子藏在长袍下面的。

公爵觉得普洛丢斯诚实得不得了——他宁可把他朋友想做的事说出来，也不肯替他隐瞒这个不正当的行为——就大大夸奖了他一番，并且答应一定不让凡伦丁晓得是从哪里得到的底细，他要使个巧计让凡伦丁自己把秘密泄露出来。为了达到这个目的，他晚上就去等着凡伦丁到来。不久，果然看到凡伦丁匆匆忙忙地向宫里走来，长袍底下像是藏着什么。他想那一定就是绳梯了。

公爵看了就拦住他，说："凡伦丁，你走得这么匆忙，到哪儿去呀？

"殿下，"凡伦丁说，"我给朋友写了封信，有个信差在外面等着把信捎走呢，我正要交给他去。"

凡伦丁撒的这个谎也跟普洛丢斯对他父亲撒的谎一样，失败了。

"是很重要的信吗？"公爵问。

"不怎么重要，殿下，"凡伦丁说，"只不过是告诉家父，我在殿下这儿很平安，很快乐。"

"那没什么要紧，"公爵说，"来陪我谈一会儿吧。我有些家事想请教你。"然后作为开场白，他就编了个故事来套出凡伦丁的秘密。他说凡伦丁一定晓得他想把他女儿嫁给修里奥，可是她十分倔强，不肯听话。他说："她不想想自己是我的女儿，也不把我当作父亲敬畏。不瞒你说，她这样目无尊长，我也不疼她了。我本来想让她尽尽做儿女的孝心，来安慰我的晚年。我现在决定续弦了。至于这个女儿，我决定把她赶出去，谁愿意要谁就把她娶去吧。就让她的美貌当她的嫁妆吧。她既然瞧不起我，当然也不会把我的财产放在眼里。"

凡伦丁不晓得公爵的用意是什么，就回答说：“关于这件事，殿下吩咐我做些什么呢？”

“我想娶的这位姑娘很秀气，很害羞，”公爵说，“我这老头子的话打不动她的心。而且，眼下讲恋爱的方式跟我年轻的时候也不一样了，所以我现在想请你教一教我怎样求婚。”

凡伦丁就把年轻人打算向漂亮姑娘求爱的时候一般采取的办法讲给他听，如赠送礼物、时常去拜访等等。

公爵说他送过礼，可是那位姑娘不收。她父亲把她管得十分严，白天谁也不用想接近她。

“那么，”凡伦丁说，“殿下只好晚上去看她了。”

“可是到了晚上，”狡猾的公爵这时候扯到他想说的话上去了，就说，“她的门都上了锁。”

不幸，凡伦丁就提议公爵应当用一个绳梯爬到姑娘的绣房去，并且答应可以替他找一个合用的绳梯。最后，他还出主意叫公爵把绳梯藏在他现在穿的这种长袍下面。“把你的长袍借我用用吧。”公爵说。他故意编造了这么长一个故事，就是为了找个借口好把凡伦丁的长袍脱下来。因此，说完上面的话，他就一把抓住凡伦丁的长袍，往后一掀，不但露出那个绳梯，并且还有西尔维亚的一封情书。他马上打开看了，信里写着他们逃跑的全部计划。公爵责备凡伦丁不该这样忘恩负义，这样子款待他，他却还想诱拐他的女儿，然后把他从宫里和米兰城里赶出去，永远不许回来。凡伦丁连一眼也没能看到西尔维亚，当天晚上就给赶走了。

正当普洛丢斯在米兰这样陷害凡伦丁的时候，朱利亚在维洛那却为了普洛丢斯不在身边而苦恼着哪。她对普洛丢斯的怀念终于压倒了她对体面规矩的重视，她决定离开维洛那到米兰去找她的情人。为了确保路上不遇到危险，她的女仆露西塔和她自己都男装打扮。她们这样乔装起来出发了，在凡伦丁给普洛丢斯出卖、被赶出米兰以后不久，她们就到了那个城。

朱利亚中午进了米兰城，住在一家客栈里。她一心挂念的全是她那亲爱的普洛丢斯，于是就跟客栈的老板（或者说是店主人，他们是那么称呼他的）谈了一会儿，希望这样可以打听到普洛丢斯的一点消息。

店主人很高兴这位容貌俊秀的年轻绅士（他把她当作这样的人了）跟他很亲切地谈话，因为从外表看来，他断定年轻绅士的位分必然很高。他是个好心肠的人，他不忍得看到客人这样愁眉不展。为了使年轻的客人开开心，他说愿意陪他去听点美妙的音乐。他说，当天晚上有一位先生要用音乐向他的情人求爱。

朱利亚这样忧愁是因为她不晓得究竟普洛丢斯对她这种冒失行动会怎么想。她知道普洛丢斯爱她的正是她那高贵的、少女的傲气和她的端庄尊严，她很怕他会看不起她，因此她才那样愁眉苦脸，一肚子的心思。

她高高兴兴地接受了主人这个邀请，决定跟他去听听音乐，因为她心里希望路上能碰到普洛丢斯。

可是好心肠的店主人把她带到宫里以后，起的效果却跟她原来想的正相反。因为她在那儿痛心地看到她的情人（那个薄幸的普洛丢斯）正用音乐向西尔维亚小姐求爱哪，诉说着他对她的爱慕。朱利亚还偷偷听到西尔维亚从窗口对普洛丢斯说的话，责备他不该遗弃他自己忠实的情人，不该对他的朋友凡伦丁那样无情无义。然后，西尔维亚就离开了窗口，不屑去听他的音乐和那些漂亮话，因为西尔维亚是忠于她的被逐出去的凡伦丁的，她厌恶这个背信弃义的朋友普洛丢斯的卑鄙行为。

朱利亚看到这样的事，虽然十分沮丧，然而她心里依然爱着普洛丢斯这个荒唐鬼。她听说普洛丢斯的一个仆人新近走了，就靠了店主人（这位很和善的客栈老板）的帮助，想法当上了他的一名僮儿。普洛丢斯不知道她就是朱利亚，就派她送信和礼物给她的情敌西尔维亚，他甚至把朱利亚在维洛那分手的时候送给他做纪念的戒指也交给她送了去。

朱利亚带着戒指去见那位小姐的时候，她很高兴，因为西尔维亚完全拒绝了普洛丢斯的求婚。朱利亚就跟西尔维亚谈起普洛丢斯的前一个情人，那个被遗弃的朱利亚小姐来。（也可以说）她夸了自己几句，说她认识朱利亚，既然她自己就是她所提到的朱利亚，她当然认识她。她告诉西尔维亚那个朱利亚对她的郎君普洛丢斯有多么痴情，她要是知道了他对她狠心冷淡起来，一定难过极了。然后她又用巧妙的双关话说："朱利亚差不多跟我一般高，跟我一个肤色，她的眼睛和头发的颜色也跟我的一个样。"朱利亚穿上男孩子的服装，也的确是个美少年。

西尔维亚很受感动，怜悯起这个不幸被追求她的人遗弃了的可爱的姑娘。当朱利亚把普洛丢斯叫她带来的那只戒指送给她的时候，西尔维亚拒绝了，说："他送我这个戒指就更可耻了。我不收，因为我时常听他说，这是他的朱利亚送给他的。温柔的小伙子，我很喜欢你，因为你懂得同情那位不幸的小姐。这儿有个钱袋，为了朱利亚的缘故，我把它送给你。"这位乔装的小姐听到她那好心肠的情敌这番宽慰的话，她的沮丧的心受到了鼓舞。

话再回到被放逐的凡伦丁上去。凡伦丁简直不知道往哪里投奔才好，他遭到耻辱，给人赶了出来，他不愿意再回家见他父亲去了。离米兰（他就是在那里离开他心坎上最爱的西尔维亚小姐的）不远，有一座荒凉的森林，他正在森林里徘徊的时候，几个强盗把他围起来，向他要钱。

凡伦丁告诉他们：他是个倒了霉的人，现在正给人赶出来，一个钱也没有，全部财产就是身上那套衣裳。

强盗听说他也是落难的人，看到他的风度那么高贵，气概那么刚强，十分感动，就对他说：要是他肯跟他们住在一起，当他们的头目或是大王，他们就都服从他的指挥；要是他不肯接受这个建议的话，他们可就要他的命。

凡伦丁已经不在乎他自己落到什么田地了，就说只要他们不欺负良家妇女和过路的穷人，他情愿跟他们住在一起，当他们的大王。

于是，就像我们在歌谣里念到的罗宾汉一样，高贵的凡伦丁就成为一伙强盗的大王了。西尔维亚就在这种情况下找到了他，事情是这样发生的。

西尔维亚的父亲逼着她立刻跟修里奥结婚。为了逃避这桩亲事，西尔维亚终于下定决心到曼多亚找凡伦丁去，她听说她的情人逃到那里去了。可是她听到的这个消息不确实，因为凡伦丁仍然跟强盗们住在森林里，顶着他们大王的名义，可是从来不参加他们的抢劫，只在强制他们对行路的旅客刀下留情上，行使他们派给他的职权。

西尔维亚想法找到一位可敬的老先生陪她从宫里逃出来，这人名叫爱格勒莫。她把这人带在身边，一路上好保护她。她必须从凡伦丁和那一伙强盗住着的森林穿过，一个强盗抓住西尔维亚，差一点儿把爱格勒莫也逮住，可是他跑掉了。

那个抓住西尔维亚的强盗看到她十分惊慌，就告诉她不用害怕，因为他只是带她到他们大王住的山洞里，并且叫她放心，因为他们的大王为人正直，对妇女总是同情的。西尔维亚听说要把她当作一个俘虏带去见强盗的大王，心里并没得到什么安慰。“啊，凡伦丁，”她大声说，“我是为了你的缘故才忍受这些的。”

可是正当那个强盗要把她带到大王的山洞里去的时候，普洛丢斯拦住了他。普洛丢斯听说西尔维亚逃跑了，就也追到森林里来，朱利亚仍旧乔装成僮儿跟在后边。这时候，普洛丢斯从强盗手里把她救出来，可是还没等她为这件事向他道完谢，普洛丢斯就又向她求起婚来了。普洛丢斯正这样粗暴地逼着西尔维亚答应嫁给他，他的僮儿（被遗弃的朱利亚）站在旁边，心里正十分着急，生怕由于普洛丢斯刚才搭救她的大功，西尔维亚会对他起好感的时候，凡伦丁突然出现了，他们都大吃一惊。凡伦丁听说他手下的喽啰到一位小姐，特意跑来安慰她，解救她。

普洛丢斯正在向西尔维亚求爱，给他的朋友撞上了，他非常惭愧，立刻悔恨得不得了。为了他对凡伦丁的伤害，他由衷地表示真切的罪疚。凡伦丁性情高贵豪迈到了浪漫的地步，他不但马上宽恕了普洛丢斯，恢复了他们旧日的友谊，并且忽然慷慨地说："你的一切我都原谅了，我并且把我在西尔维亚心上的地位也让给你。"

乔装成僮儿的朱利亚站在她主人旁边，听到这个奇怪的赠予，生怕刚刚走上正路的普洛丢斯又可能接受西尔维亚的爱，就晕倒了。亏了大家一齐帮她缓醒过来，要不然西尔维亚倒会为着凡伦丁这样把她转让给普洛丢斯生起气来了，尽管她很难想象凡伦丁这种勉强的、过分慷慨的友情能坚持多久。

朱利亚苏醒过来以后，就说："我忘记了，我的主人叫我把这只戒指交给西尔维亚。"

朱利亚曾经送给普洛丢斯一只戒指，普洛丢斯也送给朱利亚一只作为回礼。普洛丢斯派这个乔装的僮儿把朱利亚送给他的戒指转送给西尔维亚，如今看到僮儿拿着的却正是他送给朱利亚的那一只。

“这是怎么回事呀？”他说，“这是朱利亚的戒指，怎么会到你手里的，僮儿？”

朱利亚回答说：“是朱利亚亲自给了我，朱利亚又亲自把它带到这儿来的。”

这时候，普洛丢斯仔细端详她，才认出这个僮儿不是旁人，正是朱利亚小姐。她用行动证明了她的爱情是牢固可靠的，因此感动了他，普洛丢斯对朱利亚的爱情也恢复过来了。他重新接受了他自己的亲爱的姑娘，快快乐乐地放弃了他对西尔维亚小姐的一切要求，把她还给很值得她去爱的凡伦丁了。

普洛丢斯和凡伦丁正谈着如今他们的友谊恢复了，两位忠实的姑娘又这样爱他们，他们有多么幸福的时候，忽然他们大吃一惊，看到米兰公爵和修里奥追西尔维亚来了。

修里奥先走过来，打算一把抓住西尔维亚，嘴里说：“西尔维亚是我的。”凡伦丁听到这话就气冲冲地对他说：“修里奥，给我滚开！要是你再说一声西尔维亚是你的，我就要你的命。她就站在这儿，你碰她一下试试！看你敢朝我的情人吹一口气！”

修里奥本就是个大懦夫，听到这个恫吓就缩了回去，说他才不稀罕她呢，说只有傻子才会为了一个不爱他的姑娘去决斗。

公爵自己是个很有勇气的人，就十分生气地说：“你这个人真卑鄙无耻！从前你那样向她苦苦哀求，如今遇到这么一点点事你就撒手不要她了。”然后他又转过来对凡伦丁说：“我很佩服你的胆量，凡伦丁，你是配得上一个女皇来爱的。西尔维亚是你的了，因为你很值得她爱。”

凡伦丁十分谦卑地吻了公爵的手，很感激地领受了公爵把女儿嫁给他的盛情。他又趁这个快乐的时刻，恳求心情愉快的公爵赦免在森林里跟他结伙的强盗，向他保证一旦他们改邪归正，回到社会上去，其中有不少是好人，很可以有点作为，因为他们大半都是像凡伦丁那样由于触犯公爵被放逐出来的，不是犯了什么刑事罪。这一点，公爵立刻就答应了。现在一切事情都已经了结，只是这个不讲信义的朋友普洛丢斯，他受到爱情的驱使，做下错事，如今作为一种惩罚，他得听人当着公爵的面，叙述他怎样乱谈恋爱和怎样欺骗的经过。说的时候引起了他良心上的惭愧，大家认为那足够惩罚他的了。说完了，两对情人就一起回到米兰，喜气洋洋地摆起酒席，在公爵面前庄严地举行了婚礼。

威尼斯商人

THE MERCHANT OF VENICE

犹太人夏洛克住在威尼斯[1]，他是个放印子钱的。他靠着放高利贷给信基督教的商人，捞了很大一笔家私。这个夏洛克为人刻薄，讨起债来十分凶恶，所以善良的人都讨厌他。威尼斯有一个叫安东尼奥的年轻商人，特别恨夏洛克，夏洛克也同样恨他，因为安东尼奥时常借钱给遇到困难的人，而且从来都不收利息。因此，这个贪婪的犹太人就跟慷慨的商人安东尼奥结下了很深的仇恨。每逢安东尼奥在市场（就是交易所）上碰到夏洛克，他总责备夏洛克不该放高利贷，对人不该那样刻薄。那个犹太人假装很耐心地听着，其实心里却暗自打主意报复。

安东尼奥是世界上顶慈祥的人了，家境又好，总是乐意帮助人。老实说，所有生长在意大利的人，没有哪个比他更能发扬古代罗马的光荣了。大家都深深爱戴他，可是他最接近、最亲密的朋友是威尼斯的一个贵族巴萨尼奥。巴萨尼奥只有一点点产业，由于他毫不量力地挥霍（大凡位分高而财产少的年轻人，都有这样一种习气），他那点小小家当差不多都花光了。巴萨尼奥一缺钱用，安东尼奥就接济他，看来他们两人真是一条心，合用一只荷包。

有一天巴萨尼奥来找安东尼奥，说他想讨一门阔亲事，好恢复他的家境，他想跟一位他十分爱着的小姐结婚。这位小姐的父亲新近死了，一大片产业都由她一个人继承。她父亲在世的时候，

---

① 意大利的城市，靠近亚得里亚海。

巴萨尼奥常常到她家去拜访，他觉得她有时候脉脉含情地望着他，好像是在说，如果他向她求婚，是会受到欢迎的。可是他没有钱来摆相称的排场，去跟继承了这么多产业的小姐谈恋爱，就恳求安东尼奥在过去帮过他的许多忙之外，再帮他一把：借给他三千块金币。

安东尼奥身边当时没有钱借给他的朋友，可是不久他就会有些船只满载着货物开回来。他说他要找那个放高利贷的有钱的夏洛克去，用那些船只作担保，向他借笔钱。

安东尼奥和巴萨尼奥就一道去见夏洛克。安东尼奥向这个犹太人借三千块金币，利息照他要的算，将来就用海上安东尼奥那些船只载的货物来还。

这时候，夏洛克脑子里想着："要是有一回我抓到他的把柄，我一定要狠狠报一报往日的怨仇。他恨我们犹太民族，他白白借钱给人，他还在商人中间辱骂我和我辛辛苦苦赚来的钱，他管那叫作利息。我要是饶了他，就让我们这个民族受诅咒吧。"

安东尼奥望到夏洛克只管寻思，却不搭腔，他急着等钱用，就说："夏洛克，你听见了吗？钱你究竟是借不借呀？"

犹太人回答说："安东尼奥先生，您在交易所时常骂我借钱给人是盘剥利息，我都耸耸肩膀，忍受下去了，因为忍受是我们这个民族的特色。您又管我叫异教徒，一条能咬死人的狗，往我的犹太衣裳上啐唾沫，用脚踢我，我好像成了条野狗。哦，看来您现在也用得着我帮忙了，跑到这儿来对我说：夏洛克，借钱给我！一条狗能够有钱借吗？一条野狗借得出三千块金币来吗？我应不应该哈着腰说：好先生，您上星期三啐过我，又一回您管我叫狗。为了报答您这些好意，我得借给您钱。"

安东尼奥回答说："很可能我还会那样叫你，再啐你，而且还要踢你。你要是借钱给我，不要当作借给一个朋友，宁可当作借给一个仇人。要是到时候还不上，你就尽可以拉下脸来照借约惩罚好了。”

“哎哟，”夏洛克说，“瞧瞧您火气有多旺啊！我愿意跟您交朋友，得到您的友谊。我愿意忘掉您对我的侮辱。您要多少，我就借给您多少，一个大钱的利息也不要。”

这个看来很慷慨的提议使安东尼奥大大吃惊。夏洛克依然假仁假义地说，他这样做全是为了得到安东尼奥的友谊。他又表示愿意借给他三千块金币，不要利息。可是有一样，安东尼奥得跟他到一个律师那里去，闹着玩儿地签一张借约：如果到期还不上，就罚安东尼奥一磅肉，随便夏洛克从他身上哪块儿割。

“好吧，”安东尼奥说，“我愿意签这样一张借约，并且要对人说，犹太人的心肠真好。”

巴萨尼奥劝安东尼奥这样的借约签不得，可是安东尼奥一定要签，因为到不了日子他的船就会回来的，船上货物的价值比债款要大许多倍呢。

夏洛克听到这场争论，就大声说：“亚伯拉罕[1]老祖宗啊！这些基督教徒疑心病有多重呀！他们自己待人刻薄，所以会怀疑别人有这种想法。请问你，巴萨尼奥，要是他到期付不出款子来，我向他逼一磅肉的处罚，对我有什么好处呀！人身上割下来的一磅肉，价钱还比不上一磅羊肉或是牛肉呢，也没羊肉或是牛肉有赚头。我是为了讨他的好才提出这么友善的一个办法来。他要是接受，就这么办；要是不呢，那么就再会吧！”

尽管这个犹太人把他的用意说得这么仁厚，巴萨尼奥还是不

---

① 根据旧约，亚伯拉罕是以色列（犹太）人的祖先。

愿意他的朋友为了他去冒这种可怕的处罚的险。可是安东尼奥不听巴萨尼奥的劝告，他终于还是签了借约，心里想，其实这不过是（像那个犹太人说的）闹着玩儿罢了。

巴萨尼奥想娶的那位小姐将要继承很大一笔遗产，她住在离威尼斯不远一个叫贝尔蒙脱的地方，她的名字叫鲍细娅。她在品貌和聪明上，都比得上我们在书上读过的那个鲍细娅——就是凯图[①]的女儿，勃鲁托斯[②]的妻子。

巴萨尼奥得到安东尼奥冒着性命危险给他的慷慨资助以后，就领着一簇衣着华丽的侍从，由一位名叫葛莱西安诺的先生陪着向贝尔蒙脱出发。

巴萨尼奥求婚很顺利，没多久，鲍细娅就答应嫁给他了。

巴萨尼奥老老实实地告诉鲍细娅说，他没有什么财产，他可以夸耀的只不过他生在上等家庭，祖上是贵族罢了。鲍细娅爱上他本来就是为了他那可贵的品德。她自己很有钱，因而不在乎丈夫有没有钱。于是她很谦逊大方地说，但愿她自己有一千倍的美丽，一万倍的富有，才配得上他。随后，多才多艺的鲍细娅很乖巧地贬低自己说：她是个没受过多少教育、没念过许多书、没有什么经验的女孩子，幸而她还年轻，还能学习，她要把自己柔顺的心灵委托给他，事事都受他的指导、管教。她说：“我自己和我所有的一切，现在都成为你的了。巴萨尼奥，昨天我还拥有这座华丽的大厦，我还是自由自主的女王，这些仆人也听我指挥；我的夫君，现在这座大厦、这些仆人和我自己都是你的了。凭这只戒指，我把这一切献给你。”她送给巴萨尼奥一只戒指。

---

① 凯图（公元前95—公元前16年）是罗马的爱国志士。

② 勃鲁托斯（公元前78—公元前42年）是罗马的军事家。

富有而且高贵的鲍细娅竟用这样谦逊大方的态度来接受巴萨尼奥这样一个没什么钱的人的爱，使得他分外感激和惊奇。他不知道该怎样表示他的快乐，对这样尊重他的亲爱的小姐也不知道该怎样表示崇敬了，只断断续续说了一些爱慕和感谢的话，接过戒指来，起誓说：他永远戴着它不离手。

鲍细娅这样落落大方地答应嫁给巴萨尼奥、成为他顺从的妻子的时候，葛莱西安诺和鲍细娅的丫鬟尼莉莎也都在场，各自伺候着他们的少爷和小姐。葛莱西安诺向巴萨尼奥和那位慷慨的小姐道了喜，要求准许他也同时举行婚礼。

“我全心全意地赞成，葛莱西安诺，”巴萨尼奥说，“只要你能找到一个妻子。”

葛莱西安诺就说，他爱上了鲍细娅的那位漂亮的丫鬟尼莉莎，她已经答应要是她的女主人嫁给巴萨尼奥，她也嫁给葛莱西安诺。

鲍细娅问尼莉莎是真的吗？

尼莉莎回答说：“是真的，只要小姐您赞成的话。”

鲍细娅很高兴地同意了。巴萨尼奥愉快地说：“葛莱西安诺，你们这么一结婚，就给我们的婚宴更增添光彩了。”

这时候两对情人的兴高采烈，不幸被进来的一个送信人打断了；他从安东尼奥那里带来一封信，里面写着可怕的消息。巴萨尼奥看安东尼奥那封信的时候，脸色十分惨白，鲍细娅担心是他的什么好朋友死了。她问起什么消息叫他这样难过，他说：“啊，可爱的鲍细娅，这封信里写的是落在纸上的最悲惨的话。好夫人，我最初向你表示爱情的时候，就坦白地告诉过你，我的贵族血统是我仅有的财产。可是我应当说，我不但什么都没有，而且还负着债哪。”然后巴萨尼奥把前边叙述过的一切经过告诉给鲍细娅，说到他怎样向安东尼奥借钱，和安东尼奥怎样从犹太人夏洛克那

里通融；也说到安东尼奥签了张借约，债务哪天到期，如果付不出来，答应赔一磅肉。随后，巴萨尼奥就念起安东尼奥的信来，信里说："可爱的巴萨尼奥，我的船全都沉了，跟犹太人签的那张借约，到期款子还不上，必须照上面规定的受罚。割去一磅肉以后，我估计性命保不住，我希望临死能见你一面。然而事情也要看你的兴致。要是咱们的友谊不足以邀你来，那么，你也不要因为这封信而来。"

"啊，我亲爱的，"鲍细娅说，"把一切事情料理一下，立刻去吧。你可以带上比够还这笔债务多二十倍的钱，绝不能因为我的巴萨尼奥的过失，害这位好心肠的朋友损伤一根汗毛。你既然是用这么大的代价赎来的，我一定要格外珍爱你。"

然后鲍细娅说，她要在巴萨尼奥动身之前跟他结婚，这样他才好取得使用她的钱财的合法权利。他们当天就结了婚，葛莱西安诺也娶了尼莉莎。巴萨尼奥跟葛莱西安诺刚举行完婚礼，马上就匆匆忙忙地动身来到威尼斯。这里，巴萨尼奥在监牢里看到了安东尼奥。

债务已经过期了，狠毒的犹太人不肯收巴萨尼奥的钱，坚持要讨安东尼奥身上的一磅肉，由威尼斯公爵审判这件骇人的案子的日子已经确定下来了，巴萨尼奥担心害怕地等候着这场审判。

鲍细娅跟她丈夫分手的时候，很愉快地同他谈话，叫他回来的时候一定要把他的好朋友也带来，可是她担心安东尼奥会凶多吉少。等到只剩下她一个人的时候，她就思量着能不能尽点力量，帮忙去救救她亲爱的巴萨尼奥的朋友这条命。尽管鲍细娅为了尊重她的巴萨尼奥，曾经用一个贤惠妻子的那种温顺对他说，他比她明智，因此，在一切事情上她都听从他的指示；可是眼看她所敬重的丈夫的朋友就要送命，她非得去挽救一下不可。她一点儿也不怀疑自己的本领，而且单凭她自己那真实完美的判断力的指点，立刻就决定亲自到威尼斯去替安东尼奥辩护。

鲍细娅有个亲戚是做律师的，名叫培拉里奥。她给这位先生写了一封信，把案情告诉他，征求他的意见，并且希望随同意见寄给她一套律师穿的衣裳。派去的送信人回来以后，带来培拉里奥关于进行辩护的意见和鲍细娅所需要的一切服装。

鲍细娅和她的丫鬟尼莉莎穿上男人的衣裳，鲍细娅还披上律师的长袍，随身带着尼莉莎，作为她的秘书。她们马上动身，就在开庭的那天赶到了威尼斯。案子刚要当着威尼斯公爵和元老们的面在元老院开审的时候，鲍细娅走进这个高等法庭。她递上那位有学问的律师培拉里奥写给公爵的一封信，说他本想亲自来替安东尼奥辩护，可是他因病不能出庭，所以他请求允许让这位学识渊博的年轻博士包尔萨泽（他这样称呼鲍细娅）代表他出庭辩护。公爵批准了这个请求，一面望着这个陌生人的年轻相貌纳闷：她披着律师的袍子，戴着很大一具假头发，乔装得很好看。

这时候，一场重大的审判开始了。鲍细娅四下望望，看到那个毫无仁慈心的犹太人；她也看到了巴萨尼奥，他却没认出乔装的鲍细娅来。他正站在安东尼奥旁边，替他的朋友提心吊胆，十分痛苦。

温柔的鲍细娅想到自己担任的这件艰巨工作有多么重要，勇气就来了。她大胆地执行了她所承当下来的职务。她先对夏洛克讲话，承认根据威尼斯的法律，他有权索取借约里写明的那一磅肉，然后她说起仁慈有多么高贵，说得那样动听，除了毫无心肝的夏洛克，随便什么人也会心软下来。她说：仁慈就像从天空降到地上的甘雨。仁慈是双重的幸福，对别人行仁慈的人感到幸福，受到别人仁慈的人也感到幸福。仁慈是上帝本身的一种属性，对君王来说，它比王冠还要相称。施用世俗威权的时候，公道之外仁慈的成分越多，就越接近上帝的威权。她要夏洛克记住，我们既然都祷告上帝，恳求他对我们仁慈，那么这个祷文也应当教我们对别人仁慈。

夏洛克还是用一味讨借约上规定的那一磅肉来回答她。

"难道他拿不出钱来还你吗？"鲍细娅问。于是巴萨尼奥表示三千块金币以外，随便他要加多少倍的钱都可以给。可是夏洛克拒绝了这个建议，还是一口咬定要安东尼奥身上的一磅肉。巴萨尼奥央求这位学问渊博的年轻律师想法变通一下法律条文，救一救安东尼奥的命，可是鲍细娅很庄重地说，法律一经订了，那是绝对不能变动的。夏洛克听到鲍细娅说起法律是不能变动的，觉得她好像站在他这方面说话了，就说："但尼尔[1]下世来裁判啦！啊，聪明的年轻律师，我多么敬重你呀！你的学问比你的年纪要高多啦！"

这时候，鲍细娅要求夏洛克让她看一看那张借约。看完之后，她说："应该照借约规定的来处罚。根据借约，这个犹太人能够合法地要求从安东尼奥的胸脯最靠近心脏的地方割下一磅肉来。"然后她又对夏洛克说："还是发发慈悲，接过钱来，让我撕掉这张借约吧。"

可是狠毒的夏洛克还是不肯发慈悲的。他说："凭着我的灵魂起誓，谁也不能用辩才改变我的决心。"

"那么，安东尼奥，"鲍细娅说，"你就得准备让他的刀子扎进你的胸膛。"夏洛克正兴奋地磨着一把长刀，好来割那一磅肉，鲍细娅对安东尼奥说："你还有什么话要说吗？"

安东尼奥带着很镇定豁达的神情回答说，他没什么可说的，因为他早就准备死了。然后他对巴萨尼奥说："把你的手伸给我。巴萨尼奥，再会吧！不要因为我为了你而遭到这种不幸就难过。替我问候尊夫人，告诉她我怎样爱过你！"

巴萨尼奥的心里痛苦万分，就回答说："安东尼奥，我娶了一个妻子，她对我来说，就跟我自己的生命一样宝贵；可是我的生命、我的妻子和整个世界在我眼里还没有你的生命宝贵。为了救你的命，我情愿丢掉这一切，把所有的都送给这个恶魔。"

善良的鲍细娅听到她丈夫用这么强烈的言辞来表示他对像安东尼奥这样忠实的朋友所负的友情，尽管一点儿也没气恼，可是她不禁说了一句："要是尊夫人在这儿听到您这话，她不见得会

---

① 以色列（犹太）人古代著名的法官，见旧约。

感激您吧。”

随后，一举一动都喜欢模仿他主人的葛莱西安诺，觉得他也应该说几句像巴萨尼奥那样的话。扮作律师秘书的尼莉莎这时候正在鲍细娅身边写着什么，葛莱西安诺就当着她说：“我有个妻子，我是爱她的；可是只要她能求求神灵改变这个恶狗似的犹太人的残忍性格，我希望她升天堂去。”

“亏了你是背着她这么希望，不然的话，你们家可一定会闹得天翻地覆的。”尼莉莎说。

夏洛克这时候不耐烦了，大声嚷：“咱们在浪费时间呢。请快点儿宣判吧！”

法庭里充满了一种可怕的期待心情，每颗心都在替安东尼奥悲痛着。

鲍细娅问称肉的天秤预备好了没有，然后对那个犹太人说：“夏洛克，你得请一位外科大夫在旁边照顾，免得他流血太多，送了命。”夏洛克整个的打算就是叫安东尼奥流血好要他的命，因此就说：“借约里可没有这一条。”鲍细娅回答说：“借约上没有这一条又有什么关系呢？行点儿善总是好的。”夏洛克对这些请求只干脆回答一句：“我找不到。借约里根本就没这一条。”“那么，”鲍细娅说，“安东尼奥身上的一磅肉是你的了。法律许可你，法庭判给了你。你可以从他胸脯上割这块肉。”夏洛克又大声嚷：“又明智又正直的法官！一位但尼尔来裁判啦！”随后他重新磨起他那把长刀，急切地望着安东尼奥说：“来，准备好吧！”

“等一等，犹太人，”鲍细娅说，“还有一点。这张借约可没许给你一滴血。条文写的是‘一磅肉’。在割这一磅肉的时候，你哪怕让这个基督教徒流出一滴血来，你的田地和产业就要照法律规定的充公，归给威尼斯官府。”

既然夏洛克没法子割掉一磅肉又不让安东尼奥流点血，鲍细娅这个聪明的发现——就是借约上只写了肉而没有写血——救了安东尼奥的命。大家都钦佩这位想出这条妙计的年轻律师的惊人机智，元老院里四面八方都响起了欢呼声。葛莱西安诺就用夏洛克的话大声嚷：“啊，又明智又正直的法官！犹太人你看吧，一位但尼尔来裁判啦！”

夏洛克发觉他的毒计一败涂地了，就带着懊丧的神情说，他愿意接受钱了。巴萨尼奥因为安东尼奥出乎意外地得了救，非常高兴，就嚷着：“钱拿去吧！”

可是鲍细娅拦住他说：“别忙，慢点儿！这个犹太人不能接钱，只能割肉。因此，夏洛克，准备好割那块肉吧。可是你当心别让他流出血来。你割得不能超过一磅，也不能比一磅少；要是比一磅多一点点或者少一点点，分量上就是相差一丝一毫，那就要照威尼斯的法律判你死罪，你全部财产就都充公，归给元老院。”

“给我钱，让我走吧！”夏洛克说。

“我准备好了，”巴萨尼奥说，“钱在这里。”

夏洛克刚要接过钱来，鲍细娅又把他拦住了，说：“等一等，犹太人，你还有个把柄在我手里。根据威尼斯的法律，因为你布置诡计，想谋害一个市民的性命，你的财产已经充公归给官府了。你的死活就看公爵怎么决定了。因此，跪下来，求他饶恕吧。”

然后公爵对夏洛克说：“为了让你看看我们基督教徒在精神上跟你的不同，我不等你开口请求就饶你的命。可是你的财产一半要归给安东尼奥，另外一半要归给官府。”

慷慨的安东尼奥说，要是夏洛克肯签个字据，答应在他临死的时候把财产留给他女儿和他女婿的话，安东尼奥情愿放弃夏洛克应该归给他的那一半财产。原来安东尼奥知道这犹太人有个独养女，她新近违背他的意思跟一个年轻的基督教徒结了婚，这个人名叫罗兰佐，是安东尼奥的朋友。他们的结婚大大开罪了夏洛克，他已经宣布取消他女儿的财产继承权了。

犹太人答应了这个条件。他想要报复的阴谋失败了，财产又大大受了损失，就说："请让我回家去吧，我不大舒服。字据写好送到我家去好了，我签字，答应把我的财产分一半给我的女儿。"

"那么你去吧，"公爵说，"可是你一定要签那张字据。要是你悔悟你为人的狠毒，变成一个基督教徒，国家还会赦免你，把那一半财产也发还给你。"

公爵这时候把安东尼奥释放了，宣布审判已经结束。然后他大大夸奖这个年轻律师的才智，邀他到家里去吃饭。鲍细娅一心想赶在丈夫前头回到贝尔蒙脱去，就回答说："您这番盛情我心领了，可是我必得马上赶回去。"公爵说，律师没有空闲，不能留下来一道吃顿饭，他觉得很遗憾。然后他转过身来，对安东尼奥补了一句说："好好酬劳酬劳这位先生吧，我认为你欠他很大的一份情。"

公爵和他的元老们退庭了。巴萨尼奥对鲍细娅说："最可尊敬的先生，多亏您的机智，我和我这位朋友安东尼奥今天才免掉一场痛苦的惩罚，请您把本来应该还给那个犹太人的三千块金币收下吧。"

"除了送给您这点薄酬，我们对您还是感恩不尽的，"安东尼奥说，"您的恩德，您替我们出的力，我们是永远也忘不了的。"

鲍细娅不管怎样也不肯收那笔钱。赶到巴萨尼奥再三恳求她接受点报酬的时候，她就说："那么把你的手套送给我吧，我要戴着做个纪念。"于是，巴萨尼奥就把手套脱下来，她一眼望到

他手指上戴着她送给他的那只戒指。原来这位乖巧的夫人是想把那只戒指弄到手，好在见到巴萨尼奥的时候跟他开开玩笑，因此，她才向他要手套。她看见那戒指，就说：“你既然对我表示厚意，那么就把这戒指送给我吧。”

巴萨尼奥十分为难，因为律师要的是他唯一不能撒手的东西。他神色慌张地说，这只戒指实在不便奉送，因为这是他妻子给他的，他已经发过誓，要终身戴着它。可是他愿意把威尼斯最贵重的戒指弄来送给他，并且去公开征求。

听到这话，鲍细娅故意装作很不高兴的样子。她走出法庭去，一边说："您这是教给我怎样对付一个乞丐了[1]！"

"亲爱的巴萨尼奥，"安东尼奥说，"戒指就送给他吧！看在我的友情和他给我帮忙的分上，就开罪一次你的夫人吧。"

巴萨尼奥很惭愧自己显得这样忘恩负义，就让步了。他派葛莱西安诺拿着戒指去追上鲍细娅。随后，曾给过葛莱西安诺一只戒指的秘书尼莉莎，就也照样向他要戒指。葛莱西安诺随手就给了她（他在慷慨上不甘心落在主人的后头）。两位夫人想到丈夫回家以后，她们可以怎样责备他们一顿，一口咬定说他们把戒指当作礼物送给别的女人了，就大笑起来。

一个人做了件好事，心里总是畅快的。鲍细娅回家以后，就是这样。在这种快乐的心情下，她看到什么都觉得好，月光从来没有比那晚上再皓洁了。当那轮叫人看了喜欢的月亮隐到云彩后面的时候，从她贝尔蒙脱的家里透出来的一道灯光，也使她奔放的幻想更加愉快起来。她对尼莉莎说："咱们看见的这道灯光是从我家门厅里射出来的。小小一支蜡烛，它的光辉可以照得多么远呀！同样，在这个罪恶的世界上，做一件好事也能发出很大的光辉。"听到家里奏着音乐，她说："我觉得那乐声比白天的更好听多了。"

这时候，鲍细娅和尼莉莎就进了房间，各自换上原来的装束，等着她们的丈夫归来。一会儿，他们就带着安东尼奥一道回来了。巴萨尼奥把他亲密的朋友介绍给他的夫人鲍细娅，鲍细娅刚刚祝贺完安东尼奥脱险，并且表示欢迎，就看到尼莉莎跟她的丈夫在一个犄角拌起嘴来了。

---

① 原剧对话是："您原来是个把慷慨挂在嘴上的人。您先叫我来讨，如今我想您又来教我怎样回答一个乞丐了。"

“已经拌起嘴来啦？”鲍细娅说，“为了什么呀？”

葛莱西安诺回答说：“夫人，都是为了尼莉莎给过我的一只不值几个大钱的镀金戒指。上面刻着诗句，就跟刀匠刻在刀子上的一样：*爱我，不要离开我*。”

“你管它什么诗句，什么值钱不值钱？”尼莉莎说，“我给你的时候，你对我起誓说，你要戴在手上，一直到死的那天。如今，你说你送给律师的秘书了。我知道你准是把它给了旁的一个女人。”

“我举手向你起誓，”葛莱西安诺回答说，“我给了一个年轻人，一个男孩子，一个矮矮的小男孩子，个子不比你高。他是那位年轻律师的秘书，安东尼奥的命就是靠那位律师的聪明的辩护救出来的。那个啰里啰唆的孩子向我讨它作为酬劳，我无论如何也不能不给呀。”

鲍细娅说：“葛莱西安诺，这件事是你做错了，你不应该把你妻子送你的第一件礼物给了别人。我也给过我丈夫巴萨尼奥一只戒指，我敢说，不管怎样他也不会跟它分手的。”

为了掩饰自己的过失，葛莱西安诺这时候说：“我的主人巴萨尼奥把他的戒指给了那位律师啦，然后那个费了些力气抄写的孩子（律师的秘书）才把我的戒指也要了去。”

鲍细娅听见这话，假装很生气，责备巴萨尼奥不该把她的戒指送给旁人。她说，她相信尼莉莎的话，戒指一定是给了个什么女人。

巴萨尼奥为了这样惹恼他亲爱的夫人，心里很难过。他十分恳切地说：“我用我的人格向你担保，戒指并不是给了什么女人的，而是给了一位法学博士。他不肯接受我送的三千块金币，一定要那只戒指。我不答应，他就气鼓鼓地走了。可爱的鲍细娅，你说我怎么办好呢？看起来我好像对他忘恩负义，我惭愧得只好叫人追上去，把戒指给了他。饶恕我吧，好夫人。要是你在场的话，我想你一定也会央求我把戒指送给那位可敬的博士的。”

“啊，”安东尼奥说，“你们两对夫妻拌嘴，都是为了我一个人。”

鲍细娅请安东尼奥不要为那一层难过。尽管是这样，他还是受欢迎的。然后，安东尼奥说：“我曾经为了巴萨尼奥的缘故，拿自己的身体向人抵押。要不是亏了那位接受了您丈夫的戒指的先生，如今我已经送命了。现在我敢再立一张字据，用我的灵魂担保，您的丈夫再也不会做出对您背信的事了。”

“那么您就是他的保人了，”鲍细娅说，“请您把这只戒指给他，叫他保存得比那一只当心些。”

巴萨尼奥一看，发觉这只戒指跟他送掉的那只一模一样，他很奇怪。随后，鲍细娅告诉他说，她就是那个年轻的律师，尼莉莎是她的秘书。巴萨尼奥知道原来救安东尼奥的命的，正是他妻子的卓越的胆略和智慧，心里真是说不出地又惊又喜。

鲍细娅重新对安东尼奥表示了欢迎。她把几封刚巧落到她手里的信念给他听，信里说起安东尼奥原来以为全部损失了的船只，已经顺顺当当地开到港口里了。于是，这个富商的故事的悲惨开端，就在后来出乎意料的好运气中间被遗忘了。他们有的是悠闲去笑那两只戒指可笑的经历，和两个认不出自己妻子的丈夫。葛莱西安诺快快活活地用一种押韵的话来起誓说：

——他活着一天，不怕别的事，

顶怕丢了尼莉莎的戒指。

辛白林

CYMBELINE

在罗马皇帝奥古斯都·恺撒[1]统治时期，英国（那时候叫作不列颠）是由一个叫辛白林的国王统治着。

辛白林的三个孩子（两儿一女）年纪还很小的时候，他头一个妻子就死了。最大的孩子伊摩琴是在她父亲的王宫里抚养大的，可是说不清怎么一回事，辛白林的两个儿子却从婴儿室里给人偷走了，当时大的才三岁，小的还是个吃奶的娃娃。辛白林一直不晓得他们以后怎么样了，也不晓得是谁偷去的。

辛白林又结了婚。他续娶的妻子是个凶恶、阴险的女人，对辛白林前妻的女儿伊摩琴来说，她是个残酷的后母。

王后虽然憎恨伊摩琴，可是她却巴望伊摩琴嫁给她自己跟前夫（她以前也结过一次婚）生下的儿子，这样，她希望辛白林死的时候，不列颠的王冠就可以落到她自己的儿子克洛顿头上了。因为她知道，要是国王的两个儿子找不回来，王位就一定由公主伊摩琴来继承。可是伊摩琴自己击破了王后这个计策，她没得到她父亲和王后的同意，甚至没让他们晓得，就悄悄结了婚。

波塞摩斯·里奥那托斯（这就是伊摩琴丈夫的名字）是当代极渊博的学者，也是才华很高的绅士。他的父亲是在替辛白林打仗的时候阵亡的。波塞摩斯·里奥那托斯生下来不久，他母亲因为没了丈夫十分悲痛，也去世了。

辛白林可怜这个孤儿无依无靠，就把波塞摩斯·里奥那托斯

---

① 奥古斯都·恺撒（公元前63—公元14），罗马皇帝。

（这个名字的意思就是遗腹子，是辛白林给他起的，因为波塞摩斯·里奥那托斯是在他父亲去世以后生下来的）收下来，留在宫里抚养。

伊摩琴和波塞摩斯·里奥那托斯跟着同一个老师念书，从小就在一起玩耍。他们还小的时候就已经深深地相爱了。他们的爱情随着岁月成长起来，大了就私下里结了婚。

王后经常派人窥探她继女的行动，她很快就发觉了这个秘密，十分失望。于是，她马上把伊摩琴跟波塞摩斯·里奥那托斯结婚的事报告给国王。

辛白林听说他的女儿不顾自己高贵的身份，居然跟一个老百姓结了婚，就气得什么似的。他吩咐波塞摩斯·里奥那托斯离开不列颠，把他流放出去，永远不许回到祖国来。

王后假装很同情伊摩琴失掉丈夫的痛苦，表示愿意在波塞摩斯·里奥那托斯动身去罗马以前（流放期间他已经决定住在罗马了）想法叫他们私下里见一面。她表面上装出这番好意，只是为了将来更可以达到为她儿子克洛顿打算的目的，因为她想等伊摩琴的丈夫走了再劝说她，他们的婚姻是不合法的，因为结婚的时候并没得到国王的同意。

伊摩琴跟波塞摩斯·里奥那托斯非常缠绵地告了别。伊摩琴送给她丈夫一只钻石戒指，是她母亲给她留下的，波塞摩斯·里奥那托斯答应永远不离手。他把一只镯子套在他妻子的手腕上，作为爱情的纪念，要求她好好保存着。然后他们又彼此起了一回誓，一定要永远相爱，永远忠实，就分了手。

于是，伊摩琴在她父亲的宫里成为一个孤苦伶仃的公主，而波塞摩斯·里奥那托斯就到了他选择为流放地的罗马。

波塞摩斯·里奥那托斯在罗马交上从各国来的一班公子哥儿，

他们信口谈论着女人，各人都夸耀他本国的女人和他自己的情人。波塞摩斯·里奥那托斯心坎上总惦记着他自己亲爱的夫人，于是就坚持说，他的妻子（美丽的伊摩琴）是世界上最贞洁、最聪明、最忠实的女人。

座中有一个叫阿埃基摩的绅士，听到有人把不列颠的女人夸得比他本国罗马的女人还好，就不高兴了。他故意激怒波塞摩斯·里奥那托斯，假装不相信他满口夸耀的这个妻子会对他始终忠实。经过不少争执，最后波塞摩斯·里奥那托斯同意了阿埃基摩的提议：由阿埃基摩到不列颠去，试试能不能得到有夫之妇的伊摩琴的爱情。然后他们打了一个赌：阿埃基摩这个毒计要是失败了，他就得输一大笔钱；可是如果他得到了伊摩琴的好感，并且能从她手里拿到波塞摩斯·里奥那托斯恳切要求她当作他的爱情的纪念好好保存的那只镯子，那么伊摩琴跟波塞摩斯·里奥那托斯分手的时候当作爱情的纪念送给他的那只戒指，就得输给阿埃基摩。波塞摩斯·里奥那托斯对伊摩琴的忠实是坚信不疑的，他认为在这场对他妻子的贞洁的考验中，他是保险输不了的。

阿埃基摩到了不列颠，就以伊摩琴的丈夫的朋友名义见到了她，受到她殷勤的接待。可是当他开口向她表示爱情的时候，她就鄙夷地拒绝了他。他很快就发现他那个卑劣的计策是没有希望成功的。

阿埃基摩一心一意想赢这个东道，他就使出个策略来欺骗波塞摩斯·里奥那托斯。为了达到这个目的，他买通了伊摩琴身边的丫鬟，叫她们偷偷把他带到伊摩琴的绣房里去，藏在一只大箱子里。一直等到伊摩琴回房休息，睡熟了的时候，他才从箱子里钻出来，把那间绣房看个仔细，记下所看到的一切，还特别留意到伊摩琴脖子上长的一颗痣。然后，他轻轻地把波塞摩斯·里奥那托斯送给她的那只镯子从她手腕上摘下来，就又钻回箱子里去了。第二天，他赶快回到罗马，向波塞摩斯·里奥那托斯夸口说，伊摩琴把镯子送给他了，并且还让他在她的绣房里歇了一夜。阿埃基摩的谎话是这样编的：“她的卧房里挂着丝和银线织成的挂毯，上面绣的是骄傲的克莉奥佩特拉与安东尼[①]会面的故事，活计绣得十分好。”

“这话不假，”波塞摩斯·里奥那托斯说，“可是你也许是听旁人讲的，并没有亲眼见到。”

“还有，火炉是在屋子的南面，”阿埃基摩说，“炉壁上雕着月神出浴，人物雕得再生动不过了。”

“这你也可能是从别人那里听到的，”波塞摩斯·里奥那托斯说，“因为时常有人称赞那幅雕像。”

阿埃基摩又同样精确地形容了一下绣房的屋顶，并且说：“我几乎忘记告诉你了，火炉旁边是放木柴的架子，那是一对白银铸成的眉目传情的小爱神，各自翘起一只脚来。”然后他就拿出那只镯子来，说：“先生，你认得这件饰物吗？她把这东西给了我。她是从手腕上摘下来的。我现在好像还看得见她当时的样子。她的优美的姿态比她这份礼物的价值还大，同时也使这礼物更加贵重。她把这只镯子递给我，还说，她曾经珍爱过它。”最后，他又把他在伊摩琴的脖子上看到的那颗痣形容了一番。

波塞摩斯·里奥那托斯一直是用一种痛苦的怀疑心情仔细听着这些谎话，这时候，他用最激动的话咒骂起伊摩琴来。当初他

---

① 克莉奥佩特拉（公元前69—公元前30）是埃及的王后，以美貌、奢侈著称。安东尼（公元前83—公元前30）是恺撒手下的一员大将。莎士比亚曾根据他们两人结局悲惨的恋爱故事写过一个剧本。

答应要是阿埃基摩从伊摩琴那里拿到镯子，他就把伊摩琴送给他的钻石戒指输给他，现在他就把那戒指递给阿埃基摩。

波塞摩斯·里奥那托斯嫉妒得心里冒火，于是就给不列颠的一位绅士毕萨尼奥写了封信，这个人是伊摩琴的一名侍从，多年来又是波塞摩斯·里奥那托斯可靠的朋友。他先把他的妻子对他不忠实的证据告诉给毕萨尼奥，然后要毕萨尼奥把伊摩琴带到威尔士[①]的密尔福特港，在那里把她杀掉。同时，他又写了一封信给伊摩琴，骗她说，不见到她实在没法活下去了，尽管国王不许他踏上不列颠的国土，一踏上就会处他死刑，他还是决定到密尔福特港去，他恳求她跟毕萨尼奥一起到那里去，跟他会面。伊摩琴是个善良的女人，向来不多疑，她又顶爱她的丈夫，想见到他的心比保全自己的性命还急切。于是，收到那封信的当天晚上，她就带着毕萨尼奥匆匆忙忙地动身了。

毕萨尼奥虽然一向对波塞摩斯·里奥那托斯很忠实，可是在做坏事上他不肯忠实地听他指使。所以快到目的地的时候，他就把他接到的残忍的命令透露给伊摩琴。

伊摩琴发觉这不是去会那个爱着她、又为她所爱的丈夫，反而是注定要给丈夫害死，心里自然万分痛苦。

毕萨尼奥劝她别着急，要耐心等着波塞摩斯·里奥那托斯明白过来，并且悔恨他冤枉了她的那一天。同时，既然她在患难中不肯回到她父亲的宫里去，为了走路安全，就建议她穿上男装。她同意了，并且想就那样乔装着到罗马去见她的丈夫——尽管波塞摩斯·里奥那托斯待她那样残忍，可是她仍然不能对他忘情。

毕萨尼奥不得不回到宫里去，所以他给她置办好新装以后，

---

① 在不列颠的西部，三面临海。

就让她一个人去碰运气了。可是他临走时送给伊摩琴一小瓶补药，说这是王后给他的，是能治百病的妙药。

王后讨厌毕萨尼奥，因为他跟伊慕琴和波塞摩斯·里奥那托斯要好，因此才给了他这瓶药。本来她吩咐御医给她准备点毒药，试试动物吃了灵不灵（她是这么说的），所以她认定药里有毒。可是御医知道她为人阴险，不肯把真的毒药给她，给她的药只能叫吃的人酣睡几个钟头，看起来就像是死了一般，没有旁的害处。毕萨尼奥把这剂药当作无上的补品给了伊摩琴，要她路上生病的时候吃下去。这样，他祝福了她一路平安，希望她能从这场无妄之灾里解脱出来，然后就跟她告别了。

天意真是奇妙，竟把伊摩琴领到她那两个在襁褓中被偷去的弟弟那里去了。偷他们的是辛白林王宫里的一个贵族培拉律斯。他被人诬告叛国，国王就把他从宫里赶了出去。为了报复，他把辛白林的两个儿子偷去，在树林子里把他们抚养大，他就在一个没人看得见的山洞里隐居起来。偷他们的时候原是为了报复，可是不久他就像疼爱自己的孩子一样疼爱起他们来，好好地把他们教养成为英俊的少年了。他们都有高贵的心灵，所以他们做事又英勇又果敢。同时，因为是靠打猎过活，所以，他们行动矫健，能吃苦耐劳。他们总是要求养父让他们到战场上去闯闯运气。

伊摩琴很幸运，刚好就来到这两个少年住的山洞。她本想穿过大森林，走上那条到密尔福特港去的大道（她打算从那里搭船去罗马），可是她走迷了路，又不知道在哪里可以买到吃食，又饿又累，差不多快死了——因为一个娇生惯养的年轻女人并不是只要穿上男人的衣裳，就能够像男人那样经得起疲劳，在荒凉的森林里跑来跑去的。她望到山洞，就走了进去，希望在洞里遇到一个人，讨点东西吃。她发现山洞是空的，可是四下一找，却找到些冷肉。她实在太饿了，不等人请就坐下吃起来了。

“啊，如今我知道男人的生活有多么无聊啦，”她自言自语，“可把我累坏了！我已经在硬地上睡了两夜，要不是意志支持着我，我早就病倒了。毕萨尼奥从山顶上指给我密尔福特港看的时候，它显得多么近呀！”随后她想起她丈夫和他那残忍的命令，就说：“亲爱的波塞摩斯·里奥那托斯，你是个负心的人呀！”

她的两个弟弟跟着他们的养父培拉律斯出去打猎，这时候也回来了。培拉律斯已经给他们都起了名字：一个叫波里多，另一个叫凯德华尔。他们不知道自己的身世，认定培拉律斯就是他们的生父。可是这两个王子的真名字一个是吉德律斯，另一个是阿维拉古斯。

培拉律斯头一个进的山洞。他看到伊摩琴，就拦住两个孩子说：“先别进来，有人在吃咱们的东西哪，不然的话，我会把他当成仙人了。”

“怎么啦，父亲？”年轻人说。

“老天爷，”培拉律斯又说，“山洞里来了天使啦，要不然，也是人间绝世的美少年。”因为穿上男装以后，伊摩琴看上去漂亮极了。

她一听到说话的声音就从洞里走出来，对他们说：“好朋友，不要伤害我。我进洞以前本想向你们讨点东西吃，或者出钱向你们买的。我确实什么也没偷，就是看见满地散着金子我也不会拿的。这是应该给你们的肉钱。要是你们没回来，我本来也打算吃饱了把钱放在桌上，替给我肉吃的人祷告以后才走的。”他们恳切地谢绝了她的钱。“我知道你们生我的气了，”胆怯的伊摩琴说，“可是先生，要是你们因为我做下这件错事杀死我，你们要知道，我就是没做下错事也不能活命的。”

“你要到哪儿去呀？”培拉律斯问，“你叫什么名字？”

“我叫斐苔尔，”伊摩琴回答说，“我有个亲戚要到意大利去。他在密尔福特港搭船。我正要找他去，路上饿得快死了，所以做了这件错事。”

“漂亮的少年，”老培拉律斯说，“请你不要把我们当乡巴佬，也不要凭我们住的这个粗陋地方来衡量我们善良的心。你碰得很巧，眼看天就黑了。我们得好好款待你一下才让你上路呢，留下来陪我们吃饭吧。孩子们，向他表示表示欢迎啊。”

于是，两个举止温柔的少年（她的弟弟）就说了许多好话，把伊摩琴迎到他们的洞里去，说他们一定把她（或者，照他们所说的，把他）当作亲弟兄看待。大家进了洞（刚才打猎的时候，他们打死了一只鹿），伊摩琴在洞里就施展出她管家的本事，帮他们做饭，他们十分高兴。虽然现今出身高贵的年轻妇女都不讲究会烹饪，那时候还是讲究的，而且伊摩琴在这种有用的事情上本领很强。她的弟弟们说得好，斐苔尔把菜根切得整整齐齐，调的羹汤就像朱诺[①]生病的时候他曾经管过她的饮食一样。“而且，”波里多对他弟弟说，“他唱起歌来多么像个天使呀。”

他们又你一句我一句地说，斐苔尔笑起来虽然很甜蜜，可是她那副可爱的脸盘儿上总罩着一层愁云，好像全身都充满了忧苦和隐痛似的。

为了她这种温厚的品质（或者是由于他们血缘极近的关系，虽然他们自己并不晓得），两个弟弟非常爱伊摩琴（或者照两个男孩子的叫法：斐苔尔），而伊摩琴也同样爱他们。伊摩琴心里想，如果不是自己惦记着亲爱的波塞摩斯·里奥那托斯，她大可

---

① 罗马神话中天神朱庇特的妻子。

以跟森林里的这两个野少年在洞里过一辈子哩。因此，她很高兴地答应留下来，直到她歇一阵子，可以再上路到密尔福特港去的时候为止。

打来的鹿肉吃完以后，他们又出去打猎了。斐苔尔身体不舒服，不能跟他们一道去。她的病显然是为了想起丈夫对她的残酷行为伤心起来，和在森林里东跑西颠引起的。

于是，他们就跟她告别，打猎去了，一路上都夸奖着斐苔尔这个少年品质高贵，举止大方。

他们刚走，伊摩琴一个人在洞里就想起毕萨尼奥给她的那瓶补药来。她一口喝下去，立刻就睡着了，睡得像死了一般。

培拉律斯和伊摩琴的两个弟弟打完猎回来的时候，波里多头一个进洞。他以为她睡着了，就把自己笨重的鞋子脱掉，蹑着脚轻轻地走，生怕把她惊醒。这两个王子出身的野人心里对她就是这样真挚体贴。不久，他发现随便什么声音也吵不醒她，于是就认定她已经死了。波里多像嫡亲手足那样悲恸地哀悼她，看去简直像是他们从小就没分开过。

培拉律斯也提议把她抬到森林里面去，照当时的习俗用悼歌和庄严的挽曲来举行葬礼。

于是，伊摩琴的两个弟弟把她抬到阴凉的树底下，轻轻地放到草地上，替她已逝去的灵魂唱起安息歌。波里多把树叶子和花盖在她身上，说："斐苔尔，只要夏季还没过去，我还住在这儿的时候，每天我都要用鲜花来装饰你的坟墓。我要去采苍白的樱草花，它很像你的脸；还有风信子，它就像是你洁净的血管；还有野蔷薇的花瓣，它还没有你的呼吸那样芬芳。我要把所有这些鲜花撒在你身上。是的，到了冬天，找不到花的时候，我就把毛茸茸的苍苔盖在你那可爱的尸身上。"

他们办完葬礼以后，就很悲伤地走开了。

伊摩琴一个人留下没多久，安眠药的力量就过去了。她醒了过来，不费什么事就把铺在她身上的薄薄一层树叶子和花瓣儿抖开了。她站起来，还以为自己是在做梦呢。她说："我仿佛记得我是个看山洞的人，替一些诚实的人做饭。怎么我会跑到这儿来，身上盖满了花呢？"她不认得回山洞的路，周围又看不见她的新伙伴，就断定准是在做梦。于是，伊摩琴又动身走上那叫人疲劳的旅程，盼望最后能走到密尔福特港，从那里搭上一条开往意大利的船，因为她一心一意还是惦记着她的丈夫波塞摩斯·里奥那托斯，她打算扮成一个僮儿去找他。

可是这时候发生了一件大事，伊摩琴一点儿也不晓得。罗马皇帝奥古斯都·恺撒跟不列颠国王辛白林之间忽然爆发了战争。一支罗马军队已经登陆来进犯不列颠，并且占领了伊摩琴正在走过的这片森林。跟这支军队一道来的还有波塞摩斯·里奥那托斯。尽管波塞摩斯·里奥那托斯跟着罗马军队来到不列颠，可是他并不打算站在罗马那边来跟他本国人作战。他想加入不列颠的军队，替那个放逐他的国王去打仗。

波塞摩斯·里奥那托斯仍然相信伊摩琴对他不忠实。可是他那样挚爱过的人儿死了，并且是他下命令叫她死的（毕萨尼奥曾经给他写了一封信说，命令他办的事已经照办，伊摩琴死了），心里十分痛苦。因此，他就回到不列颠来，想索性在战场上死掉，要不就为了他从流放中私自回来，让辛白林把他处死。

伊摩琴还没走到密尔福特港就被罗马军队俘虏了。她的举止和仪表很叫人喜欢，他们派她当罗马将军路歇斯的僮儿。

这时候，辛白林的军队前来跟敌人交锋。军队开进森林，波里多和凯德华尔也加入了国王的军队。两个年轻人急于想干点儿英勇的事，虽然他们并不知道是在替他们自己的父王作战。老培拉律斯也跟他们一道上了战场。他早已后悔不该伤害辛白林，把他的两个儿子拐走。他年轻的时候也是个战士，很乐意入伍，去替曾经被他伤害过的国王作战。

双方军队现在展开了一场大战，如果不是波塞摩斯·里奥那托斯、培拉律斯和辛白林的两个儿子异常骁勇，不列颠人一定会吃败仗，辛白林本人也会阵亡的。他们救了国王，保全了他的性命，把战局整个扭转过来，使不列颠人取得了胜利。

战争结束了，本是来寻死的波塞摩斯·里奥那托斯还没能死掉。他就向辛白林的军官自首，表示愿意接受他从流放中私自回国应受的死刑。

伊摩琴和她所伺候的主人也被俘虏了，带到辛白林面前。同时，她从前那个仇人阿埃基摩也给带了上来——他是罗马军队里的一名军官。这些俘虏来到国王面前的时候，波塞摩斯·里奥那托斯也给带上来接受死刑。事情赶得真巧，这当儿培拉律斯、波里多和凯德华尔也都被人带到辛白林跟前，为了他们英勇效忠国王的功劳来领赏。毕萨尼奥作为国王的一个侍从也在场。因此，大家都站在国王面前了（可是每个人怀着各不相同的希望和恐惧）：波塞摩斯·里奥那托斯，跟着那位新主人（罗马将军）而来的伊摩琴，忠实的仆人毕萨尼奥，不义的朋友阿埃基摩，还有辛白林两个失了踪的儿子，以及把他们偷走的培拉律斯。罗马将军头一个说话，别人都一声不响地站在国王跟前，虽然他们当中许多人的心都在怦怦跳着。

伊摩琴看到波塞摩斯·里奥那托斯，尽管他乔装成一个农民，她还是认出他来了。可是他却没认出穿了男装的伊摩琴。她还认出阿埃基摩，看见他手上戴着一只戒指，并且发现那正是她自己的，可是她还不知道他就是她的一切灾难的根苗。她以一个战俘的身份站在她自己父亲的跟前。

毕萨尼奥认得出伊摩琴，因为是他用男装把她打扮起来的。“这是我伺候的那位公主啊，”他想，“既然她还活着，不管好歹，我总可以放心了。”

培拉律斯也认出她来了，就对凯德华尔说：“那个男孩子不是又活过来了吗？”

“这个红脸蛋儿的可爱的少年，”凯德华尔回答说，“跟死了的斐苔尔长得真是一模一样，像两粒沙子那么分不出来。

“就是他死了又活过来啦。”波里多说。

“安静点，安静点，”培拉律斯说，“要是他的话，他一定会跟咱们说话的。”

“可是咱们明明看见他死了。”波里多又低声说。

“不要说话。”培拉律斯说。

波塞摩斯·里奥那托斯默默地等着，盼望听到宣判他自己的死刑，他并且拿定主意不让国王知道他曾经在战场上救过国王的命，恐怕那样一来会使辛白林感动，赦免了他。

收留伊摩琴做僮儿的那个罗马将军路歇斯头一个说话（正像前面提过的）。他十分勇敢，为人高贵庄重。他对国王这样说：“我听说被你俘虏的人都要处死刑，不许用钱赎。我是个罗马人，我要用一颗罗马人的心来忍受死亡。可是我要向你请求一件事。”于是，他把伊摩琴领到国王面前，说道：“这是个在不列颠出生的孩子，让他赎回他的性命吧。他是我的僮儿。当主人的从来没有遇到过这样善良、忠于职守的一个僮儿了，他时时刻刻都是这样勤恳，这样忠实可靠，这样体贴入微。他虽然伺候过罗马人，可是他没有做过一件对不起不列颠人的事。即使别人的性命你都不饶，也请你饶了他吧。”

辛白林一心一意地望着他的女儿伊摩琴。她乔装得叫他认不出来，可是万能的造物好像在他心里说了话，因为他说：“我一定在哪里见到过他，他的相貌看上去怪熟的。我也不知道为什么要这样说：孩子，你活着吧。我饶你这条命，并且随便你向我要什么恩典，我都赏给你。即便你要我饶哪个位分最高的俘虏的性命，我也答应你。”“谢谢陛下的恩典。”伊摩琴说。

那时候，说“赏给恩典”就等于答应受恩典的人一样东西，不论他要求什么，都得给他。大家都留心听这个僮儿要求些什么。她的主人路歇斯对她说：“好孩子，我并不要求饶我自己的性命，可是我知道那正是你想要求的。”

“唉，不是的，”伊摩琴说，“好主人，我还有别的事情要做呢，我不能要求救您的命。”

罗马将军吃了一惊，觉得这个孩子怪忘恩负义的。

伊摩琴的眼睛死死盯住阿埃基摩。她只要求这样一个恩典：求国王命令阿埃基摩供出他手上戴的戒指是从哪儿来的。

辛白林答应她这个恩典，并且威胁阿埃基摩说：要是他不供出他手上戴的钻石戒指是从哪儿来的，就要拷打他。

于是，阿埃基摩招认了他的全部罪行，把他怎样跟波塞摩斯·里奥那托斯打赌，又怎样骗得他相信的一切经过，像前面叙述过的，全都说了出来。

波塞摩斯·里奥那托斯听到他妻子确实是清白的，心里那份难过真是没法形容。他立刻走过去，向辛白林承认他曾经吩咐毕萨尼奥把公主残忍地处死，然后狂叫着：“啊，伊摩琴，我的王后，我的生命，我的妻子！啊，伊摩琴，伊摩琴，伊摩琴！”

伊摩琴不忍看着她心爱的丈夫这样痛苦而露出了她的本相，

这样一来，波塞摩斯·里奥那托斯真是说不出的喜欢。他从压在他身上的痛苦不安里解脱出来，并且重新得到了他曾经想杀害的那位亲爱的夫人的爱。

辛白林这么奇妙地找到他失了踪的女儿，几乎跟波塞摩斯·里奥那托斯一样高兴得不得了，就像过去一样地爱伊摩琴，他不但饶了她丈夫波塞摩斯·里奥那托斯的命，并且承认波塞摩斯·里奥那托斯做她的驸马。

培拉律斯挑选了这个欢乐、和好的当儿来自首。他把波里多和凯德华尔介绍给国王，告诉辛白林说，这就是他那两个失了踪的儿子，吉德律斯和阿维拉古斯。

辛白林赦免了老培拉律斯，因为在这样人人欢喜的时候，谁还会想到惩罚呢！国王看到他的女儿好好活着，两个失了踪的儿子成为搭救他的青年，他眼睁睁看到他们那样骁勇地作战来保卫他，这真是他意想不到的快乐。

这时候，伊摩琴就可以从容地替她往日的主人（罗马将军路歇斯）效劳了。她一请求，她的父王马上就赦免了这个人的性命。由于路歇斯的调停，罗马跟不列颠讲了和，从那以后许多年来两国都相安无事。

至于辛白林的那个坏心肠的王后，她看到自己定下的计策失败了，同时良心上感到过不去，就得病死了；死以前，她还看到她那愚蠢的儿子克洛顿在他自己挑起来的一场争吵里被人杀死。这些悲惨的事我们只不过略提一笔，不让它来妨碍这个故事可喜的结尾。一句话就够了：凡是应当得到幸福的人都得到了幸福——甚至对阿埃基摩，考虑到他的奸计最后并没能达到目的，也没加惩罚就给释放了。

李尔王

KING LEAR

不列颠的国王李尔有三个女儿，就是奥本尼公爵的妻子高纳里尔、康华尔公爵的妻子里根和年轻的姑娘考狄利娅。法兰西国王和勃艮第公爵同时向考狄利娅求婚，这时候，两个人为了这件事都住在李尔的宫里。

老国王李尔八十多岁了，他由于上了年纪，并且为国事操劳过度，身体衰弱下来。他决定把国事让给年轻有为的人去治理，自己就不再过问了。这样，好让他有时间准备后事，因为死亡不久就会光顾他了。既然有了这样打算，他就把三个女儿叫到跟前来，想从她们自己的嘴里听出谁最爱他，这样，他好照她们爱他的程度来分配各人应得的一份国土。

大女儿高纳里尔说，她对她父亲的爱不是言语所能表达得出的，说她爱父亲胜过爱她自己眼睛里的光，胜过爱她自己的生命和自由。其实，在这种场合只要老老实实说几句真心话就够了，可是她心里没有真实的爱，所以她信口编了一大套花言巧语来表白。国王听到她亲口保证了一定爱他，就十分高兴，真以为她是心口如一的。于是，他凭着一阵父爱的冲动，就把广大国土的三分之一赐给她和她的丈夫。

然后他又把二女儿里根叫过来，让她表白一下自己的心思。里根跟她姐姐一样虚伪，表白得一点儿也不比她姐姐差。她说她姐姐的话还不足以表达她对父王的爱，因为世界上一切欢乐都引不起她的兴趣来，只有在孝顺她亲爱的父王的时候，她才感到无比的幸福。

李尔以为孩子们都这样爱他，就暗自祝福自己。里根既然对他做了这么热烈的表示，他也得同样赏赐她。于是，他也把三分之一的国土赐给她和她的丈夫，土地的面积跟他刚才赐给高纳里尔的一般大。

然后他转过身来问他的小女儿考狄利娅。他管她叫作他的“快乐”，他问她要说点什么，心里想，三女儿也一定跟她姐姐们一样说点甜蜜的话叫他听了高兴，也许她的话比她们的还要热烈些，因为他一向最宠爱她，比起她两个姐姐来，他更喜欢考狄利娅。可是考狄利娅十分讨厌她姐姐们的奉承，她知道她们嘴上说的跟心里想的满不是一回事，她也看出她们的献媚只是为了从年老的国王手里骗取国土，这样，好不等国王去世，她们和她们的丈夫就可以掌握大权。因此，考狄利娅只这样回答说：她的爱不多也不少，她就照着做女儿的本分去爱国王。

国王听到他最宠爱的孩子这番话，觉得像是忘恩负义，就大吃一惊。他要她重新考虑一下她的措辞，修正她的话，不然对她的前途是不利的。

考狄利娅告诉她父亲说，他是她的生父，他把她养育成人，疼爱她；她也尽到了自己的孝心来报答他，听他的话，爱他，尊敬他。可是她不会像她姐姐那样夸夸其谈，也不能保证世界上除了父亲，她谁也不爱了。如果她的姐姐们（像她们讲的那样）除了父亲什么也不爱了，她们干吗还要丈夫呢？有一天她要是结婚的话，娶她的那位先生一定会要分去她一半的爱，她要用一半的心去照顾他，尽她做妻子的应尽的责任。假使她光想爱她父亲一个人的话，她就永远也不会像她姐姐们那样结婚了。

实际上，考狄利娅是真心诚意地爱她的老父亲，几乎像她姐姐们假装的那样深挚。换个时候，她也会明明白白告诉他，她会说得更像个做女儿的，言辞也会更亲热，不会加上那些保留的话。她刚才的那些保留的话确实不大中听，可是听了她姐姐们那些虚伪的奉承，又看见她们从而得到的丰厚的赏赐，她心里想：最好就是不声不响地爱她的父亲，这样就可以使她的爱不至于沾染上有所贪图的色彩，可以表明她是爱父亲的，而并不是为了得到什么。她的话虽然没那么动听，却比她姐姐们的话真挚诚恳。

老国王李尔把考狄利娅这片朴实的话认作是骄傲，十分生气。国王年轻力壮的时候性情向来很急躁，动不动就发脾气；如今一上年纪，人更糊涂了，使他不能分辨真话和奉承，也分不清花言巧语和心窝里的话。于是，一阵暴怒，他就把原来留给考狄利娅的那三分之一的国土收回来，不再给她，却平分给她两个姐姐和她们的丈夫奥本尼公爵和康华尔公爵。李尔把他们叫过来，当着他所有的朝臣把王冠赐给他们，并且把全部权柄、税收和国政都交给他们共同管理。他摆脱了一切国王的职权，仅仅保留着国王的名义。他只提了一个条件：他要求带着一百名武士，作为他的侍从，每个月在他两个女儿的王宫里轮流居住。

朝臣们看到国王把他的王国处理得这样荒唐，全凭一时的感情，一点儿也不用理智，都感到又震惊又难过；可是除了肯特伯爵，谁也不敢去冒犯这位正发着脾气的国王。肯特伯爵刚开始替考狄利娅说几句好话，暴跳如雷的李尔就叫他住嘴，不然就要他的命。然而那位好心的肯特并没有被吓住。他一向对李尔是忠心耿耿的，把他当国王来尊敬，当父亲来爱，当主人来追随。他从来不看重自己的生命，认为自己活着不过是为了当个小卒，好跟国王的敌人打仗。为了保卫李尔的安全，他也从来不怕死。如今，李尔做起对他自己最不利的事来了，这个忠实的臣仆本着他一贯维护国王的精神，为了李尔的利益，毅然起来反对他。只因为李尔发了疯，肯特才对他失礼。过去，他一向是国王最忠实的谏臣，所以他请求国王仍然接受他的意见（在许多重大事情上国王都听从了他的意见），照他的劝告去做。他劝国王好好考虑一下，收回他那草率的成命。他敢用性命担保，李尔的小女儿对他的孝心绝不比她姐姐们差，她说话的声音低，是因为她充满了真实的感情，那正是她心里不空虚的证明。掌握大权的人一旦向谄媚者低了头，正直的朝臣就只好把坦率的话说出来了。不管李尔怎样恫吓，他也拿肯特没有办法，因为肯特早就准备随时为国王牺牲自己的性命。肯特要尽到自己的责任，威胁也封不住他的嘴。

这个好心的肯特伯爵直率的谏言只不过叫国王更生气了。就像一个疯子杀害起他的医生，而对那会叫他送命的病症却依依不舍一样，李尔把这个忠实的臣仆放逐了，只限他五天以内做好动身的准备。如果国王所痛恨的这个人第六天在不列颠的国土上被发现，就立刻把他处死。于是，肯特就向国王告辞，说自己既然已经采取了那种态度，再留在那里也就跟流放在外头一个样了。他走以前，又祈祷上天保佑考狄利娅这个思想正确、说话慎重的姑娘；然后又说，但愿她的两个姐姐能用孝顺的行为来证实她们说过的大话。于是，肯特就走了，他说他要到一个新的国家去走他旧日走过的路。

法兰西国王和勃艮第公爵这时候被召进去听取李尔关于他小女儿的决定，国王想知道：如今考狄利娅已经失掉了她父亲的宠爱，她什么财产也分不到，光剩下她这么一个人，他们还向她求婚不求了。勃艮第公爵谢绝了这个婚姻，表示在这种情形下他就不想娶她了。可是法兰西国王了解考狄利娅是由于什么样的过错失掉她父亲的宠爱的，他了解那只是因为她说话迟钝，不像她姐姐们那样善于鼓起舌簧来献媚。他拉住年轻姑娘的手说，她的品德是比一个王国还要贵重的一份嫁妆。他叫考狄利娅跟两个姐姐告别，也向她父亲告别，尽管他待她那样坏；然后跟他走，做他的王后，也作锦绣的法兰西的王后，她统治的王国将要比她姐姐们的更灿烂。然后，他又用轻蔑的口气管勃艮第公爵叫作“如水的公爵”，因为他对这位年轻姑娘的爱一眨眼就像流水一般不见了。

于是，考狄利娅淌着泪跟她的姐姐们告别了。同时还嘱咐她们要好好爱父亲，要照她们所表白的那样做。她的姐姐们绷着脸说，她们自己会尽自己的本分，用不着她指点；说她的丈夫既然把她当作（她们用嘲笑的语气说）命运施舍给他的东西，她还是好好满足她丈夫的愿望去吧。于是考狄利娅就心情沉重地走了，她知道她姐姐们为人刁滑，把父亲交托给她们，她着实有些放心不下。

考狄利娅刚走，她的姐姐们恶魔般的性情就露出本相来。照原来的规定，李尔头一个月跟大女儿高纳里尔过，可是不到一个月，李尔就发现她的行为跟她的诺言是两回事。这个刁妇已经得到了她父亲所能赏赐的一切，甚至连他头上戴的王冠都摘下来，这时候，她连老人家为了使自己觉得还像个国王而保留下来的那点点残余的王家排场也不能容忍了。她讨厌看到国王和他那一百名武士。每逢看到她父亲，她总是愁眉苦脸的。而且，每当老人家要跟她说话，她就装病，或者用别的方法躲开他；显然她把老人家当作一个累赘，把他的侍从当作一种浪费。不但她自己对国王越来越怠慢，而且由于她的榜样，还由于她暗地里的唆使，连她的仆人也对他冷淡起来了，不听他的吩咐，甚至更轻蔑地装作没听见他的吩咐。李尔也不会看不出他的女儿一举一动的改变，可是他还是尽量闭上眼睛，因为人们一般总不肯相信由于他们自己的错误和固执所造成的不愉快的结果。

一个人的爱和忠诚要是真实的，你待他坏也不能使他疏远，正如一个心地虚伪的人，你待他再好也不能把他感化过来一样。这一点在好心的肯特伯爵身上最明显。他虽然被李尔流放，假使他在不列颠被发现，还会送掉性命；然而只要他一天对他的主人（国王）有用，他就宁愿冒一切危险留下来。看哪，忠实的可怜人有时候被情势所迫，得化装成多么低贱的样子来掩盖他自己的身份呀！可是这绝不能说他是下贱或者卑微，因为他这样化装只是为了便于去尽他应尽的责任。这个好心的伯爵就放弃他的尊严和排场，乔装成一个仆人，请求国王雇用他。国王不知道他是肯特扮的，问话的时候肯特故意答得很直爽，甚至可以说有些粗鲁，可是这却使得国王很高兴（这跟那油腔滑调的献媚大大不同，而李尔看到他的女儿说话不算数，他很有理由对那种奉承感到厌恶了）。于是，他们很快就谈妥了，李尔收下肯特做他的仆人，他自己说名叫卡厄斯，国王绝没料到这就是当年他十分得意的宠臣，位高权大的肯特伯爵。

这个卡厄斯很快就找到机会来表现他对国王的忠诚和敬爱了，因为高纳里尔的管家就在那一天对李尔十分侮慢，言语神情都很无礼，没疑问，这都是由于他女主人私下里的唆使。卡厄斯看到他公然这样侮辱国王，就干脆绊了他一跤，把那个没礼貌的奴才拖到阴沟里去了。为了这个友好的举动，李尔跟卡厄斯更加亲近起来。

跟李尔要好的还不单肯特一个人。照当时的习俗，国王或是大人物身边都养着个“弄臣”（他们是这样叫法），在忙完一天的繁重公事以后，替他们解闷散心。李尔还拥有自己的王宫的时候，宫里也有这么个可怜的弄臣，一个逗乐的人。这样一个地位低微、无足轻重的人尽他所能地对李尔表示敬爱。在李尔放弃了他的王位之后，这个可怜的弄臣仍然跟着他，用他那机智多端的口才来叫国王开心，尽管有时候他不免也会讥笑国王放弃王位，把一切都给了他女儿的这种轻率举动。他编了个曲儿说当时那两个女儿：

喜出望外，流起眼泪，

　　他却长歌诉说悲哀；

你堂堂一国的国王，

　　竟跟弄臣一块儿捉迷藏。

他有的是这种荒诞不稽的话和一鳞半爪的歌词。甚至当着高纳里尔的面，这个愉快、正直的弄臣也滔滔不绝地讲着他的真心话，这些尖锐的讥讽和笑骂直刺进她的心坎。譬如他把国王比作一只篱雀，它把幼小的杜鹃鸟养大，杜鹃鸟为了报答篱雀的养育之恩，却把篱雀的脑袋咬掉了。他还说，驴子也许知道什么时候车拉着马走（意思是：李尔的女儿本应该在后边的，如今却站到她们父亲前面去了）。又说，李尔已经不是李尔了，他只是李尔的影子。为了这些放肆的话，弄臣也受到过一两次吃鞭子的警告。

李尔开头只是觉得他那个不肖的女儿对他冷淡、越来越不尊敬他，然而这个糊涂而且溺爱儿女的老人家的遭遇还不仅仅这些。他大女儿现在明明白白对他说，如果他一定要保留那百名武士，她的王宫就不便给他住了。她认为那种排场既没用处，又很费钱，到处吵吵嚷嚷，大吃大喝，把她的宫里闹得不成体统。她要求把人数减少，只留一些像他自己那样上岁数的人，这样才跟他相称。

李尔最初不能相信他的眼睛和耳朵，也不能相信跟他说这样刻薄话的正是他的女儿。他不能相信由他手里得到王冠的高纳里尔居然想裁掉他的侍从，对他晚年应享受的尊贵这么吝啬。可是高纳里尔坚持她那不孝顺的要求，老人家就大发脾气，骂她是只“可恶的鸢”，并且说她扯谎。这的确是事实，因为那一百名武士都是品行端正、绝不胡作非为的，他们连在小事情上都懂得礼节，从来也不像她说的那样吵吵嚷嚷，大吃大喝。他吩咐把马备好，他要带着他那一百名武士到二女儿里根家里去。他谈到忘恩负义，说那是用大理石做成的魔鬼，一个孩子要是忘恩负义，那就比海里的妖怪还要可怕。他把大女儿高纳里尔诅咒得听起来都可怕：说但愿她永远不能生儿育女，万一养出来的话，长大了也会用同样的嘲弄侮辱来报答她，让她也知道知道一个负心的孩子咬起人来是怎样比毒蛇的牙齿还要痛。这时候，高纳里尔的丈夫奥本尼公爵替自己解释起来，希望李尔不要以为他参加了这种不义的行为。李尔不等他把话讲完，发了阵脾气就吩咐把马鞍备好，带着他的侍从动身到他二女儿里根家里去了。李尔心里想，考狄利娅的过错（如果那是过错的话）比起她这个姐姐的行为来，是多么小啊！于是，他哭了。他又想到像高纳里尔这么个东西，居然把他的大丈夫气压倒，叫他流了泪，他感到十分惭愧。

　　里根和她的丈夫在王宫里摆着很大的排场。李尔派他的仆人卡厄斯带着信去见他的二女儿，这样好在他和他的侍从没到以前就可以做好接待的准备。可是高纳里尔似乎先下了手，她也派人送信给里根，责备她父亲固执任性，脾气乖张，劝她妹妹不要收容他带来的这么多侍从。这个送信的跟卡厄斯同时到达，两个人碰了头。他刚好就是高纳里尔的那个管家，卡厄斯为了他对李尔态度蛮横，曾经绊过他一跤的那个对头。卡厄斯很不喜欢这家伙的神气，猜出他的来意，于是就破口大骂，要跟他决斗。那家伙不肯决斗，卡厄斯一阵气愤，就把那个制造祸患、捎恶毒的信的家伙狠狠揍了一顿。里根和她的丈夫听到这件事，尽管卡厄斯是父王派来的，应该受到最高的礼遇，却吩咐给他戴上脚枷。这样，国王走进宫堡首先看到的，就是他忠实的仆人卡厄斯在这样屈辱的情形下坐在那里。

这还不过是国王将要受到的待遇的一个不好的苗头罢了。紧跟着，更坏的事情发生了。他问起他女儿和女婿的时候，回复说，他们走了一夜的路，走累了，不能见他。最后，由于他十分坚决，气冲冲地表示非见到不可，他们才出来接见他。可是陪他们一道接见的不是别人，偏偏就是那个可恨的高纳里尔，她跑来向妹妹讲了一通自己的道理，并且挑拨她妹妹也反对父王。

老人家望到这情景，十分生气，尤其看见里根握着高纳里尔的手。他问高纳里尔，看看他这一大把白胡子，难道她不觉得惭愧吗？里根劝他仍然回到高纳里尔家里去，把侍从裁掉一半，向她赔个礼，安安静静地跟她在一起过日子；因为他年纪大了，缺乏辨别是非的能力，必须有一个比较有见识的人来管教他，带领他。李尔认为要他低声下气地向他亲生的女儿去讨吃讨穿是太荒唐了，他反对这种勉强的依靠，坚决表示永远不再回到高纳里尔那里去，他和他那一百名武士要留下来跟里根一道过日子。他说里根还没有忘记他把半个王国都给了她，说里根的眼睛是温和善良的，不像高纳里尔的那么凶狠。李尔还说，与其把侍从的人数裁掉一半，回到高纳里尔那里去，他还不如到法国去，向那个不要嫁妆娶了他的小女儿的国王请求一笔微薄的养老金呢。

李尔以为里根待他会比她姐姐高纳里尔好一些，可是他错了。里根好像有意要赛过她姐姐的忤逆行为，说她认为用五十名武士来伺候他太多了，二十五名尽够了。李尔这时候心都差不多碎了。他转过身来告诉高纳里尔说，他愿意跟她回去，因为五十还是二十五的双倍，证明她对他的爱还比里根的多一倍。可是这时候高纳里尔又变了卦啦，她说，为什么要用二十五名这么多呢？连十名、五名也用不着，因为他尽可以使唤她和她妹妹家里的仆人。

这两个坏心肠的姐妹在虐待她们的老父亲上像是有意拼命比赛似的，竟想一步步地把表示他曾经是个国王的那点尊严和那些侍从（作为曾经统治过一个王国的人来说，他剩的已经很少了！）全都取消。并不是说非得有一簇衣冠华丽的侍从才算幸福，可是从国王沦落成为乞丐，从统治着几百万人弄到没有一个侍从，的确是很难堪的变化。使这个可怜的国王伤透了心的还不是他没有了侍从，而是他的女儿忘恩负义，拒绝了他的要求。李尔一方面受到双重的虐待，一方面又懊悔他不该糊里糊涂地把王国抛弃，他的神志开始有些不正常了。他一面说着连自己都不明白的话，一面发誓要向不孝的妖妇报仇，要她们遭到使全世界都震惊的报应。

他正这样信口恫吓着要做他那软弱的胳膊所不能做到的事情，眼看天黑了，来了一阵又是雷又是闪的暴风雨。这时候，他的女儿们仍然怎么也不让他的侍从进去，他就吩咐把马拉过来，他宁可到外面去承受狂风暴雨的袭击，也不愿意跟他这两个无情无义的女儿同住在一个屋顶底下。她们说，固执的人不管遭到什么损害，只要是自找的，那就是正当的惩罚。于是，她们就关上大门，随李尔在那样的情况下走了。

风刮得很猛，雷雨也更大了。风雨的袭击毕竟没有女儿们的狠毒那样叫人扎心，老人家冲出去，跟大自然搏斗去了。走了好几英里路，几乎没看见一座矮树林子，国王就在黑夜里迎着狂风暴雨的袭击，在一片荒原上彷徨，向着暴风雨挑战。他要风把地面刮到海里去，要不然的话，就把海浪刮得泛滥起来，把地面淹没，好让叫作人类的这种忘恩负义的动物绝迹。这时候，老国王

身边只剩下那个可怜的弄臣了，他依然跟着国王，竭力想拿诙谐和怪诞的话来排遣这种不幸的遭遇。他说，在这样糟糕的夜晚来游泳真没意思，老实说，国王还不如进去向女儿们去乞求祝福呢！

只怪自己没脑筋，

　　嗨嗬，又是风吹又是雨淋！

别怨天来也别怨人，

　　哪怕它雨呀天天下个不停。

他发誓说，这是宜于叫一个傲慢的女人懂得谦虚的晚上。

李尔当年曾经是堂堂一位国王，如今只剩下孤零零一个侍从。这时候，他的忠实仆人（乔装成卡厄斯的好心的肯特伯爵）找到了他，他一直形影不离地跟着国王，虽然国王不晓得他就是伯爵。肯特说：“国王，您在这儿吗？喜欢黑夜的东西也不会喜欢这样的黑夜。狂风暴雨已经把野兽都吓得躲到洞里去了。人类的心灵经受不起这样的折磨和恐怖。”李尔反驳说，一个人得了重病，小小的痛苦就不会感觉到了。只有心情安宁的时候，肉体才有闲工夫去对一切事情发生敏感。可是他心灵里的暴风雨已经夺去了他的一切感觉，只剩下热血还在他心头搏动。他谈到儿女的忘恩，说那就像一张嘴把喂它的手咬了下来，因为对于儿女来说，父母就像是手，像是食物和一切。

可是好心的卡厄斯仍然一再请求国王不要在露天待着，最后才把他劝到荒原上一间破草棚子底下。弄臣刚一进去，就慌慌张张地跑了出来，嚷着说看见了鬼。仔细一看，这个“鬼”原来是一个可怜的疯乞丐，他爬到这没有人住的草棚子里来避雨。他对弄臣说了些关于鬼的话，把弄臣吓了一跳。这样的人是可怜的疯子，他们要么是真疯了，要么就是装疯，好逼着软心肠的乡下人施舍。他们给自己起名叫“可怜的托姆”，或是“可怜的屠列古德”[1]，在乡下到处漂泊，嘴里嚷着：“哪位赏点儿什么给可怜的托姆吧！”然后把针、钉子或是梅迭香的刺扎到胳膊上，汩汩地流着血。他们一面祈祷，一面疯疯癫癫地诅咒，就靠这种可怕的动作使那些无知的乡下人见了感动或者害怕，不得不周济他们。这个可怜的家伙就是这种人。国王看见他这样穷苦，浑身一丝不挂，只在腰上围着一条毯子，就断定这个人一定也是把自己所有的财产都分给了女儿们，所以才落到这般田地，因为他认为除非是养了狠毒的女儿，再没有旁的原因可以把一个人弄得这样悲惨的了。

好心的卡厄斯听到他说的这许多疯话，就看出他显然神经不很正常，他的女儿对他的虐待确实把他气疯了。这时候，可敬的肯特伯爵遇到一个空前的机会，在更重要的事情上表现了他的忠诚。天亮的时候，一些仍然忠于国王的侍从帮助他把国王送到多佛[2]城堡去。那里，他的朋友特别多，作为肯特伯爵，他的势力也特别大。他自己就搭船到法国去，拼命赶到考狄利娅的王宫，用感人的话叙述了她父王的悲惨情况，活生生地形容出她两个姐姐那种惨无人道的行为。这个善良孝顺的孩子听了流下泪来，要求国王（她的丈夫）准许她坐船到英国去，带上足够的人马去讨伐这两个残忍的姐姐和她们的丈夫，把老父王重新扶上王位。她的丈夫同意了。于是，她就带着一支王家的军队出发，在多佛登了陆。

李尔发了疯以后，好心的肯特伯爵派了些人照护他。李尔抓了个空子从那些人手里逃了出来，正在多佛附近的田野里徘徊的

---

① 相当于“可怜的张三”“可怜的李四”。

② 在肯特郡，是英国距欧洲大陆最近的海港，临英吉利海峡。

时候，被考狄利娅的侍从发现了。当时李尔的情况真是凄惨，他已经完全疯了，一个人大声唱着歌，头上戴着用稻草、荨麻和从麦地里拾到的其他野草编成的王冠。

考狄利娅虽然急于要见到她的父亲，可是遵照大夫们的劝告，决定暂时先不见面，好让睡眠和药草的作用使李尔完全镇定下来。考狄利娅答应只要老国王能治好，她就把她所有的金子和珠宝都送给这些精通医术的大夫。经他们的治疗，李尔不久就清醒过来了，跟他的小女儿见了面。

父女团圆的情景是十分动人的：可怜的老国王一方面由于重新见到他曾经钟爱过的孩子而欢喜，一方面又感到惭愧，因为当初他为了那么一点点过错就生她的气，把她遗弃了，如今却受到她这样的孝敬；这两种感情都跟他还没痊愈的疾病纠缠在一起，他那半疯狂的头脑有时候使他记不清身在哪里，是谁这么好心地吻着他，跟他说话。然后他说，这位夫人想来是他的女儿考狄利娅，如果他弄错了，请旁边的人不要见笑。接着他就跪下来，向他女儿告饶。那位好夫人也一直跪在那里请他祝福，并且对他说，他不应当下跪，这是她应尽的孝道，因为她是他的孩子，他自己的、真真实实的考狄利娅！她吻他，（一面说着）希望这一吻可以拭去她姐姐们对他的虐待。考狄利娅说，她们把慈祥的白发苍苍的老父亲赶到寒冷的露天底下，应该觉得羞愧；即使是她的仇人的狗，尽管它咬了她（她这样巧妙地打比方），在那样的夜晚她也还要让它卧在她的火炉旁边，暖暖身子呢。考狄利娅告诉她父亲，这次从法国来是特意为了搭救他。李尔说，过去的事一定要请她忘记，请她原谅，因为他老了，糊涂了，不知道自己干的事；她的确有理由不孝顺他，可是她两个姐姐却没有理由。考狄利娅说，她跟她姐姐同样没有理由不孝敬他。

这样，我们暂时把老国王托付给这位孝敬他、爱他的孩子去保护吧。国王被他那两个狠毒的女儿的残暴行为弄得神经错乱，终于靠考狄利娅和她丈夫的力量，用睡眠和药草把他治好了。现在我们回过来谈一谈他那两个狠毒的女儿。

这两个无情无义的妖魔既然对父亲是那样虚伪，那么，对自己的丈夫自然也不会是忠实的。过不多久，她们连表面上也不屑装出守本分和恩爱的样子，公然表示她们另外爱上了人。刚巧她们两个人的姘头是同一个人，她们都爱上了已故的葛罗斯特伯爵的庶子爱德蒙。他使出诡计，剥夺了应该由他哥哥埃德伽继承的伯爵爵位，现在他就凭着他的卑劣行为成了伯爵。他是个坏人，跟高纳里尔和里根这两个坏东西勾搭，正好是半斤八两。里根的丈夫康华尔公爵恰巧这时候死了，里根马上宣布要跟葛罗斯特伯爵结婚。这个卑鄙的伯爵不只向里根、同时也屡次向高纳里尔表示过爱情，高纳里尔晓得了他们结婚的消息，就十分嫉妒，她想法把里根毒死了。这件事情给她的丈夫奥本尼公爵发觉了，他也听说她跟伯爵有暧昧的关系，就把她关进监牢去。她因为爱情受到挫折，又气又恼，过不久就寻了短见。上天的公道就这样降到了这两个坏女儿的身上。

大家都注意这件事，说这两个人死得公道。忽然间，他们又移开视线，惊愕地看到同一股力量怎样奇妙地施展在年轻、品德高尚的女儿考狄利娅的悲惨命运上。她的善良行为本来好像应该得到更幸运的下场，然而这是个可怕的真理：世间纯洁和孝顺的人并不一定总得好报。高纳里尔和里根派那个卑鄙的葛罗斯特伯爵率领的军队打胜了，这个坏伯爵不愿意有人妨碍他篡夺王位，就把考狄利娅在监牢里害死了。这样，上天叫这个纯洁无辜的女人给世界显示了尽孝的辉煌榜样，然后在她年纪轻轻的时候，就把她接回天上去了。这个善良的孩子死了没多久，李尔也去世了。

从李尔最初受到女儿的虐待，到他悲伤零落的时候，好心的肯特伯爵一直紧紧伴随着老主人。李尔去世以前，肯特想让国王知道他一直是用卡厄斯这个名字跟随他的，可是这时候李尔气得发了疯，已经不能理解那样的事怎么可能，肯特和卡厄斯怎么会是一个人。肯特一想，这当儿也用不着去向他解释了。过不久，李尔死了。国王这个忠实的臣仆，一面因为自己上了年纪，一面又为了老主人的痛苦而悲伤，不久也跟着进了坟墓。

上天的公道终于还是临到卑劣的葛罗斯特伯爵头上，他的阴谋暴露了，他在跟他哥哥（那个合法的伯爵）的一场决斗中被刺死了。高纳里尔的丈夫奥本尼公爵并没有参加害死考狄利娅的事，也从来没鼓励过他的妻子那样虐待她父亲。李尔死了以后，他就做了不列颠的国王。这些事都用不着去提它了，因为这个故事讲的只是李尔和他三个女儿的经历，而他们都已经死了。

麦克白
MACBETH

“温厚的邓肯”做苏格兰国王的时候，国内有一个显赫的爵士[①]，也就是贵族，名叫麦克白。这个麦克白是国王的近亲，由于他在战场上表现了勇敢和智谋，很受朝廷上的尊敬。他最近的一个功绩是打败了一支人数多得可怕的、由挪威军队援助的叛军。

麦克白和班柯这两位苏格兰将军打完了一场激烈的仗，得胜回来，走过一片枯黄的荒原，半路上给三个奇形怪状的东西拦住了。她们像是女人，可是又长着胡子，从她们那起了皱纹的皮肤和身上穿的粗陋衣服看，她们简直完全不像人。麦克白先跟她们打招呼，她们仿佛很生气，一个个都把满是皱纹的指头放在皮肉稀松的嘴唇上，作为保持沉默的暗号。她们中间第一个人向麦克白致敬，称他作“葛莱密斯爵士”。将军发现她们居然晓得他是谁，大大吃了一惊。可是接着向他致敬的第二个人更叫他吃惊了，她称呼他作“考特爵士”，这个光荣他本来没资格享受的。然后第三个对他说：“万岁，未来的国王！”这种未卜先知的致敬自然使他十分吃惊，他知道国王的儿子活着一天，他是没有希望继承王位的。然后她们又转过身去用谜语般的话对班柯宣布说：他将比麦克白低微，可是又比麦克白伟大！没有麦克白那样幸运，可是又比麦克白有福气得多！并且预言说：他虽然做不成国王，可是他的子子孙孙要成为苏格兰的国王。说完这话，她们就化作

---

① 在战场上立过功劳，因而得到国王赏赐的田地的人。

一溜烟儿消失了。这样，两位将军才知道她们就是女巫，又叫作巫婆。

正当他们站在那里为这宗奇遇纳闷的时候，国王的送信人来了。他们奉国王的命令封麦克白做考特爵士，这件事情叫麦克白大大感到惊奇，因为真像奇迹似的，刚好跟巫婆预卜的完全一样。他站在那里发愣，对国王的送信人答不出话来。这时候，他满心盼望着第三个巫婆的预言也同样能应验，这样，早晚有一天他就会成为苏格兰国王了。

他转过身来对班柯说："巫婆答应我的事既然这么奇妙地应验了，难道你不希望你的子子孙孙也做国王吗？"

"要是那么希望，会引起你对王位的贪图来，"班柯回答说，"这些幽冥的使者时常在小事情上透露给咱们一点点实情，结果害咱们去做有严重后果的事。"

可是巫婆邪恶的暗示在麦克白心上留下了深刻的印象，他不可能去理会好心的班柯对他进的忠告了。从那以后，他就把全副精神都放在夺取苏格兰王位这件事上。

麦克白有个妻子。他把女巫们奇怪的预言和一部分已经应验的事告诉了她。麦克白的妻子是个野心勃勃的坏女人，为了使她的丈夫和她自己成为大人物，她做起事来可以完全不择手段。麦克白自己的意志还有些动摇，想到流血，他良心上总是觉得不安；然而他的妻子竭力怂恿他，不断地告诉他要想实现那个恭维他的预言，就非得把国王谋杀了不可。

国王时常屈驾到显要的贵族家里去拜访，问候他们。刚好这时候他由他两个儿子马尔康和道纳本陪伴着，来到麦克白家里。为了对麦克白在战场上立的功劳更加表示尊敬，国王还带上许多爵士和随从。

麦克白住的城堡地势很优美，四周围的空气十分清新，因此，城堡的飞檐和拱柱上，只要是可以搭窝的地方，燕子都搭起窝来了。大凡燕子喜欢繁殖、常来常往的地方，那里的空气总是好的。国王走进来，对这地方十分满意，对这位受宠爱的女主人麦克白夫人的殷勤和礼貌，也表示满意。麦克白夫人善于用微笑掩藏她的阴险心肠，她可以装得像花一样纯洁，实际上她却是花底下的一条蛇。

国王一路上走累了，很早就上床睡去。（照当时的规矩）在他的寝室里有两个侍从睡在他旁边。他对这一切款待感到非常满意。睡觉以前，他赐给大臣们一些礼物，他也送了麦克白夫人一颗很贵重的钻石，称她作最殷勤的主妇。

这时候已经是半夜，多半个世界都好像死去了似的，噩梦在睡眠里扰乱着人们的心灵，只有狼和凶手还待在外面。就在这当儿，麦克白夫人醒来布置谋害国王的事了。对于一个女人来说，行凶是很可怕的事，她本来不愿意自己去干，然而她又怕她丈夫的心肠太软了，担心他不肯照预先计划好的下手。她知道他有野心，可是她也知道他为人谨慎，杀人那样的恶事是要野心发展到了极点的时候才干得出的，麦克白还不准备动手。虽然他已经答应她去行凶，可是她怀疑他的毅力。她怕丈夫生来的软心肠（他比她稍微有点儿同情心）会妨碍他达到目的。因此，她就自己拿了一把尖刀，走近国王的床旁。两个侍从早给她用酒灌得烂醉，丢开他们保卫着的国王，醉醺醺地睡着了。邓肯一路走得也很累了，睡得很熟。她仔细望了望他，觉得国王睡在那里，脸长得有些像她自己的父亲，这么一来，她动手的勇气就没有了。

她回去跟她丈夫商量。他的意志早就动摇了。他认为这件事千万干不得。第一，他不但是国王的臣子，而且是他的亲戚，那天国王又是在他家里做客。按照主客的礼法，他的责任正是应该把门户关好，不让刺客进来，自己更不能拿刀去行刺。然后他又想到邓肯是个多么公正、慈祥的国王，从来没欺负过老百姓，对贵族，尤其对他自己，又是那样爱惜。上天对这样的国王一定会特别加以保护，如果害死了，老百姓也要加倍替他报仇的。而且由于国王对麦克白的宠爱，各式各样的人都很尊重他，怎么能让卑鄙的谋害来玷污这种荣誉呢！

麦克白夫人发现她丈夫在这种内心的矛盾中间是倾向于好的方面，并且决计不再去谋杀了。可是她是一个定下奸计就不肯轻易罢手的女人，她开始在他耳边絮絮叨叨地讲着，把她自己的一部分精神灌到他心灵里；举出一条条的理由说服他：既然答应去行凶，就不应该半路又退缩下来；说这件事办起来很方便，很快就可以干完；说短短一个晚上的行动可以叫他们在今后的日子里稳坐在王位上掌握大权！然后她又对他的没有恒心表示轻蔑，责备他反复无常，没有骨气。她还说，她曾经喂过娃娃的奶，她懂得怎样温柔地去爱吃奶的娃娃，可是她可以在娃娃正对着她微笑的时候把他从怀里揪开，摔出他的脑浆子来，只要她曾经起过誓答应那样做，正像麦克白已经起誓去行凶一样。接着她又说，事情很便当，把谋杀的罪过推到两个喝醉了睡在那里的侍从身上就行了。她就这样用她舌头的威力责备麦克白犹疑不决，叫他又鼓起勇气去干这个血腥的勾当。

于是，他拿着尖刀、摸着黑偷偷溜进邓肯睡的房间。正走的时候，他好像看到空中另外有一把尖刀，刀柄正朝着他，刀刃和刀尖上还滴着血。可是他伸手一抓，原来没有，只不过是他那热烘烘的、窒闷的心境和当前他正要干的勾当引起的幻觉。

他摆脱了这阵恐怖，进了国王的房间，只一刀就把国王干掉了。他刚行完凶，陪国王睡在寝室里的一个侍从就在梦里笑了，另外一个嚷着："杀人啦！"这样一来，两个都醒了。他们做了短短一段祷告，一个说："上帝祝福我们！"另外一个回答说："阿门[①]。"然后，两个又睡着了。麦克白站在那里听着他们说话，当第一个侍从说"上帝祝福我们"的时候，他很想跟第二个侍从一道说"阿门"。尽管他很需要祝福，然而这个字堵在他嗓子眼儿里，他就是说不出来。

麦克白好像又听到一个声音嚷着："不要再睡啦！麦克白把睡眠谋杀了，把那清白无辜的、滋补生命的睡眠谋杀了。"那声音仍旧满屋子里嚷着："不要再睡啦！""葛莱密斯已经把睡眠谋杀了，所以考特再也睡不成觉了，麦克白再也睡不成觉了。"

麦克白怀着这些可怕的幻觉，回到他那正在专心听着动静的妻子跟前。原来麦克白夫人以为他没去行凶，这件事受到了挫折。麦克白走进来神志迷迷糊糊，他的妻子责备他不够坚决，叫他去洗那染上了血迹的手，然后她自己拿了尖刀去把血涂在侍从的脸上，好让人看上去像是他们行的凶。

早晨到来，这件掩盖不住的谋杀案已被发觉了。尽管麦克白和他的妻子装出十分悲恸的样子，并且两个侍从行凶的证据也很充足（尖刀是从他们身上搜出来的，他们脸上又涂满了血迹），然而大家的怀疑却集中在麦克白身上，因为比起这两个可怜而且愚蠢的侍从来，麦克白干这件事要有利可图得多。邓肯的两个儿子逃走了，大儿子马尔康逃到英国宫廷去请求庇护，小儿子道纳

---

① 基督教徒祷告时候的结尾语，意思是：但愿是这样。

本逃到爱尔兰去。

王位本来应该由国王的儿子来继承，如今他们既然放弃了，麦克白就以血统最近的继承者的资格，加冕当上了国王。这样一来，女巫的预言就完全应验了。

尽管坐了这么高的位子，麦克白和他的王后仍然没有忘记女巫的预言：麦克白虽然做了国王，继承他的王位的将不是他自己的子孙，而是班柯的子孙。想到这一点，又想到他们两手沾满血迹，造下这样大的罪孽，临了却只不过是把班柯的子孙捧上王位去，觉得十分不甘心。女巫关于麦克白自己那部分的预言已经神奇地应验了，他们下了决心要把班柯和他的儿子一块儿弄死，好让其余的部分没法实现。

为了达到这个目的，他们布置了一个盛大的晚宴，把所有重要的爵士都请来，当中，特别隆重地邀请了班柯和他的儿子弗里恩斯。麦克白事先就在班柯那天晚上去参加宴会的路上埋伏下刺客，他们刺死了班柯，可是在混战的时候，弗里恩斯逃跑了。从这个弗里恩斯传下的后代就接连做了苏格兰的国王，一直延续到苏格兰的杰姆士六世兼英国的杰姆士一世[①]，在他的统治下，英国跟苏格兰才合并起来。

在晚宴上，王后态度文雅，气派雍容，对客人们都彬彬有礼，招待得十分周到，参加宴会的人都对她起了好感。麦克白跟他的大臣和贵族们悠闲自在地谈着，说要是他的好朋友班柯在座的话，那真可以说所有本国的贤士都聚在一堂了。他宁愿班柯没来是因为他疏忽了，将来只好责备他一顿，也不愿意班柯遭到什么不幸

---

① 杰姆士六世（1566—1625）是苏格兰国王，他在 1603 年加冕成为英国的杰姆士一世。

而去哀悼他。正说着的时候，他派人去害死的班柯的鬼魂走进房来了，并且就在麦克白刚要落座的椅子上坐了下来。尽管麦克白是个勇敢的人，面对魔鬼也不会发抖，可是看到这可怕的景象，他吓得面色惨白，站在那里，直直望着鬼魂，一点儿男子气也没有了。

王后和贵族们什么也看不见，只看到麦克白对着空椅子（他们这样想）发愣，以为他一时神经错乱。她责备他，小声对他说，这跟那天他去刺杀邓肯的时候在空中看到的尖刀同样是出于幻觉。可是麦克白仍然看到鬼魂，对于旁人说的话完全不理会，只跟鬼魂说着胡话。他虽然语无伦次，说的话却是意味深长的。王后担心这么一来会把那可怕的秘密泄露了出来，就托辞麦克白犯了老毛病，赶忙把客人打发走了。

从那以后，麦克白就被这种可怕的幻觉折磨起来了。他和他的王后夜夜都做着可怕的梦，而弗里恩斯的逃跑给他们的威胁跟班柯的死一样严重。麦克白认为将来一定是这个弗里恩斯的子子孙孙做国王，他会叫麦克白的子子孙孙永远做不了国王。这些担心害怕的思想使他们坐立不安。麦克白决定再去找那三个女巫，问问她们事情最坏会闹到怎样的地步。

他在荒原上一个山洞里找到了女巫们，她们也预先知道他会来，正替他准备一些可怕的符咒，用这种符咒可以把地狱里的鬼魂召来，对她们显示未来。那符咒都是些怕人的材料做成的，有癞蛤蟆、蝙蝠和蛇，有水蜥的眼睛、狗的舌头、壁虎的腿、夜猫子的翅膀、龙鳞、狼牙、盐海里饿鲨鱼的胃、女巫的木乃伊、毒草根（必须在黑夜挖出来才有效）、山羊胆、犹太人的肝、长在坟墓上的水松枝和一个死孩子的手指头。把这些东西统统放到一只大锅里去熬，一到要开锅的时候，就立刻浇上狒狒的血，叫它凉下去。然后再浇上吃过自己的猪崽子的母猪的血，并且把绞刑架上杀人犯流的脂肪投到火里去。有了这种符咒，鬼魂就不得不回答她们的问题了。

她们问麦克白，他是愿意由她们来解答他的问题呢，还是由她们的师傅（鬼魂）来回答。刚才看到的那些可怕的礼节一点儿也没有吓倒他，他大胆地回答说："鬼魂在哪里？我要见见它们。"女巫就把鬼魂召了来，一共有三个。

第一个鬼魂看上去像是一个戴着钢盔的脑袋。它叫着麦克白的名字，吩咐他要当心费辅爵士。麦克白听到这个忠告，就向它道了谢，因为麦克白一直嫉妒着费辅爵士麦克德夫。

第二个鬼魂看上去像是个血淋淋的孩子。它叫着麦克白的名字，吩咐他不必害怕，他尽可以不必把凡人的力量放在眼里，因为凡是从女人胎里生出来的，都不能伤害他。它劝他要残忍、勇敢、坚决！

“那么你就活着吧，麦克德夫！”国王大声嚷着，“我何必怕你呢？然而我要做到万无一失，我还是要你死，那样我就可以不再提心吊胆了，就是打着雷我也能安心睡觉。”

把这个鬼魂打发走以后，第三个又出现了，是个戴了王冠的孩子，手里举着一棵树。它叫着麦克白的名字，安慰他不要怕什么阴谋，说他是永远不会被人打败的，除非勃南的树林子会挪到邓西嫩山上来向他进攻。

“幸运的预兆，好极啦！”麦克白大声嚷着，“谁能拔起森林来，把它从生根的地上挪开呢？看来我是可以跟平常人一样活一辈子，不会暴死的。可是我还急着想要知道一件事：既然你的魔法能告诉我那么许多事，就请告诉我班柯的子孙会不会在这个国土上做国王吧。”

这时候，那口锅就沉到地里去，随即奏起音乐来。八个好像是国王的影子从麦克白面前走过去，班柯是殿后的一个。他手里拿着一面镜子，里面照出更多的人形。班柯浑身血淋淋的，对着麦克白微笑，并且指了指那些人形。麦克白知道那就是班柯的后代，他们将接着麦克白做苏格兰国王。女巫奏了一阵悠扬的音乐，跳了一阵舞，表示对麦克白已经尽到责任，并且表示了欢迎，就消失了。从那时候起，麦克白心里想的都是些血淋淋的、可怕的事。

走出女巫的山洞以后，他听到的第一件事就是费辅爵士麦克德夫已经逃到英格兰去了，他是去参加已故的邓肯的长子马尔康正在组织的一支军队，目的是要把麦克白赶走，由正当的王位继承人马尔康做国王。麦克白非常生气，马上派兵攻打麦克德夫的城堡，把那个爵士留下的妻儿杀死，并且把所有跟麦克德夫沾亲带故的人也都杀光了。

麦克白干的这件事以及类似的行动使所有重要的贵族都跟他离心离德了。这时候，马尔康和麦克德夫已经在英格兰组成一支强大的军队，现在正向这边逼来。凡是能逃到他们那里去参加的人都逃去了，留下的怕麦克白，不敢积极去参加，也都在暗地里希望他们打胜仗。麦克白招募新兵的工作进行得很慢，人人都恨他这个暴君，不信任他，没有人爱戴他，没有人敬重他，他开始羡慕起被他害死的邓肯。邓肯虽然遭到叛逆者最毒辣的暗算，可是他现在却好好地睡在坟墓里；武器和毒药，国内的阴谋和国外的刀兵都再也不能伤害他了。

麦克白干这些坏事的时候，他唯一的同谋是王后，他也只能偶尔在她怀里暂时忘掉每天晚上折磨他们两人的那些噩梦。正当前边讲的那些事情发生的时候，王后死了。她大概是因为受不了良心的责备和民众的仇恨，自己寻死的。这样一来，麦克白就剩下孤身一人了，没有一个爱他、关怀他的人，也没有一个可以跟他一道谈谈他那些坏主意的知心朋友。

他变得对生命不在乎了，他盼着死。可是马尔康军队的逼近又激起他早年的余勇，他决心要“披着铠甲”（他这么形容）而死。这以外，女巫那些空洞的诺言也给了他一种错误的自信。他记起鬼魂的话：凡是从女人胎里生出来的，都不能伤害他；说他是永远不会被人打败的，除非勃南的树林子会挪到邓西嫩山上来。他认为这种事是永远不会发生的，所以他把自己关在他的城堡里，那城堡盖得牢不可破，经得起围攻，他就这样阴沉沉地等着马尔康到来。有一天，一个送信人向他跑来，脸色苍白，浑身吓得发抖，几乎没法把他所看到的报告出来。他一口咬定说，正当他站在山上守卫的时候，朝勃南一看，他觉得那里的树林子挪动起来了。

“你这撒谎的奴才！”麦克白大声嚷着，“要是你说的不是真话，我要把你吊在旁边这棵树上，叫你活活饿死。要是你说的是真话，你也尽可以把我吊死。”这时候，麦克白的决心开始动摇了，他怀疑起鬼魂说的暧昧的话了。鬼魂告诉他，除非勃南的树林子挪到邓西嫩山上来，他什么也不必怕，现在树林子却真挪动了。“可是送信人的话要是确实的，”他说，“那么咱们就披上武装，出去应战吧。既然没地方可逃，待在这里等死也不是办法。我对阳光开始厌倦了，我巴不得生命就这样了结吧。”

说完这些绝望的话，他就朝围攻的人冲去。马尔康的军队这时候已经逼近城堡了。

送信人觉得树林子挪动的奇异现象其实不难解释。原来当包围军经过勃南的树林子的时候，马尔康作为一个精于战术的将军，就命令他的士兵每人砍一根树枝捧在面前，这样可以掩盖军队的确实人数。从远处看去，士兵捧着树枝前进的情景就给了那个送信人可怕的印象。这样，鬼魂的话也应验了，可是应验得跟麦克白当初了解的却不一样。他引以自信的一个重大把握没有了。

这时候，展开了一场短兵相接的战斗。只有一些自称是麦克白的朋友的人勉强支持他，实际上他们也恨这个暴君，心里倾向于马尔康和麦克德夫那边；可是麦克白打起仗来却还是异常凶猛，把跟他交手的人都砍得七零八落。最后，他杀到麦克德夫正在那儿战斗的地方。望到麦克德夫，他记起鬼魂警告过他说，在所有的人中间，头一个要躲避的就是麦克德夫。麦克白很想掉头转去，可是麦克德夫在整个的战斗当中一直在找他，就拦住麦克白的去路。于是，一场激烈的战斗就开始了。麦克德夫痛骂麦克白杀害了他的妻儿。麦克白已经欠下那一家人足够的血债，使他的良心受到谴责，他仍然不想去应战；可是麦克德夫骂他是个暴君、凶手、恶魔和坏蛋，硬逼着他来交手。

这时候，麦克白记起了鬼魂的话，说凡是从女人胎里生出来的，都不能伤害他，就满怀自信地对麦克德夫微笑着说："麦克德夫，你白费气力。你要是能够伤害我，你大概也能用剑在空中划一道线了。我身上有法术，凡是从女人胎里生出来的，都不能伤害我。"

"不要再相信你那些法术了吧，"麦克德夫说，"让你供奉的那个撒谎的鬼魂告诉你，麦克德夫不是从女人胎里生出来的，不是跟平常人一样生出来的，他是不够月份就从他母亲肚子里取出来的。"

"愿那对我讲这句话的舌头受到诅咒，"麦克白哆哆嗦嗦地说，这时候，他感到引以自信的最后的把握也消失了，"愿人们以后再也不要相信那些巫婆和骗人的鬼魂模棱两可的谎话，它们用双关的话来欺骗我们，尽管照字面上看去句句都应验了，然而跟我们所希望的恰恰相反。我不跟你交手了。"

"那么就饶你这条命吧！"麦克德夫轻蔑地说，"我们要像人们对待妖怪那样把你带去游街示众，漆上一块木牌，上面写着：'大家来看暴君！'"

"不成，"麦克白说，他在绝望中又恢复了勇气，"我不愿意低头去吻马尔康小子脚下的泥土，挨贱民的咒骂来讨活命。尽管勃南的树林子已经挪到邓西嫩山上来了，你起来反抗我，而你又不是从女人胎里生出来的，可是我还是要干到底。"

说完这番狂乱的话，他就朝麦克德夫扑来。经过一场激战，麦克德夫终于打败了他，把他的脑袋砍下来，当礼物献给年轻的合法的国王马尔康。马尔康把篡位者用阴谋诡计夺去许久的政权接过来，在贵族和民众的欢呼声中，登上了“温厚的邓肯”留下来的王位。

终成眷属

ALL'S WELL THAT ENDS WELL

罗西昂伯爵勃特拉姆的父亲新近死了，因此，伯爵的爵位和产业就由他来继承。法国国王过去跟勃特拉姆的父亲十分要好，听说他死了，就马上派人召他的儿子到巴黎王宫里去。国王看在他跟已故的伯爵的一场友谊上，想照顾年轻的勃特拉姆，对他特别宠爱和保护。

法国王宫里一位年老的贵族拉佛来领勃特拉姆去见国王的时候，勃特拉姆正跟着寡母伯爵夫人住在一起呢。法国国王是个专制的君主，他请人到他宫里去总是下谕旨或是命令，不论多么显贵的臣民都得服从。因此，尽管伯爵夫人跟她心爱的儿子分别的时候，伤心得就像又死了一次丈夫（她的丈夫是新近死的），可是她也不敢多留他一天，吩咐他立刻就动身。她死了丈夫，如今她的儿子忽然又得离开，来接勃特拉姆的拉佛竭力安慰她。他用宫廷里恭维的话说：国王是位仁慈的君主，他一定会像她丈夫那样照顾她，像父亲那样照顾她的儿子；意思只是说，仁慈的国王一定会提拔勃特拉姆的。拉佛告诉伯爵夫人说，国王得了一种没法治的病，御医已经宣布绝望了。伯爵夫人听到国王生病的情形，表示十分难过。她说，要是海丽娜（正在伺候着伯爵夫人的一位年轻小姐）的父亲在世就好了，因为她相信他一定能治好国王的病。她把海丽娜的来历对拉佛略略讲了一下。她的父亲就是名医吉拉·德·拿滂，他临死的时候把这个独生女托给伯爵夫人寄养，所以从海丽娜的父亲去世以后，她就一直是海丽娜的保护人。然后伯爵夫人又夸奖海丽娜性格多么贤惠，品德多么高尚，说她这些美德都是从她可敬的父亲那里继承来的。伯爵夫人这样谈着的时候，海丽娜就一声不响伤心地哭了起来，使得伯爵夫人不得不轻轻责备她不应该为她父亲的死过分悲伤。

这时候，勃特拉姆辞别了他的母亲。伯爵夫人流着泪跟她心爱的儿子分了手，一再祝福他，把他托付给拉佛，说："啊，大人，他可是个没见过世面的朝臣，请您多多指点他。"

勃特拉姆最后跟海丽娜说了几句话，但那只是普通的客气话，祝她幸福。他这样结束他那短短的临别赠言："安慰我的母亲，也就是你的女主人，好好伺候她。"

海丽娜已经爱上勃特拉姆好久啦。当她一声不响伤心地哭着的时候，原来她的眼泪不是为吉拉·德·拿滂流的。海丽娜爱她的父亲，可是这时候她对勃特拉姆的爱更深，而且她眼看就要失掉他；她脑子里除了勃特拉姆，谁的影子也没有，连她去世的父亲的样子和容貌都忘记了。

海丽娜爱上勃特拉姆很久了，可是她总不能忘记他是罗西昂伯爵，是法国最古老的世家的后代，而她自己的出身却是低微的。她的父母没有什么地位，而勃特拉姆世世代代都是贵族。因此，她把出身高贵的勃特拉姆看作她的主人，她亲爱的少爷，除了活着做他的奴仆，一直到死都做他的家臣以外，别的都不敢指望。勃特拉姆的地位尊贵，而她的家境是寒微的，这中间有着一道鸿沟。她说："勃特拉姆对我是这样高不可攀，我就像爱上了一颗异常灿烂的星，想跟星星结婚。"

勃特拉姆的离别使她眼睛里充满了泪水，心里充满了悲哀。尽管她以前也是毫无希望地爱着他，然而她总还能时时刻刻看见他，得到不少的安慰。海丽娜喜欢坐在那里望着他那深色的眼睛、弯弯的眉毛、柔和的卷发，直到她仿佛能在她的心版上描出他的肖像，那颗心也能记住他那俊秀的脸上的每一根线条。

吉拉·德·拿滂去世的时候什么财产也没给她留，只给她留下一些罕见的秘方。这些都是他在医学上经过深入研究和长期试验得来的万无一失的良方，其中有一种标明可以医治拉佛所说的国王得的那种病症。那时候海丽娜仍然觉得自己地位卑微，没有什么指望，可是一听说国王的病状，心里却打下一个了不起的主意，想亲自到巴黎去给国王治病。尽管海丽娜手里有这个秘方，既然国王和御医都认为那病是没法治的，她来请求给国王治，他们也不见得会相信区区一个没有学问的姑娘。万一准许海丽娜试一下的话，她相信一定能够治好国王的病。虽然她父亲是当年最出名的医生，海丽娜的把握好像比她父亲来得还大，这是因为海丽娜认定这剂良药曾经受到了天上一切吉星的祝福，是一笔足以促成她的好运道的遗产，甚至可以使她做到罗西昂伯爵的妻子那样高的位分。

勃特拉姆走了没多久，伯爵夫人的管家就告诉她：他曾经听到海丽娜在自言自语，他从她吐露的一些话里听出她爱上了勃特拉姆，想到巴黎找他去。伯爵夫人谢了管家，打发他去告诉海丽娜说，伯爵夫人有话跟她说。伯爵夫人刚才听到的关于海丽娜的话，使她回想起早年的事来，那也许就是她自己刚刚爱上了勃特拉姆的父亲的时候。她自言自语说："就是我年轻的时候也是这样的。'爱情'这根刺是属于'青春'这朵蔷薇的。只要我们是大自然的孩子，在青春时期我们就短不了犯这种过错，尽管当时我们并不认为是过错。"

正当伯爵夫人这样思索着她自己年轻时候在爱情上犯的过失的当儿，海丽娜走进来了。她对海丽娜说："海丽娜，你知道我待你就像你的母亲一样。"

海丽娜回答说：“您是我尊贵的女主人。”

“你是我的女儿啊，”伯爵夫人又说，“我说我是你的母亲。你听到我这话脸色为什么会变得苍白，吃了一惊呢？”

海丽娜生怕伯爵夫人猜出她爱上了勃特拉姆的事，所以露出惊慌失措的神情，思想也混乱了。然而她仍然回答说：“夫人，请原谅我，您不是我的母亲。罗西昂伯爵不能做我的哥哥，我也不能做您的女儿。”

“可是海丽娜，”伯爵夫人说，“你可以做我的儿媳妇呢。我担心你想当我的儿媳妇，所以母亲、女儿这样的字眼儿才叫你听了那么心绪不安。海丽娜，你爱不爱我的儿子？”

“好夫人，请原谅我。”海丽娜说，心里很害怕。

“你爱不爱我的儿子？”伯爵夫人又问了一遍。

“夫人，您自己不爱他吗？”海丽娜说。

伯爵夫人回答说：“海丽娜，回话别这么躲躲闪闪的。来吧，来吧，把你的心事讲出来，因为你对他的爱情已经都叫人看出来了。”

这时候，海丽娜跪下来，承认了她爱勃特拉姆的事，然后又惭愧又恐惧地恳求高贵的女主人饶恕她。她表示自己深深知道双方地位不相称，并且说勃特拉姆并不知道她心里爱他。她把自己处境低微、毫无希望的爱情比作一个可怜的印第安人对太阳的崇拜，太阳虽然照耀着它的崇拜者，可是它并不知道他。伯爵夫人问海丽娜最近有没有意思到巴黎去，海丽娜承认当她听到拉佛讲起国王病状的时候，她心里曾有这么个想头。

“你就是为了这个想到巴黎去吗？”伯爵夫人说，“是不是这样，老实说吧！”

海丽娜老老实实地回答说：“是因为您的少爷我才想起的。

不然的话，什么巴黎，什么药方，什么国王，当时我全不会想到的。”

伯爵夫人听了她全部的表白，没说一句赞成或是责备的话，可是她认真盘问了海丽娜那药对国王的病究竟灵不灵。伯爵夫人发现那是吉拉·德·拿滂最珍贵的药，是他临终的时候才传给他女儿的。她又记起在那庄严的时刻，她曾经郑重地答应过照顾这个年轻的姑娘，如今，海丽娜的前途和国王的性命似乎都看海丽娜这个计划能不能实现了。（这可怜的计划虽然只是一个痴情的姑娘脑子里想出来的，伯爵夫人心想说不定上天冥冥中会借这个机会治好国王的病，同时也替吉拉·德·拿滂的女儿的前途打下根基。）她就毫不犹豫地同意海丽娜照着她的意思去进行，并且还慷慨地替她预备了足够的盘缠，派了适当数目的人护送她。于是，海丽娜就带着伯爵夫人诚恳地盼望她成功的一番祝福，动身往巴黎去了。

海丽娜到了巴黎，靠她的朋友（老朝臣拉佛）的帮助，见到了国王。她还碰到许多困难，因为劝国王试试这个美丽的年轻女医生的药是很不容易的。可是她告诉国王她是吉拉·德·拿滂（国王早就听说了他的大名）的女儿，她把宝贵的药献出来，说这是珍宝，是她父亲长期的经验和医术的精华。她大胆地许下：如果两天以内国王的健康不能完全恢复，她情愿抵命。最后，国王同意试一试，也就是说，两天以内如果国王的病没有好，她就要送命。可要是她把国王治好了，他答应海丽娜可以在整个法国随便选哪个男人（除去王子以外）做她的丈夫。海丽娜要是治好了国王的病，她要的报酬就是让她来挑个丈夫。

海丽娜希望她父亲的药准能治好国王的病，她的希望没有落空。不出两天，国王果然完全好了。于是，他把宫里所有的年轻贵族都召集到一起，照约定的报酬，让他这个美丽的女医生挑一位丈夫。他请海丽娜相一相这簇单身的年轻贵族，随她挑选。海丽娜很快就挑好了，因为在年轻的贵族中间，她一眼就看到罗西昂伯爵。她转过身来对勃特拉姆说：“就是这一位。少爷，我不敢说我选中了您。可是只要我活着一天，我就把我自己奉献给您，服侍您，听您的指导。”

“那么，”国王说，“年轻的勃特拉姆，你娶了她吧，她就是你的妻子啦。”

勃特拉姆毫不犹豫地表示不喜欢国王赐给他的这个自己举荐的海丽娜。他说，她不过是个穷医生的女儿，是他父亲养大的，现在又靠着他母亲的恩典过活。

海丽娜听到他说出这句拒绝她、蔑视她的话，就对国王说：“陛下，您的病已经好了，我很高兴。其余的事咱们可以不必去计较了。”

可是国王不能容忍有人这样玩忽他的谕旨，因为法国国王有许多特权，其中一个就是可以决定贵族们的亲事。当天，勃特拉姆就跟海丽娜结了婚。对勃特拉姆来说，那是一个强制的、不称心的亲事，而对这可怜的姑娘来说，也没有什么前途。她虽然冒着性命危险才得到这个高贵的丈夫，可是她得到手的是一场空欢喜，因为她丈夫的爱情却不是法国国王的权力所能赐给的。

海丽娜刚一结婚，勃特拉姆就要她向国王请求，让他离开宫廷。当她把国王批准他离宫的消息带给他的时候，他告诉海丽娜说，他实在没准备这桩突如其来的亲事。这件亲事使得他的心情很不安定，因此，希望她对他将要采取的行动不要感到奇怪。海丽娜一发觉勃特拉姆是想要离开她，她就是不奇怪，至少也感到了难过。勃特拉姆吩咐她回到他母亲那里去。

海丽娜听到这个无情的吩咐，就回答说：“少爷，我对这件事没有什么可说的，我只是您最顺从的仆人。我的命运太不济了，不配享受这样的福气。我要永远忠忠实实地服侍您，来弥补我的缺陷。”

可是海丽娜这番谦卑的话一点儿也没能感动傲慢的勃特拉姆，使他怜惜他那柔顺的妻子。分手的时候，他连普通告别时候的客气话也没说。

于是，海丽娜又回到了伯爵夫人那里。她这趟旅行的目的已经达到了，她保全了国王的性命，跟她心爱的少爷罗西昂伯爵结了婚，然而她回到高贵的婆婆身边的时候，却变成一个失意的女人。刚一进门，她就收到勃特拉姆一封信，信里的话差不多叫她心碎了。

好心的伯爵夫人热烈地欢迎她，就像海丽娜是她儿子亲自挑选的媳妇似的，并且把她当作一位出身高贵的女人看待。为了勃特拉姆在新婚那天就把他的妻子孤身一人打发回家，对她这么冷酷无情，伯爵夫人说了些好话来劝慰海丽娜。可是尽管伯爵夫人对她这样慈祥，海丽娜仍然愉快不起来。她说：“夫人，我的丈夫走了，永远也不会回来啦。”然后她把勃特拉姆信里的这几句话念给她听：“只有你能从我手指上得到这只永远也拿不下来的戒指的那一天，你才能管我叫‘丈夫’。然而‘那一天’是‘永远’也不会来的。”海丽娜说：“这是一个可怕的判决！”

伯爵夫人要求她忍耐一些，说现在勃特拉姆既然走了，她就是伯爵夫人的孩子了，说海丽娜配得上一位贵族，让二十个像勃特拉姆这样鲁莽的小子伺候她，时时刻刻称呼她作“太太”。可是不论这位仁厚无比的婆婆怎样尊重她的儿媳妇，对她表示殷勤，怎样说些讨她喜欢的话，也安慰不了她。

海丽娜的眼睛仍然盯着那封信，在痛苦里嚷出："我一天有妻子在法国，我在法国就一天没有可留恋的。"

伯爵夫人问起这话是信里写的吗。

"正是呀，夫人。"可怜的海丽娜只能这样回答。

第二天早晨，海丽娜失踪了。她留下一封信，嘱咐她走了以后交给伯爵夫人，好让伯爵夫人知道她突然出走的原因。在这封信里，她告诉伯爵夫人说，为了自己的缘故竟把勃特拉姆从他的祖国和家庭里驱逐出去，她感到十分难过。为了补偿她的过失，她许下心愿要到圣约克·勒·格朗的墓地去朝香。最后要求伯爵夫人通知她的儿子，说他所憎恨的那个妻子已经永远离开他的家了。

勃特拉姆离开巴黎以后到佛罗伦萨去了，他在佛罗伦萨公爵的军队里当了军官。他参加了一次战争，打胜了，他因为作战勇敢立了许多功。这以后他接到他母亲的信，信里提到叫他喜欢的消息，说海丽娜不会再搅扰他了。勃特拉姆正准备回家的时候，海丽娜自己穿着香客的服装也来到了佛罗伦萨城。

到圣约克·勒·格朗墓地去朝香的人一向总走过佛罗伦萨。海丽娜到了那里，听说城里住着一位很好客的寡妇，时常接待到那个圣人的坟墓去朝香的女香客，给她们住的地方，殷勤款待她们。因此，海丽娜就去见这位好心的太太。这位寡妇很客气地接待了她，并且邀她去看看这座名城的新奇事物，说如果海丽娜想看看公爵的军队，她也可以领她到能够看到全部军队的地方。

"你还会看到一位你的本国人呢，"寡妇说，"他的名字是罗西昂伯爵。他在公爵的战役里建立过功勋。"

海丽娜一听说勃特拉姆在军队里，不用寡妇再一次邀请，她就答应去了。她随着女主人一道走。重新看看她亲爱的丈夫的脸，这在她真是一种又悲惨又凄凉的快乐。

“他长得漂亮吧？”寡妇说。

“我很喜欢他。”海丽娜老老实实地回答说。

她们走着，好说话的寡妇一路上谈的都是勃特拉姆。她对海丽娜讲起勃特拉姆的婚姻经过，和他怎样遗弃了他那个可怜的妻子，为了避免跟她一起生活，加入了公爵的军队。海丽娜耐心地听着关于她自己不幸的遭际的叙述。讲完了这些，勃特拉姆的事还没完，寡妇接着又讲起另外一个故事，这个故事每个字都刺痛了海丽娜的心，因为寡妇这次讲的正是勃特拉姆怎样爱上了她自己的女儿。

尽管勃特拉姆不喜欢国王强迫他的这桩亲事，看起来他并不是不懂得爱情的。自从他跟着军队驻扎在佛罗伦萨，他就爱上了狄安娜——一个美丽的年轻小姐，也就是招待海丽娜的这位寡妇的女儿。每天晚上他都奏起种种音乐，唱出颂扬狄安娜美貌的歌曲，在她的窗户底下向她求爱；他天天请求的总是要狄安娜在家里人都安歇了以后，准许他偷偷去看她。可是狄安娜晓得勃特拉姆是结了婚的人，不管怎样她也不肯同意这个不正当的要求，对他的追求也不去鼓励，因为她是由一位贤惠的母亲教养大的。寡妇的家境如今虽然中落了，然而门第却是好的，她是凯普莱特世家的后代。

那位好心的太太把这些都告诉了海丽娜，一面竭力夸奖着她这个谨慎的女儿懂得礼数，说这全都亏了她对女儿的良好的教育和诱导。她又说，勃特拉姆特别恳切要求狄安娜让他当天晚上来拜访，因为第二天早晨他就要离开佛罗伦萨。

海丽娜听说勃特拉姆爱上了寡妇的女儿，虽然很难过，可是她一时急中生智，又从这件事想出一条计策（上回计策的失败并不足以叫她灰心），希望借这机会可以重新得到她那个逃走的丈夫。她告诉寡妇她就是勃特拉姆所遗弃的那个妻子海丽娜，她请求好心的女主人和狄安娜这回同意勃特拉姆来拜访，并且让她扮成狄安娜。海丽娜对她们说，她想跟她丈夫这次秘密会面主要是为了得到他那只戒指，因为他说过，只有她把戒指拿到手的那一天，他才承认她是他的妻子。

寡妇和她的女儿一半由于同情这个不幸的弃妇，一半也由于海丽娜答应要酬劳她们，打动了她们的心，所以答应在这件事上帮海丽娜的忙。海丽娜还先送给她们一荷包钱，作为日后必然酬报的证明。当天，海丽娜想法送个信给勃特拉姆，说她已经死了，希望他一得到这个消息，觉得有权利去另外物色人了，就会向扮成狄安娜的海丽娜求婚。如果她能同时得到戒指和结婚的诺言，她相信以后一定会给她带来好处的。

当天晚上天黑了以后，勃特拉姆就得到允许，进了狄安娜的绣房，海丽娜在那里等着接待他。海丽娜听到勃特拉姆对她说的那些赞美和缠绵的话，觉得真是宝贵极了，尽管她晓得那些话都是说给狄安娜听的。勃特拉姆对她非常满意，就郑重地答应要娶她做妻子，并且永远爱她。要是有一天勃特拉姆知道谈吐使他听了这样高兴的对方正是他的妻子，也就是他看不起的海丽娜，她希望他今天的诺言到那时候就会变成真实的爱情。

勃特拉姆从来也不晓得海丽娜是个多么懂事的姑娘，不然的话，他也许就不会那样眼里没有她了。而且因为天天在一道，他就完全忽略了她长得有多美——一张初次见到的脸会引起我们对它的美丑的敏感，一张经常看到的脸就失掉了这种效果。至于海丽娜的理解力，勃特拉姆更没法判断了，因为她对勃特拉姆是这样又敬又爱，在他面前她总是沉默寡言的。可是如今她未来的命运，她为爱情定下的一切计策的幸福的结局，都靠这天晚上她给勃特拉姆留下一个美好的印象，于是，她使出一切聪明来讨他的欢喜。她的朴素、文雅而又活泼的谈话以及她那甜蜜可爱的姿态叫勃特拉姆拜倒了，他发誓一定要娶她。海丽娜向他要他手指上的戒指作为爱情的纪念，他就给了她。这只戒指对她是十分重要的。她也给了他一只戒指作为还礼，那原是国王送给她的。天没亮以前，她把勃特拉姆打发走了。他立刻就动身回到他母亲那里去。

海丽娜为了完成她定下的全套计策，还需要寡妇和狄安娜进一步的帮助，于是就请她们陪她到巴黎去。到了巴黎以后，才知道国王到罗西昂伯爵夫人家里做客去了。海丽娜马上又尽快去追赶国王。

国王的身体仍然很健康，他也仍然满心感激着海丽娜治好他的病。因此，他一见到罗西昂伯爵夫人就提起海丽娜来，说她是勃特拉姆由于愚蠢而失掉的一颗宝石。罗西昂伯爵夫人着实为了海丽娜的死十分悲恸。国王觉出这个话题叫伯爵夫人伤心，就说："可敬的夫人，我已经原谅一切，忘记一切了。"

可是在场的那个善良的老拉佛却不肯让他所喜欢的海丽娜被人那么轻易忘掉。他说："我必须说这位年轻的爵爷太对不起陛下，太对不起他母亲，也太对不起他的妻子了。可是他更辜负的是他自己，因为他失掉的这位妻子太美了，谁听见她说话都会喜欢她，她完美得叫一切人都愿意伺候她。"

国王说："已经失掉了的，越赞美就越觉得可贵。那么——把他叫到这里来吧！"国王指的是勃特拉姆。这时候，勃特拉姆来见国王了。国王听见他对伤害海丽娜的事表示十分难过，就看在勃特拉姆的亡父和他可敬的母亲面上，饶恕了他，恢复了对他的宠爱。

可是国王慈祥的脸色很快就变了，因为他看到勃特拉姆指头上戴的正是他送给海丽娜的戒指。他记得很清楚，海丽娜曾对着天上所有的圣人发誓，永远不让那只戒指离手，只有当她遇到大灾大难的时候才会把它仍然还给国王本人。国王追问勃特拉姆怎么得到的那只戒指，他编了个不可信的谎，说是一位夫人从窗口丢给他的，并且坚决说，自从结婚那天起他再也没见过海丽娜的面。国王既然晓得勃特拉姆不喜欢他的妻子，就担心他把海丽娜害死了。他吩咐卫兵把勃特拉姆押起来，并且说："我脑子里转着一个可怕的念头，我怕海丽娜是给人谋害死的。"

就在这当儿，狄安娜和她的母亲走进来，向国王递上一份呈文，说勃特拉姆曾经郑重向狄安娜许下婚约，要求国王强迫他跟狄安娜结婚。勃特拉姆怕国王生气，不肯承认他答应过什么婚约。这时候，狄安娜拿出（海丽娜交给她的）那只戒指来证实她的话。狄安娜说，当他给了她那只戒指并且发誓要娶她的时候，为了还礼，她也送给勃特拉姆一只戒指，勃特拉姆现时戴在手上的就是。国王听到这话，就吩咐卫兵把狄安娜也押起来。由于她讲的戒指的经过跟勃特拉姆讲的不一样，国王怀疑的事更加证实了。他说，如果他们不把怎样得到海丽娜那只戒指的实情供出来，就得把两个人都处死刑。狄安娜要求让她母亲去把那个卖给她戒指的珠宝商找来，国王准许了。寡妇出去不大工夫，就领着海丽娜本人进来了。

善良的伯爵夫人看到她的儿子面临危险，默默地暗自悲伤，她甚至也担心他真的把海丽娜谋杀了。如今她看到她曾经当作亲生女儿那样疼爱过的亲爱的海丽娜仍然活着，就喜出望外。国王也高兴得几乎不能相信那就是海丽娜，说："我看到的真就是勃特拉姆的妻子吗？”海丽娜觉得勃特拉姆还没承认自己是他的妻子，就回答说：“陛下，我不是，您看到的只是他的妻子的一个影子。名义上是妻子，实际上不是。”

勃特拉姆嚷着：“名义上实际上你都是！啊，原谅我吧！”

“啊，少爷，”海丽娜对勃特拉姆说，“当我假扮成这位美丽的姑娘的时候，我发现你是体贴入微的。可是，看看你这封信！”于是，她就用快乐的声调念了她曾经多少次伤着心念过的话：“只有你能从我手指上得到这只永远也拿不下来的戒指的那一天……现在，我已经得到它了。你把这戒指给了我。现在我加倍地得到了你的爱，你愿意做我的丈夫吗？”

勃特拉姆回答说：“如果你能证明那天晚上跟我谈话的就是你，我愿意永远永远好好地爱你。”

这件事不难办到，因为寡妇和狄安娜跟海丽娜来就是为的证明这个事实。国王因为海丽娜给他效过劳，非常器重她，又因为狄安娜曾经好心地帮助过海丽娜，所以也很喜欢狄安娜。他答应也赐给她一位高贵的丈夫。海丽娜的经历给了他一个启示：就是每逢可爱的姑娘有了特别的功劳的时候，国王对她们最合适的报酬就是赐给她们丈夫。

这样，海丽娜终于发现她父亲留下的遗产确实是受到了天上吉星的祝福，因为她如今已经成为她亲爱的丈夫勃特拉姆心爱的妻子，高贵的女主人的儿媳妇，她自己也就成了罗西昂伯爵夫人了。

驯悍记

THE TAMING OF THE SHREW

泼妇凯瑟丽娜是帕度亚一个富翁巴普提斯塔的大女儿。她吵起架来嗓门特别高，是一个性子暴躁倔强、很难管教的姑娘，因此，在帕度亚大家都只叫她作“泼妇凯瑟丽娜”。看来这位姑娘很难找到——甚至也找不到一个男人敢娶她做妻子。许多条件好的人向那性情温柔的妹妹比恩卡求婚，她父亲都拖延着没表示同意，为这件事，老头子挨了许多埋怨。巴普提斯塔的借口是：得等她大姐嫁出去以后，他们才可以随便向年轻的比恩卡求婚。

可是刚好有一位叫彼特鲁乔的先生特意到帕度亚来物色妻子。关于凯瑟丽娜的脾气的传闻一点儿也没叫他退缩。他听说她家里有钱，长得又漂亮，就拿定主意要娶这个有名的泼妇，把她管教成为一个温柔、容易驾驭的妻子。这样困难的事除了彼特鲁乔以外确实找不到更合适的人来办了，因为他的性子跟凯瑟丽娜的一样倔强；同时，他是个很聪明、愉快的幽默家，既明达，又善于判断。当他心情很宁静的时候，他却能装出激动生气的神情，而且暗地里为自己装出的脾气发笑，因为他本是个无拘无束、平易可亲的人。他娶了凯瑟丽娜以后装出的粗暴神情完全是出于诙谐，或者说得更恰当些，是因为他用高明的眼力看出来，只有用凯瑟丽娜那样暴躁的脾气才能压倒激动暴躁的凯瑟丽娜。

于是，彼特鲁乔来向泼妇凯瑟丽娜求婚了。他先请求她的父亲巴普提斯塔允许他向他那位“柔顺的女儿凯瑟丽娜”（彼特鲁乔这样称呼她）求婚，故意说，他听说这位小姐性格腼腆，举止温顺，他专程从维洛那到这里来向她求爱。尽管凯瑟丽娜的父亲很希望把她嫁出去，他却不得不承认凯瑟丽娜跟彼特鲁乔所形容的不符合。这话刚说完不大工夫，就可以看出她究竟柔顺到了怎样的地步，因为教她音乐的老师慌慌张张地跑进房来，抱怨说他的学生“柔顺的凯瑟丽娜”嫌他居然敢对她的演奏挑剔，用鲁特琴把他脑袋打破了。彼特鲁乔听到这话，说：“好一个勇敢的姑娘！我现在更加爱她了，很想跟她谈一谈。”为了催着老先生早点儿给他一个肯定的答复，就说：“巴普提斯塔先生，我很忙，不能天天来求婚。您认识我的父亲，他已经去世了，田产货物都留给了我。那么请告诉我，要是我能得到您的小姐的爱情，您愿意给她什么陪嫁？”

巴普提斯塔觉得他的态度有些鲁莽，不像一个求婚的人，可是既然他很希望把凯瑟丽娜嫁出去，就回答说，准备给她两万克朗作为陪嫁，他死的时候再分给她一半田产。于是，这场奇怪的婚姻很快就商议妥当了。巴普提斯塔进去告诉他那个泼悍的女儿有人向她求婚来了，叫她到彼特鲁乔跟前，去听听他求婚的话。

这时候，彼特鲁乔心里正在琢磨着应该采取怎样的方式去求婚。他说：“她来的时候，我要把精神振作起来向她求婚。她要是骂我，我就说她唱得像夜莺那样美妙；她要是对我皱眉，我就说她像是刚浴过露水的玫瑰那样清丽。要是她一句话也不说，我就赞美她口才流利。要是她叫我走开，我就向她道谢，好像她留我住上一个星期似的。”

正说着，威风凛凛的凯瑟丽娜走进来了。彼特鲁乔首先对她说：“早哇，凯特[①]，我听说这就是你的名字。”

凯瑟丽娜不喜欢这样直率的称呼，就轻蔑地说：“别人跟我

① 凯瑟丽娜的爱称。

说话的时候，都叫我凯瑟丽娜。”

“你撒谎，”求婚的人回答说，“你叫直爽的凯特，也叫可爱的凯特，有时候人家也叫你‘泼妇凯特’，可是凯特啊，你是天下顶漂亮的凯特。我在所有的城市里都听见人家称赞你性情柔顺，所以特意来向你求婚，请你做我的妻子。”

他们这两个人谈恋爱的情景是很奇怪的。凯瑟丽娜气冲冲地大声嚷着向他证实“泼妇”这个名字她当之无愧，而他却仍然赞美她多么温柔可爱，多么有礼貌。最后，听到她父亲来了，他说（为了尽快地结束这场求婚）：“可爱的凯瑟丽娜，我们不必说这些闲话了，因为你父亲已经答应把你嫁给我，陪嫁都商量好了，不管你答应不答应，反正我是要娶你的。”

这时候，巴普提斯塔走进来，彼特鲁乔说他的女儿很殷勤地接待了他，并且已经答应下星期天跟他结婚。凯瑟丽娜不承认有这回事，说她宁愿看见他在星期天被绞死，并且责备她父亲不该要她跟彼特鲁乔这样疯疯癫癫的一个流氓结婚。彼特鲁乔请她父亲不要介意她这些气话，因为他们事先已经商量好，她得在父亲面前装得很不乐意这档子亲事；其实他们单独在一起的时候，他觉得她很温存，很多情。然后，他又对凯瑟丽娜说：“凯特，让我吻吻你的手吧。我要到威尼斯去替你置办最考究的礼服，好在咱们结婚那天穿。岳父，你预备酒席，邀请客人吧！我一定把戒指、精致的簪饰和华丽的衣服都准备好，好叫我的凯瑟丽娜打扮得漂漂亮亮的。凯特，吻我吧，咱们星期天就结婚了。”

到了星期天，所有参加婚礼的宾客都到齐了，可是等了好半天彼特鲁乔还没来。凯瑟丽娜气哭了，她以为彼特鲁乔只不过是拿她开个玩笑。最后他算是来了，可是以前他答应凯瑟丽娜的新娘子穿戴的那些东西，一件也没带来。他自己打扮得也不像个新郎，身上穿得不三不四的，就好像他有意要拿这件正经事开玩笑似的。他随身带的仆人和他们骑的马，也都打扮得又寒碜又古怪。

怎么劝彼特鲁乔也不肯换换装，他说凯瑟丽娜嫁的是他本人，而不是他的衣裳。跟他争辩既然没用，他们就只好上教堂去了。在教堂里，他仍然是疯疯癫癫的。神父问彼特鲁乔愿不愿意娶凯瑟丽娜为妻的时候，他起誓说“愿意”，声音非常非常大，吓得神父连圣书也掉在地上了。神父正弯下腰去捡，这个疯癫的新郎给了他一拳，把神父和书都打到地上。在举行婚礼的时候，彼特鲁乔一直跺着脚，嘴里骂骂咧咧，把脾气暴躁的凯瑟丽娜吓得浑身直打哆嗦。行完婚礼，他们还没出教堂，他就吩咐拿酒来，扯开了嗓子向宾客们敬酒，并且把杯子底儿上一块浸满了酒的面包丢到教堂司事的脸上。对这个古怪的举动，他唯一的解释只是说，因为那个司事的胡子生得挺稀，一副饿相，他喝酒的时候好像向他讨那块浸了酒的面包似的。这样胡闹的婚礼真是空前的。可是彼特鲁乔这些无理取闹的行为都是装出来的，为的是更好地实现他驯服那泼妇的计策。

巴普提斯塔已经摆下了很丰富的喜筵。可是他们从教堂回来以后，彼特鲁乔就一把抓住凯瑟丽娜，宣布要马上把他的老婆领回家去。不管他岳父怎样抗议，也不管激怒的凯瑟丽娜骂了多少气话，他还是坚持他的主张，说做丈夫的有权力随便处置他的老婆。于是，他就催着凯瑟丽娜上路了——他是这样大胆，这样坚决，谁也不敢去拦他。

彼特鲁乔叫他妻子骑上他故意挑选的一匹瘦弱不堪的马，他和他的仆人骑的马也一样蹩脚。他们走的是坑坑洼洼、满是泥泞的路。每逢驮着凯瑟丽娜的那匹马累得几乎爬都爬不动了，绊个跤，彼特鲁乔就把那可怜的筋疲力尽的畜生痛骂一通，看上去他简直像是天下最容易发脾气的人。

他们走了一段叫人疲乏的路，一路上，凯瑟丽娜只听到彼特鲁乔疯狂地骂着仆人和马匹。最后，他们到了家。彼特鲁乔很客气地请她进去，可是他拿定主意当天晚上不给她什么东西吃，也不让她休息。桌子摆好了，不久，晚饭也端了上来。可是彼特鲁乔对每盘菜都故意挑毛病，把肉丢个满地，然后吩咐仆人把晚饭撤下去。他说，他这样做都是为了爱他的凯瑟丽娜，不肯让她吃做得不合口味的东西。凯瑟丽娜又累又没吃成晚饭，当她到房里安歇的时候，彼特鲁乔又找起床铺的碴儿来，扯起枕头被子来满屋乱丢，结果，她只好坐在一把椅子上。只要她偶尔打个盹，马上就会给她丈夫的叫嚷吵醒，他发着脾气，骂仆人没有把新娘子的床铺好。

第二天彼特鲁乔还是老样子，他对凯瑟丽娜说话仍然很和蔼，可是当她想吃点东西，什么一摆到她面前，他就挑起毛病来，他把早饭也像头天的晚饭一样丢得满地都是。凯瑟丽娜，傲慢的凯瑟丽娜不得不央求仆人偷偷给她点东西吃，但是他们早已得到过彼特鲁乔的吩咐，就回答说，背着主人他们什么也不敢给她。

“啊，”她说，“难道他娶我就是为了把我饿死的吗？乞丐到我父亲门口讨饭，还会得到布施呢。可是像我这样从来也没向人家开口要过什么的人，如今竟饿得要死，因为睡得不够脑子发胀。他吵骂得我合不上眼睛，耳朵里听的都是他的大声嚷叫。更气人的是，他把他这一切行为都说成完全是为了爱我，好像我一睡觉，一吃饭，马上就会死去一样。”

她正这样自言自语的时候，彼特鲁乔走进来，把她的话打断了。他并没意思叫她一直挨饿下去，所以他端来一点点吃的，对她说：“我可爱的凯特，你好吗？瞧，好人儿，我对你有多么体贴，这是我亲自替你烧的。我相信你一定会感谢我这份好意的。怎么，一句话也不说吗？那么就是说你不喜欢这饭食，我也白费事了。”

于是，他吩咐仆人把盘子撤下去。凯瑟丽娜的一副傲骨早被极端的饥饿大大磨损了，她心里虽然是气鼓鼓的，嘴里却不得不说：“我求你把这东西留下吧！”

可是彼特鲁乔要她做到的还不只这样，他回答说：“谁替谁做一件极小的事，也得道一声谢。你在吃这饭食以前，也应该谢谢我一声才对呀。”

这时候，凯瑟丽娜只好勉勉强强说了声：“谢谢您。”

现在他让凯瑟丽娜稍微吃了一点东西，说：“凯特，吃点东西对你的温柔心肠是会有很大好处的；快点吃吧！好，可爱的人儿，咱们现在要到你父亲那里去了，你要打扮得像豪门贵族一样漂亮，穿绸衣，戴缎帽，戴金戒指；加上绉领，披上围巾，拿着扇子，什么都要预备两套替换。”为了叫她相信他确实想给她置这些华丽的装束，他叫来一个裁缝和一个帽匠，他们把彼特鲁乔替凯瑟丽娜定做的一些新衣裳拿了来。彼特鲁乔没等她吃个半饱，就吩咐仆人把她的盘碗撤下去。他说：“怎么，你用完饭了吧？”

帽匠拿出一顶帽子来说：“这就是老爷您定做的那顶。”于是，彼特鲁乔又发起脾气来，说那顶帽子像一只粥碗，不比一个蛤蜊或是胡桃的硬壳大，要帽匠拿走，做得再大一点。

凯瑟丽娜说：“我就要这一顶。所有的高贵妇女都戴这种帽子。”

“等你成为高贵妇女，”彼特鲁乔回答说，“你也可以戴一顶。现在还不成。”

凯瑟丽娜吃下那点东西去，她那消沉下去的精神稍微提起来

FRANK GODWIN

一些。她说："嗬，先生，我相信我也有权利说话，我一定要说。我不是个孩子，不是个吃奶的娃娃。比你强的人也耐心地听我表示过意见，你要是不爱听，最好堵上你的耳朵。"

彼特鲁乔不去理会她这些气话。幸而他已经找到一个对付她的更好的办法，用不着跟妻子吵嘴。因此，他回答说："你的话一点儿也不错，这帽子的确蹩脚，我格外爱你，就是因为你不喜欢它。"

"爱不爱随你的便，"凯瑟丽娜说，"反正我喜欢这顶帽子，我非要这顶不可，别的不要。"

"你是说你想看看那件褂子。"彼特鲁乔仍然故意装作误会了她的意思。

于是，裁缝走过来，把替她做的一件很漂亮的褂子拿给她看，彼特鲁乔就是想帽子褂子全不给她，所以又照样挑起褂子的毛病来。"天哪，"他说，"这成什么东西了！你管这叫袖子吗？简直像炮筒，凸凸凹凹得像苹果饼。"

裁缝说："您叫我照时髦的样式做的。"凯瑟丽娜也说，她从来没见过比那更漂亮的褂子了。

对彼特鲁乔来说，凯瑟丽娜这么一表示就够了。他一方面暗地里让人向裁缝和帽匠表示货款一定要照付的，并且为了他那种看上去莫名其妙的态度向他们道歉；一方面当着面却破口大骂，粗暴地把裁缝和帽匠一齐赶出屋子去。然后他掉过身来对凯瑟丽娜说："好吧，我的凯特，咱们就穿着这身家常的衣裳到你父亲家去吧。"

他吩咐备上马，说现在才七点钟，一定要在吃中饭的时候赶到巴普提斯塔的家里。其实，他说这话的时候已经不是大清早，而是中午了。凯瑟丽娜这时候差不多被彼特鲁乔的狂暴态度征服了，因此，她只是试着很谦恭地说：“我敢向您保证，现在已经两点了，我们得吃晚饭的时候才能走到。”

可是彼特鲁乔的原意就是要把她完全征服，非要他说什么她都随声附和，才把她带回她父亲那里去。因此，就像他连太阳也能主宰，连时辰也归他统治一样，他说他高兴说是什么时候就是什么时候，要不然他就不动身。“不论我说什么，做什么，”他说，“你总是跟我闹别扭。好，我今天不走了，等走的时候，我说几点钟就是几点钟。”

过了一天，凯瑟丽娜不得不实行她新学到的忍耐。彼特鲁乔一直等到把她的傲性磨成百依百顺，甚至不敢想起竟有“反驳”这样的词，才让她回到她父亲那里去。在路上，她险些又被送回来，只因为中午的时候，彼特鲁乔说天上有月亮照着，而她无意中表示那是太阳。

“我指着我母亲的儿子（那就是我自己）起誓，”他说，“我说它是月亮，它就是月亮；我说它是星星，它就是星星；我说它是什么，它就是什么。你要不同意，我就不到你父亲那里去了。”然后，他装出要转回去的样子。可是凯瑟丽娜已经不再是“泼妇凯瑟丽娜”，而成为一个恭顺的妻子了。她说：“咱们既然走出这么远，我求您还是往前走吧。随便您说它是太阳，就是太阳；您说它是月亮，就是月亮；您怎么说，就怎么是。您要是高兴说它是灯芯草的蜡烛，我也一定把它当成灯芯草的蜡烛。”

他决计试她一试，因此，他又说：“我说这是月亮。”

“我知道这是月亮。”凯瑟丽娜回答说。

“你胡说，这明明是太阳。”彼特鲁乔说。

“那么，就是太阳，”凯瑟丽娜回答说，“可是您要是说这不是太阳，那么它就不是太阳啦。您管它叫什么，它就是什么，凯瑟丽娜也就永远那么叫它了。”

这么一来，他才让她继续往前走。可是他还要进一步试试她会不会一直这样恭顺下去。他们在路上碰到一位老先生，他硬把他当作年轻姑娘，向他打招呼说：“高贵的小姐，您早啊。”然后问凯瑟丽娜她可曾见过更漂亮的姑娘，夸奖老先生的脸蛋儿又红润又白嫩，把他一对眼睛比成亮晶晶的星星。随着又对他说：“可爱的漂亮小姐，再一次祝你日安！”然后对他的妻子说：“可爱的凯特，她长得这样美，你应该亲她一亲。”

凯瑟丽娜这时候已经完全屈服了，她赶快按照她丈夫的意旨，对老先生说起同样的话来：“年轻、娇嫩的姑娘，你长得真漂亮，又鲜活又可爱。你到哪儿去呀？你住在什么地方？你父母真造化，生了你这么个漂亮的孩子。”

“喂，凯特，你怎么了？”彼特鲁乔说，“你可别发疯呀。这明明是个男人，而且是个上了年纪、满脸皱纹、又干又瘦的男人，并不是像你说的什么年轻姑娘啊！”

听到这话，凯瑟丽娜说：“老先生，请您原谅我。太阳把我的眼睛照花了，我看什么都显得很年轻。现在我知道您是一位可敬的老人家，我希望您原谅刚才我一时的疏忽。”

“好心的老伯伯，请原谅她吧，”彼特鲁乔说，“请告诉我们您现在是到哪儿去。如果是同路的话，我们倒很愿意跟您结个伴儿。”

老先生回答说：“好先生，还有你，这位有趣儿的娘子，我倒没想到跟你们这样奇怪地碰上。我叫文森修，现在是去看我的一个儿子，他住在帕度亚。”

彼特鲁乔这才晓得原来这位老先生是卢森修的父亲。卢森修这个年轻人将要跟巴普提斯塔的二女儿比恩卡结婚。彼特鲁乔告诉文森修他儿子这场亲事会给他带来很多财产，老先生听了十分欢喜。他们很愉快地一道走着，一直走到巴普提斯塔的家。里面有许多宾客，都是来庆贺比恩卡跟卢森修的婚礼的——巴普提斯塔把凯瑟丽娜嫁出去以后，他就高高兴兴地同意了比恩卡的亲事。

他们一走进去，巴普提斯塔就欢迎他们来参加婚宴。在座的另外还有一对新婚夫妇。

比恩卡的丈夫卢森修和另外一个新婚的男人霍坦西奥他们俩都忍不住暗暗拿彼特鲁乔的妻子的泼悍脾气开玩笑。看来这两个盲目自信的新郎对他们挑的妻子的柔顺性格是十分满意的，因而讥笑彼特鲁乔的运气多么不如他们的好。彼特鲁乔不大理会他们开的玩笑。吃过晚饭，女客们退席以后，他才看出原来巴普提斯塔自己也跟他们一道嘲笑他。当彼特鲁乔一定说他的妻子比他们两人的妻子更听话的时候，凯瑟丽娜的父亲说："唉，彼特鲁乔贤婿，说句老实话，我担心你娶的是最泼悍的女人了。"

"哦，我说不然，"彼特鲁乔说，"为了证实我的话，打个东道：咱们各自派人去叫自己的妻子，谁的最听话——也就是说，谁的妻子一叫就来，就算谁赢。"

另外两个做丈夫的很乐意打这个赌，因为他们十分相信他们柔顺的妻子一定比倔强的凯瑟丽娜听话，他们提议赌二十克朗。可是彼特鲁乔兴高采烈地说，他就是拿鹰犬打赌，也要赌那么多，如今拿他的妻子打赌，应当加上二十倍。于是，卢森修和霍坦西奥把东道加到一百克朗，然后卢森修头一个派仆人去叫比恩卡到这里来。仆人回来说："老爷，太太说她有事，不能来。"

"怎么，"彼特鲁乔说，"她说有事不能来？难道这是一个做妻子的答复吗？"

卢森修和霍坦西奥都朝他笑起来，说恐怕凯瑟丽娜的答复还要不客气呢。现在该轮到霍坦西奥去叫他妻子来了。他对他的仆人说："你去请我太太到这儿来一趟。"

"唉呀，还要去'请'她来！"彼特鲁乔说，"那么更该来了吧！"

"先生，"霍坦西奥说，"我担心尊夫人请也请不来呢。"

话刚说完，这位很懂礼貌的丈夫看到仆人一个人回来了，没有跟女主人一起来，脸色有些苍白了。"先生，"那个仆人说，"太太说，您大概要开什么玩笑，所以她不来了。她要您到她那儿去呢。"

"这回更糟啦，更糟啦！"彼特鲁乔说，然后他把他的仆人叫过来说，"喂，到你太太那儿去，告诉她，我命令她到我这儿来。"

大家还没来得及想她会不会服从这个命令，巴普提斯塔大吃一惊，嚷着："唉呀，老天爷，凯瑟丽娜真来了！"凯瑟丽娜走进来，柔顺地对彼特鲁乔说："您叫我来有什么吩咐吗？"

"你的妹妹和霍坦西奥的妻子哪儿去啦？"彼特鲁乔问。

"她们在客厅里围着火谈天哪。"凯瑟丽娜回答说。

"去，把她们找来！"彼特鲁乔说。

凯瑟丽娜一句话也没还嘴，就照她丈夫的吩咐去做了。

"如果天下有怪事的话，"卢森修说，"这可是怪事了。"

"真是怪事，"霍坦西奥说，"还不晓得这是什么兆头呢。"

"这是和睦的兆头，"彼特鲁乔说，"这还表示我们之间会有宁静和恩爱，夫妻生活上有主有从。简单一句话，这是一切甜蜜、幸福的事情的兆头。"

凯瑟丽娜的父亲看到他女儿的改变，非常高兴，就说："彼特鲁乔贤婿，恭喜你呀！你赢了东道，我要额外再添上两万克朗的陪嫁，就当是给我另外一个女儿的，因为她变得跟以前完全是两个人啦。”

“为了更配赢这份东道，”彼特鲁乔说，“我要叫你们看看她新学到的妇德和顺从。”

这时候，凯瑟丽娜领着另外两位太太进来了。彼特鲁乔接着说：“看，她来了，而且她还用女人家的道理劝导你们两位固执的太太，把她们像俘虏一样带了来呢。凯瑟丽娜，你那顶帽子不好看，把那个骗钱货摘下来，丢在地上吧。”

凯瑟丽娜马上摘下她的帽子来，丢在地上了。

“天哪，”霍坦西奥的妻子说，“简直没有这么傻的事啦！”

比恩卡也说：“呸，这种愚蠢的行为，叫作什么尽本分呀！”

比恩卡的丈夫听到她这话，就说：“我倒巴不得你也这么尽尽愚蠢的本分呢。可爱的比恩卡，从吃完晚饭到现在，为了你的本分尽得太聪明，我已经输掉一百克朗啦。”

“你拿我的尽本分来打东道，”比恩卡说，“你就更愚蠢了。”

“凯瑟丽娜，”彼特鲁乔说，“我派你去告诉这两个倔强的女人，做妻子的对她们的主人和丈夫应当尽些什么本分。”

使大家都惊讶的是：这位从过去的泼妇改造过来的凯瑟丽娜，居然振振有词地称赞说，做妻子的本分就是应该服从，正像她自己对彼特鲁乔的吩咐百依百顺一样。于是，凯瑟丽娜在帕度亚又出名了，这回她不是作为泼妇凯瑟丽娜出名的，而是作为帕度亚最顺从、最尽本分的妻子出的名。

错误的喜剧

THE COMEDY OF ERRORS

以弗所[1]跟叙拉古[2]两国不和，于是以弗所就订下一条残酷的法律，规定如果叙拉古的商人在以弗所的城里被发现，除非他能交出一千马克[3]的赎金，不然就得处死刑。

一个叙拉古的老商人伊勤在以弗所的街上被发现了，就给带到公爵面前，问他是交那一大笔罚款呢，还是受死刑。

伊勤交不出罚款来。公爵在判他死刑以前，要他先讲讲自己的身世，并且解释一下为什么明知道叙拉古商人进了以弗所城要处死刑，他还来冒险。

伊勤说他并不怕死，因为他已经悲伤得对生活厌倦了。可是强迫他去讲他不幸的一生要比什么都痛苦。然后他就这样谈起他的身世：

“我生在叙拉古，从小就学会做买卖。我娶了个老婆，我们一道过得很快活。后来我有事必得到厄匹达姆纽姆[4]去一趟，到了那里又因为生意关系待了半年。后来我发现还得再留个时期，就招呼我的妻子也到我那地方去。她到了不久，就生下两个男孩子。奇怪的是，两个孩子长得一模一样，完全分不出来。我的妻子正生那对孪生子的时候，她住的客店里另外一个穷女人也生了

---

① 在小亚细亚。

② 在意大利东岸。

③ 古代币制，约合八两金子。

④ 马其顿的一个城市，临亚得里亚海。

两个儿子，他们那对孪生子也同我们那对一样，分不出来。这对孪生子的父母穷得厉害，于是我就把那两个男孩子买了下来，养大了好伺候我的两个儿子。

“我的儿子长得很好看，我的妻子对这两个孩子感到骄傲。她天天盼着回家，最后我也只好同意了。我们在一个不吉利的时辰上了船，船开出离厄匹达姆纽姆刚刚一海里光景，海上就掀起一阵可怕的风暴，越刮越凶。水手们看出大船没有救了，自己就都挤到一条小船上去逃命，把我们丢在大船上——大船随时都会被猛烈的风暴摧毁。

“我的妻子哭个不停，可爱的小宝宝们虽然还不懂得怕，看到他们的妈妈哭，他们也跟着哭。我自己虽然不怕死，看到这些情景却为他们十分害怕。我一心都在替他们的安全打算着。我把我较小的儿子绑在一根富余的小桅杆上——航海的人为了防备遇到风暴，总要带富余的桅杆的；在另一端，绑上那两个孪生的奴隶中间较小的一个。同时，我教我的妻子把另外两个大点的孩子也照样绑上。这样，她照看两个较大的孩子，我照看较小的两个。我们又都把自己跟我们各人照看的孩子一道绑在桅杆上。要不是这个法子，我们就都会淹死了，因为船碰在一大块礁石上头，撞了个粉碎。我们紧紧抓住细长的桅杆，浮在水面上。我为了照顾两个孩子，就不能帮助我的妻子了。过不久，她和她照顾的那两个孩子跟我分开了。在我还能看到他们的时候，他们被科林多[1]来的（我这么料想）一条渔船救了起来，我只好跟狂暴的海浪拼命搏斗，好保全我亲爱的儿子和那个小奴隶。后来，我们也被一条船救起来。水手认得我，就很殷勤地招待我们，帮助我们，把

① 古希腊的一个城市。

我们安全地送到叙拉古的岸上。可是从那不幸的日子起，我就再也没听到我妻子和那个大孩子的下落了。

“我只剩下那个小儿子疼爱了。到了十八岁的时候，他问起他妈妈和他哥哥来，还时常央求我让他带着他的随从（那个也丢掉了哥哥的小奴隶）出去找他们。最后我勉勉强强地同意了，因为尽管我很想知道我妻子和那个大儿子的消息，然而放小儿子出去找，我就冒着连他也会一道丢掉的危险。自从我儿子离开了我，已经七个年头啦，我在全世界旅行，到处去找他也找了五年啦。我到过希腊最远的边境，走遍了亚洲，然后又沿着海岸往回走，结果在以弗所这里上了岸，因为凡是有人迹的地方，我都不肯放过。可是我的一生必须在今天结束了。要是我能确实知道我的妻儿都活着，我死也瞑目。”

到这里，倒霉的伊勤就讲完了他的不幸遭遇。公爵很同情这个倒霉的父亲，他因为爱他那个失了踪的儿子，给自己带来那么大的灾难。公爵说，如果不是怕违背法律的话——他所宣过的誓和他的地位都不允许他改变法律，他就会毫不留难地放掉他的。然而他不想照法律严格规定的那样马上将伊勤处死，他给他一天的限期去讨或者去借一笔钱，来交上罚款。

可是这一天的宽限好像对伊勤并没有多大好处，因为他在以弗所一个熟人也没有，看来不会有陌生的人愿意借给他或者送给他一千马克来交罚款。他没人搭救，也不抱什么被释放的希望，只由狱卒押着，从公爵那里退下来。

伊勤以为他在以弗所没有熟人，可是就在他为了到处找他的小儿子而碰上性命危险的时候，他的两个儿子都在以弗所城里哪。

伊勤的两个儿子不但身材相貌完全一样，他们的名字也一样，两个人都叫安提福勒斯，两个孪生的奴隶也都叫德洛米奥。伊勤的小儿子（叙拉古的安提福勒斯，也就是老人家到以弗所来找的那个儿子），带着他的奴隶德洛米奥跟伊勤同一天到了以弗所。他既然也是叙拉古的商人，他跟他父亲的处境是同样的危险。可是幸亏他碰上了个朋友，那个人告诉他说，一个从叙拉古来的老商人遇到了危险，劝他还是冒充作厄匹达姆纽姆的商人。安提福勒斯同意这样做了，听说他的一个同乡有了性命危险，他很难过，可是他绝没想到那个老商人就是他自己的父亲。

伊勤的大儿子（为了把他跟他弟弟叙拉古的安提福勒斯区别开，我们只好管他叫以弗所的安提福勒斯）在以弗所住了二十年。他已经是个阔人了，他足可以交出罚款替他父亲赎命，可是安提福勒斯完全不认得他父亲。渔夫把他和他母亲从海里救上来的时候，他年纪还那么小，他只记得自己是被救起了，可是父亲母亲他都记不得。那些渔夫把安提福勒斯、他的母亲和那个年轻的奴隶德洛米奥救上来以后，就把两个孩子从她手里抱走（那个不幸的女人伤心极了），打算把他们卖掉。

安提福勒斯和德洛米奥被卖给一位著名的将军门那封公爵，这位将军是以弗所公爵的叔叔。他到以弗所来访问他的侄子（以弗所公爵）的时候，就把两个孩子也带来了。

以弗所公爵很喜欢年轻的安提福勒斯，等他长大以后，就叫他在军队里当一名军官。他作战非常英勇，在战场上立了功，还救了他的恩人公爵的性命。公爵就把以弗所一位很有钱的姑娘阿德里安娜嫁给了他，作为奖赏。他父亲到以弗所来的时候，他正跟阿德里安娜一道过着日子，他的奴隶德洛米奥也仍然伺候着他。

叙拉古的安提福勒斯跟劝他冒充作厄匹达姆纽姆商人的那位朋友分手以后，就给了他的奴隶德洛米奥点钱，叫他带到客栈里去，他准备在那里吃饭。他说，这时候他想先在城里逛逛，看看当地的风土人情。

德洛米奥是个很愉快的小伙子。每逢安提福勒斯感到苦闷无聊的时候，他就用奴隶说的一些奇特的幽默和有趣的俏皮话来替他解闷。因此，他容许德洛米奥在他面前随便说话，他比其他仆人对主人说话随便得多。

叙拉古的安提福勒斯把德洛米奥派走以后，就在那里站了一会儿，想着他孤身一人这么到处漂泊，去找他母亲和哥哥，他走到哪里也没打听出一点点他们的消息。他很伤心地自言自语说：“我就像海洋里的一滴水，出去找另外一滴水，结果却在茫茫大海里失掉了自己。我也是同样不幸，出来找母亲和哥哥，却连自己也迷失了。”

他这样思索着这趟直到现在还是毫无结果的、叫人疲劳的旅行。这时候，德洛米奥（他以为是他的那个德洛米奥）回来了。安提福勒斯奇怪他这么快就回来了，问他把钱放在哪儿了。其实，他并不是对他自己的那个德洛米奥讲话，而是对那孪生的哥哥（就是跟以弗所的安提福勒斯住在一起的德洛米奥）讲话。这一对德洛米奥和这一对安提福勒斯现在长得仍然跟他们襁褓时期像伊勤说的那么一模一样，所以难怪安提福勒斯以为是他自己的奴隶回来了，并且问他为什么回来得这么快。

德洛米奥回答说：“我的女主人叫我请您快点儿回家去吃饭。您要是再不回去，鸡就烧糊啦，猪肉就从烤叉上掉下来啦，肉也凉啦！”

“这不是开玩笑的时候，”安提福勒斯说，“你把钱放在哪儿啦？”

德洛米奥仍然回答说，他的女主人派他来请安提福勒斯去吃饭。“什么女主人呀？”安提福勒斯说。

“老爷，还不是您的太太？”德洛米奥回答说。

这个安提福勒斯还没有结过婚，他对德洛米奥十分生气，就说：“只因为我平时跟你随随便便地闲扯惯了，你就敢在我面前这么放肆地开玩笑吗？我现在没心思跟你开玩笑。你把钱拿到哪儿去啦？咱们在这里人生地疏，保管那笔钱是很重大的责任，你怎么敢把它托付给旁人呀？

德洛米奥听主人说他们“人生地疏”，以为安提福勒斯在开玩笑，就诙谐地回答说：“老爷，等您吃饭的时候再开玩笑吧。我的责任就是把您请回去，好跟女主人和她的妹妹一道用饭。”

这回安提福勒斯再也忍耐不住了，他揍了德洛米奥一顿。德洛米奥跑回家去，告诉他的女主人老爷不肯回来吃饭，还说他根本没有妻子。

以弗所的安提福勒斯的妻子阿德里安娜听到她丈夫说他根本没有妻子，气极了。她生性喜欢吃醋，就说，一定是她丈夫看上另外的女人了。她烦躁起来，狠狠地说着嫉妒和责骂她丈夫的话。跟她住在一起的妹妹露西安娜劝她说，她的怀疑是毫无根据的，可是她仍旧不听。

叙拉古的安提福勒斯到了客栈，发现德洛米奥很安全地带着钱在那里等着他。他看见自己的德洛米奥，正要去责备他刚才不该随便开玩笑，这时候，阿德里安娜走到他跟前了。她一点儿不怀疑眼前看到的就是她的丈夫，她开始责备他不该把她当作陌生人似的望着她（他从来没跟这位气势汹汹的女人见过面，他也只能把她当作陌生人望着）。然后她又说，想当年没结婚的时候，他是多么爱她，如今，他却又看上了旁的女人。

“怎么，”她说，“我的男人，我怎么失掉你的欢心的呀？”

“可敬的夫人，您这些话是对我说的吗？”惊慌失措的安提福勒斯说。他向她解释，说他不是她的丈夫，他刚刚来到以弗所不过两个钟头。可是他怎么说也不中用，她非要他跟她回家去不可。最后，安提福勒斯没法脱身，只好到他哥哥的家里去，跟阿德里安娜和她妹妹一道吃饭。吃饭的时候，一个管他叫“丈夫”一个管他叫“姐夫”，弄得他莫名其妙，以为他一定是在梦里跟她结的婚，或者他这时候还在睡着觉哪。同时，跟他们来的德洛米奥也大吃一惊，因为那嫁给他哥哥的厨娘也一口咬定说他是她的男人。

叙拉古的安提福勒斯正跟他嫂嫂吃饭的时候，他哥哥（那个真的丈夫）跟他的奴隶德洛米奥回家来吃饭了。可是仆人不肯给他们开门，因为女主人吩咐不论谁也不让进来。他们一再敲门，说他们是安提福勒斯和德洛米奥，女仆们就大笑起来，说安提福勒斯正跟他们的女主人在吃饭哪，德洛米奥也正在厨房里。尽管他们差不多把门敲破了，也没能进去。最后，安提福勒斯很生气地走了，听到一个男人正跟他的妻子一道吃饭，感到十分惊愕。

叙拉古的安提福勒斯吃完了饭，他听到那位夫人仍然管他叫丈夫，又听说厨娘也认定了德洛米奥是她的丈夫，他觉得莫名其妙极了。一找到个借口，他马上就告辞走了。他虽然很喜欢那个妹妹露西安娜，可是他很不喜欢生性好嫉妒的阿德里安娜。至于德洛米奥，他也一点儿不满意厨房里他那位娇妻。因此，主仆两人都巴不得尽快地逃开他们的新夫人。

叙拉古的安提福勒斯刚走出来，就碰到一个金匠。像阿德里安娜一样，这个金匠也把他当成以弗所的安提福勒斯，叫着他的名字，交给他一条金链子。安提福勒斯不肯收下，说这东西不是他的；金匠说，这是他亲自定下的活儿，然后，把金链子交到安提福勒斯手里，就走开了。安提福勒斯在这地方遇见这么些古怪的事，他想他一定是叫什么妖魔鬼怪给迷上了。他不想在这地方待下去了，就吩咐他的仆人德洛米奥把他的东西搬到船上去。

把金链子给错了安提福勒斯的那个金匠，随后因为一笔债务被捕了。衙吏抓金匠的时候，结了婚的安提福勒斯刚好从那里走过。金匠以为他把金链子交给了这个安提福勒斯，看到他就向他讨刚刚交给他的那条金链子的货款，数目跟他欠下因而被捕的那笔债务差不多。安提福勒斯说他没拿到金链子，金匠一定说几分钟以前他才交给他的，他们争执了好半天，双方都认为自己有理。安提福勒斯准知道金匠没把金链子交给他，而安提福勒斯这对孪生弟兄长得是这样一模一样，金匠也一口咬定金链子确实已经交到他手里了。最后，衙吏为了金匠欠下的债务，把他带到监牢里去；同时，金匠又为了安提福勒斯欠下他那条金链子的货款，叫衙吏把安提福勒斯也逮捕起来。这样，他们争执的结果，两个人都被带走，关进了监牢。

在安提福勒斯被带到监牢的路上，他碰见他弟弟的奴隶——叙拉古的德洛米奥。他把他当作自己的奴隶了，就吩咐他去见他的妻子阿德里安娜，叫她把那笔使他因而被捕的货款给送来。德洛米奥不明白他的主人在那个古怪地方吃完饭，刚刚匆匆忙忙地跑出来，怎么又派他回到那家去呢？他来是为告诉主人船就要开了，可是他没敢答话，他看出安提福勒斯的心情不对头，跟他开不得玩笑。因此，他走开了，一路上为了叫他回到阿德里安娜的家里这件事暗自抱怨着。“等会儿到那里，”他嘟囔着，“陶赛蓓尔又要说我是她的丈夫了。可是既然叫我去，我就只好去，仆人得听主人的吩咐呀。”

阿德里安娜把钱交给了德洛米奥，正当他回去的时候，他遇到了叙拉古的安提福勒斯。叙拉古的安提福勒斯对他一路上遇到的怪事仍然觉得莫名其妙。他的哥哥在以弗所是很出名的，人人在街上看到他都像老朋友一样向他打招呼：有人还钱给他，说那是欠他的债，有人邀他到家里去玩，还有人谢谢他帮的忙，大家都把他当作他哥哥了。有个裁缝拿匹绸缎给他看，说是替他买下的，一定要量量他的尺寸，给他做衣裳。

安提福勒斯越发觉得这简直是一个妖魔鬼怪的国家。德洛米奥又问起刚才衙吏本来要把他带到监牢去的，他怎么逃出了衙吏的手，然后把阿德里安娜送来叫他还账的一口袋金子交给了他。这么一来，德洛米奥的主人更糊涂了。

德洛米奥说的被捕呀，监牢呀，和他从阿德里安娜那里带来的钱，叫安提福勒斯简直摸不着头脑。他说："德洛米奥这家伙一定是神经错乱了。我们是在梦里跑来跑去哪。"他自己思想的混乱使他恐慌起来。他嚷着："求上帝把我们从这个怪地方救出去吧！"

这时候，又有一个陌生人走到他跟前，这回是个女人，开口也叫他安提福勒斯。她说，那天他跟她一道吃过饭，她向他要过条金链子，说他已经答应送给她了。这时候安提福勒斯可实在忍不下去了，就骂那女人是妖精，说他从来没答应过送她一条链子，也没跟她一道吃过饭，甚至从来就没见过她。尽管那女人一口咬定说他跟她一道吃过饭，并且答应过送她一条金链子，安提福勒斯仍然不承认。她又说，她曾经给过他一只贵重的戒指，如果他不送她金链子了，她一定得把自己的戒指要回去。安提福勒斯听到这话气疯了，又骂她是妖精、巫婆，说从来也没见过她或是她的戒指，然后跑开了。那女人听到安提福勒斯的话，看到他那狂怒的神情，十分惊讶，因为对她来说，他实在跟她一道吃过饭，既然他答应送她一条金链子，她也给了他一只戒指，这是千真万确的。可是这位姑娘跟别人一样弄错了，她也把他当成他的哥哥。她责备这个安提福勒斯的事，其实都是那个结了婚的安提福勒斯干的。

那个结了婚的安提福勒斯回到自己家里却进不去门（门里的人以为他已经在里面了），于是他很生气地走开了。他的妻子很喜欢吃醋，他认为这一定是她由于嫉妒跟他开的玩笑。他又记起她时常冤枉他，怪他去看旁的女人，为了向她报复把他关到外边这件事，他才决定索性找这个女人去一道吃饭。这女人对他很客气。安提福勒斯在他自己的妻子那里受到那么大的委屈，一气就把本来预备送给他妻子的一条金链子，也就是那个金匠弄错给了他弟弟的那条，答应送给这个女人了。这个女人很高兴能得到一条漂亮的金链子，她就送给结了婚的安提福勒斯一只戒指。刚才她把弟弟当成他了，所以认为他明明收下了戒指，却又不承认，而且说他根本不认得她，最后还气冲冲地走开了，她想这个人一定发了疯。于是，她决定找阿德里安娜去，告诉她，她的丈夫发了疯。她正在告诉阿德里安娜的当儿，她的丈夫回家取那只钱袋来了，身边还跟着一个狱卒（狱卒准许他回家来取钱还账）。其实阿德里安娜交给德洛米奥的那只钱袋，已经被德洛米奥误交给另外那个安提福勒斯了。

阿德里安娜听到丈夫责备她不该把他关到门外头，她就相信那个女人说他发了疯的话一定是真的。她还记得吃饭的时候他一直说他不是她的丈夫，还说在那天以前从来没到过以弗所，她断定他必然是疯了。她把款子还了狱卒，打发他去了，然后吩咐仆人用绳子把她丈夫绑起来，抬到黑屋子里，请大夫来治他的疯病。安提福勒斯这场冤枉都是因为他弟弟跟他长得一模一样惹来的，他一直气冲冲地大声嚷着他没有疯。可是他越发脾气，就越叫他们相信他是发了疯。同时，德洛米奥跟他主人讲一样的话，他们把他也绑了起来，把他跟他的主人一起带走了。

阿德里安娜把她的丈夫关起来不久，一个仆人跑来报告她说，安提福勒斯和德洛米奥一定从看守人手里逃掉了，因为他们两个人正自由自在地在旁边那条街上走路呢。阿德里安娜听到这话，马上就跑出去要把他抓回来，随身还带了些帮手，好叫她丈夫挣脱不掉，她妹妹也跟着她一道去了。他们走到附近一座修道院的门口，又是由于这对孪生兄弟的相貌一样，她们被蒙住，以为看见了安提福勒斯和德洛米奥。

由于相貌一样而造成的混乱，继续叫叙拉古的安提福勒斯感到困惑。金匠送给他的金链子挂在他脖子上，那金匠责备他不该说没收到，并且赖掉他的货款。安提福勒斯反驳说，明明是金匠早晨白送给他的，从那以后，他再也没见过金匠一面。

阿德里安娜这时候又走到他跟前，一定说他是她的疯丈夫，说他是从看守人手里逃了出来的。她带来的人刚要下手逮住安提福勒斯和德洛米奥，可是他们逃到修道院里去了。安提福勒斯央求修道院的女院长让他在那里躲一躲。

这时候，女院长亲自出来问起吵闹的原因。她是一位庄重严肃、很受人尊重的女人，看到什么事物都有明达的见解。她不肯马马虎虎地把这个向她的修道院要求庇护的男人交出去。因此，她很认真地盘问起阿德里安娜她丈夫发疯的经过。女院长说：“你丈夫为什么忽然发起疯来了呢？是因为他的货物在海上损失掉了吗？还是因为他的知己朋友死了，使他神经错乱了呢？”

阿德里安娜回答说，并不是由于这些原因。

“也许他爱上什么别的女人了吧？”女院长说，“是这样的事使他发的疯吗？”

阿德里安娜说，她老早就想一定是因为他有了外遇，所以才时常不回家。

其实，时常把安提福勒斯逼得离开家的不是因为他爱上了旁的女人，而是因为他妻子好吃醋的性情（这一点，女院长是从阿德里安娜那副暴躁神情里猜出来的）。为了了解实情，女院长说："他外边有女人，你应该好好责备他才对呀。"

"我责备他了呀！"阿德里安娜回答说。

"是呀，"女院长说，"可是也许你责备得还不够。"

阿德里安娜很想让女院长相信关于这件事情她已经充分对安提福勒斯谈过了，就回答说："我们成天谈的都是这件事。躺到床上我不让他睡觉，说的是这件事。坐在饭桌前，我不让他吃饭，说的是这件事。当我单独跟他在一起的时候，我不谈旁的题目。有客人的时候，我也常常暗示他这件事。我总是对他说，除了我再去爱旁的女人，是多么卑鄙、多么恶劣的一件事。"

女院长从嫉妒的阿德里安娜嘴里套出全部口供以后，就说："因此你的丈夫才发了疯呀。一个好吃醋的女人恶毒地谩骂起来比一只疯狗咬人还要凶。看来你把他骂得睡不成觉，难怪他会昏头昏脑的。他吃的饭食都是用你的责骂调的味；吃饭的时候得不到安静，一定会弄得消化不良，所以他才发起烧来。你说他玩的时候，你也用你的责备打断他的兴致。他既然享受不到社交和娱乐，找不到安慰，自然会闷闷不乐，感到绝望。这么一说，叫你丈夫发疯的，正是你那一阵阵暴发的嫉妒。"

露西安娜还想替她姐姐辩解说，她总是很温和地劝她丈夫几句，并且对她姐姐说："你怎么让她这样责备你，也不争辩呢？"

可是女院长已经让阿德里安娜认清楚自己的过错了，她只好说："经女院长这么一指点，我自己都想责备自己了。"

阿德里安娜虽然为自己的行为感到惭愧，可是她仍然一定要女院长交出她的丈夫来。女院长不许外人进修道院，也不肯把这个不幸的男人交给他那嫉妒的妻子去照顾，她拿定主意要用温和的办法治好他的病。女院长回到院里，吩咐把大门关上，不许他们进来。

在这多事的一天，只由于一对孪生兄弟长得一模一样，造成了多少误会。时间慢慢地过去，现在太阳快落了，老伊勤得到的一天宽限眼看就满了。日落时候如果交不出罚款来，他就一定得死。

伊勤处死刑的地方离修道院不远。院长刚走进修道院，伊勤就到了那里。公爵亲自来监刑，说如果有人肯替伊勤出罚款，他好当场把他释放了。

阿德里安娜拦住这个悲惨的行列，嚷着请公爵出来主持公道，说女院长不肯把她的疯丈夫交给她。她正这样说着的时候，她真正的丈夫带着他的仆人德洛米奥从家里逃了出来，跑到公爵面前来要求主持公道，说他的妻子诬赖他发疯，把他关了起来，又告诉他是怎样挣脱开、从看守人的手里逃掉的。阿德里安娜看到她丈夫，大吃一惊，她一直认为他是在修道院里呢。

伊勤看到他这个儿子，就认定是离开他去找他母亲和哥哥的那个儿子，他并且相信他这个亲爱的儿子一定会立刻替他交出赎金来。因此，他就用做父亲的慈祥口气对安提福勒斯讲话，心里十分高兴，希望这下他可以得到释放了。可是叫伊勤十分惊讶的，是这个儿子说他根本不认识他；这也难怪喽，因为这个安提福勒斯小的时候就在风暴里跟他父亲分了手，再也没见过面。可怜的老伊勤拼命想叫他的儿子认出他来，也没有用。他想，一定是他自己由于着急发愁，变得连他的儿子都认不出来了，要不然就是他儿子看到他沦落到这地步，不好意思认他。正在这样纠缠不清的时候，修道院的女院长和另外那个安提福勒斯以及德洛米奥走出来了。阿德里安娜看到她面前站着两个丈夫，两个德洛米奥，真是惊慌失措。

这些弄得大家都莫名其妙的、谜一般的误会，现在一下都搞清楚了。公爵一看见两个安提福勒斯和两个德洛米奥长得这样一模一样，马上猜出这件看上去怪神秘的事情的底细，因为他记起早晨伊勤告诉他的故事。公爵说，这一定是伊勤那对孪生的儿子和他们那对孪生的奴隶。

可是这时候一件意想不到的喜事叫伊勤一生的经历圆满了。早晨他面临着死刑，讲的那个悲惨的故事，在太阳落下去以前就得到了快乐的结尾，因为那位可敬的女修道院院长告诉他们，原来她就是伊勤失掉很久的妻子，也就是这两个安提福勒斯的亲爱的母亲。

渔夫硬把大安提福勒斯和大德洛米奥从她手里抢去以后，她就进了修道院。由于头脑清楚，品德高尚，她终于当了这个女修道院的院长。当她收容一个遇到困难的生人的时候，她无意中却庇护了她自己的儿子。

这一对久别重逢的夫妇和他们的孩子们快乐地祝贺着，彼此亲热地问候着，一时竟把伊勤仍然判着死刑这件事忘记了。等他们稍微镇定了一些以后，以弗所的安提福勒斯就向公爵表示愿意出钱赎他父亲的性命。可是公爵不肯接他的钱，慨然赦免了伊勤。公爵陪女院长和她刚找到的丈夫和孩子们一同走进了修道院，听这个快乐的一家人自由自在地谈着他们苦尽甘来的大团圆。尽管那一对孪生的德洛米奥地位卑微，我们也不要忘记他们的喜悦。他们也彼此祝贺着、问候着，愉快地夸奖着对方的相貌，同时(就像照着镜子一样），很高兴从对方的俊秀模样看到自己。

阿德里安娜经她的婆婆一番劝导，得到不少益处。她对丈夫再也不瞎猜疑或者吃醋了。

叙拉古的安提福勒斯娶了他嫂嫂的妹妹（美丽的露西安娜）作妻子。善良的老伊勤跟他的妻儿在以弗所住了多年。尽管这些迷惑不解的情形都讲清楚了，可是并不能说从那以后他们就不会再发生误会了。有时候，好像为了提醒他们过去的事，还会发生可笑的误会的。这个安提福勒斯和这个德洛米奥被人当作那个安提福勒斯和那个德洛米奥，就演成一幕轻松有趣的“错误的喜剧”。

一报还一报

MEASURE FOR MEASURE

从前有一位性情非常温和宽厚的公爵治理过维也纳城，人民要是犯了法，他也不去惩办。特别有一条法律，公爵在位的时候一直也没有实行过，它差不多被人们忘掉了。这条法律规定：如果一个男人跟他妻子以外的女人同居，就一定得处死刑。公爵的宽大无边使人们完全不去理会这条法律，神圣的婚姻制度因而也就不被重视了。维也纳年轻姑娘们的父母天天找公爵来告状，说他们膝下的女儿给人勾引上，如今离开家里跟单身的男子同居去了。

好公爵看到这种不良的风气在民间越来越严重，心里很难过。可是他想，要是他为了纠正这条法律的松弛，从过去的宽容不得不忽然变得十分严厉，也许会使一向爱戴他的人民把他看成个暴君。因此，他决定暂时离开他的公国一下，另派一个人代行他的全部职权。这样，既可以实行这条禁止男女不正当的恋爱的法律，又不至于因为法律一下子比平常严了，使他自己招到怨言。

公爵推选安哲鲁来担任这个重要的职务，认为他最合适不过。安哲鲁生活严肃认真，在维也纳有“圣人”的称号。公爵把这个计策告诉给他的辅佐大臣爱斯卡勒斯。爱斯卡勒斯说：“在维也纳要是有人配享受这样隆重的眷宠和光荣，那就只有安哲鲁大人了。”于是，公爵托词到波兰去旅行，就离开了维也纳，他不在的时候，他的职权由安哲鲁代行。可是公爵只是假装离开的，他又悄悄地回到维也纳，扮成修道士，想这样暗中观察一下这个看上去像是圣人的安哲鲁的政绩。

安哲鲁担任新职不多久，刚好有一位叫克劳狄奥的绅士把一位年轻小姐从她父母那里勾引走了。为了这个案子，新上任的摄政下令把克劳狄奥逮捕起来，关到监牢里。安哲鲁根据久已废弛了的原有法律，把犯下这种罪的克劳狄奥判处斩刑。许多方面都请求赦免年轻的克劳狄奥，连好心的老爱斯卡勒斯大人自己也出面替他求情。“唉，”他说，“我想搭救这个人，他的父亲是德高望重的，我求你看在他父亲的面上饶了他吧！”可是安哲鲁回答说：“我们不能让法律成为稻草人，把它支起来吓唬吓唬毁坏庄稼的鸟儿；鸟儿见惯了，知道它没什么了不起，不但不再怕它，还在它上头栖息呢。大人，必须把克劳狄奥处死。”

克劳狄奥有个叫路西奥的朋友来探监。克劳狄奥对他说：“路西奥，我求你帮我个忙，到我姐姐依莎贝拉那里去。她打算今天进圣克莱阿修道院。你把我现在这种危急的情形告诉她，求她去向那位严厉的摄政说说情，请她亲自去见安哲鲁。我对这件事抱很大的希望，因为她口才好，善于劝说。同时，有一种不需要语言就能打动男人的力量，那就是少女的忧容。”

正像克劳狄奥说的，他姐姐依莎贝拉当天进修道院见习去了，她的计划是先经过一段见习时期，然后就可以正式当上修女。她正向一个修女打听院里的规矩的时候，就听到路西奥的声音。路西奥走到这个修道的地方，就说：“愿天主赐平安给这里！”“是谁在说话哪？”依莎贝拉问。“是个男人的声音，”那个修女说，“好依莎贝拉，你去看看，问他有什么事。你可以去见他，我却不能。当了正式的修女以后，除了当着修道院院长的面，你不能跟男人说话；就是说话时候，也得用面纱把脸罩上，露出脸来就不准说话。”“那么你们做修女的没有旁的权利了吗？”依莎贝拉问。“这么些权利还不够吗？”那个修女回答说。“的确够了，”

依莎贝拉说，“我这样说并不是希望得到更多的权利，我倒是希望侍奉圣克莱阿的姐妹们能守更严格的戒律。”这时候，她们又听到路西奥的声音。那个修女说：“他又叫了。请你去问问他有什么事。”于是，依莎贝拉走出去招呼路西奥，向他还了礼说：“平安如意！谁在叫门呀？”路西奥很恭敬地向她走过来说：“祝福你，童贞女——你多半是童贞女，从你粉红的脸上就可以看得出来。你能领我去见见这里的一位见习修女依莎贝拉吗？这位美丽的姑娘有个不幸的弟弟，叫克劳狄奥。”“为什么说她‘有个不幸的弟弟’呢？”依莎贝拉说，“我要请问一下，因为我就是他的姐姐依莎贝拉。”“美丽温柔的姑娘，”他回答说，“你的弟弟叫我好好问候你，他给关在监牢里哪。”“哎呀！为什么事呀？”依莎贝拉说。路西奥告诉她克劳狄奥勾引上一个年轻的姑娘，所以被关了监牢。“啊，”她说，“恐怕是我的干妹妹朱丽叶吧。”朱丽叶跟依莎贝拉没有亲戚关系，不过她们同学的时候很要好，为了纪念那段友谊，彼此就称作干姐妹。她早就知道朱丽叶爱克劳狄奥，恐怕她对克劳狄奥的爱使她做出了这件错事。“正是她。”路西奥回答说。“那么就叫我弟弟娶了朱丽叶吧。”依莎贝拉说。路西奥回答说，克劳狄奥很乐意娶朱丽叶，可是摄政为了他犯的罪过，已经判他死刑了。“除非你用温柔的话婉转地向安哲鲁求情，把他的心说软了才行，”路西奥说，“你那个可怜的弟弟打发我来找你，就是为了这件事。”“唉，”依莎贝拉说，“我的力量这样薄弱，能帮上他什么忙呢？我不相信我有感动安哲鲁的力量。”“不相信是会败事的，”路西奥说，“我们往往因为不敢去试一试，有些本来可以得到的好处，结果却丢掉了。到安哲鲁那里去一趟吧！年轻的姑娘们跪下来一哀求，放声大哭，男人就会像天主那样慷慨。”“我去试试看，”依莎贝拉说，“我先把这件事情向院长报告一下，然后我就去见安哲鲁。请你转告我的弟弟，成功不成功今天晚上我总给他送个信儿去。”

依莎贝拉赶到宫里，跪在安哲鲁面前说：“我是一个不幸的人，特意来向老爷求情，请老爷听我诉说。”“哦，你求什么呀？”安哲鲁说。于是，她就用最动人的话要求安哲鲁免她弟弟一死。可是安哲鲁说：“姑娘，这件事是没法挽救了。你的弟弟已经定了罪，他一定得死。”“啊，法律是公正的，可是太严厉啦！”依莎贝拉说，“这样说来，我的弟弟已经死定了。上天保佑您吧！”她刚要走开，陪她来的路西奥对她说：“别这么轻易就放弃呀。再过去哀求哀求他吧，跪在他面前，扯住他的袍子。你的态度太冷淡了。你就是向人家讨一根针，也得说得再恳切些才成呀。”于是依莎贝拉又跪下来求他开恩。“他已经定罪了，”安哲鲁说，“太晚啦。”“太晚啦？”依莎贝拉说，“不，凡是说出去的话，还可以把它再收回来。请老爷相信吧，凡是大人物的装饰，不论是国王的王冠，摄政的宝剑，元帅的军杖，还是法官的礼袍，都一半也比不上仁慈那样能表示他们的高贵风度。”“请你走吧。”安哲鲁说。可是依莎贝拉仍然向他恳求着。她说：“如果我的弟弟跟您换个地位，您也可能犯同样的错误，可是他对您不会这么冷酷无情的。但愿我有您的权柄，而您是我依莎贝拉。那时候我会一口回绝您吗？不会的。我要让您了解做一个审判官是怎样的，做一个犯人又是怎样的。”“够了，好姑娘，”安哲鲁说，“判你弟弟罪的是法律，并不是我。即使他是我的亲戚，我的手足，或者是我的儿子，我也是一样处理。明天他一定得死。”“明天？”依莎贝拉说，“这太突然了。饶了他吧，饶了他吧，他没准备去死呢。我们就是在厨房里杀只鸡鸭，也要讲究季节呢。对于献给上天的东西，我们难道能够比自己吃的东西还草率吗？老爷，好老爷，请您想想看，多少人都犯过我弟弟犯的罪过，可是谁也没有为了他干的事送过命！这么说来，您就要做头一个判这种刑的人，我弟弟就要做头一个受这种刑的人了。老爷，请您扪扪自己的良心，看您会不会犯跟我弟弟同样的罪过。要是您的心窝里也有这种犯罪的念头，那就请您不要杀我弟弟吧！”她最后那句比所有她以前说的话都更打动了安哲鲁，因为依莎贝拉的美貌已经在他心里引起了邪恶的欲望，他开始起了不好的念头，就像克劳狄奥有过的一样。他内心的这种矛盾使他掉过脸去从依莎贝拉身边走开。可是依莎贝拉把他叫回来说：“仁慈的老爷，请您回过身来，听听我想怎样贿赂您。回过身来吧，我的好老爷！”“哦，你要贿赂我！”安哲鲁说。哦，她居然想要贿赂他，这可叫他大大吃惊。“是呀，”依莎贝拉说，“我要献给您连上天都想跟您分享的礼物，不是金银财宝，也不是价值全凭人随便定的闪亮的宝石；我要献给您的是天亮以前上达天主的虔诚的祈祷——这种祈祷是从真纯无瑕的心灵，从整天守斋、跟世俗完全隔绝了的姑娘心里发出来的。”“好，那么你明天来见我吧。”安哲鲁说。依莎贝拉替她弟弟求到短时间的缓刑，安哲鲁又准许她再来见他。她离开摄政的时候心里很欢喜，盼望这下总可以把安哲鲁严酷的天性扭转过来。临走，依莎贝拉说：“愿上天保佑您平安！愿上天拯救您！”安哲鲁听见，就在肚子里说：“阿门！愿上天保佑我不要受到你和你的美德的诱惑。”然后，他对自己这种邪恶的念头大吃一惊，说：“这是怎么回事？这是怎么回事？我希望再听到她谈一次话，再饱看她一次，难道我爱上她了吗？我梦想的是什么呀？人类狡猾的敌人，为了叫圣人上钩，居然拿圣人当鱼饵。放荡的女人从来也没能打动过我的心，可是这个贞洁的女人却把我完全征服了。直到现在，男人对女人发痴，我还总讥笑他们，不明白他们为什么会那样。”

那天晚上，安哲鲁由于内心犯罪的矛盾，比被他判了极刑的囚犯还要难过。那位善良的公爵乔装成修道士，到监牢里来探望克劳狄奥了，教给他升天堂的路，告诉他怎样忏悔和祈求平安。然而安哲鲁却因为既想做坏事，又拿不定主意而痛苦着。他一方面想破坏依莎贝拉的清白贞洁，把她勾引了；一方面又因为起了这种犯罪的念头，而感到悔恨和恐怖。可是邪恶的念头终于占了上风。不久以前安哲鲁听到要给他贿赂还大吃一惊呢，如今他却决定用大得叫依莎贝拉没法拒绝的贿赂，甚至用她亲爱的弟弟的性命这样宝贵的一个礼物，来引诱这位姑娘。

依莎贝拉早晨来了，安哲鲁要她单独进来见他。进来以后，他就对她说，如果她肯把她处女的贞洁献给他，像朱丽叶跟克劳狄奥那样犯罪，他就饶她弟弟一条命。“因为我爱你，依莎贝拉。”他说。“我的弟弟也这么爱上了朱丽叶，”依莎贝拉说，“可是你告诉我说，因此必须把他处死。”“可是克劳狄奥可以不死，”安哲鲁说，“只要你肯晚上偷偷来看我，就像朱丽叶晚上偷偷离开她父亲的家去看克劳狄奥那样。”依莎贝拉的弟弟为了这样的罪过被安哲鲁判处了死刑，如今她听到安哲鲁居然引诱她去犯同样的罪，不禁大吃一惊。她说：“即使是为了我可怜的弟弟，我也不能做我忍受不了的事。也就是说：要是我被判处死刑，我会把锐利的鞭子在我身上打出的血痕当作红宝石佩带，把我打死我也会觉得像躺在我渴望着躺的床上一样，然而我不能让我自己蒙受这种羞辱。”然后她又说，希望他刚才说的话只不过是试试她的操守罢了。可是他说：“请你相信，我凭人格向你保证，我说的就是我的本意。”依莎贝拉听到他用“人格”这个词来表示他这样没人格的念头，心里十分生气。她说：“嘀，你有多少人格值得人去相信呀！而且居心是这样的恶毒。安哲鲁，你等着瞧吧，我一定要把你这件事宣布出去！马上给我签一张赦免我弟弟的命令，不然我就张扬出去你是怎样一个人！”“依莎贝拉，谁会相信你呢？”安哲鲁说，“我的洁白无瑕的名声，我那严肃的生活，我那些反驳你的话，都足够压倒你的控诉的。你还是把你自己交给我来摆布，救救你弟弟吧，不然的话，他明天就得死。至于你呢，随便你怎么说，我的虚情一定可以压倒你的真相。明天给我答复吧！”

“我向谁去诉说呢？就是说了，谁又会相信我呢？”依莎贝拉说，一面朝着关了她弟弟的阴惨惨的监牢走去。她到的时候，她弟弟正跟公爵很虔诚地谈着话呢。公爵穿着修道士的服装也访问过朱丽叶，使这一对犯了罪的情人都认识到他们的过错。不幸的朱丽叶流着泪，用真诚的悔恨向他承认说，在这件事情上她比克劳狄奥的责任更大，因为她自己心甘情愿答应了他那不正当的要求。

依莎贝拉一走进关着克劳狄奥的牢房，就说：“祝你们平安、幸福，愿善良的天使跟你们同在！”“谁呀？”乔装的公爵说，“进来吧，这样祝福是应该受欢迎的。”“我想跟克劳狄奥说一两句话。”依莎贝拉说。于是，公爵就走开了，让他们单独在一起，同时要求管理囚犯的狱吏把他安插到一个可以偷听他们说话的地方。

“姐姐，你给我带来什么好消息？”克劳狄奥说。依莎贝拉告诉他得准备明天去死。“没有法子挽救了吗？”克劳狄奥说。“弟弟，有是有的，”依莎贝拉回答说，“有挽救的法子，可是如果你同意了，那就会叫你完全丧失人格，叫你再也没脸见人。”“告诉我是怎么回事吧。”克劳狄奥说。“啊，我替你担心，克劳狄奥！”他的姐姐回答说，“想到你会贪图活命，把延长短短六七年的寿命看得比你永久的人格还重，我真是害怕。你有胆子去死吗？死亡多半是想象的时候觉得可怕。踩在咱们脚底下的硬壳虫，它们感到的痛苦并不比一个巨人死的时候少。”“你为什么要这样羞辱我？”克劳狄奥说，“你以为这些甜言蜜语就可以坚定我的决心吗？要是我非死不可，我就把黑暗当作新娘，把它抱在怀里。”“这样说话才是我的好弟弟，”依莎贝拉说，“这才是我父亲从坟墓里发出的声音。是的，你非死不可。可是，你会料得到这样的事情吗，克劳狄奥？原来这个表面上像个圣人的摄政向我表示，要是我肯把我的贞操献给他，他就会饶你活命。唉，假使他要的是我的性命，为了救你，我会像扔一根针那样毫不在乎地给他！”“谢谢你，亲爱的依莎贝拉。”克劳狄奥说。“那么你准备明天去死吧。”依莎贝拉说。“死是可怕的事。”克劳狄奥说。“可是耻辱的生活是可恨的。”他姐姐回答说。可是一想到死，克劳狄奥的坚定性格动摇了，只有犯人到了临死才会感到的那种恐怖侵袭着他。他嚷着：“好姐姐，让我活下去吧！你为了救弟弟而犯的罪孽，上天也会饶恕的，甚至会把它看成一种美德呢。”“啊，你这没良心的懦夫！啊，你这不要脸的下流鬼！”依莎贝拉说，“你想靠你姐姐丢人来保全你的性命吗？呸，呸，呸！弟弟，我本来以为你是这样看重廉耻，你就是有二十颗脑袋，也宁可上二十架断头台，而不会让你的姐姐受这种屈辱。”“依莎贝拉，请你听我说呀。”克劳狄奥说。

克劳狄奥想要替自己辩解一下为什么他竟懦弱到要靠他贞洁的姐姐屈节去讨活命，可是这时候公爵进来，把他的话打断了。公爵说：“克劳狄奥，我已经听到你跟你姐姐的谈话了。安哲鲁从来也没意思来玷辱她，他说那些话不过是想试一试她的品德。

她确实是个贞洁的姑娘，这样坚决拒绝了安哲鲁，这正是最使他高兴的事。安哲鲁是不会赦免你的，因此，你还是趁着这点时间祈祷一下，准备死吧。”随后，克劳狄奥后悔自己太懦弱，就说：“求姐姐饶恕我吧！我对人生已经没什么可留恋的了，死得越快越好。”于是，克劳狄奥退了下去，为他的过错，心里充满了惭愧和悲哀。

这时候，公爵单独跟依莎贝拉在一起了，他称赞她的坚贞，说：“上天不但给了你美貌，也给了你品德。”“啊，”依莎贝拉说，“我们那位善良的公爵可给安哲鲁欺骗到家了！要是有一天他回来，我能见到他的话，我要把安哲鲁治国的情况揭发出来。”依莎贝拉不知道当时她就已经在揭发着她表示将要揭发的事了。公爵回答说：“那样做是不会错的。可是就当前的情形看，安哲鲁还是会驳倒你的控诉的，因此，你还是好好听一听我给你出的主意吧。有一位可怜的小姐受了委屈，我相信你可以仗义帮她个忙，她也值得你去帮忙；同时，你还可以把你弟弟从他触犯的法律下面救出来。这些不但不会使你高贵的身体受到玷辱，离职的公爵万一回来知道了这件事，他还会十分高兴。”依莎贝拉说，只要是正当的事，随便公爵要她做什么，她都敢做。“有道德的人总是勇敢的，他们什么也不怕。”公爵说，然后就问依莎贝拉可曾听说过玛利安娜的名字，她是在海上淹死的那位大勇士弗莱德里克的妹妹。“这位小姐我曾经听说过，”依莎贝拉说，“提起她来人人都夸奖。”“这位小姐已经跟安哲鲁订了婚，”公爵说，“可是她的嫁妆就放在那条沉了的船上，跟她哥哥一道丧失了。这位可怜的小姐遭受的损失有多么大呀！因为她不但失掉了一位英俊、有名望的哥哥，他对玛利安娜一向是无微不至地爱护和体贴，可是她的财产一失掉，她就连她未婚夫（就是那个伪善的安哲鲁）的爱情也失掉了。安哲鲁假装在这位很体面的小姐身上发觉了不体面的行为（其实，真正的原因是她没有了嫁妆），就把她遗弃，随她哭去，一点儿也不去安慰她一下。照理说，他的无情无义应该叫她的爱情熄灭下来，然而就像流水被淤塞住的时候水反而流得更急一样，玛利安娜仍然用初恋的柔情爱着她那无情的未婚夫。”

然后，公爵更明白地讲出他的计划。是这样：依莎贝拉去见安哲鲁，假装同意照他要求的，当天半夜里去看他，这样就可以从他那里得到赦免克劳狄奥的诺言。幽会由玛利安娜去顶替，在黑暗里，让安哲鲁把她当成依莎贝拉。“好姑娘，这件事你做起来不用害怕，”乔装成修道士的公爵说，“安哲鲁原是她的未婚夫，叫他们团圆并不算是造孽。”依莎贝拉对这个计划很满意，她就走了，打算照着公爵吩咐的去做。公爵到玛利安娜那里，把他们想做的事告诉她。在这以前，公爵曾经扮成修道士去访问过这个不幸的姑娘，用宗教规劝她，和善地安慰她，在那几次访问当中他才听她亲口讲起这件伤心事的。如今，她把他看作一位圣洁的人，马上同意在这件事情上听他的指教。

依莎贝拉见完了安哲鲁，就照公爵约定的到玛利安娜家里去跟他会面了。公爵说：“你来得正好，来得是时候。那位好摄政怎么说呀？”依莎贝拉就讲了一下这件事她是怎样安排的。“安哲鲁有一座周围砌着砖墙的花园，”她说，“花园西面有一个葡萄园子，进那个园子得走一道门。”然后她把安哲鲁交给她的两把钥匙拿给公爵和玛利安娜看。她说：“大钥匙是开葡萄园子的门的，另外一把是开从葡萄园子通到花园的小门的。我答应深更半夜到那儿去找他，他已经答应赦免我弟弟的死刑了。我曾经仔细地记下那个地方，他小声小气地、用鬼鬼祟祟的殷勤领我认了两趟路。”“你们没约下别的玛利安娜需要遵守的暗号吗？”公爵说。“没有，”依莎贝拉说，“只说好等天黑了再去。我告诉他我只能待一会儿工夫，因为我说有个仆人陪我一块儿来，那仆人认为我是为了我弟弟的事来的。”公爵夸奖依莎贝拉安排得很周到。她转过来对玛利安娜说：“你跟安哲鲁分手的时候用不着说多少话，只低声温柔地对他说：现在可别忘了我的弟弟！”

那天晚上，依莎贝拉就把玛利安娜领到约定的地点。依莎贝拉很高兴这个办法既保全了她弟弟的性命（她以为会是这样），又保全了她的贞操。可是公爵对她弟弟性命的安全还是不大放心，所以他半夜里又到监牢里去了。幸亏公爵去了，不然克劳狄奥那天晚上一定就给砍头了，因为公爵刚一迈进监牢，残酷的摄政的命令就下达了，吩咐把克劳狄奥处斩刑，并且要在第二天早晨五点钟把脑袋送到他那儿去验看。可是公爵劝狱吏延期执行克劳狄奥的死刑，先把当天早晨死在监牢里的一个人的脑袋送去骗过安哲鲁。狱吏当时还以为公爵只是个修道士，没料到他的身份更高。公爵为了说服狱吏，叫他同意，就给他看了一封公爵的亲笔信，上面还打着公爵的印鉴。狱吏看到这个，认为这位修道士一定从离职的公爵那里接到过什么密令，因此，他才同意不杀克劳狄奥，而把那个死人的脑袋砍下来，拿给安哲鲁去看。

然后，公爵又用他自己的名义给安哲鲁写了一封信，说有些意外的事使他必须中止他的旅行，第二天早晨他就回到维也纳来。他要安哲鲁在城门口迎候，在那里把政权交还给他。公爵还吩咐他向老百姓宣布，如果谁有冤枉，想告状，他一进城就可以在街上告。

依莎贝拉一清早来到监牢，公爵已经在那里等着她了。公爵为了保守秘密，想最好先跟她说克劳狄奥已经被斩首了，所以当依莎贝拉问起安哲鲁有没有发下赦免她弟弟的命令的时候，公爵说："安哲鲁已经把克劳狄奥从人世间释放了。他的脑袋已经被砍下来，送到摄政那里去了。"万分悲伤的姐姐呼喊着："啊，不幸的克劳狄奥，苦命的依莎贝拉，万恶的世界，狠毒的安哲鲁呀！"这个乔装成修道士的公爵劝她不要太悲伤。等她镇定了一些以后，他把公爵不久就要回来的消息告诉给她，并且教给她怎样去控告安哲鲁；他还对她说，如果告状一时好像不大顺利，也不要害怕。这样充分地教了依莎贝拉之后，他又去找玛利安娜，告诉她应该怎样做。

然后，公爵脱下修道士的服装，穿上他原有的贵族袍子，进了维也纳城。他的忠实臣民集合起来热烈欢迎他。安哲鲁早在那里迎接了，并且正式移交了政权。这时候，依莎贝拉就作为一个呼冤告状的人出现了。她说："最高贵的公爵，求您给我伸伸冤吧！我是克劳狄奥的姐姐。克劳狄奥为了勾引上一个姑娘，被判处了斩刑。我恳求过安哲鲁大人赦免我的弟弟。我不必向您陈述我怎样哀求、跪倒，他怎样拒绝，我又对他说了些什么，因为这么讲起来就太长了。现在我带着悲哀和羞耻想要说的，是这件事的卑劣结局。安哲鲁说，一定要我跟他发生不正当的关系，他才肯释放我的弟弟。我内心挣扎了很久，终于我怜惜弟弟的心战胜了我的操守，我对他屈服了。可是第二天大清早，安哲鲁背弃了他的诺言，照旧下命令把我那可怜的弟弟斩了！"公爵故意装作不相信她的话，安哲鲁说一定是她弟弟依法被处死以后，她很伤心，神经错乱了。这时候，又来了一个告状的，这回是玛利安娜。玛利安娜说："高贵的公爵，正像光明是从天上来的，而真理是从人的嘴里说出来的一样；正像真理里有常情，而道德里也有真理一样，我是这个人的妻子。仁慈的老爷，依莎贝拉是在扯谎，因为她说她跟安哲鲁在一起过的那个晚上，正是我跟他在花园里幽会的时刻。我说的全是真话，所以我站得起来；不然的话，就让我变成一座大理石的雕像，永远跪在这里。”这时候，依莎贝拉又要求洛度维克修道士（这就是公爵乔装成修道士的时候用的名字）出来证明她说的都是真话。依莎贝拉和玛利安娜全是照公爵的指示说的，因为公爵有意要在全维也纳人民面前把依莎贝拉的清白公开地证实出来。安哲鲁并没料到两个姑娘的叙述是为了这个缘故才不一致，他想利用她们证词的矛盾把依莎贝拉控告他自己的事情洗刷个干净。于是，他装出一副受了冤屈的面孔说：“刚才我不过觉得可笑，可是殿下，现在我实在忍耐不住了。我看这两个可怜的疯女人背后一定有个更高明的人指使着，她们不过是给那个人做了爪牙。殿下，容我把这个阴谋诡计追究出来吧。”“好的，我完全同意，”公爵说，“按你的意思重重惩罚她们吧。爱斯卡勒斯，你也陪安哲鲁一道来审问，帮助他追究一下这个诽谤的来源。我已经派人喊那个在后面指使她们的修道士去了，他来了以后，你可以按照你的名誉所受的损失，给他应受的惩罚。我暂时先离开一下，可是安哲鲁，在你没有把这个诽谤案子办完以前，不要离开这里。”

于是，公爵走了，安哲鲁对于能够在他自己的案子上代行法官和裁判人的职权，心里着实高兴。可是公爵只走开了一会儿，他脱下他的贵族袍子，换上修道士的服装，在那样乔装下，他又在安哲鲁和爱斯卡勒斯面前出现了。那个善良的老爱斯卡勒斯以为安哲鲁真是被人诬告了，就对那个假修道士说：“说吧，是你指使这两个女人来诽谤安哲鲁大人的吗？”修道士说：“公爵哪里去了？我有话要对公爵直接讲。”爱斯卡勒斯说：“我们就代表公爵，你对我们讲吧。老老实实地讲。”“我至少要大胆地讲。”

修道士还嘴说，然后他责备公爵不该把依莎贝拉的案子交给她所控告的那个人来处理。他又毫不避讳地说出维也纳许多腐败的事情，他说，这些都是他以一个旁观者的身份亲自观察到的。爱斯卡勒斯威胁他说，如果他胆敢污蔑政府，指责公爵的行为，就要叫他受酷刑，然后下令把他关到监牢里去。这时候，修道士脱下他的乔装，大家认出原来他就是公爵本人。在场的人都大吃一惊，安哲鲁尤其惊慌失措起来。

公爵首先对依莎贝拉讲话。他说："依莎贝拉，你过来。你的修道士如今是你的公爵了，我的服装虽然改变了，可是我的心却没有改变，我仍然专心一意地要替你效劳。""啊，请您饶恕我吧，"依莎贝拉说，"我是您的臣子，以前不知道您就是公爵殿下，竟那样叫您受累，麻烦您，真是罪过。"他回答说，他更需要她的原谅，因为他没来得及制止她弟弟受死刑——他还不愿意告诉她克劳狄奥仍然活着，他想进一步试试她的品德。安哲鲁这时候晓得公爵曾经悄悄地亲眼看到他做的坏事，就说："威严的主上，您像神明一样洞察了我的行为，如果我还想掩饰，我就是罪上加罪了。殿下，不必再延长我的羞耻，我不等审问就招认我的罪行。我向您恳求的恩典就是判处我死刑，并且立刻执行。"公爵回答说："安哲鲁，你犯的罪是明显的。我们就判你在克劳狄奥被判处死的断头台上去受刑，并且也像他那样快地执行。至于安哲鲁的财产，要判给你，玛利安娜，在名义上你是他的寡妇，你可以凭那份财产找一个比他好的丈夫。""啊，亲爱的公爵，"玛利安娜说，"我不要别人，也不要比他好的人。"于是她跪下来，就像依莎贝拉替克劳狄奥哀求饶命一样，这个善良的妻子也替她无情无义的丈夫安哲鲁告饶起来。她说："仁慈的君主，啊，我的好公爵！亲爱的依莎贝拉，帮我来哀求一下吧！求你陪着我跪下来，我这一辈子都要用整个生命来报答你。”公爵说：“你这样求她是不合情理的。依莎贝拉要是跪下来哀求，她弟弟的阴魂就会劈开坟墓出来，愤怒地把她抓了去。”玛利安娜仍然说：“依莎贝拉，好依莎贝拉，你只要跪在我旁边，举起手来，不用说什么，一切由我来说。他们说，不管多么好的人也是由过错中间锻炼出来的。大部分的人由于有了一些过失，以后就变得好多了。我希望我的丈夫也能这样。啊，依莎贝拉，你肯陪我跪一跪吗？”于是公爵说：“安哲鲁一定得替克劳狄奥抵命。”可是当善良的公爵看见他自己的依莎贝拉在他面前跪了下来求情的时候，他高兴极了，他一直相信依莎贝拉做的事都是宽厚的、正大光明的。依莎贝拉说：“仁慈无比的殿下，要是您愿意的话，就只当我弟弟还活着，把这个判了死罪的人看成是我弟弟吧。我有点儿觉得他在看到我以前，对职务还是忠实的。既然是这样，就饶他一命吧！我的弟弟死得并不委屈，他的确是犯了法死的。”

这个慷慨的请愿者就这样为她仇人的性命求情。公爵对她最好的答复就是：派人从监牢里把那个不知道自己的性命能不能保全的克劳狄奥放出来，把依莎贝拉所哀悼的弟弟活活地交给她。然后，公爵对依莎贝拉说：“依莎贝拉，把你的手伸给我吧，看在你这个可爱的人儿的面上，我赦免克劳狄奥。告诉我，你是我的了，所以他也就是我的弟弟了。”这时候，安哲鲁意识到他不至于死了，公爵也看出他眼睛里有了些亮光，就对他说：“好吧，安哲鲁，你可得爱你的妻子，是她的美德叫你得到赦免的。玛利安娜，祝你快乐！安哲鲁，好好地去爱她吧！我曾经听过她的忏悔，我晓得她的品德。”安哲鲁记起来他自己掌权的那短短一段时间，他的心肠有多么狠，如今，才觉出仁慈是多么甜美。

公爵吩咐克劳狄奥娶了朱丽叶。依莎贝拉的品德和高贵的行为赢得了公爵的爱，公爵再一次向她求婚。依莎贝拉还没正式当修女，仍然可以结婚。高贵的公爵乔装成卑微的修道士的时候，曾经帮了她很多忙，她非常感激，就欣然答应了做公爵的妻子。依莎贝拉成为维也纳公爵夫人以后，她用良好的品德给大家立下卓绝的榜样，叫全城的年轻妇女都起了一个彻底的变化。从那以后，再没有人犯朱丽叶那样的过错了——朱丽叶和克劳狄奥夫妻俩也痛改前非，重新做人。仁慈的公爵跟他亲爱的依莎贝拉一道当政了好多年，不论跟别的丈夫还是跟别的王侯比，公爵都是最幸福的人。

第十二夜（或名：各遂所愿）

TWELFTH NIGHT；OR WHAT YOU WILL

少年西巴斯辛和他妹妹薇奥拉是一胎生下来的。这一对梅萨琳的兄妹生下来长得就很像（大家都说是一件很惊人的事），如果不是穿的衣裳不同，简直没法把他们辨别出来。他们是在同一个时辰生下来的，又在同一个时辰遇到性命危险，因为他们一道在海上航行的时候，他们的船在伊利里亚[1]海岸失事了。他们坐的船在猛烈的风暴里撞上一块礁石，船身破裂了。船上的人只有少数逃了命。遇救的船主和几名水手坐小船上了岸，同时也把薇奥拉安全地带上了岸。薇奥拉自己得了救并不高兴，反倒为她哥哥的死难过起来。可是船主安慰她说，船身破裂的时候他亲眼看见她哥哥把自己绑在一根结实的桅樯上，并且看见他漂在波浪上面，一直到远得看不见了。薇奥拉一听这话，有了一线希望，心里才宽慰了不少。这时候她离家很远了，想着自己到了外乡该怎样安排自己的生活才好。她问船主可知道些关于伊利里亚的情况。

“姑娘，我知道得很清楚，”船主回答说，“因为我出生的地方离这儿还不到三个钟头的路程。”

“这地方归谁管？”薇奥拉说。

船主告诉她管理伊利里亚的是一位地位和性情都同样高贵的公爵，他叫奥西诺。

薇奥拉说，她听她父亲提过这个奥西诺，那时候这位公爵还没结婚呢。

---

① 在亚得里亚海的东岸，曾经是罗马帝国的一省。

“他到如今也还没结婚哪，”船主说，“至少直到最近还没有，因为大约一个月以前的光景吧，我从这儿动身，大家还都纷纷谈论着（你知道人们怎样喜欢谈论大人物的一举一动）奥西诺正向美丽的奥丽维娅求爱。奥丽维娅是一位品德很好的姑娘，她父亲是位伯爵，一年以前去世了，以后她就由她哥哥照顾。可是过不久，她哥哥也死了。有人说，她为了对她亲爱的哥哥的爱，已经发誓不再跟男人来往，也不再跟男人见面了。”

薇奥拉也正感到失掉了哥哥的悲痛，就很想跟这位深切哀悼着死去的哥哥的姑娘住在一起。她问船主能不能把她介绍给奥丽维娅，说她愿意去伺候她。可是船主回答说，这件事很难办到，因为奥丽维娅小姐自从死了哥哥以后，随便什么人她也不见，就是公爵本人也不成。后来薇奥拉又想出一个主意：她穿上男装，去给奥西诺公爵当僮儿。一个年轻的姑娘竟要穿上男装、扮成男孩子是很怪的想法，然而这个年轻而且异常美丽的薇奥拉是处在一种孤苦伶仃、无依无靠的情况下，而且又是一个人在外乡漂泊，也是情有可原的吧。

她看出船主举止正派，为她的幸福表示出善意的关怀，就把她这个主意告诉了他，他也马上答应帮助她。薇奥拉交给他钱，请他去给她买些合适的衣裳，她所定做的衣裳，颜色和样式都跟她哥哥西巴斯辛平常穿的相同。她穿起男装来就跟她哥哥一模一样。后来由于他们被人认错，引起一些离奇的误会，因为从下文里可以看到，西巴斯辛也获救了。

薇奥拉的好朋友（船主）把这位漂亮姑娘打扮成男子以后，就通过他在宫廷里的熟人，把她介绍给奥西诺，改名叫西萨里奥。公爵对这个俊秀少年的谈吐和文雅的举止十分满意，就叫西萨里奥当他的僮儿，那正是薇奥拉想得到的差使。薇奥拉对她新得到的差使十分尽职，伺候她的主人既体贴又忠实，所以她很快就成为他最宠爱的侍从了。奥西诺把他爱上了奥丽维娅姑娘的全部经过悄悄地都对西萨里奥讲了。他告诉西萨里奥说，他向奥丽维娅求爱已经求了好多日子，一直也没有成功。他向她献了许久的殷勤，她都拒绝了，看不起他这个人，不准他去见她。高贵的奥西诺为了爱上这位对他这么冷淡的姑娘，连他一向所喜欢的野外游戏和一切男人们的运动都放弃了，整天没精打采地消磨时光，听着萎靡不振的乐声：柔和的音乐、哀伤的曲调和热烈的情歌。他同那些平时跟他来往的有见解有学问的贵族疏远了，现在成天跟年轻的西萨里奥在一道谈天。那些严肃的朝臣无疑地都认为对于他们这位曾经是那么高贵的主人——大公爵奥西诺来说，西萨里奥不是个好伴侣。

本来年轻的姑娘给年轻漂亮的公爵当知音就是件危险的事情。薇奥拉果然很快就发现了这一点，她十分难过。奥西诺把奥丽维娅加给他的折磨都告诉了她，而她因为爱上了公爵，这一切她也都尝到了。她觉得像她的主人这样没人能比的贵族，谁见了也要深深爱慕的，可是奥丽维娅对他居然这样毫不理睬，她真是莫名其妙。她温和地对奥西诺暗示说，可惜他偏偏爱上了奥丽维娅这样一位毫不能赏识到他的可贵品德的姑娘。她还说："殿下，要是有一位姑娘爱上了您，正像您爱上了奥丽维娅（也许真的有这么个人），要是您不能转过来去爱她，您不也就干脆告诉她，您不能爱她，她得到这个答复，不也得认为满足了吗？"

可是奥西诺不同意这个推论，因为他不承认有女人能像他爱奥丽维娅那样地爱他。他说，没有一个女人的心装得下那么多的爱，因此，用别的女人对他的爱跟他对奥丽维娅的爱来比较是不公平的。

薇奥拉虽然非常尊重公爵的意见，可是关于这一点，她却不得不认为他的话并不完全对，因为她觉得她心里就有跟奥西诺同样多的爱。于是她说："啊，殿下，可是我倒知道——"

"你知道什么，西萨里奥？"奥西诺说。

"我很知道女人对男人有多么爱，"薇奥拉回答说，"她们爱起来跟咱们一样真实。我父亲有个女儿，她爱上了一个男人，正像假如我是女的，也许会爱上殿下一样。"

"她恋爱的经过怎么样？"奥西诺说。

"一点儿结果也没有，殿下，"薇奥拉回答说，"她从来没有表白过她的爱，只让这个秘密侵蚀她那粉红的脸蛋，就像花骨朵里的蛀虫一样，她害相思害得人都憔悴了，脸色苍白，心里闷闷不乐，好像'忍耐'的石像那样坐着，向着悲哀微笑。"

公爵问起这位姑娘是不是因为这样害相思病死掉了，薇奥拉对这个问题答得很含糊，因为这故事多半是她编的，为了表示她对奥西诺的那种隐秘的爱情和她默默地忍受着的痛苦。

他们正谈话的时候，公爵派去见奥丽维娅的一个人走进来了。他说："禀告殿下，那位小姐不许我进去见她，只叫丫鬟传出这样一个答复给您：七年以内，就是大自然也见不到她的脸。她要像一个修女那样蒙着面纱走路，为了哀悼她死去的哥哥，要把她的绣房洒满泪水。"

公爵听了这话，就大声说："她有这么好的一颗心，连对她死去的哥哥都这样念念不忘，要是有一天她的心被爱情这支富丽的金箭射着的时候，她会爱得多么炽烈啊！"然后他对薇奥拉说："西萨里奥，你知道我已经把我的心事统统告诉你了，那么，好孩子，你到奥丽维娅家里去一趟吧。别让他们把你挡回来。站在她的门口，告诉她，要是不让你进去见她，你就一直站到脚生了根。”

“殿下，要是我见到了她，我该做什么呢？”薇奥拉说。

奥西诺回答说：“让她知道我多么爱她，把我的一片真心实意详详细细地告诉给她。我害相思害得有多么苦恼，你去替我告诉她是再合适不过了，因为她对你会比对那些板着面孔的人更欢迎些。”

于是，薇奥拉去了。可是她心里并不情愿替公爵去求爱，因为她是替一个她想嫁的男人去向另外一个女人求婚。然而既然答应去做这件事，她还是很忠实地去做。过一会儿，奥丽维娅听说有一个少年站在门外，要求非要进来见她不可。

“我告诉他，”奥丽维娅的仆人说，“小姐病了，他说他知道您病了，所以他才要跟您谈谈。我告诉他您睡觉了，这个他好像也早就知道，说正因为小姐睡觉了，所以他才要见您。小姐，您看怎么对他说好呢？因为看来怎么也拒绝不了他，不管小姐要不要见他，他是非要见小姐不可。”

奥丽维娅对这个固执己见的送信人感到好奇，就吩咐叫他进来。她用面纱把脸罩起来，说要再听一听奥西诺派来的使者的话——从薇奥拉那样坚持要见她这一点来看，奥丽维娅料到他准是从公爵那里来的。

薇奥拉进来以后，就竭力装出男人的气派。她学着大人物的僮儿在宫廷里使用的漂亮词句，对罩着面纱的小姐说：“最灿烂、卓绝、无与伦比的美人，请问，您就是这府上的小姐吗？我不情愿把话白白说给别人听，因为我要说的话，不但写得很漂亮，而且是我费了好大劲才背下来的。”

“先生，你是从哪儿来的？”奥丽维娅说。

“除了我背熟的词儿我都不会回答，”薇奥拉回答说，“您那个问题就不在我的词儿里头。”

“你是个小丑儿吗？”奥丽维娅说。

“不是，”薇奥拉回答说，“然而我也不是我所扮演的角色。”她的意思是说，她本来是个女人，如今扮成了男人。随后她又问奥丽维娅是不是这府上的小姐。

奥丽维娅说她是。这时候，薇奥拉想看看她这位情敌的相貌的好奇心，比替她的主人传话来得还要急切。她说：“好小姐，让我瞧瞧您的脸吧。”

奥丽维娅对这个唐突的请求倒不怎么反对，因为公爵奥西诺爱慕了这么久还得不到的这个骄傲的美人，却一见面就爱上了这个乔装的僮儿——卑微的西萨里奥。

当薇奥拉要看她的脸的时候，奥丽维娅说：“难道你的主人吩咐你跟我的脸来谈判吗？”然后，她忘记了自己许下的七个寒暑要戴面纱那个心愿，就把面纱拉开，一面说：“好吧，我把幕帏拉开，你看看这幅画吧。画得好吗？”

薇奥拉回答说：“您的脸太美了，红白都刚好合适，只有大自然的巧手才能涂成这样的色彩。要是您甘心让这样的美埋没到坟墓里，不给世间留个复本，您就是世上心肠最狠的人了。”“啊，先生，”奥丽维娅回答说，“我不会那样狠心的。我可以给世界开一张我的美貌的清单，例如：红得恰到好处的嘴唇两片，是一项；灰色的眼睛一双，外附眼睑，是一项；脖子一个；下巴一个；等等。你奉命到这儿是来恭维我的吗？”

薇奥拉回答说：“我看出您是怎样一个人来了：您太骄傲，可是您也很美。我们殿下和主人爱您。尽管您是位绝色美人，您也勉强才酬答得了他这样的爱，因为奥西诺是用崇敬的心和眼泪爱着您，他用雷一样的呻吟、烈火一样的叹息诉说着他的爱。”

“你主人很晓得我的意思，”奥丽维娅说，“我不能爱他。可是我并不怀疑他的品德很好，我知道他很高贵，很有身份，正当青春，十分纯洁。大家都说他学问好，懂礼貌，而且勇敢，可是我不能爱他。这一点他早就该知道了。”

“我要是像我主人那样爱您的话，”薇奥拉说，“我就用柳木在您大门前头搭一间小屋，大声喊着您的名字。我要写一些拿奥丽维娅做主题的哀歌，在深夜里歌唱。我要让群山都响起您的名字，我要让空中那些个多嘴的回声一齐喊叫着：‘奥丽维娅’。啊，除非您对我开恩，不然的话，您在天地之间就得不到宁静。”

“那样一来我就真要被你征服了，”奥丽维娅说，“你是什么出身？”

薇奥拉回答说：“比我眼下的身份要高。不过我眼下的地位也不算低了。我是个绅士。”

奥丽维娅这时候依恋不舍地把薇奥拉打发走了，对她说：“回到你主人那里去，告诉他，我不能爱他。他不要再派人来了，除非也许你再来一趟，告诉我他听了我的答复怎么样。”

于是薇奥拉管小姐叫作“狠心的美人”，向她告辞出来。

薇奥拉走了以后，奥丽维娅独自重复着她的话：“比我眼下的身份要高。不过我眼下的地位也不算低了。我是个绅士。”然后，她大声说：“我敢起誓他的确是那样。他的谈吐，他的脸，他的四肢，他的举止和气派都明白地表现出他是个绅士。”她想，西萨里奥要是公爵就好了。奥丽维娅意识到那个僮儿牢牢地抓住了她的心，她责备自己不该这么突然地爱上了他。可是人们对自己的过失的这种轻微责备根基是不深的。这位高贵的奥丽维娅小姐不久就把她跟这个乔装的僮儿在地位上的悬殊，以及一个少女的腼腆（这是一个女孩子品德的主要装饰）忘得干干净净，她竟决心去向年轻的西萨里奥求爱了。她派仆人拿着一只钻石戒指追上西萨里奥，假装说那是西萨里奥留在她那儿的奥西诺的礼物。奥丽维娅希望用这样巧妙的办法把这只戒指送给西萨里奥，向他透露一些她的心思。这件事的确叫薇奥拉起了疑心。她明明知道奥西诺并没有派她送奥丽维娅什么戒指，于是就回想起奥丽维娅的神情态度处处都表示了对她的爱慕。她立刻猜出她主人所爱的人却爱上了她。“唉，”她说，“这位可怜的姑娘就像是爱上了一场空梦。如今我明白女扮男装并不是什么好事，因为这样做白白地叫奥丽维娅为我害相思，正像我白白地为奥西诺害相思一样。”

薇奥拉回到公爵的宫殿里去，向奥西诺报告她没有撮合成功，然后重复了奥丽维娅的吩咐，要公爵再也不要去麻烦她了。可是公爵仍然希望温柔的西萨里奥早晚有一天会把奥丽维娅劝得怜惜起他来，所以他吩咐西萨里奥第二天再看奥丽维娅去。为了消磨这段无聊的时间，他叫人唱起一支他喜欢听的歌曲。他说：“我的好西萨里奥，昨天晚上我听了那支歌曲，我觉得心里减轻了不少痛苦。你留心听，西萨里奥，这是一支古老而且平凡的歌。纺线和编织的姑娘坐着晒太阳的时候唱它，年轻的姑娘用骨头针织东西的时候也唱它。歌词儿没什么道理，可是我喜欢它，因为它诉说出古时候天真无邪的爱情。”

歌

来吧，来吧，死神，
　　把我放进凄凉的柏棺；
飞走吧，飞走吧，呼吸，
　　我死在一位美丽而狠心的姑娘手里。

替我缝一件白色的尸衣，插满紫杉，
没有人死于像我这样的真情。

不让一朵花，一朵香花，
　　撒到我黑色的棺材上。
不让朋友们来吊我可怜的尸身，
　　埋葬我骨骼的时候也别来哀悼。
把我埋到痴情人找不到的地方，
省却千千万万次的叹息和悲伤。

等薇奥拉果然留意了这支古老歌曲的词儿，它用真实、朴素的话描写出单恋的痛苦，她脸上露出那支歌所表现的感情。奥西诺看出她那种忧郁的神情，就对她说："我用生命来起誓，西萨里奥，你年纪虽然很轻，你的眼睛已经见到你所爱的人了。对不对，孩子？"

"殿下原谅，多少是见到了。"薇奥拉说。

"你爱的是什么样的女人呀？她多大岁数？"奥西诺问。

"殿下，她年纪跟您一般大，肤色也跟您的一样。"薇奥拉回答说。公爵听到这个俊秀的少年爱上了比他自己年纪大这么许多的女人，皮肤又跟男人一样黝黑，就笑了。其实，薇奥拉暗地里指的就是奥西诺，并不是像他那样的女人。

薇奥拉第二次去看奥丽维娅的时候，她没费什么事就见到了她。小姐们要是喜欢跟年轻漂亮的送信人攀谈，做仆人的总会很快就发觉的。于是，薇奥拉一到，大门就都敞开了。公爵的僮儿被恭恭敬敬地领到奥丽维娅的绣房里去。薇奥拉告诉奥丽维娅她这回又是替她的主人来恳求的，奥丽维娅就说："我求你永远不要再提他了。你要是替另外一个人求婚，我倒愿意听听你的请求，

比听天上的音乐还高兴。”这话说得够明显了，然而过一阵奥丽维娅就更露骨地表白了自己，公开地说出了她对薇奥拉的爱。看到薇奥拉脸上露出既困惑又不高兴的神色，她就说：“哦，不管是怎样的嘲笑、蔑视和愤怒，只要到了他的嘴唇上就变美了！西萨里奥，凭着春天的玫瑰，凭着贞操、信誉和真理，我向你发誓：我爱你。尽管你是那样骄傲，可是机智和理性都掩盖不住我对你的爱情。”

奥丽维娅怎样求爱也没用。薇奥拉赶快离开她，恫吓说，再也不替奥西诺来求爱了。她对奥丽维娅那种热烈的恳求，唯一的答复就是把他这个决心告诉她：永远也不会爱哪一个女人。

薇奥拉刚辞别奥丽维娅，就有人来试探她的胆量。一个遭到奥丽维娅拒绝的求婚人听说那位小姐对公爵的送信人表示了好感，就来向他挑战决斗。可怜的薇奥拉怎么办好呢？她外表虽然是个男子，内心却完全是个女人，而且她连自己身上佩的剑也不敢去瞅一瞅呢！

薇奥拉看到那可怕的对手拔出剑来向她逼近的时候，她开始想承认她是个女人。可是这时候一个过路的陌生人立刻消除了她这种恐怖，也使她避免了暴露女人身份的耻辱。这个人走过来，就像是跟她认识多年、是她最亲爱的朋友似的向她的对手说："要是这位年轻的先生冒犯了你，我替他担个不是；要是你冒犯了他，那么我就替他来跟你拼一下。"

薇奥拉还没来得及谢谢他给撑腰，或是问问他为什么这样好心地出面干预，她的新朋友就碰上他的勇敢对付不了的敌人：就在那当儿，衙吏走上前来，为了那人几年前犯过的一个案子，奉公爵的命令把他逮捕了。那人对薇奥拉说："我这都是为了找你才惹起的。"然后又向薇奥拉要他的钱袋，说："我现在有了需要，不得不向你讨回我那只钱袋了。我难过的不是我自己碰到的事，倒是因为我不能给你尽力了。你站在那里像是很吃惊，可是你尽管放心吧。"

他的话的确叫薇奥拉很吃惊。她说她不认得他，也从来没接过他的钱袋。不过刚才承他好心帮助，她愿意奉送他小小笔钱，那差不多是她所有的财产了。这时候，那个陌生人说起厉害话来了，骂她忘恩负义和冷酷无情。他说："你们眼前的这个小伙子是我硬从死亡的嘴里救出来的。全都是为了他的缘故我才到伊利里亚来的，如今落到这样危险的地步。"

可是衙吏才不去理会囚徒所抱怨的话呢，他们催着他快走，说：“这跟我们有什么关系！”他一路被抓走，一路管薇奥拉叫作“西巴斯辛”，他把她当成了西巴斯辛，骂他不认朋友，一直骂到他听不见了为止。薇奥拉听到这个人叫她“西巴斯辛”，虽然衙吏匆匆忙忙地把那个陌生人带走，使她来不及问个究竟，这件事情看起来很蹊跷；可是她猜想也许是因为那人把她错当成她哥哥了，于是，她希望那个人所说的他搭救过的就是她哥哥。

事实正是这样。那个陌生人是个船主，名字叫安东尼奥。在风暴里，西巴斯辛漂在那根桅樯上，累得差不多没了气力的时候，安东尼奥把他救到他的船上。安东尼奥和他产生了深挚的友谊，决定不论西巴斯辛要到哪里去，他都陪伴。安东尼奥在一场海战中曾经叫奥西诺公爵的侄子受过重伤。当西巴斯辛表示很好奇，想看看奥西诺的宫廷的时候，安东尼奥明明知道如果在这里给发现，性命一定难保，然而他宁可陪西巴斯辛到伊利里亚来，也不肯跟他分手。他现在被捕也正是为了这个案子。

安东尼奥在碰到薇奥拉之前几个钟头，才同西巴斯辛上的岸。他曾经把他的钱袋交给西巴斯辛，要他看到什么想买的就随便买。西巴斯辛去游逛这个城市的时候，安东尼奥说他在客栈里等着他。可是到了约好的钟点西巴斯辛还没回来，安东尼奥就冒着风险出来找他。薇奥拉穿的衣服和她的相貌都刚好跟她哥哥的一模一样，所以安东尼奥才拔出剑来保护他认为是他救活的少年。可是当那个他认为是西巴斯辛的少年不认他，并且不肯把钱袋还给他的时候，难怪他会骂他忘恩负义了。

安东尼奥走了以后，薇奥拉怕对手再来挑战，就赶快溜回家去了。她走了没多久，她的哥哥西巴斯辛恰好来到这个地方，薇奥拉的对手以为她又回来了，就说：“哦，先生，咱们又见着了？

吃我这一下。”于是，他打了他一拳。西巴斯辛并不是个熊包，他用加倍的力气还了那个人一拳，然后，就拔出剑来了。

这时候，一位姑娘把这场决斗给拦住了，奥丽维娅从家里出来，她也把西巴斯辛错当成了西萨里奥，请他到她家里去，为他遇到的粗野的袭击表示很难过。虽然西巴斯辛对这位姑娘的款待正像对那素不相识的一伙人的无礼一样摸不着头脑，可是他欢欢喜喜地进了奥丽维娅的家。奥丽维娅很高兴西萨里奥（她以为是西萨里奥）比以前肯接受她的殷勤了，因为尽管两个人长得一模一样，她在西巴斯辛的脸上却一点也看不到当她向西萨里奥表示爱情的时候所看到的（那曾使她感到很委屈的）轻蔑和怒容。

西巴斯辛一点也不拒绝这位小姐对他表示的恩爱。看来他很乐意接受，可是他却感到莫名其妙，他心里想奥丽维娅也许是神经错乱了。然而看到她有那么华丽的住宅，家里的事情都归她调动，而且家务也管得井井有条；除了她忽然爱上了他这一点，看来她的神经是十分正常的，所以他就高兴地同意了这个婚姻。奥丽维娅看见西萨里奥正在兴头上，怕他待会儿又变卦，就说她家里有一位神父，她提议两人马上结婚。西巴斯辛同意了这个提议，婚礼完了以后，他跟他太太暂时告辞一下，打算把他交的好运告诉给他的朋友安东尼奥。

就在这时候，奥西诺拜访奥丽维娅来了。他刚走到奥丽维娅的门口，衙吏正好押着囚犯安东尼奥来见公爵。薇奥拉也跟着她的主人奥西诺一道来了。安东尼奥仍然认为薇奥拉就是西巴斯辛，他一看到薇奥拉，就告诉公爵他是怎样把这个少年从海上的险境里救出来的。他把他确实给过西巴斯辛的种种好处一一说完之后，最后就埋怨说：三个月来，这个忘恩负义的小伙子一直日日夜夜地跟他在一起。

可是这时候奥丽维娅夫人从她家里走了出来，公爵没心去听安东尼奥的陈述了。他说：“伯爵小姐出来了，天仙下降了！可是你这家伙说的都是些疯话。三个月以来这个少年一直在伺候着我！”然后他吩咐把安东尼奥带到一边去。

可是奥西诺奉为天仙的伯爵小姐不久也使得公爵像安东尼奥一样责怪起西萨里奥忘恩负义了，因为他听到奥丽维娅对西萨里奥说的都是温柔的话，他一发现他的僮儿在奥丽维娅的心上取得了这样高的地位，就恫吓要狠狠报复他。他走的时候，就吩咐薇奥拉跟着他，说：“小伙子，跟我来。我要痛痛快快地收拾你一顿！”

看来公爵对薇奥拉嫉恨得要马上把她弄死，可是爱情的力量叫薇奥拉也不再胆小了。她说：为了叫她的主人平和下来，她非常愿意死。可是奥丽维娅不肯就这样眼睁睁地失掉她的丈夫，她嚷着：“我的西萨里奥到哪里去呀？”

薇奥拉回答说：“我跟着那个比我自己的生命还珍贵的人走。”

可是奥丽维娅没让他们走，她大声宣布西萨里奥是她的丈夫，并且把神父请了出来，神父作证说，他替奥丽维娅小姐跟这位年轻人主持完婚礼还不到两个钟头呢。薇奥拉怎样否认她没跟奥丽维娅结过婚也不成。奥丽维娅和神父的见证使奥西诺相信他的僮儿一定把他看得比自己的生命还宝贵的情人夺去了。可是想到事情已经无可挽回了，公爵就对他那不讲信义的情人和她的丈夫——那个年轻的伪君子（他这样叫薇奥拉）分了手，警告薇奥拉当心永远不要再叫他碰见。这时候，一个奇迹（在他们看来是奇迹）出现了，因为另外一个西萨里奥进来了，并且把奥丽维娅称作他的妻子。这个新的西萨里奥就是西巴斯辛——奥丽维娅真正的丈夫。大家对这两个相貌、声音和服装都一模一样的人感到一阵惊讶之后，两兄妹也彼此盘问起来了。薇奥拉几乎不能相信她的哥哥还活在人间，西巴斯辛也不明白他认为已经淹死了的妹妹怎么会穿着年轻男子的服装出现。可是薇奥拉很快就承认她的确是他的妹妹薇奥拉，她是乔装起来的。

由于这一对孪生兄妹长得非常像而造成的种种误会都弄清楚了以后，大家又笑奥丽维娅阴差阳错地爱上了一个女人，可是奥丽维娅发现做哥哥的代替妹妹跟她结了婚，却并没什么不高兴。

奥丽维娅结婚以后，奥西诺的希望也就永远完结了；他的希望一完结，他那徒然的爱情好像也消逝了。这时候，他的一切念头就放在他所宠爱的年轻的西萨里奥变成了一位美丽的姑娘这件事情上。他仔细地端详了薇奥拉，记起他一向都觉得西萨里奥是十分漂亮的，相信她穿上女装以后一定很美。然后他又记起薇奥拉时常说她爱他，那时候他认为不过是一个忠实的僮儿当然的表示，可是现在他猜出意思还不止这样。她那许多甜蜜的话当时听来都像谜语似的，现在他恍然大悟了。他一想起这一切，就决定娶薇奥拉做他的妻子。他对她说（他仍然禁不住要叫她西萨里奥，叫她“孩子”）：“孩子，你对我说过千百回你永远不会像爱我这样来爱一个女人。你既然不顾自己娇弱的身子和娴雅的教养，忠心地服侍了我，你既然管我叫了这么些日子的‘主人’，现在你就成为你主人的主妇——奥西诺真正的公爵夫人吧。”

奥丽维娅看到奥西诺正在把她那么冷淡地摈弃了的那颗心转移到薇奥拉身上，就把他们邀到她家里，提议请早晨给她和西巴斯辛主持婚礼的那位好神父当天就给奥西诺和薇奥拉也举行了结婚的仪式。这样，这一对孪生兄妹就在同一天结了婚。一度把他们拆散的风暴和沉船，如今却促成了他们的好运道。薇奥拉成为伊利里亚公爵奥西诺的妻子了，西巴斯辛也娶上一位又阔气又高贵的伯爵小姐奥丽维娅。

雅典的太门

TIMON OF ATHENS

雅典有一名叫太门的贵族，他拥有王侯那样多的家产，为人很慷慨，花起钱来漫无节制。尽管他的家当多得数不清，可是他都挥霍在不同地位的各色各样的人身上了，所以他的进项总也赶不上他的耗费。不但穷人受到他的好处，就是达官贵人们也蛮喜欢当他的食客和随从。他的餐桌时常坐满了穷奢极侈的客人，他的大门对一切往来雅典的人都是敞开的。他有百万家资，性情又这样豪爽慷慨，自然就得到了大家的爱戴。从那些脸蛋像镜子一样反映出主人当时心境的谄媚者，到那些粗暴倔强的讽世派，各种性情和志趣的人都到太门老爷面前来献殷勤。尽管讽世派假装看不起人类，对人世间一切都表示无所谓，然而他们也经不起太门老爷宽厚的风度和乐善好施的性情的吸引，竟然也（违背着他们的本性）来享受太门的豪华的宴席。只要太门对他们点一下头，或是打个招呼，他们回去的时候就会觉得自己身价十倍了。

要是一个诗人写成一部作品，还缺一篇推荐给社会的序言，他只要把它献给太门老爷，不但作品的销路就有了把握，并且还可以从太门那里得到一笔赠金，天天出入他的府上，当他的食客。要是一个画家有一幅画想卖，只要拿给太门，假装请他品评一下，这个慷慨的老爷不需要怂恿，自然就会把它买下来。要是珠宝商有一颗贵重的钻石，或是绸缎商有什么漂亮、值钱的料子，因为价钱太高了，卖不出去，太门老爷府上总是他们现成的市场，不管怎样贵的货物或是珠宝都可以脱手。和蔼的太门老爷还会向他们道谢，好像他们把这么贵重的商品首先拿来给他挑，是对他格外客气。这样一来，太门的家里就堆满了这些多余的货品，它们一点用处没有，只不过是增加了叫人不舒服的、虚有其表的豪华罢了。太门本人还得整天被这些扯谎的诗人、画家、狡诈的商人、贵族、贵夫人、寒碜的朝臣差使，被这一群群无聊的客人死死纠缠。他们不断地挤满了他的门廊，在他耳边嗡嗡地低声讲着令人作呕的恭维话，把他崇拜得像神样，连他骑马用的马镫也都当作是神圣的，好像他们能呼吸到自由空气，也都是由于他的恩赐。

这些整天依赖太门的人们中间，有些还是出身高贵的少年（可是他们花过了头），被债主关进监牢去，然后又由太门老爷出钱把他们赎了出来。这些年轻的浪子从此就缠上了太门，好像因为大家情投意合，所有这些胡乱花钱的和生活浪荡的人都非跟他亲近不可似的。他们的家当赶不上他，可是觉得跟他学着去挥霍那些不是他们自己的财物倒不难。其中有一个吃白食的名叫文提狄斯，他不务正业，欠下了一笔债，不久以前太门才花了五个太伦[①]替他还上。

可是这些络绎不绝的大批食客中间，最惹人注意的是那些送礼的和带东西来的。太门要是喜欢上他们的一条狗，或是一匹马，或是他们一件不值钱的家具，那他们就算交了好运。只要太门一夸奖什么，第二天早晨那件东西就一定会送到他府上来，送礼的人在上面还写着希望太门老爷收下的客气话，为了礼物的菲薄向他表示抱歉。狗也好，马也好，不论什么礼物都必然会得到太门的赏赐，他从来不会少还了礼物的。他也许会报答他们二十条狗，或是二十匹马，一句话，他还起礼来总比原来送的要值钱多了。那些假装送礼的人心里也明明知道，他们那些假意送的礼物不过

① 古希腊货币名。

是把一笔钱放出去，得的利息很高，给得又快。最近路歇斯老爷就用这个办法，把他那四匹披着银质马具的乳白色骏马送给了太门，这位狡猾的贵族注意到太门有一次夸奖过这些马。另外一个贵族路库勒斯听说太门欣赏过一对猎犬，说它们样子好，动作敏捷，他也这么假心假意地当作随便的礼物送给了他。好脾气的太门在接受这些礼物的时候一点也没怀疑到送礼的人会别有用心，他自然都用比原来送的虚假的、有所贪图的礼物贵重二十倍的钻石或是别的宝石酬答了他们。

有时候这些家伙做得更直接一些，使用明显、露骨的手段，可是容易上当的太门仍然看不出来。他们看到太门的什么东西——早买的或者新近买的，就假装很羡慕，满口夸奖起来。他们只用很小的代价（几句不值钱的、显而易见的恭维话）就可以使耳朵软、心地善良的太门把他们所称赞的那件东西送给他们。那天，太门就这样把他自己正骑着的一匹栗毛马送给了一个卑鄙的贵族，只因为那位贵族说那头牲口样子好看，跑得又快。太门知道一个人要不是想要一样东西，他就不会把它夸得那么恰如其分。太门是用自己的心去衡量他那些朋友的心。他非常喜欢给人东西，如果他有许多王国，他也会分给他的这些所谓朋友，永远不会感到厌烦的。

太门的家产并不都是拿去填这些卑劣的谄媚者的腰包的，他也能做一些仗义疏财、值得称许的事。太门的一个仆人爱上了一个有钱的雅典人的女儿，可是因为那个仆人的家当和地位都远不及那个姑娘，他没有希望跟她结婚。那个年轻姑娘的父亲要求男家的财产必须跟他给的嫁妆相称，于是，太门老爷就慷慨地送给那个仆人三个雅典太伦。然而太门的家产大多是用在那些恶棍和寄生虫身上，那些人装作他的朋友，而太门并不知道他们是装的。

他认为他们既然簇拥着他，就一定爱他；他们既然对他微笑，恭维他，那么他的一举一动就一定得到一切明智善良的人的赞许。当太门跟这些谄媚者和虚伪的朋友一起吃酒席的时候，当他们吃光了他的家当，一面大量喝着贵重的酒，为他的健康和幸福而干杯，一面把他的家产喝干的时候，太门一点也看不出朋友和谄媚者之间的区别。在他那双被蒙蔽了的眼睛里（周围的景象使他骄傲起来），他觉得有这么多情同手足的朋友不分彼此地伙用着钱财（虽然花的都是他一个人的家私）是人间可贵的事。他用快乐的心情望着这一切——在他看来这真是欢快的、友好的聚会。

他就这样拼命做着好事，源源不绝地施舍着，就像布鲁特斯[①]只不过是他的管家一样。他这样毫无节制地花着，完全不在乎耗费的多少，不问他能不能维持下去，也不停止他的任情挥霍。可是他的家产终归是有限的，照他这样漫无止境地挥霍下去，一定有浪荡尽了的一天。然而谁会去告诉他这个呢？他那些谄媚者吗？他们倒宁可要他闭上眼睛呢。

太门的管家弗莱维斯为人诚实，他曾经想法把家里的状况告诉给太门，把账本摊在他面前，劝导他，央告他，流着泪哀求他估计一下家产的情形。换个时候，弗莱维斯坚持得早已超出了仆人的身份，然而这一切都是白费事。太门仍然不理睬，总把话转到别的题目上去。因为家道衰落下来的阔人顶不肯听人劝说的，他们顶不愿意相信他们本身的处境，顶不愿意相信他们的真实情况，顶不愿意相信他们会倒霉的。这个好管家，这个老实人时常看到太门的高楼大厦里都挤满了放荡的食客，满地都是那些酒鬼洒的酒，所有的房间都点着明晃晃的灯，回响着音乐和纵酒的声

---

① 希腊神话中的财神。

音。这时候，弗莱维斯常常独自躲到一个冷僻的角落，眼泪比大厅的酒桶里糟蹋着的酒流得还要快。他眼睁睁看到他的主人这样疯狂地慷慨，他心里想，各色各样的人恭维他主人都是为了他的家产，等家产消失以后，那片恭维的声音也很快就会消失了。一旦筵席没有了，筵席换来的恭维也就没有了；只要下一场冬雨，这些苍蝇就会立刻飞得无影无踪的。

可是现在太门再也不能堵上耳朵，不理睬他那个忠实的管家的话了。钱是非有不可的。当太门吩咐弗莱维斯把他的一部分田产卖掉换钱用的时候，弗莱维斯把他以前几次要告诉太门可是太门不肯听的话对他说了：他大部分的田产都已经卖掉或者抵偿了债务，他现有的全部产业连一半债务也不够还的。

太门听到这情况，大吃一惊。他赶快回答说："从雅典到拉西台蒙，都有我的田产呀！""唉，我的好老爷，"弗莱维斯说，"世界也只是这么一个世界，它也有个边儿呀。要是都属了您，您也会一句话就把它送掉，它也会很快就没有了！"

太门宽慰自己说，他还没有周济过人去做坏事，尽管他把财产耗费得很愚蠢，可是他没有拿钱去为非作歹，都是为了使朋友高兴才花的。他叫这个好心的管家（这时候弗莱维斯哭了起来）尽管放心，因为只要他的主人一天有这么多高贵的朋友，他就一天不会缺钱用的。这个昏头昏脑的太门还硬相信只要他遇到困难，派人去向那些曾经受过他好处的人去借，他就可以花用他们每个人的家产，像花用自己的一样。然后好像对这个考验有十足把握似的，他带着高兴的神情派人分头去见路歇斯、路库勒斯和辛普洛涅斯这些贵族，他过去曾毫无节制地送给过这些人大量的礼物。他还派人去见文提狄斯，这个人是太门替他还了债，新近才从监狱里放出来的；可是由于他父亲去世，文提狄斯现在继承了很大一笔产业，他足有能力报答太门对他好心的帮助。太门要求文提狄斯把他替他付的五个太伦还给他，并且向其他几位贵族每人借五十个太伦。他相信那些人为了对他满腔的感激，他就是提出比五十个太伦多五百倍的要求来（如果他需要的话），他们也会如数给他的。

头一个找的是路库勒斯。这个卑鄙的贵族夜里正梦见一只银盘和一只银杯，所以一听说太门的仆人来了，他的龌龊的心里马上就想一定是来替他圆梦，太门派人给他送银盘和银杯来了。可是当他明白了实情，知道太门缺钱用了，他就露出他的友谊是多么冷淡，多么像流水一样地短暂了。他一再对那个仆人发誓说，他早就看出他主人的家产要浪荡光了，好多回他去陪太门吃午饭就为的是要提醒他，又借着陪他吃晚饭来劝他节省一些，可是不论他去得多么勤，太门还是不听他的规劝和忠告。他的确经常参加太门的筵席（他这样说），他还在更大的事情上得过他的好处；至于他说他到太门家里是为了规劝或者责备太门，那是个卑鄙无耻的谎言。路库勒斯说完了这番谎话，随后就同样卑鄙地要给那个仆人一点贿赂，叫他回去告诉他的主人，就说路库勒斯不在家。

那个去见路歇斯贵族的送信人也没得到什么结果。这个满口谎话的贵族肚子里装满了太门的酒肉，太门送的贵重礼物使他阔得都快胀破了。他听说风向变了，那个源源不绝地给他好处的源泉忽然断绝了，起初他几乎不能相信。等到他知道确实是这样了的时候，就假装很抱歉，不能替太门老爷尽点儿力。他说，不幸刚好头一天他买了一大批东西（这是个无耻的谎言），所以目前手边没有款子。他还骂自己是畜生，因为这样一来竟没有力量替这么好的一位朋友效劳了。他说，他不能使这样高贵的一位绅士满意，这真是他平生最大的一件恨事。

谁能说跟自己同桌吃饭的人就是朋友呢？每个谄媚者都是用这种材料做成的。大家都记得太门待路歇斯就像父亲待儿子一样，自己掏钱替他还债，替他付仆人的工钱，出钱雇工人流着汗替他盖华丽的家宅——路歇斯很好虚荣，认为这对他是必要的。可是，唉，人一忘恩负义起来，就会变得像魔怪一样！照太门给过路歇斯的好处来看，现在路歇斯拒绝太门向他借的钱数还没有善人施舍给乞丐的多呢。

辛普洛涅斯以及太门派人挨家去求过的那些贪心的贵族，回答得都很含糊，要不然就一口回绝了。甚至文提狄斯，太门替他还了债让他出狱、如今阔起来了的那个文提狄斯，居然也不肯借五个太伦来帮助太门——当初他有困难的时候，太门并没把五个太伦当作借款，而是慷慨地送给他的。

正像太门阔的时候人人都奉承他、向他告帮[①]一样，如今他穷了，人人又都躲起他来。从前对他歌颂得最起劲，称赞他宽厚、慷慨、手头大方的人，如今又大言不惭地责备他，说他的慷慨不过是愚蠢，他的大方不过是挥霍。其实，太门真正愚蠢的地方是他竟挑了这些卑鄙下流的人作为他慷慨施舍的对象。这时候，没有人来光顾太门的王侯一样的府第了。他的家成为人人躲避、厌弃的地方，大家只是从他门前路过，而不是像以前那样，每个路人必然停下来尝尝他的酒和筵席。现在家里挤满了的不再是豪饮和欢笑的宾客，而是不耐烦的、乱吵乱闹的债主们，放高利贷的和敲竹杠的。他们一个个要起债来又凶又狠，毫不留情，催逼着要债券、要利息、要抵押品，这些铁心肠的人要起什么来都拒绝不得，也不容许迟延一下。于是，太门的府第现在成为他的监狱

① 编者注：请求帮助。

了，他们逼得他进不得，出不得，走又走不开。这个向他讨五十太伦的欠款，那个拿出一张五千克朗的债券，他就是用一滴滴的血去数，用一滴滴的血去还，他通身的血也不够还的。

太门的家产（看起来）已经败落到这样绝望和无可挽救的地步了，忽然大家很惊奇地看到这轮落日放射出叫人难以相信的新的光芒。太门老爷又宣布请一次客，他把过去常请的客人，贵族和贵夫人，把雅典所有的名士和上流人都请来了。路歇斯、路库勒斯两位贵族来了，文提狄斯、辛普洛涅斯等等都来了。没有人再比这些专会奉承的家伙更难堪的了。他们发觉原来太门老爷是装穷（他们认为是这样），只是为了试试他们对他的爱戴，就后悔当时没有看穿太门这个把戏，不然的话，岂不是只消花一点点钱就可以买到他的欢心吗？可是他们更高兴的是发现本来以为已经枯干了的那个高贵的施恩的源泉，仍然源源不绝地冒着泉水。这些贵族们一个个都来了，向他装腔作势，反复表白，说当太门派人去向他们借钱的时候，不幸他们手边没有款子，不能答应这位尊贵朋友的请求，感到非常抱歉和惭愧。可是太门请他们不必介意这些小事，因为他早已忘干净了。

当太门遇到患难的时候，这些卑鄙的、阿谀的贵族不肯借他一个钱，可是当太门重新阔起来、放出新的光芒的时候，他们又都禁不住赶来光顾。燕子追随夏天也比不上这班家伙追随贵人的鸿运那么急切，可是燕子离开冬天也没有这班家伙望到人家刚一露出倒霉的苗头马上就躲闪那么急切。人就是这种趋炎避寒的鸟儿。这时候，音乐奏起来了，热腾腾的筵席堂堂皇皇地摆上来了。宾客们不免吃了一惊，赞叹着破了产的太门哪里弄来的钱备下这么考究的酒席。有的人不敢相信自己的眼睛，不知道这一切是真的还是梦幻。这时候一个信号，遮在盘子上的布揭开了，太门的主意显露出来了：盘子里盛的不是他们所期望的各种山珍海味，像过去太门在他考究的筵席上所大量供应的；现在从遮布下面露出来的东西跟太门赤贫的家境更相称，因为盘子里不过是一些蒸气和温热的水。同时，这桌席对这一簇口头上的朋友也更恰当：他们的表白就像蒸气一样，他们的心就像太门请他这些惊愕的客人喝的水一样，不冷不热，滑滑溜溜。太门吩咐他们说："狗子们，揭开吧，舔吧。"没等客人们镇定下来，太门就往他们脸上泼水，叫他们喝个够，又把杯盘往他们身上摔。这时候，那些贵族仕女们都慌忙抓起帽子，前仰后合地乱作一团，往外逃跑。太门追赶着他们，嘴里还骂着他们罪有应得的话："你们这些滑溜溜、笑眯眯的寄生虫，戴着殷勤的面具的坏东西，装作和蔼的狼，装作柔顺的熊，贪财的小丑，酒肉朋友，趋炎附势的苍蝇！"为了躲避他，他们蜂拥着往外挤，比进来的时候还急切。有的把长袍和帽子丢了，有的手忙脚乱地丢掉了首饰，一个个都很乐于能从这位疯狂的贵族跟前和他这顿假筵席的嘲笑里逃出来。

这是太门最后举行的一次宴会，从此他就跟雅典和人群告别了，因为宴会散了以后，他就到树林子里去了。远远地离开了他所痛恨的城市和所有的人类，盼望着那个可憎恶的城市的城墙倒塌，房屋塌在房主人的身上；盼望各种侵害人身的瘟疫、战争、暴行、贫穷、疾病缠扰着居民，祈祷公正的神明不分老少贵贱，把所有的雅典人都毁灭了。这样想着，他就走进了树林子，他说，这里最残暴的野兽也要比他的同类仁慈多了。为了不再保留人的装束，他脱得赤条条的，自己挖了个洞穴住，像野兽一般孤单单地过活。他吃的是野树根，喝的是生水，他躲开同类，跟那比人类友善而且不伤害他的野兽在一起生活。

从富翁的太门老爷（人人都喜欢瞻仰的太门老爷），到赤身

露体的太门，嫉恨人类的太门，这是怎样大的一个变化呀！那些恭维他的人哪里去啦？他的那些侍从和仆役哪里去啦？难道那个吵吵嚷嚷的仆人，萧瑟的寒风，能够伺候他，替他穿上衣服，好让他暖和吗？难道那些寿数比鹰隼还长、屹然不动的树木会变成年轻活泼的僮儿，听他使唤吗？他要是因为头天晚上吃多了生起病来，难道冬天那结了冰的寒溪会替他准备热腾腾的汤和鸡蛋粥吗？难道住在那荒凉的树林子里的畜生会来舔他的手，恭维他吗？

有一天，他正在这里挖树根（这是他靠着勉强维持生活的东西），他的铁锹一下子碰到一堆沉甸甸的东西。一看，原来是金子。这一大堆金子多半是哪个守财奴在乱世埋藏起来的，本想再跑回来把它挖出来，可是没等这一天来到，也没来得及把埋藏的地方告诉人，他就死了。金子原来是从大地之母的肚子里出来的，如今，它就像从来没离开过大地一样躺在那里，不行善也不作恶，直到它偶尔碰到太门的铁锹，重见天日。

要是太门的心情跟过去一样的话，这一大笔财富又可以替他收买朋友和恭维者了。可是太门已经厌弃了这个虚伪的世界，他瞅见金子就感到讨厌。他本来要把那金子再埋回地里去的，可是想到金子可以给人类带来无限的灾害，为了贪图金子，人与人之间会发生盗劫、压迫、冤屈、贿赂、暴力和凶杀的事，他很愉快地想象着（他对人类已经怀了很深的仇恨）他刨地的时候发现的这堆金子可以制造不少折磨人类的祸患。这当儿，刚好有些士兵从树林子里穿过，走到他的洞穴附近，他们原来是雅典的将官艾西巴第斯带领的一部分军队。艾西巴第斯因为厌恶了雅典的元老们（雅典人是个出名的忘恩负义的民族，他们时常叫自己的将军和好朋友厌弃），就起来反对他们。从前艾西巴第斯曾经领着胜利的大军保卫他们，如今他领着同一支军队来攻打他们了。太门很赞成这些士兵干的事，就把金子送给艾西巴第斯，叫他发给部下。太门只要求他带着讨伐的军队把雅典城夷为平地，叫士兵把雅典的居民都烧死，把他们斩尽杀绝。不要为了老头儿有白胡子就饶了他们，因为（他说）他们是放印子钱的；也不要为了幼儿们笑得好像很天真就饶了他们，因为（他说）他们长大就会变成叛徒。太门要艾西巴第斯堵起耳朵，闭上眼睛，不要让什么景象或是声音引起同情，也不要让处女、娃娃或是母亲的哭声妨碍他在全城举行一次大屠杀，要在一场讨伐中把他们都毁灭光。太门祈祷天神，等他把雅典人征服了，再把他这个征服者也毁灭掉。太门就是这样彻头彻尾地痛恨雅典，痛恨雅典人和一切人类。

正当太门这样孤零零地过着野人生活的时候，有一天他忽然看到一个人仰慕地站在他洞穴的门口，吃了一惊。原来是他那个诚实的管家弗莱维斯来了。他由于爱护、关怀他的主人，所以一直找到他这个可怜的住处，要来伺候他。他一眼望到他的主人（当年高贵的太门）竟沦落到这样寒微的地步，浑身像刚生下来的时候那样赤条条的，跟野兽一道过着野兽般的生活，看去就像是他自己的悲哀的废墟，又像是一座衰老的纪念碑。这个好心的仆人难过得站在那里一句话也说不出来，完全被恐怖的感觉包围住，吓得要命。等他终于说出话来的时候，他的话也被泪水哽噎住了，说得含糊不清。太门费了好大事才认出他是谁来，才知道什么人在他潦倒的时候要来侍奉他（这跟他所领略过的人类完全相反）。太门看到弗莱维斯的形状是个人，就怀疑他是奸细，怀疑他流的眼泪也是假的。可是这个好仆人用许多证据来证明他对太门的确是忠实的，说明他纯粹是出于对他亲爱的旧主人的爱护和关怀才来的。这样，太门只好承认世界上还有一个诚实人。可是既然弗莱维斯长的也是人的形状和样子，他看到他的脸就不能不也感到憎恶，听到他从人的嘴里发出的声音就不能不也感到讨厌。于是，这个仅有的诚实人也只得走开，因为他是人，也因为尽管他的心肠比普通人仁慈，富于同情心，然而他终归有着人的可憎的形状和相貌。

可是比这个可怜的管家地位高得多的一批客人要来搅扰太门过的野蛮的隐居生活了。这时候，雅典城里那些忘恩负义的贵族已经后悔当初不该那么亏待了高贵的太门。艾西巴第斯像一只狂怒的野猪似的在城墙周围肆虐着，猛烈地围攻，眼看就要把美丽的雅典蹂躏成废墟了。那些健忘的贵族们到这时候才想起太门老爷以前的英武和打仗的本领，因为太门过去当过雅典的将军，是一个勇敢而且精通战略的军人。大家认为在所有的雅典人中间，只有他能够应付像目前威胁着他们的这样的围攻，把艾西巴第斯的疯狂进攻打回去。

在这种紧急的情势下，元老们推选了几个代表来拜访太门。

他们遇到困难的时候找太门来了，然而当太门遇到困难的时候他们睬也不睬。他求到他们的时候，他们是那样漠不关心，现在却觉得他应该对他们感激。他们对他是那样毫不客气，毫无同情心，现在却认为他应该对他们客客气气的了。

如今他们恳求他，流着泪请他回到不久以前他才被那些无情无义的人驱逐出来的雅典，去抢救那个城。只要他肯跟他们回去，拯救他们，现在他们愿意给他钱财、权柄、地位，补偿过去加给他的一切损害，让大家尊重他，爱戴他；他们愿意把自己的生命和财产都交给他支配。可是赤身露体的太门，憎恨人类的太门，已经不再是太门老爷，不再是乐善好施的贵族，超凡出众的勇士了。他不再是在战争的时候替他们打仗，在和平的时候替他们装门面的太门了。如果艾西巴第斯要杀他的同胞，太门管不着；如果美丽的雅典遭到劫掠，连老带少一齐被杀害，太门还会高兴呢。他就这样对他们说，并且还告诉他们，他把暴徒的阵营里的每一把屠刀看得比雅典的元老们的咽喉还贵重。

这是太门给那些失望得哭了起来的元老们唯一的答复。不过在分手的时候，他吩咐元老们替他问候一下同胞，告诉他们要想减轻悲痛和忧愁，避免凶猛的艾西巴第斯发泄狂怒的后果，还有一条路可走，他可以指点他们，因为他对他的亲爱的同胞仍然很有感情，他愿意在没死以前替他们做点好事。元老们听了这番话稍微有点儿高兴，他们希望他对雅典的爱护又恢复过来了。太门告诉他们说，他的洞穴旁边有一棵树，不久他就要把它砍掉了。他请雅典所有愿意避免痛苦的朋友，不分贵贱高低，都在他把树砍掉以前来尝一尝这棵树的滋味——意思是说，他们要想逃避痛苦，可以在树上吊死。

太门以前给了人类许多恩惠，这是他最后一次表示友好，这也是他的同胞最后一次见到他了。过不几天，一个可怜的士兵走过离太门时常出没的一座树林子不远的海滩，在海边发现一座坟墓，上面刻着字，说那是厌恨人类的太门的坟墓，墓文上说：“他活着的时候，恨一切人；死的时候，希望一场瘟疫把所有留在人间的鄙夫统统毁灭掉！”

究竟太门是用暴力结束自己生命的呢，还是只为了他感到厌世，又憎恨人类而死的呢，没有人清楚。可是大家都称赞他的墓志铭写得很恰当，他的结局跟他的一生很相称：他死的时候正像他在世的时候一样，也是憎恨人类的。有的人觉得他选择海滩做自己葬身的地方想得很别致，说这样一来茫茫大海就可以永远在他墓旁哀哭，来蔑视伪善、不诚实的人类流的那短暂而轻浮的眼泪。

罗密欧与朱丽叶

ROMEO AND JULIET

有钱的凯普莱特家和蒙太古家是维洛那城的两个大族。两家之间旧日发生过一场争吵，后来越吵越厉害，仇恨结得非常深，连最远的亲戚，甚至两方的侍从和仆役都牵连上了，弄得只要蒙太古家的仆人偶然碰到凯普莱特家的仆人，或是凯普莱特家的人偶然碰到蒙太古家的人，他们就会骂起来，有时候还会接着闹出流血的事情。这种偶然碰到就吵起来的事情时常发生，把维洛那街巷可喜的清静都扰乱了。

老凯普莱特大人举办了一次盛大的晚宴，邀了许多漂亮的太太和高贵的宾客。维洛那所有受人称赞的漂亮姑娘都来了。只要不是蒙太古家的人，一切来客都是受欢迎的。在凯普莱特家的这次宴会上，老蒙太古大人的儿子罗密欧所爱的罗瑟琳也在场。尽管蒙太古家的人要是到这个宴会上来给人看到是很危险的，可是罗密欧的朋友班伏里奥还是怂恿这个少爷戴上假面具去参加宴会，好让他看到他的罗瑟琳。（班伏里奥说）看见她以后，再把她跟维洛那出色的美人比一比，罗密欧就会觉得他心目中的天鹅也不过是一只乌鸦罢了。罗密欧不信班伏里奥的话，可是为了爱罗瑟琳，他还是同意去了。罗密欧是个真挚多情的人，他为爱情睡不着觉，一个人躲得远远的，想念着罗瑟琳。可是罗瑟琳看不起他，从来也不对他表示一点点礼貌或感情来酬答他的爱。班伏里奥想让他的朋友见识见识各色各样的女人和伴侣，这样好医治他对罗瑟琳的痴情。于是，年轻的罗密欧、班伏里奥和他们的朋友茂丘西奥就戴上假面具去参加凯普莱特家的这次宴会。老凯普莱特对他们说了些欢迎的话，告诉他们说，只要姑娘们脚趾上没生茧子，谁都愿意跟他们跳舞。老人的心情是轻松愉快的，说他自己年轻的时候也戴过假面具，还能低声在美丽的姑娘耳朵旁边说东道西呢。于是，他们跳起舞来了。忽然间，罗密欧给正跳着舞的一位姑娘的美貌打动了，他觉得灯火好像因为她的缘故燃得更亮了，她的美貌像是黑人戴的一颗贵重的宝石，在晚上特别灿烂。这样的美在人间是太贵重了，简直舍不得碰！她的美貌和才艺大大超出跟她在一起的姑娘们，（他说）就像一只雪白的鸽子跟乌鸦结群一样。他正在这样赞美着她的时候，给凯普莱特大人的侄子提伯尔特听见了，他从声音里认出是罗密欧来。这个提伯尔特的脾气很暴躁，容易发火，他不能容忍蒙太古家的人居然戴着面具混进来，对他们这样隆重的场合加以（他是这样说的）嘲弄讽刺。他狂暴地发起脾气，大声叫嚣着，恨不得把年轻的罗密欧打死。可是他的伯父老凯普莱特大人认为一来做主人的对宾客应该尊敬，二来罗密欧的举止很有正派人的风度，全维洛那城人人都夸他是个品行好、教养好的青年，所以不肯让提伯尔特当场去伤害他。提伯尔特不得已，只好捺住性子，可是他发誓说，改天一定要对这个闯进来的卑鄙的蒙太古重重报复。

跳完了舞，罗密欧还紧紧望着那位姑娘站着的地方。由于有面具遮着，他的放肆好像得到了一些谅解。罗密欧壮起胆子来，非常温柔地握了一下她的手，管她的手叫做神龛；既然他亵渎地触着了它，作为一个羞怯的朝香人，他想吻它一下，来赎罪。

“好个朝香人，”姑娘回答说，“你朝拜得太殷勤、太隆重了吧。圣人有手，可是朝香人只许摸，不许吻。”

“圣人有嘴唇，朝香人不是也有嘴唇吗？”罗密欧说。

“是啊，”姑娘说，“他们的嘴唇是为祈祷用的。”

“哦，那么我亲爱的圣人，”罗密欧说，“请你倾听我的祈祷，答应了我吧，不然我就绝望啦。”

他们正说着这种影射和比拟的情话的时候，姑娘的母亲把她叫走了。罗密欧一打听她的母亲是谁，才知道打动了他的心的这位顶标致的姑娘原来是蒙太古家的大仇人凯普莱特大人的女儿和继承人朱丽叶，才知道他无意中爱上了他的仇人。这件事叫他很苦恼，然而却不能叫他放弃那份爱情。当朱丽叶发觉跟她谈话的那个人是蒙太古家的罗密欧的时候，她也同样感到不安，因为她也不假思索就轻率地爱上了罗密欧，正像他爱上她一样。朱丽叶觉得这个爱情产生得真是奇怪，她必得去爱她的仇人，她的心必得属于从家庭方面来考虑是她顶应该恨的人。

到了半夜，罗密欧和他的同伴走了。可是过不久他们就找不到他了，因为罗密欧把他的心留在朱丽叶的家里了，他走不开，就从朱丽叶住的房子后面一座果园的墙头跳了进去。他在那里默默地想着刚刚发生的恋爱，想了没多久，朱丽叶从上面的窗口出现了。她的卓绝的美貌就像东方的太阳那样放出光彩。这时候，映在果园上空的暗淡月色在这轮旭日的灿烂光辉下，看起来倒显着憔悴苍白得像是怀着忧愁的样子。朱丽叶用手托着腮，罗密欧热切希望自己是她手上的一只手套，这样他好摸她的脸。她一直以为只有她一个人在那儿，就深深地叹了口气，然后喊了声：“啊！”

罗密欧听到她说话，就狂喜起来。他轻轻地说，轻得朱丽叶没能听见：“啊，光明的天使，再说点儿什么吧！因为你在我上面出现，正像一个从天上降下来的有翅膀的使者，凡人只能仰起头来瞻望。”

朱丽叶没意识到有人偷听她的话，她心里充满了那晚上的奇遇所引起来的柔情，就叫着她情人的名字（她以为罗密欧不在那儿）。“啊，罗密欧，罗密欧！”她说，“你在哪儿呢，罗密欧？为了我的缘故，别认你的父亲，丢掉你的姓吧！要是你不肯的话，只要你发誓永远爱我，我就不再姓凯普莱特了。”

罗密欧受到这番话的鼓舞，满心想说话，可是他还要多听一下她说的话。那位姑娘继续热情地独自说着（她以为是这样），仍然怪罗密欧不该叫罗密欧，不该是蒙太古家的人；但愿他姓别的姓，或者把那可恨的姓丢掉；那个姓并不是他本身的任何一部分，丢掉就可以得到她自己的一切了。罗密欧听到这样缠绵的话，再也按捺不住了。就像她刚才是直接对他说的话，而不是想象着对他说的一样，他也接下去说了。他要她管他叫作“爱”，或者随便叫他别的什么名字；如果她不高兴罗密欧这个名字的话，他就不再叫罗密欧了。朱丽叶听到花园里有男人讲话的声音，就大吃一惊。最初她不晓得是谁趁着深更半夜躲在黑暗里偷听了她的秘密。可是一个情人的耳朵尖得很，罗密欧再一开口还没说到一百个字，她却马上就认出那正是年轻的罗密欧。她说爬果园的墙是很危险的事，万一给她家里人发现了，他既然是蒙太古家的人，就一定得把命送掉。

“唉，”罗密欧说，“你的眼睛比他们二十把剑还要厉害。姑娘，你只要对我温存地望一眼，我就不怕他们的仇恨了。我宁可死在他们的仇恨下面，也不愿意延长这可恨的生命而得不到你的爱。”

“你怎么到这儿来的？”朱丽叶说，“谁指引你的？”

“爱情指引我的，”罗密欧回答说，“我不会领港，可是哪怕你身在天外的海边，为了这样的宝贝，我也会冒着风险去找到的。”

朱丽叶想到自己无意中让罗密欧知道了她对他的爱，脸上就泛起一阵红晕；可是因为夜色昏暗，罗密欧没有看见。她蛮想收回她的话来，可是那已经不可能了。她蛮想按照谨慎的闺秀们的习惯守着礼法，跟情人保持一定的距离，皱着眉头，耍耍脾气，先狠狠地给求婚的人几个钉子碰；心里明明很爱，却装作很冷淡、羞怯，或者满不在乎，这样，情人才觉得她们不是轻易能得到的：因为一件东西追求起来越是吃力，它的身价就越高。可是在目前的情况下，她已经不能使用推却、拒绝，或是求婚时候经常使用的什么旁的推三推四的手腕了。在她做梦也没料到罗密欧会在她身边出现的时候，他已经听到她亲口吐露出她对他的爱。由于朱丽叶处的形势跟一般的不一样，她就只好坦率地承认他刚才听到的都是真心话，并且称呼他作俊秀的蒙太古（爱情可以把一个刺耳的姓变得甜蜜）。她要求他不要看她容易答应就以为她轻佻或是不端庄。如果这是个错儿的话，只能怪今天晚上遇得太不巧，没料到会这么暴露了她的心思。她还说，尽管用妇女的礼法来衡量，她的举止也许不够端庄，可是比起那些假装出来的端庄和矫揉造作的腼腆来，她要真实多了。

罗密欧刚开口对苍天起誓，说他绝对没意思怪这样可尊敬的姑娘有一丝一毫不体面的地方，朱丽叶赶快拦住他，求他不要起誓，因为尽管她很喜欢罗密欧，可是她不喜欢当天晚上就交换誓言：那样做未免太仓促、太轻率、太突兀了。可是罗密欧还是急着要在当天晚上就跟她交换爱情的盟誓。朱丽叶说，在他没要求她发盟誓以前，她就已经对他发过了——意思是他已经偷听到她自己倾吐的话了。可是她要把已经发的誓再收回来，为了好享受重新对他发誓的快乐，因为她的恩情像海那样没有边际，她的爱也像海那样深。两个人正在情话绵绵的时候，朱丽叶给她的奶妈叫去了。天快亮了，跟她一道睡的奶妈觉得她该睡觉了。可是她急急忙忙地跑回来，又跟罗密欧说了三四句话。她说的是：如果他真心爱她，想要娶她，那么明天她就派一个人来见他，约好结婚的时间，她要把自己的整个命运委托给他，嫁给他，跟他走到天涯海角。他们正商量这件事的时候，奶妈不断地喊着朱丽叶。她进去又出来，又进去，又出来，因为她舍不得叫罗密欧走开，正像一个年轻姑娘舍不得放走她的鸟儿一样，她让它从手掌上跳出去一点儿，又用丝线把它拽回来。罗密欧也同样舍不得离开她，因为在情人的耳朵里，最甜蜜的音乐就是他们在深夜里互相倾吐的话语。可是他们终于还是分手了，彼此祝福着那晚上睡得香，休息得安宁。

他们分手的时候天已经亮了。罗密欧一心想念着他的情人和他们那幸福的会见，不想去睡觉。他没有回家，却拐到附近的修道院找劳伦斯神父去了。这位好神父已经起床在祷告了，看到年轻的罗密欧这么早就出来，猜出准是有什么青春的恋爱的烦恼叫他合不上眼，他一定通宵没睡觉。他把罗密欧没睡觉的原因归在爱情上是猜对了，可是爱的是谁他却猜错了，他以为罗密欧睡不着觉是为了对罗瑟琳的爱。可是当罗密欧告诉劳伦斯神父他新近爱上了朱丽叶，并且请神父帮忙当天就替他们主持婚礼的时候，那位圣洁的人抬起眼睛，举起手来，对罗密欧的感情忽然起的变化感到惊奇，因为罗密欧对罗瑟琳的爱和他屡次埋怨罗瑟琳看不起他的情形，神父全知道。他说年轻人的爱不是真正放在心里，只是放在眼睛里。可是罗密欧回答说，神父自己不是常常责备他不该对不能爱他的罗瑟琳那么痴情吗？如今，他爱朱丽叶，朱丽叶也爱他。神父同意了他的一部分理由，心里想，也许可以借着年轻的朱丽叶跟罗密欧的亲事把凯普莱特跟蒙太古两家多年的冤仇好好消解了呢。这位好神父跟这两家都很要好，他时常想替他们调解，总没成功，因此，没有人比他更惋惜这种冤仇了。一半为了达到这个目的，一半也为了神父喜欢年轻的罗密欧，他要求什么都难以拒绝，老人家就答应替他们主持婚礼。

这时候罗密欧真是幸福极了，朱丽叶照约好的派人来，她通过那人晓得了罗密欧的心意以后，就尽早赶到劳伦斯神父修道的密室，他们在那里举行了神圣的婚礼。好神父祈祷上天祝福这段姻缘，并且希望借着年轻的蒙太古跟年轻的凯普莱特的结合，把他们两家旧日的争吵和长时期的不和给埋葬掉。

婚礼举行完了以后，朱丽叶赶紧回家去，焦急地盼着天黑，罗密欧答应天一黑就到头一天晚上他们见面的果园去跟她相会。当中的一段时间对她真是难熬啊，就像是大节日前夕的一个焦灼急切的孩子，虽然做了新衣裳，可是非要等到第二天早晨才能穿。

当天大约中午的时候，罗密欧的朋友班伏里奥和茂丘西奥走过维洛那城的街上，碰到凯普莱特家的一簇人，走在前头的是性情暴躁的提伯尔特。在老凯普莱特大人的宴会上想跟罗密欧打架的，正是这个气冲冲的提伯尔特。他看到茂丘西奥，就粗鲁地责备他不该跟蒙太古家的罗密欧来往。茂丘西奥也跟提伯尔特一样血气方刚，性情暴躁，他对这个指责回答得有些尖刻。虽然班伏里奥竭力劝解来平息他们的怒气，两个人还是吵起来了。罗密欧刚好从那里路过，于是，凶悍的提伯尔特丢开茂丘西奥，又找罗密欧的碴儿，并且用“恶棍”这样侮蔑的话骂罗密欧。罗密欧特别想避免跟提伯尔特冲突，因为他是朱丽叶的亲戚，朱丽叶也很爱他。同时，这个年轻的蒙太古为人聪明温和，从来没有参加过这种家族间的争吵，而且凯普莱特现在是他亲爱的姑娘的姓，这个姓与其说是引起愤怒的暗号，不如说是消解仇恨的灵符。所以他竭力跟提伯尔特讲理，和蔼地管他叫作“好凯普莱特”，就像他虽然是个蒙太古，叫起凯普莱特这个姓来的时候却暗自可以得到一种快乐。可是提伯尔特把蒙太古家所有的人恨得就像地狱一样，怎么讲理他也不听，一下子就把剑拔了出来。茂丘西奥不晓得罗密欧想跟提伯尔特讲和的秘密原因，就把当前他这种容忍看作怕事的不体面的屈服，于是就用许多轻蔑的话来激怒提伯尔特，叫他继续刚才跟自己的争吵。提伯尔特和茂丘西奥交手了。罗密欧和班伏里奥正竭力把两个格斗者分开的时候，茂丘西奥受了致命伤，倒下了。茂丘西奥一死，罗密欧实在按捺不住了，就回口用提伯尔特骂他的“恶棍”那句轻蔑的话骂了提伯尔特。他们动起手来，最后，罗密欧把提伯尔特杀死了。这件可怕的乱子是中午时候出在维洛那城市的中心。消息一传出去，一群人很快就奔到出事地点，其中也有老凯普莱特夫妇和老蒙太古夫妇。过不久，亲王自己也来了。亲王跟提伯尔特杀死的茂丘西奥是亲戚，而且凯普莱特和蒙太古两家的争吵时常扰乱归他治理的这个地方的安宁，就决定要查出犯法的人来，严加惩办。班伏里奥是亲眼看到这场格斗的，亲王吩咐他说说事情是怎么闹出来的。他在不连累罗密欧的情形下尽量把实情说了，还竭力替他的朋友开脱。凯普莱特夫人非常痛心她家的提伯尔特被杀死，无论如何要报复，要求亲王严办凶手，不要理会班伏里奥的话——他既然是罗密欧的朋友，又是蒙太古家的人，说话一定有偏袒。她就这样告了她的新女婿的状，虽然她还不知道罗密欧已经成为她的女婿和朱丽叶的丈夫了。在另一边，蒙太古夫人又在恳求饶她孩子的命，她很有些道理地争辩说：尽管罗密欧杀了提伯尔特，可是他不应该受到处分，因为提伯尔特先杀了茂丘西奥，他自己已经犯了法。亲王没有被这两个女人激动的喊叫所动，他仔细调查了事实，然后宣布他的判决；根据那个判决，罗密欧要被从维洛那放逐出去。

对年轻的朱丽叶说来，这是个很沉重的消息。她刚做了几个钟头的新娘子，如今，一道命令，她就好比是永远离了婚。这个消息传到她耳朵里的时候，最初她生罗密欧的气，因为他杀了她亲爱的堂兄，她管罗密欧叫“俊秀的暴君”“天使般的魔鬼”，“像乌鸦的鸽子”“性情像豺狼的羔羊”“花一样的脸蛋儿里藏着一颗蛇一样的心”这一类自相矛盾的名字，表示她心里是在爱和恨之间挣扎着。可是最后还是爱情占了上风。她最初为了堂兄被罗密欧杀害流出的伤心泪，后来却变成快乐的泪水，因为她的丈夫本来会给提伯尔特杀死的，如今却仍然活着。随后她又流起泪来了，这完全是因为罗密欧被放逐而伤心才流的。对于她，听到罗密欧被放逐要比听到死了好几个提伯尔特还可怕。

那场格斗发生以后，罗密欧就躲到劳伦斯神父的密室里，这时候他才听到亲王的判决，他觉得放逐比死刑要可怕多了。罗密欧认为维洛那的城墙外头就再没有了世界，看不见朱丽叶他就活不下去。朱丽叶所在的地方是天堂，这以外全是炼狱、酷刑和地狱。那位好神父本想用哲理来安慰他，可是这个疯狂的青年什么也听不进去。他像疯子一样揪自己的头发，整个儿身子挺在地上，说是要量一量他的墓穴的尺寸。罗密欧正在这样见不得人的情形下，忽然他的亲爱的妻子派人送信来了，他的精神才恢复过一点儿来。神父趁机会规劝他说，像他刚才那样软弱太不够男子气了。他已经把提伯尔特杀了，难道他还要杀了自己，杀了跟他相依为命的亲爱的妻子吗？他说，人要是外表上高贵，而里头没有坚定的勇气，那就不过是个蜡人儿。法律对他是宽大的，他犯的本来是死罪，亲王却亲口只判了他放逐；本来提伯尔特想把他杀死，他却把提伯尔特杀死了：这本身就是一种侥幸。朱丽叶仍然好好地活着，并且（万万也想不到）成为他亲爱的妻子，在这一点上他是无比的幸福。罗密欧听神父指出这种种幸福来，却像一个乖张的、不懂规矩的小姑娘一样，理都不理。神父要他当心，说自暴自弃的人是不会得好死的。等罗密欧平静了一些，神父劝他当天晚上偷偷去跟朱丽叶告别，然后马上就到曼多亚去，在那里住下来，一直等神父找到适当的机会来公布他跟朱丽叶的婚姻，这个喜讯也许可以使两家和解，神父相信那时候一定可以恳求亲王赦免他。罗密欧现在是伤着心走的，到那时候他就可以欢天喜地回到维洛那来了。罗密欧被神父这些贤明的劝告说服了，就向他告辞，然后去看他的妻子，打算当天晚上跟她住在一起，天明就独自动身到曼多亚去。那位好神父还答应不时地给他往那里捎信，让他晓得家里的情况。

那天晚上，罗密欧就从头一天晚上在里面听到朱丽叶倾吐她的爱情的那个果园，偷偷爬进她的绣房，跟他亲爱的妻子一起过了一夜。那是充满了真挚的快乐和狂欢的一夜，可是想到两个人马上就得分手，并且回想起头天不幸的遭遇，他们那一夜的欢乐和两个人相处感到的快活又给悲哀的心情冲淡了。不受欢迎的天明好像来得太快。朱丽叶听到云雀早晨的歌声，她还竭力想叫自己相信那是晚上唱歌的夜莺呢。然而那的确是云雀在唱，而且那歌声她听起来很不和谐，很不悦耳。同时，东方的曙光无疑地也指出是这对情人分别的时候了。罗密欧怀着一颗沉重的心跟他亲爱的妻子分手了，答应到曼多亚一定经常写信给她。罗密欧从她绣房的窗口爬下来，站在地上抬头望她，朱丽叶怀着悲怆的、充满了凶兆的心情；在她看来，他仿佛是坟坑底儿上的一具尸首。罗密欧对朱丽叶也有同样的错觉，不过他现在必须赶快离开，如果天亮以后他在维洛那城里被发现，就得处死刑。

然而这仅仅是这一对不幸的情人悲剧的开始。罗密欧走了没几天，老凯普莱特大人就替朱丽叶提了一门亲事。他做梦也没料到女儿已经结了婚，他替她挑的丈夫是帕里斯伯爵，是一位年少英俊的高贵绅士；如果年轻的朱丽叶没遇到过罗密欧的话，他倒也是个配得上她的求婚人。

担惊受怕的朱丽叶听到她父亲议婚的话，困惑苦恼极了。她央求说：她年纪还轻，不适宜结婚；又说最近提伯尔特的死也叫她提不起精神来，没法用笑脸去见丈夫；而且凯普莱特家丧事刚办完就举行婚筵，也未免太不成体统。她提出一切想得到的理由来反对这门亲事，可就没提那个真正的理由：她已经结过婚了。可是凯普莱特大人对她提出的这些理由都不加理睬。他很坚决地吩咐她准备好，因为下星期四她就得嫁给帕里斯。他既然给朱丽叶找到这样又年轻又有钱的一位高贵的丈夫，维洛那城里最骄傲的女孩子也会愿意接受的一位人物，他就把朱丽叶的拒绝看作是假装出来的羞涩，他不能听任她这样阻碍她自己的大好前途。

在这种极端绝望的情景下，朱丽叶就去请教那位乐意帮人忙的神父了，遇到患难他总是她的顾问。神父问她有决心采取一个迫不得已的办法没有，她说她宁可让人把她活埋了，也不能在她亲爱的丈夫活着的时候嫁给帕里斯。神父叫她先回家去，装作很高兴，并且照她父亲的意思答应跟帕里斯结婚。他交给她一小瓶药，叫她第二天晚上，也就是婚礼的头天晚上，把它吞下去；那以后四十二小时的工夫，她看上去是僵冷、毫无知觉的。这样，第二天早晨新郎来接她的时候，他就会认为她已经死了。然后，人们就会把她照当地的风俗，把她脸也不蒙地放在柩车上运走，好葬到本族的墓穴里。如果她能够克服女人的胆怯，同意这个可怕的尝试，那么吃了那瓶药四十二小时以后她就一定会醒过来（这是一准灵验的），像做了一场梦似的。在她醒过来以前，他先把这些安排告诉她丈夫，叫他必须半夜里赶来，把她带到曼多亚去。对罗密欧的爱和对跟帕里斯结婚的惧怕使年轻的朱丽叶有魄力去进行这一可怕的尝试。她从神父手里接过药瓶来，答应按照他所吩咐的去做。

从修道院回来的路上，朱丽叶遇到年轻的帕里斯伯爵，她装得很羞涩，答应嫁给他。对老凯普莱特夫妇说来，这真是个值得高兴的消息，它好像使老人家变得年轻多了。当初朱丽叶拒绝跟伯爵结婚的时候，凯普莱特大人很不高兴；现在看见她答应了，又宠爱起她来了。全家都为就要举行的婚礼奔忙着，凯普莱特家花了无数的钱来布置维洛那这次空前隆重的婚礼。

星期三晚上，朱丽叶把药喝下去了。最初她有很多顾虑：她怕神父为了逃避主持她跟罗密欧结婚的责任，给她吃的是毒药，然而大家一向知道他是个圣洁的人。她又怕没等罗密欧来接，她就先醒过来了，那样，那个满满放着凯普莱特家的尸骨，又躺着满身是血、在尸衣里腐烂着的提伯尔特的可怕的墓穴会不会把她吓得神经错乱呢？她又想起以前听见过的一些故事：鬼魂怎样在停着它们尸体的地方转。然后她又想起她对罗密欧的爱和对帕里斯的厌恶来了，她不顾死活地把药吞了下去，随着就失掉了知觉。

大清早，年轻的帕里斯来了，他想用音乐来叫醒他的新娘子，然而他看到的不是活生生的朱丽叶，绣房里呈现出一片可怕的景象，那里躺着朱丽叶的死尸。对他的一腔热望，这是多么大的一个打击呀！家里是怎样一片混乱呀！可怜的帕里斯哀痛着他的新娘子给最可恨的死神从他手里骗了去，甚至没等他们结合就把他们拆散了。老凯普莱特夫妇的号哭听起来更惨了，他们膝下就只有这么一个孩子，这么一个可怜的孝顺孩子，给他们快乐和安慰。

正当这两位办事慎重的父母就要看见她跟一位有前途、门第又好的女婿结婚（他们这样认为），从此地位可以更高的时候，残酷的死神把她从他们身边夺去了。这么一来，本来为喜事预备好的一切，就都改了用场，拿来办丧事了。婚宴改为悲哀的丧席，婚礼时候唱的颂诗改为沉痛的挽歌，轻快的乐器改为忧郁的丧钟；鲜花本来准备撒在新娘走过的路上，现在只拿来撒在她的尸身上了。本来预备请位神父来替她主持婚礼，现在得请神父来主持她的葬礼了。她果然被抬到教堂里去了，然而那不是为了给活着的人增添喜悦的希望，却是为了给死人堆里又加上一名不幸者。

劳伦斯神父派人去通知罗密欧说葬礼是假的，死是装出来的；他亲爱的妻子只是在墓穴里停留一会儿，希望罗密欧赶快来把她从那座阴森森的巨室里救出去。可是坏消息总是比好消息传得快。劳伦斯神父派去的人还没走到，罗密欧在曼多亚就晓得了他的朱丽叶死去的噩耗。在这以前，罗密欧曾经感到分外轻松愉快。他夜里梦见自己死了（这真是个奇怪的梦，在梦里，死人还能想事情），他的妻子赶来，看到他死了，就使劲吻他，把生命吐进他的嘴唇里，他终于又活过来，并且成为一个皇帝！就在这时候有人从维洛那城里送信来了，他想这一定是来证实他梦见的好兆头。可是他听到发生的事跟他梦见的如意情景正相反，原来死了的是他的妻子，而且他怎样吻也吻不活了。于是，他吩咐替他备上马，决定当天晚上去维洛那，到他妻子的坟墓上看她。人到了绝境，很快就会想出坏念头来。他记起曼多亚有一个可怜的药剂师，他新近还从他门口走过。那人穷得像个乞丐，面黄肌瘦，他那肮脏的货架子上排列着一些空盒子，使店里显得很寒碜，另外还有一些别的迹象说明他是十分贫困的。罗密欧当时看到这些就说（他感到自己多灾多难的生活也许会落到这样不可挽救的结局）：“根据曼多亚的法律，卖毒药的要处死刑。谁要是需要毒药的话，这儿有个可怜虫一定肯卖给他。”现在他又想起自己这句话来了。他找到那个药剂师，药剂师先装了一会儿犹豫不决，等罗密欧掏出金子来，贫穷就不允许他再抵抗了。他卖给罗密欧一服毒药，说要是吃了这药，哪怕他有二十个人的力气，也能一下子就叫他死掉。

罗密欧带着药动身到维洛那去，到墓穴里看看他亲爱的妻子，意思是看够了再吞下毒药，然后好埋在她的身边。他是半夜到的维洛那，找到了教堂墓地，正中间就是凯普莱特家古老的坟墓。他预备下火把、铲子和铁钳。正要打开墓门的时候，一个声音打断了他。那个人叫他作“卑鄙的蒙太古”，要他马上住手，不许再做这种犯法的事。说话的人是年轻的帕里斯伯爵，不巧他刚在晚上这个时分到朱丽叶的墓上来，想替她撒些鲜花，到这个本来应该成为他的新娘的朱丽叶坟上哭一场。他不晓得罗密欧跟死者的关系，可是知道他是蒙太古家的，跟（他这样认为）凯普莱特家所有的人都是死敌。他估计罗密欧这样深更半夜跑来，一定是存心来侮辱尸体的。因此，他才气哼哼地叫他住手，并且说罗密欧是被维洛那的法律判了刑的罪犯，进了城就要处死刑，帕里斯要逮住他。罗密欧劝帕里斯走开，不然的话，他的下场会跟埋葬在那里的提伯尔特一个样。他警告帕里斯不要惹他发火，逼着他把帕里斯也杀死，叫他再犯一次罪。可是伯爵轻蔑地不理他的警告，动手要把他当作一个重罪犯去抓。罗密欧想挣脱，于是，两个人打了起来，帕里斯倒下了。罗密欧借着灯光看了看他杀死的是谁，等到看出是本来预备娶朱丽叶的帕里斯（这是他从曼多亚来的路上知道的），就一把拉着那死了的青年的手，像是噩运使帕里斯跟他成了伙伴一样，说要把帕里斯葬在胜利的坟墓里——

他指的是朱丽叶的坟墓。这时候他已经打开了她的坟墓，那里躺着他的妻子，她仍然是那样艳丽无比，看来死神好像一点也没有能力改变她的容貌和肤色，又好像死神也爱上了她，所以这个瘦削、讨厌的恶魔故意把她保存下来，供他欣赏，因为她躺在那里仍然是那么娇嫩鲜艳，就像她刚吞下那服麻醉药睡去的时候一样。她旁边就躺着裹了血殷殷的尸衣的提伯尔特。罗密欧看见就向他的死尸道歉，并且为了朱丽叶的缘故，管他叫作“堂兄”，说他马上就要替死者做一件事：把提伯尔特的仇人[①]杀死。

在这里，罗密欧吻了他妻子的嘴唇，跟它们告了永别。在这里，他从疲乏的身上卸去噩运的负担，一口把那药剂师卖给他的毒药吞下去。罗密欧的这服药是地地道道吃了就要送命的毒药，跟朱丽叶服的那服假毒药可不一样；她的那服效力已经快完了，过不久她就会苏醒过来，抱怨罗密欧不守时刻，或者应该说他来得太早了。

这时候，神父答应她苏醒的时刻到了。神父听说他派到曼多亚送信的人不幸在路上耽搁了，一直没把信送到罗密欧手里，就亲自带着鹤嘴锄和灯笼赶来，准备把关在这里的朱丽叶救出来。可是他看到凯普莱特家的灵堂里已经点上了火把，并且在附近还看到剑和血迹，又看到罗密欧和帕里斯倒在灵堂旁边，已经没有了气息，就大吃一惊。

没等神父猜出这件不幸的意外是怎样发生的，朱丽叶就从昏迷状态里醒过来了。她看到神父在旁边，才恍然想起她身在什么地方，和为什么到了这里。她问起罗密欧。可是神父听到外面有声音，就叫她离开这个死亡和不自然的睡眠的地方，因为一种超

---

① 指罗密欧自己。

乎人力的力量已经挫败了他们的计划。神父听到有人走近的声音，害怕起来，赶快逃掉了。可是朱丽叶看到她忠实的情人手里攥着杯子，她猜出他是服毒而死的。要是杯子里还剩些毒药的渣滓，她也会吞下去的。她吻他那仍然有些热气的嘴唇，想舔到一些残余的毒质。然后，听到人声越来越近，她赶快拔出身边佩带的一把短剑，刺死自己，倒在她忠实的罗密欧身旁。

这时候，看守人来到这地方。帕里斯伯爵的一个僮儿亲眼看到他的主人跟罗密欧格斗，就去喊人来救。于是，消息在市民当中传遍了，市民在维洛那的街道上跑来跑去，大家听到的谣言都是片断的。于是有的喊“帕里斯！”有的喊“罗密欧！”有的喊“朱丽叶！”吵吵嚷嚷的人声终于叫蒙太古大人和凯普莱特大人下了床，跟亲王一道来查看骚乱的原因。神父已经给一些看守人抓到了，他正从墓地里走出来，浑身哆嗦着，叹着气，流着泪，形迹十分可疑。凯普莱特家的灵堂那儿挤得人山人海。关于这件又离奇又悲惨的事，亲王吩咐神父把他所知道的情形说出来。

这样，神父就当着老蒙太古大人和老凯普莱特大人的面，把他们两家儿女这场不幸的恋爱一五一十地讲了出来。他也说起他怎样促成他们的婚姻，希望借这个结合来消除两家多年来的冤仇。他指出死在那里的罗密欧是朱丽叶的丈夫，死在那里的朱丽叶是罗密欧的忠实的妻子；可是没等他找到一个合适的机会来宣布他们的婚姻，又有人给朱丽叶提婚了。为了避免犯重婚罪，朱丽叶就（照他指点的）服了安眠剂。于是，大家都认为她死了。同时他写信给罗密欧，叫他来，等药力过去的时候把她带走。可是不幸送信的人又误了事，罗密欧一直没接到信。这底下的事神父就说不上来了，他只知道他亲自跑来，打算把朱丽叶从这个死亡的地方救出去，可是他看到帕里斯和罗密欧被刺死了。剩下的情节就由那个看到帕里斯跟罗密欧交手的僮儿和随着罗密欧到维洛那来的那个仆人来补充。忠实的情人罗密欧曾经把写给他父亲的信交给这个仆人，嘱咐仆人如果他死了，就替他送去。罗密欧这信证实了神父说的话，他承认跟朱丽叶结了婚，要求他父母饶恕他，也提到从那个可怜的药剂师手里买到毒药，和他到这灵堂来就是为了寻死，好跟朱丽叶永眠在一起。所有这些情节都十分吻合，把原以为神父可能参加这场复杂的凶杀的嫌疑都洗清了，证明他原是一番好意，不过他想的办法太玄妙、太不自然了，这只能说是他无意之中闯的祸。

然后亲王转过身来，责备老蒙太古大人和老凯普莱特大人彼此不该怀着这种又野蛮又没理性的仇恨，指出他们已经触犯天怒，上天甚至借着他们子女的恋爱来惩罚他们这种人为的冤仇。这两家旧日的冤家同意把他们多年的争吵埋葬在子女的坟墓里，不再做对头了。凯普莱特大人要求蒙太古大人跟他握手，管他叫作“兄长”，好像承认两家借着小凯普莱特和小蒙太古的婚姻已经结了亲。他要求蒙太古大人把手伸给他（作为和好的表示），这就算是给他的女儿唯一的赡养吧。可是蒙太古大人说他愿意给得更多一些，他要用纯金替朱丽叶铸一座像，只要维洛那的名字存在一天，哪一座塑像都不会比真实忠诚的朱丽叶的像更辉煌更精致。凯普莱特表示也要替罗密欧铸一座像。两个可怜的老人家就这样到了无可挽救的时候才彼此争着表示好感。过去他们的愤怒和仇恨是那样深，只有经过他们儿女这样可怕的毁灭（做了他们这些争执纠纷的可怜的牺牲品），才消除了这两个贵族家庭之间根深蒂固的仇恨和嫉妒。

哈姆莱特

HAMLET

丹麦王后葛楚德在国王哈姆莱特突然去世以后做了不到两个月的寡妇，就跟国王的弟弟克劳狄斯结了婚。当时全国都感到奇怪，认为这件事她做得很轻率，很没情义，或者更要坏些，因为不论从人品或是性情上看，这个克劳狄斯都跟她已故的丈夫没有一点点相同的地方：他的外貌是可憎的，正如他的性情是卑鄙下流的。有些人心里不免怀疑他是为了想娶他的嫂子并且篡夺丹麦的王位，偷偷把他哥哥（已故的国王）害死了，这样一来，就把先王的合法继承人——年轻的哈姆莱特撇到一边儿去了。

可是最受王后这个轻率举动刺激的是年轻的王子。他爱他已故的父亲，差不多把他当作偶像来崇拜。哈姆莱特自己为人正派，讲究体面，一举一动都非常端重，他为母亲葛楚德的可耻行为感到十分难过。这个年轻的王子一面哀悼父亲的死，一面又因为他母亲的婚姻而感到耻辱，于是就被一种沉重的忧郁所笼罩，一点快乐也没有了，本来挺俊秀的容貌也憔悴下来。他平日那种对读书的爱好也不见了。适合他这样的年轻王子玩的游戏、做的运动，他都不喜欢了。他把世界看作一个野草丛生的花园，一切新鲜的花草都枯死了，只剩下杂草倒长得密密匝匝的，他对这个世界感到厌倦。他觉得沉重的还不是他继承不了按照法律应该由他来继承的王位——尽管这件事对于一个年轻高傲的王子来说，是一个刺骨的创伤，一个惨痛的屈辱。叫这个快活的人气恼不过，再也打不起精神来的，是他母亲那么快就忘掉他的父亲——而且是多么好的一位父亲呀！对她是多么温存体贴的一位丈夫呀！同时，看起来葛楚德一向也是个多情、柔顺的妻子，跟老哈姆莱特总是缠缠绵绵的，好像她的爱情在他身上生了根。可是如今丈夫死了不到两个月（至少年轻的哈姆莱特觉得还不到两个月），她就再嫁了，嫁给王子的叔叔，她亡夫的弟弟。从这么近的血统关系来说，这个婚姻本身就是十分不正当的，也是不合法的；尤其是她这么匆匆忙忙地就结了婚，简直不像个样子，并且单单选了这么个不配做国王的克劳狄斯跟她同床共枕、占有王位。这些事实比丢掉十个王国还要叫这位可敬的年轻王子意气消沉，使他的心上遮了一层阴云。

他母亲葛楚德和国王想尽了办法叫他快活起来，怎么也不成功。他在宫里仍然穿着深黑色的衣服来哀悼他父王的死。他从来也不肯脱去丧服，甚至在他母亲结婚的那天，他也不肯为了对她表示祝贺换一换衣裳。在那可耻的一天（在他看来是这样），什么宴会、欢庆他一概拒绝参加。

最叫他苦恼的是他闹不清他父亲究竟是怎样死的。克劳狄斯宣布说，国王是给一条蛇螫死的，可是年轻的哈姆莱特很敏锐地怀疑那条蛇就是克劳狄斯。明白地说：克劳狄斯为了要当国王才把哈姆莱特的父亲害死的，而现在坐在王位上的，正是螫了他父亲的那条蛇。

他这样猜测究竟有没有几分道理？到底应该怎样看待他的母亲：这个谋杀她参加了多少？有没有同意？知不知情？这些疑问不断地困扰着他，使他心神不定。

年轻的哈姆莱特听到一个谣传，说一连两三个晚上，守望的哨兵半夜在城堡的高台上看见一个鬼魂，长得跟他的父亲（已故的国王）完全一样。这个鬼影来的时候，从头到脚总是穿着一套甲胄，跟大家知道死去的国王穿过的一样。凡是看到鬼魂的人（哈姆莱特的心腹朋友霍拉旭就是其中的一个），谈起鬼魂出现的时间和情况都是一致的：钟一敲十二下它就来了，苍白的脸上，悲哀更多于愤怒，胡子是斑白的，乌黑里略微带些银色，正像他们在国王生前看到的一样。哨兵对它讲话，它没回答过。有一回他们好像看到它抬起头来，做出要说话的姿势，可是这时候鸡打鸣儿了，它赶快缩回去，消失了。

年轻的王子听到他们讲的这件事，感到十分惊奇。他们谈得有头有尾，前后一致，使他不得不相信。他判断他们看到的一定是他父亲的鬼魂，就决定当天晚上跟哨兵一道去守望，好有机会看到它。他自己分析鬼魂这样出现一定不会是无缘无故的，它一定有话想讲，尽管它一直没开口，可是它会对他讲的。于是，他焦急地盼着黑夜的到来。

天一黑，他就跟霍拉旭和一个叫马西勒斯的卫兵登上了鬼魂时常在那儿走来走去的高台。那是一个寒冷的夜晚，风吹得异常刺骨。哈姆莱特、霍拉旭和跟他们一道守望的人就谈起夜晚的寒冷来。忽然霍拉旭打断了他们的谈话，说鬼魂来了。

哈姆莱特看到他父亲的鬼魂，忽然感到又惊奇又害怕。最初他还呼吁天使和守护神保佑他们，因为他不知道那个鬼魂是善的还是恶的，也不知道它带来的是吉还是凶。可是他的胆子渐渐大了起来。他的父亲（他觉得那是他父亲）怪可怜地望着他，好像很想跟他谈话。从各方面看，鬼魂都跟他父亲本人活着的时候一样。年轻的哈姆莱特就禁不住叫出他的名字，对他说："哈姆莱特，国王，父亲！"恳求它说说它本来好好地睡在坟墓里，为什么要离开那儿走到人间来，在月光底下出现？他请鬼魂告诉他们怎样才可以替它安安魂。于是，鬼魂招呼哈姆莱特跟它到僻静的地方去，他们可以单独在一起。霍拉旭和马西勒斯都劝年轻的王子不要跟它去，他们怕它是个恶鬼，把他勾引到附近的大海那儿，或者勾引到可怕的悬崖上面，然后露出狰狞的形状，把王子吓疯。可是他们这些劝告和恳求改变不了哈姆莱特的决心，他把生命早就看得无所谓了，他并不怕死。至于他的灵魂，那既然同样是永生不灭的，鬼魂怎样能够害它呢？他觉得自己跟狮子一样强壮，尽管他们使劲拉住他，他还是挣脱开，任凭鬼魂领他到什么地方去。

等他们单独在一起的时候，鬼魂就打破了沉寂，说它是哈姆莱特的父亲的鬼魂，他是被人下毒手害死的，并且说出是怎样谋害的。正像哈姆莱特早已深深怀疑到的，这件事是他亲弟弟克劳狄斯（哈姆莱特的叔叔）干的，目的就是好霸占他的妻子和王位。当老哈姆莱特按照每天午后的习惯在花园里睡觉的时候，那个起了歹心的弟弟就趁他睡着了，偷偷走到他身边，把毒草汁注进他的耳朵眼儿里。那毒汁是要人命的，它像水银一样快地流进他通身的血管里，把血烧干，使他的皮肤到处都长起一层硬壳似的癞。这样，在国王睡觉的时候，他的同胞兄弟一下子就夺去了他的王位、他的王后和他的生命。鬼魂对哈姆莱特恳求说，要是他确实爱他亲爱的父亲，他一定得报复这个卑污的凶手。鬼魂又对它的儿子哀叹说：他的母亲竟然也堕落到这个地步，这样背弃同她第一个丈夫的一场恩爱，嫁了谋杀他的人。可是鬼魂嘱咐哈姆莱特在对他的坏叔叔进行报复的时候，千万不要伤害到他的母亲，只让上天去裁判她，让她自己的良心去刺痛她吧。

哈姆莱特答应一切都照鬼魂吩咐的去办，然后，鬼魂就消失了。

等剩下哈姆莱特一个人的时候，他就严肃地下了决心要立刻把他记得的一切事情，把他从书本和阅历里学到的东西都忘个干干净净，让他脑子里只剩下鬼魂告诉他的话和吩咐他做的事。这段谈话的细节，哈姆莱特谁也没告诉，只让他的好朋友霍拉旭一个人知道了。他嘱咐霍拉旭和马西勒斯对那晚上看到的一切，都一定要绝对保守秘密。

这以前，哈姆莱特本来身体就很虚弱，精神也很颓唐，鬼魂的出现在他心灵上留下的恐怖差不多使他神经错乱，发了疯。哈姆莱特很怕自己继续这样下去，会惹起注意，叫他叔叔对他存起戒心。哈姆莱特为了怕他叔叔怀疑他存心要对付他，或者哈姆莱特关于他父亲死的情形实际上知道的比他公开承认的多，就做了一个很奇怪的决定：他决计从那时候起假装他真的发了疯。他想这样一来，他叔叔就会认为他不可能有什么认真的图谋，也就不至于在他身上那么猜疑了。同时，在假装疯癫的掩护下，他的心神真正的不安倒可以巧妙地遮盖起来。

从这时候起，哈姆莱特在服装、言语和一举一动上，都装得有些狂妄怪诞。他装起疯子来十分像，国王和王后都被他蒙哄过去了。他们不知道鬼魂出现这件事，所以认为他发疯不会仅仅是为了哀悼他父亲的死。他们认为他一定是为了爱情才疯的，而且他们也以为看出他爱上了谁。

在哈姆莱特没有变得像前面讲的那样忧郁以前，他十分爱一个叫奥菲利娅的美丽姑娘，她是御前大臣波洛涅斯的女儿。他曾经给她写过信，送过戒指，做过许多爱情的表示，正大光明地向她求过爱，她也相信他的誓言和请求都是诚恳的；可是由于近来感到的苦闷，他对她冷淡起来了。自从他定下装疯的计策，他就故意装得对她很无情、很粗暴。可是这位好心的姑娘并没有责备他变了心，她竭力使自己相信哈姆莱特所以对她没有以前那样殷勤，并不是由于他本性的冷酷无情，而完全是因为他的神经失常。

她觉得他以前高贵的心灵和卓越的理智活动起来好比一串美妙的铃铛，能奏出非常动听的音乐，可是现在他的心灵和理智给深切的忧郁压抑着，损害了，要是摇得不成调子或是摇得很粗暴，就只能发出一片刺耳的声响。

尽管哈姆莱特要办的事（在杀死他父亲的凶手身上报仇）是蛮横的，跟求爱的轻快心情很不相称，同时爱情在他当前看来也是一种太悠闲的感情了，他不能容许自己有这种感情，可是他有时候仍然不免怀着一股儿女情长想到他的奥菲利娅。有一回，他觉得自己对那位温柔的姑娘残酷得太没道理了，就给她写了一封信，里面满是狂热激动的话，措辞十分夸张，很符合他装疯的神态，可是字里行间也微微流露出一些柔情，使这位可敬的小姐不能不觉得哈姆莱特在心坎上仍然对她怀着深厚的爱。他叫她尽管可以怀疑星星不是一团火，怀疑太阳不会动，怀疑真理是谎言，可是永远不要怀疑他的爱……诸如此类的夸张的话。奥菲利娅本本分分地把这封信拿给她父亲看了，老人家又觉得有义务把这件事报告给国王和王后。从那以后，国王和王后就认定使哈姆莱特发疯的真正原因是爱情。王后倒也很希望他是为了奥菲利娅的美貌才发起疯来的，那样，奥菲利娅的美德也可以叫哈姆莱特幸运地恢复到原来的样子，那对他们两个人都是有光彩的事。

可是哈姆莱特的病根比她想的深，深得不是凭这个办法治得了的。他脑子里仍然想着他所看到的他父亲的鬼魂，替他被谋杀的父亲报仇的那个神圣命令没执行以前，他是不会感到安宁的。每个钟头的迟延在他看来都是罪恶，都有违他父亲的命令。可是国王身边成天都有卫兵保护着，想个法子把他弄死真不是件容易的事。即使这个容易办到，可是哈姆莱特的母亲（王后）一般总跟国王在一起，使他下不了手，这个障碍他没法冲破。这以外，篡夺王位的人刚好是他母亲现在的丈夫，这个情形也使他感到有些痛心，动起手来更犹豫不决了。哈姆莱特天生那样温厚，把一个同类活活地害死，这种事本身在他看来就是讨厌而且可怕的。他自己长时间的忧郁和精神上的颓唐也使他产生了一种摇摆不定、踌躇不决的心情，他一直没能采取最后行动。而且他看到的鬼魂究竟真是他父亲呢，还是个恶魔呢，他不免还有些迟疑。他听说魔鬼想变成什么就可以变成什么，它也许是趁他身体虚弱、心情苦闷的当儿，装出他父亲的样子来驱使他去干杀人那样可怕的事。于是，他决定不能单凭幻象或是幽灵的话行事，那也许是出于一时的错觉，他一定要找到更确实的根据。

他心里正这样犹豫不决的时候，宫里来了几个演戏的。哈姆莱特以前很喜欢看他们的表演，特别喜欢听他们里头的一个戏子说一段悲剧的台词，形容特洛伊的国王老普里阿摩斯被杀和王后赫卡柏的悲痛[①]。哈姆莱特对那些老朋友表示欢迎，然后记起他过去听了那段台词有多么高兴，就要求那个戏子再表演一次。那个戏子又很生动地表演了一遍，形容出衰老的国王怎样被人残忍地谋害掉，全城和市民都被火烧毁，年老的王后难过得像疯子一样，光着脚在宫里跑来跑去。本来戴着王冠的头上顶了一块破布，本来披着王袍的腰上，只裹了一条慌忙中抓来的毯子。这一场戏表演得十分生动，不但使站在旁边的人都流下泪来，以为他们看的都是真实的情景，连戏子说台词的时候嗓子也哑了，真的流出眼泪来。

这件事使哈姆莱特想到：要是那个戏子仅仅念了那么一段虚

---

① 特洛伊是小亚细亚的古城，据荷马在史诗《伊利亚特》中所写，在希腊人围攻该城的时候，国王普里阿摩斯被杀。

拟的台词，自己居然就动起感情来，替他从来没见过面的千百年前的古人赫卡柏流下眼泪，哈姆莱特自己有多么迟钝，他有真正应该痛哭的理由和动机——一个真的国王，一个亲爱的父亲被谋杀了——然而他竟这么无动于衷，他的复仇心一直好像在醉生梦死里睡觉。他想到戏子和演技，想到演得惟妙惟肖的一出好戏给观众的影响有多大，这时候，他又记起有些凶手看到舞台上演的谋杀案，仅仅由于场面的感人和情节的相似，受了感动，居然会当场把自己犯的罪招认出来。于是，他决定叫这几个戏子在他叔叔面前表演跟谋杀他父亲相仿佛的剧情，他要仔细观察他叔叔的反应，从他的神色就更可以确定他是不是凶手。他吩咐戏子们照这个意思准备一出戏，他还邀请国王和王后来看。

这出戏描写的是维也纳的一件公爵谋杀案。公爵叫贡扎古，他的妻子叫白普蒂丝妲。戏里表现公爵的一个近亲琉西安纳斯贪图公爵的田产，怎样在花园里把他毒死，后来这个凶手怎样没多久就得到了贡扎古的妻子的爱。

国王不知道给他布置下的圈套，他和他的王后以及满朝官员都来看戏了。哈姆莱特坐得离他很近，好仔细观察他的神色。戏一开头，是贡扎古跟他的妻子两人的谈话。妻子一再表白她的爱，说假使贡扎古死在她头里，她决不会再嫁人的，如果有天她再嫁了，她希望受到诅咒。她还说，除了那些谋害亲夫的坏女人，没有人会再嫁的。哈姆莱特发觉国王（他的叔叔）听到这段话脸色就变了，这话对国王和王后都是像吃苦草一样地不好受。可是当琉西安纳斯按照剧情来毒害睡在花园里的贡扎古的时候，这情景跟国王在花园里毒害他哥哥（已故的国王）的罪恶行为太相像了，这个篡位的人良心上受了强烈的刺激，他不能坐下去把戏看完了。国王忽然喊人点上火把回宫，装作（也许一部分是真的）得了急病，突然离开了剧场。国王一走，戏也停了。哈姆莱特现在所看到的，已经足够使他断定鬼魂说的是实情，而不是他的什么幻觉了。像一个人心里怀着很大的疑问，或是有一桩事总在犹豫不决而忽然得到了解决一样，哈姆莱特感到一阵高兴。他对霍拉旭说，鬼魂说的话一点儿也不假，如今他确实知道他父亲是他叔叔谋害的了。在他还没决定好怎样去报仇以前，他母亲（王后）派人叫他到她的内宫里去密谈。

王后是奉国王的意旨叫哈姆莱特去的，他让王后向哈姆莱特表示，他们都很不高兴他刚才的举动。国王想知道他们谈话的全部内容，同时，恐怕他母亲的报告会有偏袒儿子的地方，可能隐瞒一些话，那些话也许对国王是很重要的，所以他又吩咐御前大臣老波洛涅斯躲在王后内宫的帷幕后面，这样，他什么话都可以偷听了。这个计策特别适合波洛涅斯的性格，他在朝廷里的钩心斗角的生活当中混到晚年，他喜欢用间接或是狡猾的手段来刺探内幕。

哈姆莱特来到他母亲面前。她先很婉转地责备他的举动，说他已经大大得罪了他的父亲——她指的是国王，他的叔叔；因为他们结了婚，所以她管他叫作哈姆莱特的父亲。哈姆莱特听到她把“父亲”这样一个在他听起来是十分亲热的、值得尊敬的称呼用在一个坏蛋身上，而且那坏蛋实际上正是谋杀他生父的凶手，就非常生气，并且相当尖锐地回答说：“母亲，是你大大得罪了我的父亲。”

王后说，他回答的话只是胡扯。

哈姆莱特说：“你那样问，我就该这样回答。”

王后问他是不是忘记他在对谁讲话了。

“唉！”哈姆莱特回答说，“我但愿能够忘记。你是王后，你丈夫的弟弟的妻子，你又是我的母亲。我巴不得你不是。

“不成，”王后说，“你对我既然这么无礼，我只好去找那些会讲话的人来了。”王后就要去找国王或者波洛涅斯来跟哈姆莱特谈话。

可是哈姆莱特不让她走。现在他既然单独跟她在一起了，他想试试用话叫她多少认识到她自己过的堕落生活。他一把抓住他母亲的手腕，紧紧按着她，硬叫她坐下来。哈姆莱特的这种紧张神情叫她害怕起来，担心他由于疯症会做出伤害她的事，就嚷了出来。同时，帷幕后头也发出“救命呀！来救王后呀！”的声音。哈姆莱特听到以后，认为一定是国王本人藏在那里，就拔出剑来，朝那个发出声音的地方扎去，假装是扎一只从那儿跑过的老鼠。后来没有了声音，他断定那个人已经死了。可是他把尸身拖出来一看，原来扎死的不是国王，而是躲在帷幕后面当密探的御前大臣老波洛涅斯。

“唉呀！”王后嚷着，“你干了一件多么鲁莽残忍的事呀！”

“不错，母亲，一件残忍的事，”哈姆莱特回答说，“可是还没有你干的坏呢。你杀了一个国王，嫁了他的弟弟。”

哈姆莱特说得太露骨，收不住了。他当时的心情是想对他母亲打开天窗说亮话，他就那么做了。虽然对父母的错处，做儿女的应当尽量包涵，然而如果父母犯了严重的罪过，连儿子也可以相当严厉地斥责他自己的母亲，只要这种严厉是为了她好，为了叫她改邪归正，而不光是为了责备。这时候，品德高尚的王子就用感人的言辞指出王后犯的罪有多么丑恶。说她不该这么轻易忘掉已故的父王，这么快就跟他的弟弟（大家都认为是谋杀他的人）结了婚。她对她头一个丈夫起过誓，结果却做出这样的事来，这足可以使人怀疑一切女人的誓言。一切美德都被算作伪善，结婚的誓约还比不上赌徒的一句诺言，宗教不过是开开玩笑，只是一片空话罢了。他说她做的是一件叫上天羞愧、叫大地厌弃的事。哈姆莱特给她看两幅肖像，一幅是已故的国王，她第一个丈夫，另外一幅是现在的国王，她第二个丈夫。他要她注意他们之间的区别。他父亲的额头有多么慈祥，气概有多么非凡！他的卷发像太阳神，前额像天神，眼睛像战神，他的姿势像是刚降落在吻着苍天的山峰上的传信神。这个人曾经是她的丈夫。然后他又让王后看看代替他父亲的是怎样一个人。他像是害虫或是霉菌，因为他把他那身体好好的哥哥摧残了。由于哈姆莱特这样使她看到她的灵魂深处，王后十分惭愧，现在认识到那是肮脏丑陋的。哈姆莱特问她怎么能继续跟这个人生活下去，给这个谋害了她头一个丈夫、又像贼一样用欺骗手段窃取了王位的人做妻子。正说话的时候，他父亲的鬼魂出现了，样子跟他生前一样，也跟哈姆莱特最近看到的一样。哈姆莱特十分害怕，问它来做什么，鬼魂说，哈姆莱特似乎把替它报仇的诺言忘掉了，它是来提醒他的。鬼魂又叫他去跟他母亲说话，不然她会因为悲伤和恐惧死掉的。然后，鬼魂就不见了。鬼魂只有哈姆莱特一个人看得见，不论他怎样指出它站的地方，或是形容给他母亲听，也不能使王后看见。她看到哈姆莱特望空说话（她以为是这样），一直很害怕，认为这是因为他发了疯的缘故。

可是哈姆莱特要求她不要替自己那邪恶的灵魂找安慰了吧，以为又把他父亲的鬼魂引到人间来的只是由于他发疯，而不是由于王后自己的罪过。他请她摸一摸他的脉息，跳得多么正常，一点也不像疯子。他流着泪恳求王后对上天承认过去的罪过，以后不要再跟国王在一道，不要再对他尽妻子的本分。要是她能拿出做母亲的态度来对待他，他会用一个儿子的身份祈祷上天祝福她。她答应照他说的做，于是，他们的谈话就结束了。

现在哈姆莱特有闲情来看看他不幸一时鲁莽地杀死的到底是谁了。等他知道杀死的是他心爱的奥菲利娅姑娘的父亲波洛涅斯的时候，他就把尸身拉开。这时候，他的心神镇定了一些，他为他干的这件事哭了。

波洛涅斯不幸的死给了国王一个借口，把哈姆莱特从国内驱逐出去。国王感到哈姆莱特对他是个威胁，满心想把他弄死，然而又怕人民不答应，人民很爱戴哈姆莱特。他也怕王后，尽管她有许多过错，她还是爱她的儿子（王子）的。因此，这个诡计多端的国王就要哈姆莱特由两个朝臣陪着，坐船到英国去，假装是为了王子的安全，好叫他避免为波洛涅斯的死受处分。当时英国是向丹麦纳贡的属邦，国王给英国朝廷写了封信，交给这两个朝臣带去，信里编造了一些特殊理由，嘱咐他们等哈姆莱特在英国一上岸，立刻就把他处死。哈姆莱特疑心这里面有阴谋，夜里偷偷拿到那封信，巧妙地把他自己的名字擦掉，把押送他的两个朝臣的名字写成要被处死的人，然后又把信封起，放回原来的地方。走了不久，船受到海盗的袭击，打起一场海战。作战的时候，哈姆莱特急着要表现自己的勇敢，就独自拿着刀登上敌人的船，他自己坐的那条船怯懦地逃掉了。那两个朝臣把他丢下，随他去，他们俩带着信急急忙忙赶到英国去了。信的内容已经被哈姆莱特改了，他们自己遭到罪有应得的毁灭。

海盗俘获了王子以后，对这个高贵的敌人十分客气。既然晓得他们俘获的是什么人，就把哈姆莱特带到最近的一个丹麦港口，放他上了岸，希望王子在朝廷里可以帮他们些忙，来报答他们这番好意。哈姆莱特就从那个地方写信给国王，告诉国王他因为一场奇怪的遭遇又回到本国，并且说他第二天就要来朝见国王。到家以后，他首先看到的是一片凄惨情景。

那就是哈姆莱特曾经爱过的情人（年轻、美丽的奥菲利娅）的葬礼。自从奥菲利娅可怜的父亲死了以后，这个年轻姑娘的神经就不正常起来。波洛涅斯死得这样惨，而且竟然死在奥菲利娅所爱的王子手里，这件事伤透了这位温柔的年轻姑娘的心，她的神经很快就完全错乱了。她到处跑来跑去，把花撒给宫里的女人们，说是为了她父亲的葬礼撒的；又唱起关于爱情和死亡的歌，有时候唱一些毫无意义的歌，好像以前发生过什么事情她全记不得了。一道小河旁边斜长着一棵柳树，叶子倒映在水面上。有一天，她趁没人看见的时候来到这道小河旁边，用雏菊、荨麻、野花和杂草编成一只花圈，然后爬到柳树上，想把这个花圈挂到柳枝上，柳枝折断了，这个美丽、年轻的姑娘就跟她编的花圈和她采的花草一齐跌到溪水里去了。她还靠衣服托着在水上漂了一阵，还断断续续地唱了几句古老的曲调，好像一点也没注意到自己所遇到的灾难，或者好像她本来就是生在水里的动物一样。可是没多久，她的衣服给水浸得沉重了起来，她还没唱完那支婉转的歌儿，就被拖到污泥里悲惨地淹死了。哈姆莱特到的时候，她哥哥雷欧提斯正在为这个美丽的姑娘举行葬礼，国王、王后和所有的朝臣也都在场。

哈姆莱特不晓得举行的是什么仪式，只站在一旁，不想去惊动。他看到他们按照处女葬礼的规矩，在她坟上撒满了花。花是王后亲自抛的，她随抛随说："鲜花应当撒在美人身上！我本来希望用鲜花替你铺新娘子的床的，可爱的姑娘，没想到却来撒在你的坟墓上了。你本应该做我的哈姆莱特的媳妇的。"哈姆莱特又听到奥菲利娅的哥哥说，希望她的坟里生出紫罗兰来，然后他看到雷欧提斯跳进奥菲利娅的坟里去，悲伤得像发了疯似的。他吩咐侍从们拿土来像山一样埋到他的身上，让他跟奥菲利娅埋在

一起。哈姆莱特对这位美丽的姑娘的爱又恢复过来了，他不能容忍一个做哥哥的悲哀得这么厉害，因为他想他对奥菲利娅的爱比四万个哥哥还要深。这时候，哈姆莱特露了面，跳进雷欧提斯待在里面的那座坟墓，跟他同样疯狂，或者比他更疯狂。雷欧提斯认出他是哈姆莱特，他父亲和他妹妹都是因为这个哈姆莱特死掉的，就把他看作仇人，抓住他的脖子，最后还是侍从把他们拉开了。葬礼完了以后，哈姆莱特道歉说，他刚才很鲁莽，叫人看了以为他是要跟雷欧提斯打架才跳进坟里去的，可是他说他不能容忍还有谁为了美丽的奥菲利娅的死显得比他更伤心。两个高贵的青年一时似乎讲了和。

可是国王（哈姆莱特的坏叔叔）就利用雷欧提斯对他父亲和妹妹的死所感到的悲愤，暗地里想法谋害哈姆莱特。他怂恿雷欧提斯在言归于好的掩饰下向哈姆莱特挑战，做一回友谊的比剑。哈姆莱特接受了这个挑战，并且约定比赛的日子。比赛的时候，宫里的人都在场。在国王的指示下，雷欧提斯准备了一把毒剑。大家知道哈姆莱特和雷欧提斯两个人都精通剑术，所以朝臣们都为这次比赛下了很大的赌注。照规矩比剑应该用圆头剑，或者叫钝剑，哈姆莱特挑了一把圆头剑，他一点没怀疑到雷欧提斯有什么诡计，也没有留意去检查雷欧提斯的剑；可是雷欧提斯使的却是一把尖头剑，上面还涂上毒药。最初，雷欧提斯没有认真跟哈姆莱特比剑，让他占一些上风。国王就故意夸大哈姆莱特的胜利，满口喝着彩，为他的胜利干杯，并且下了很大的赌注，赌着哈姆莱特一定得胜。可是交了几个回合，雷欧提斯打得越来越凶，就用毒剑扎哈姆莱特，给了他致命的一击。哈姆莱特很气愤，可是他还不知道全部阴谋。正打得激烈的时候，他用自己那把没有毒的剑换过雷欧提斯那把毒剑，然后用雷欧提斯自己的剑回刺了他一下，这样，雷欧提斯就罪有应得地中了他自己的奸计。这当儿，王后尖声嚷她自己中毒了。原来国王给哈姆莱特预备下一碗饮料，为了等哈姆莱特比剑热起来要喝水的时候，好递给他。阴险的国王在碗里下了很猛烈的毒药，这样，要是哈姆莱特没给雷欧提斯刺死，就用这个来保证把他毒死；结果这碗饮料却被王后无意之中喝了下去。国王忘记事先告诉王后碗里有毒，她喝下去马上就死了，王后用最后一口气嚷出她是被毒死的。

哈姆莱特疑心这里头有阴谋，就吩咐把门关起来，他要查出是谁干的。雷欧提斯告诉他不必查了，说他自己就出卖了朋友。他觉出自己挨了哈姆莱特一剑，快要死了，就招认他使的奸计，以及他自己怎么也给这个奸计害了。他告诉哈姆莱特剑头原是涂了毒药的，哈姆莱特已经活不到半个钟头啦，因为什么药也救不了他。他要求哈姆莱特饶恕他，然后就断气了，他临死的时候控诉这都是国王一手布置的阴谋。哈姆莱特看到自己就要死了，而剑上还有些剩余的毒药，就猛地朝那个奸诈的叔叔扑去，把剑头刺进他的胸膛。这样，他就实践了对他父亲的鬼魂许下的诺言，完成了鬼魂吩咐他做的事，叫那个卑污地谋杀人的凶手遭到报应。然后，哈姆莱特觉得没力气了，眼看要死，就转过身来，用最后的一口气要求亲眼看到这场悲剧的好朋友霍拉旭一定要活在世上（当时霍拉旭的样子像要自杀，想跟王子一道死），把这件事情的经过告诉给全世界的人。霍拉旭答应一定很忠实地这样做，因为一切经过他都知道。这样，哈姆莱特满意了，他的高贵的心就裂开了。霍拉旭和在场的人都流着泪把这个可爱的王子的灵魂委托给天使去保佑。哈姆莱特是一位仁慈宽厚的王子，为了他那些高贵的美德，大家都十分喜爱他。要是没死的话，他一定会做个最尊贵的、最孚众望的丹麦国王。

奥瑟罗

OTHELLO

威尼斯有一位很阔的元老[①]叫勃拉班修，他有个美丽的女儿，就是温柔的苔丝狄蒙娜。由于她品德好，将来又会继承很大一笔遗产，各色各样的人都向她求婚。可是在她本国的白种人中间，她一个也不爱，因为这位高贵的姑娘对人的心灵看得比相貌还重。她用一种只可羡慕而不可仿效的非凡眼光，看中了一个摩尔人[②]——一个黑人。这个人她父亲很喜欢，时常请他到家里来。

可是也不能完全怪苔丝狄蒙娜这个情人选得不恰当。奥瑟罗这个高尚的摩尔人除了他的皮肤是黑色的，别的方面，凡是能够得到最高贵的小姐的爱情的，他都具备了。他是军人，而且是一位骁勇的军人。由于历次在跟土耳其人浴血作战中间指挥有功，他被提升做威尼斯军队里的将军，受到国家的尊敬和信任。

奥瑟罗曾经是个旅行家，而苔丝狄蒙娜（正像所有的姑娘一样）喜欢听他讲他的冒险故事。他从早年的事情回忆起，谈到他经历的战役、围攻和会战，谈到他在水上和陆地遇到的种种凶险，谈到他踏进火力集中的地方，或者朝炮眼走去，在千钧一发的当儿又脱险的情况。他谈起他怎样被傲慢的敌人俘虏，当作奴隶卖掉，他又怎样忍气吞声，终于逃掉。在讲这些经历的时候，他还附带讲了他在外国看到的一些新奇事物：一眼望不到边儿的荒野、瑰丽动人的洞穴、石坑、岩石和插入云霄的山峰。也讲到一

① 古罗马时代的一种官职，相当于现代资产阶级政权下的参议员。

② 非洲西北部的一个民族，主要聚居在阿尔及利亚和摩洛哥两个地方。

些野蛮的国家和吃人的部落，谈到非洲有一个民族，他们的脑袋长在肩膀底下。这些旅行家的故事都深深引起苔丝狄蒙娜的兴趣，要是正听的时候她因为家务被叫走一下，她总是赶快把那件事料理完，马上就回来，然后用永远也听不够的耳朵去听奥瑟罗的叙述。有一回，奥瑟罗趁着一个很好的机会，引得苔丝狄蒙娜向他提出一个请求：要求他把一生的经历完整地给她讲一遍。过去她已经听到过许多，可只是零零碎碎的。奥瑟罗答应了。他讲到自己少年时代遭受的艰难困苦的时候，勾出她不少的眼泪。

经历讲完了，苔丝狄蒙娜为了他遭受的痛苦不晓得叹了多少口气。她很巧妙地发了一个誓说：那些事都是非常离奇而且悲惨的，悲惨极了，她说要是没有听到就好了，可是她又希望上天给她造出这样一个男子。然后她向奥瑟罗道了谢，并且对奥瑟罗说，要是他有个朋友爱上了她，他只要教给那个人怎样讲他的经历，就可以得到苔丝狄蒙娜的爱了。奥瑟罗得到这个虽然坦率但也不失含蓄的暗示，并且随着这个暗示还有苔丝狄蒙娜迷人的妩媚和羞涩，自然懂得她的意思了。他就更明白地向她表示了爱，趁这个宝贵时机得到落落大方的苔丝狄蒙娜姑娘的同意，预备私下跟她结婚。

不论就奥瑟罗的肤色或是就他的财产来说，勃拉班修都不会承认他做女婿。他一直不去干预他的女儿，不过他心里指望的是苔丝狄蒙娜不久就会像威尼斯的高贵小姐们一样选上一位元老身份的人，或者一个迟早总会成为元老的人，可是这一点他失算了。苔丝狄蒙娜爱上了这个摩尔人，尽管他是个黑人，她把她的心和财产都献给了这个勇敢而品质高尚的人。她挑选这个人做她的丈夫，全心全意地爱着他。他的肤色在一切女人面前都是绝对看不上眼的，可是聪明的苔丝狄蒙娜却把那个看得比向她求过婚的威

尼斯年轻贵族的白净肤色都要高贵。

他们的婚礼虽然是私下里举行的，可是这个秘密保守了没多久就传到老人家勃拉班修的耳朵里了。勃拉班修到庄严的元老院会议上去控告摩尔人奥瑟罗，一定说奥瑟罗竟然用符咒或者巫术骗得美丽的苔丝狄蒙娜爱上他，事先没有得她父亲的同意就跟他结了婚，奥瑟罗这样做是违反了主客之间的道义。

这当儿，刚好威尼斯政府需要奥瑟罗立刻去担任一项职务。消息传来说，土耳其人调集了强大的舰队，正向塞浦路斯岛[1]进发，想把这个军事据点重新从当时的占领者威尼斯人手里夺去。在这个紧急关头，威尼斯当局把希望寄托在奥瑟罗身上，认为只

---

① 地中海东部的一个大岛，15 世纪末叶一度属威尼斯，1571 年又曾为土耳其夺去。1960 年独立，成为共和国。

有他能够指挥抵御土耳其人进攻塞浦路斯的战事。所以这时候奥瑟罗就被元老院召去。他站在元老跟前，一方面是国家重大职位的候选人，一方面又是个犯人——根据威尼斯法律，他被控的这些罪名应当判他死刑。

老勃拉班修这么大年纪了，又是元老，庄严的会场上大家都不能不非常耐心地去听他的控诉。可是这位气鼓鼓的父亲在控诉的时候一味听任自己激动的心情驱使，一点儿也不冷静。他举出一些迹象和疑点作为证据，因此，奥瑟罗站出来替自己辩护的时候，只要把他跟苔丝狄蒙娜恋爱的经过平铺直叙地讲一遍就够了。他朴实而娓娓动听地把他怎样向苔丝狄蒙娜求婚的全部经过讲了，像上边叙述的那样。他的话讲得那么光明磊落（这就证明他说的是实情），连当审判官的公爵也不得不承认要是他自己的女儿听了这样的故事，也会爱上奥瑟罗的。看来奥瑟罗在求婚的时候所用的符咒和魔法只不过是男人在恋爱的时候用的正大光明的方法。他所使用的唯一的巫术就是给姑娘讲了些柔情的故事，叫姑娘听了感兴趣。

苔丝狄蒙娜姑娘亲口证实了奥瑟罗说的话。她来到法庭里，首先承认她父亲既然生养她，教育她，她应当尽做女儿的本分；然后要求她父亲准许她承认一种更高的本分——对她的主人和丈夫应尽的本分，甚至就像她母亲对他（勃拉班修）比对她自己的父亲更喜欢一样。

这位上了年纪的元老没法再坚持他的控诉了，他十分痛心地把摩尔人叫到他跟前，无可奈何地将女儿嫁给了他，告诉他说，如果他有权利留住苔丝狄蒙娜的话，就绝不会让她落到奥瑟罗的手里。他还说，他从心坎上高兴亏了他没有旁的儿女，因为苔丝狄蒙娜这种行为会把他变得专制起来，为了苔丝狄蒙娜的私奔，他会叫别的儿女都戴上脚枷的。

习惯使奥瑟罗把艰苦的军队生活看得像家常便饭那样自然。这件纠纷解决以后，他马上就去指挥塞浦路斯的战事了。苔丝狄蒙娜更愿意她的丈夫去建立功绩（尽管很是冒险），而不是像一般新婚夫妇那样整天逍遥闲荡，荒废时光。她还欣然同意跟他去出征。

奥瑟罗和他的妻子刚在塞浦路斯上岸，就接到报告，说土耳其的舰队被一场剧烈的暴风给刮散了。这样一来，塞浦路斯岛一时没有受到攻击的危险了。然而这时候奥瑟罗将要遭遇另外一场战争：坏人挑拨他对清白无辜的妻子起了猜忌，这个敌人（猜忌）在性质上比外国人或异教徒[①]更加恶毒。

将军的朋友当中最受他信任的是凯西奥。迈克尔·凯西奥是一个年轻军官，是佛罗伦萨人。他为人快活多情，嘴巴又甜，有许多讨女人喜欢的地方。他长得漂亮，会讲话。最能引起年纪大一些（奥瑟罗的年纪也不算小了）、娶了年轻美貌的妻子的人嫉妒的，也正是这样的一种人。可是高贵的奥瑟罗是从来不猜忌别人的，正如他自己做不出卑鄙的事来一样，他也不怀疑别人会做那样的事。他跟苔丝狄蒙娜恋爱的时候，还曾经找这个凯西奥帮过忙。当时凯西奥算是奥瑟罗的媒人，因为奥瑟罗担心自己不善于跟女人柔和地谈话，叫她们听了喜欢，他觉得他的朋友很有这种本领，就时常请凯西奥（奥瑟罗是这么说的）代表他去求婚。这种对人毫不猜忌的单纯性格正是这个勇敢的摩尔人性格上的光彩，而不是他的缺陷。这也难怪温柔的苔丝狄蒙娜除了奥瑟罗本人，顶喜欢和顶信任的人就是凯西奥了（可是正像一切贤惠的妻

---

① 指不信基督教的，这里指的是土耳其人。

子一样，她对凯西奥总保持着很大的距离）。他们俩结婚以后，她对迈克尔·凯西奥的态度一点儿也没有变。凯西奥时常到他们家里去，奥瑟罗自己的性格比较严肃，可是对凯西奥的东拉西扯，他听起来也很高兴——严肃的人时常喜欢听那些性格上跟他们相反的人的谈话，这样才可以使得他们自己不至于太沉闷。凯西奥也跟苔丝狄蒙娜一道说说笑笑，就像当年他替他的朋友去求婚的时候一样。

奥瑟罗新近把凯西奥升作副官，这是个很受信任的职位，也是跟将军最接近的。这次的提升大大地惹恼了一个资格较老的军官，这个人名叫伊阿古。他认为自己比凯西奥更应该被提升，并且时常讥笑凯西奥，说他只适于陪陪女人，对于战术或是怎样布置阵形，他懂得的不比一个女孩子多。伊阿古恨凯西奥，也恨奥瑟罗。他恨奥瑟罗一半是为了他偏爱凯西奥，一半是由于一种毫无根据的猜忌——他很轻率地认为这个摩尔人看上了他的妻子爱米利娅。有了这些无中生有的怨仇，阴险的伊阿古就想出一条可怕的计策来报复，要叫凯西奥、摩尔人和苔丝狄蒙娜都同归于尽。

伊阿古为人诡计多端，他很仔细地研究过人的天性，晓得在一切折磨人心的痛苦（远比对肉体的折磨更痛苦）中间，再没有比嫉妒更难忍受、更能刺痛人的了。他估计要是能叫奥瑟罗吃起凯西奥的醋来，那一定是个绝妙的报仇办法，可能叫凯西奥和奥瑟罗两个人中间死掉一个，也许两个都死掉，那他才不在乎呢。

将军和他的夫人到了塞浦路斯，加上敌人的舰队已经被暴风刮散了的消息也传了出去，岛上就像过节一样，人人都尽情地吃喝玩乐，放量饮酒，互相为黑人奥瑟罗和他的夫人——美丽的苔丝狄蒙娜的健康干杯。

那天晚上的警卫队由凯西奥指挥，奥瑟罗吩咐他不要让士兵们喝多了，免得闹出斗殴的事，把当地居民吓坏了，或者叫他们讨厌起新登岸的军队来。伊阿古当天晚上就开始了他那处心积虑的阴谋。他借口向将军表示忠诚爱戴，怂恿凯西奥拼命喝酒——就一个担任警卫的军官来说，纵酒是很严重的错误。凯西奥最初拒绝了，可是伊阿古很会装出诚恳坦率的样子，他唱起劝酒的歌，一个劲儿催着凯西奥喝。凯西奥终于坚持不住，就一杯杯地喝了下去，嘴里不断地称赞苔丝狄蒙娜，一遍遍地为她干杯，满口夸着她是一位最了不起的夫人。最后，他咽到肚子里去的那个敌人迷住了他的心窍，一个受伊阿古唆使的人故意惹他生气，两个人就都把剑拔了出来。一个很好的军官蒙太诺过来替他们排解，在扭打的时候受了伤。乱子越闹越大了。已经着手搞起阴谋来的伊阿古到处嚷着出事了，并且叫人敲起城堡上的警钟，就像不是喝醉了酒打的一场小架，而是发生了严重的兵变。警钟把奥瑟罗吵醒了，他急急忙忙地穿上衣服，赶到出事的地方，问凯西奥是怎么回事。凯西奥这时候清醒了过来，酒劲儿也过去一些了，可是他惭愧得答不出话来。伊阿古装作不好意思告凯西奥的状，好像是因为奥瑟罗一定要问个水落石出，逼得他没办法，才只好把全部经过说了出来；他只略掉他自己参与的那部分，凯西奥这时候也早记不清了。伊阿古讲得听起来好像是在替凯西奥开脱，其实是大大地加重了他的罪过。结果，严格执行纪律的奥瑟罗只好撤销凯西奥的副官职位。

这样一来，伊阿古的头一步阴谋就完全成功了。他已经暗中陷害了他所恨的对头，把凯西奥的副官职位搞掉了。可是他还要进一步利用这个多灾多难的夜晚发生的事情。

经过这场不幸，凯西奥完全清醒过来了。他仍然把伊阿古当作朋友，就对伊阿古表示后悔自己不该糊涂到变成野兽一般。现在他是完了，因为他怎么好开口请将军恢复他的职位呢？将军一定会说，他是个醉鬼。他真是看不起自己了。伊阿古假装把事情看得没什么了不起，说他自己或是别人谁都难免偶尔喝醉了，当前只有去想法挽救这个倒霉的局面。他说现在将军夫人就是真正的将军，奥瑟罗什么都听她的，他劝凯西奥最好去请苔丝狄蒙娜出面在她丈夫跟前替他说说情。苔丝狄蒙娜性情很爽快，乐意帮人家忙，这样替人和解的事她一定会立刻答应下来的，那样，凯西奥就可以重新得到将军的器重，他跟将军的友谊经过这个裂痕反而会比以前更亲密。倘若伊阿古不是别有阴谋，他出的主意本来也很不错。大家从下文就可以看出他的阴谋来。

于是，凯西奥就照伊阿古出的主意求苔丝狄蒙娜去了。不管什么人，只要有事恳求苔丝狄蒙娜，她没有不答应的；她答应凯西奥一定替他在她丈夫面前求情，说她宁可死也不会撇开他托付的事。苔丝狄蒙娜立刻就去进行了，她说得那么诚恳，又那么灵巧，奥瑟罗虽然很生凯西奥的气，也不能拒绝她。当时奥瑟罗表示要是马上就赦免这样一个触犯军纪的人未免太快了，要求缓一下，她仍然不甘心，一定要他在第二天晚上恢复凯西奥的职位，要不就在第三天的早晨，最迟不出第四天的早晨。然后她又形容起可怜的凯西奥有多么懊悔，多么惭愧，他犯的罪过不该受这么严厉的责罚。

当奥瑟罗仍然不肯的时候，她说：“怎么，我替凯西奥求求情要费这么大事吗？当初迈克尔·凯西奥来替你求婚，好多回我说过不满意你的话，他总是替你辩护呢！我认为我请你做的只是一件小事，要是我真的想试探试探你的爱情的话，我会向你要求一件大事的。”对于像苔丝狄蒙娜这样一个求情的人，奥瑟罗是无论如何也不能拒绝的。他只是要求苔丝狄蒙娜容他一些时间，他答应一定仍然会重用迈克尔·凯西奥的。

恰巧苔丝狄蒙娜正在一间屋子里待着，奥瑟罗和伊阿古走进来；这时候，来托她说情的凯西奥恰巧从对面的门走出去。诡计多端的伊阿古自言自语地小声说："我看有点儿不大对头。"奥瑟罗并没怎么留心伊阿古的话，而且他随后跟他的夫人商量起事情来，也就把那话忘掉了。然而事后他却又想起来了，因为苔丝狄蒙娜走开以后，伊阿古装作自己想打听一下，就问起奥瑟罗向苔丝狄蒙娜求婚的时候，迈克尔·凯西奥知不知道他恋爱的事。将军告诉他凯西奥知道，并且说，求婚的时候凯西奥还时常替他们撮合呢。伊阿古听了皱起眉头，好像在一件可怕的事情上又找到新的线索，只嚷了一声："真的吗？"这使奥瑟罗记起伊阿古刚走进屋子里看到凯西奥跟苔丝狄蒙娜在一起的时候脱口说出的那句话。他开始觉得这些话里都别有含义，因为他相信伊阿古是正直人，对他是满腔的爱戴和忠诚。如果一个奸诈的恶棍这样吞吞吐吐就是有鬼胎了，可是出于伊阿古这样的正直人却是很自然的，好像一件很严重的事情堵在心里，说不出口来。奥瑟罗恳切地要求伊阿古把他知道的情形讲出来，不管他想的事情有多么坏也要告诉他。

伊阿古说："哪座宫殿能免得了有脏东西进去呢？要是有什么非常污秽的思想闯进了我的心里，可怎么办呢？"伊阿古接着又说，如果为了他这些枝枝节节的观察竟给奥瑟罗惹起麻烦来，那就太可惜了。他说，要是把他脑子里想的事情说出来，就会叫奥瑟罗心神不安，不该为了一点点轻微的猜疑就毁掉人家的名誉。当伊阿古看出这些旁敲侧击的一言半语把奥瑟罗弄得疑神疑鬼，都快发了疯，他又装出诚心诚意地关怀奥瑟罗精神上的安宁，劝他当心不要吃醋。这个坏人就这样假装劝他当心不要猜忌，用这个手段在奥瑟罗毫无戒备的心上反而引起了猜忌。

“我知道我的妻子长得美，”奥瑟罗说，“她喜欢交际和宴会，爱谈天，会唱歌、弹琴和跳舞。只要她贞洁，这些都是美德。我得有真凭实据才能认为她有暧昧的行为。”

伊阿古又装作很高兴奥瑟罗不轻易怀疑他的夫人，坦率地说他并没拿到什么证据，只叫奥瑟罗仔细留意当凯西奥在场的时候苔丝狄蒙娜的举止神情。他劝奥瑟罗不要嫉妒，也不要认为安然无事，因为他（伊阿古）比奥瑟罗晓得意大利的妇女（他本国的女人）的性格，说威尼斯的女人背着她们丈夫玩的鬼把戏是瞒不过上天的。然后他又狡猾地暗示说，苔丝狄蒙娜跟奥瑟罗结婚的时候就欺骗过她的父亲，而且做得非常巧妙，可怜那位老人家竟以为奥瑟罗用了巫术呢。奥瑟罗听了这番话觉得很有道理，想到苔丝狄蒙娜既然能欺骗她的父亲，为什么就不能欺骗她的丈夫呢？

伊阿古请奥瑟罗原谅，不该使他这样激动。可是奥瑟罗故意装出满不在乎的样子，其实听了伊阿古的话他心里早已难过得颤动起来了。他要求伊阿古讲下去。伊阿古先说了许多抱歉的话，好像很不愿意讲凯西奥的坏话——他口口声声管凯西奥叫作朋友，然后他就狠狠地说到要害了。他提醒奥瑟罗说，曾经有许多跟苔丝狄蒙娜同国家、同肤色、门当户对的人向她求过婚，然而她全都拒绝了，单单嫁了一个摩尔人奥瑟罗，这在她是很不自然的，足见她很任性。可是等她清醒过来，她就很可能会拿奥瑟罗跟那些相貌清秀、皮肤白净的意大利青年（她本国人）去比较了。最后，他劝奥瑟罗把跟凯西奥和解的事再延迟一下，看看这时期苔丝狄蒙娜替他求情求得有多么殷切，从那上头可以看出不少马脚来。这个奸诈的坏蛋就这样布置下了阴谋，他利用清白无辜的苔丝狄蒙娜那种温柔的性情来毁灭她，把她的善良变成叫她自己上圈套的罗网：他先怂恿凯西奥向她去求情，然后又通过这个求情来布置叫她毁灭的诡计。

两个人谈话结束的时候，伊阿古反倒恳求奥瑟罗在没有拿到真凭实据以前，仍旧要把他的妻子看成清白的，奥瑟罗答应一定不急躁。然而从那以后，上了当的奥瑟罗心里就再也安顿不下去了。不论是罂粟花、曼陀罗汁或者世界上所有的安眠药，都不能叫他重新享受他昨天还享受过的酣睡。他讨厌起他的职务来。他不再喜欢军事了。他这个人本来一看到队伍、旗帜、阵形就兴奋，听到鼓声、号角或者战马的嘶叫就跳跃，如今，军人所有的荣誉感和雄心壮志那些美德都不见了。他失去了对军事的热心，也没有了他一向保持着的愉快心情。他一阵觉得他的妻子是忠实的，一阵又觉得她不忠实；一阵觉得伊阿古是正直的，一阵又觉得他不正直。他但愿自己根本不晓得这件事，只要他不晓得，她就是爱上了凯西奥，对他也没有害处。这些千头万绪的念头把他的心撕得粉碎。有一次奥瑟罗掐住伊阿古的喉咙，一定要他拿出苔丝狄蒙娜犯罪的证据，不然就是故意诬陷了她，奥瑟罗要立刻把他弄死。

伊阿古装作十分气愤，说他的一片好心倒被当作了恶意，然后问奥瑟罗可曾看到过他的妻子有时候拿着一块上面有草莓花样的手绢。奥瑟罗说他给过她这么一块手绢，而且那是他第一次送她的礼物。

“今天我看见迈克尔·凯西奥用那块手绢擦脸呢。”伊阿古说。

“如果真是像你说的那样，”奥瑟罗说，“我不狠狠报仇，不干掉他们俩，我决不甘休。头一样，为了表示你对我的忠诚，我限你三天以内把凯西奥弄死。至于那个美丽的魔鬼（指的是他的夫人），我回去会想个办法叫她死得快当。”

对于喜欢嫉妒的人，即使像空气那样轻飘飘的东西，也会成为像《圣经》那样确凿的铁证。仅仅在凯西奥手里看到一块他妻子的手绢，竟然就足以使被蒙蔽的奥瑟罗宣布他们两个人的死罪，也不问一下手绢是怎样到凯西奥手里的。苔丝狄蒙娜从来也没给过凯西奥这样一件礼物，这位忠实的夫人也做不出把丈夫的东西送给旁的男人那样的坏事。凯西奥和苔丝狄蒙娜都没有冒犯过奥瑟罗，可是那个黑心的伊阿古无时无刻不在想方设法陷害人，手绢是他叫他的妻子（一个善良的，可是很软弱的女人）从苔丝狄蒙娜那里偷来的。伊阿古装作要把手绢上的花样描下来，其实是为了把它丢到凯西奥可以捡着的地方，这样就可以给伊阿古一个口实，暗示说手绢是苔丝狄蒙娜送给凯西奥的。

奥瑟罗见到他的妻子没多久，就假装头痛（老实说，这也可能是真的），要借她的手绢来扎太阳穴。她就给了他一块。

“不要这块，”奥瑟罗说，“要我送给你的那块。”

那块手绢苔丝狄蒙娜没有带在身边，因为正像我们讲过的，它已经给偷去了。

“怎么？”奥瑟罗说，“这一下可糟啦。那块手绢是一个埃及女人送给我母亲的。那个女人是个巫婆，她能看透人的心事。她告诉我母亲说，那块手绢在她手里一天，她就一天惹人喜欢，我父亲也爱她。要是她把手绢丢了，或者送给别人，我父亲的心就要变了，他就会像他爱过她那样讨厌她。她临死的时候把手绢给了我，叫我哪一天结了婚，就送给我的妻子。我就照她吩咐的把它送给了你。你要好好保存，把它看得像你的眼珠那样宝贵。”

“会是这样吗？”夫人说，心里害怕起来。

“确实是这样，”奥瑟罗继续说，“那块手绢有魔法。一个活了两百岁的巫婆在一阵狂热的神通来到的时候织的，做成丝的蚕也是神蚕，然后又用处女木乃伊里的心脏取出来的染汁染过。”

苔丝狄蒙娜听说那块手绢有这么神奇的效力，就吓得要死，因为她明明白白记得把它丢了，而且，她担心这样一来也就丢掉了她丈夫的爱。然后奥瑟罗跳起来，好像要做出什么鲁莽的事情。他仍然逼着要手绢，苔丝狄蒙娜既然拿不出来，就竭力想把她丈夫沉重的心思排遣开。她欢欢喜喜地对奥瑟罗说，刚才他讲的关于手绢的话只不过是为了不让她来替迈克尔·凯西奥求情罢了。随后（正像伊阿古事先说的）她又夸奖起凯西奥来，终于奥瑟罗完全像发了疯一样，冲出门去。这时候，苔丝狄蒙娜才开始怀疑她的丈夫是吃醋了，尽管她还不愿意这样想。

苔丝狄蒙娜说不清她究竟做了什么事情使他吃起醋来，她又后悔自己不应该责怪高贵的奥瑟罗，想一定是威尼斯来了什么不好的消息，或者国家大事上有了什么困难，叫奥瑟罗这样烦躁，弄得他的脾气没有以前那样温柔了。她说：“男人家也不是神仙，不能希望他们在结婚以后仍然对妻子体贴得跟结婚那天一样。”奥瑟罗待她很坏，可是苔丝狄蒙娜却责备自己不该往坏里去想他。

奥瑟罗跟苔丝狄蒙娜又见面了，这回他更明白地指责她不忠实，说她爱上别人了，可是没提爱上了谁。然后，奥瑟罗哭了。苔丝狄蒙娜说：“唉，不幸的日子！你为什么哭啦？”奥瑟罗对她说，他能够坚忍地经受各种折磨——贫穷、疾病和耻辱，可是她的不忠实却使他的心都碎了。他管苔丝狄蒙娜叫毒草，样子很好看，气味也很香，可是一看见眼睛就痛，一闻到鼻子就痛。奥瑟罗巴不得她没生下来。奥瑟罗走开以后，这位清白无辜的夫人听了她丈夫的莫须有的猜疑，震惊得直发呆，昏昏沉沉地只想睡觉，勉强叫她的丫鬟替她理好了床，铺上结婚那天晚上用的被单。她说，

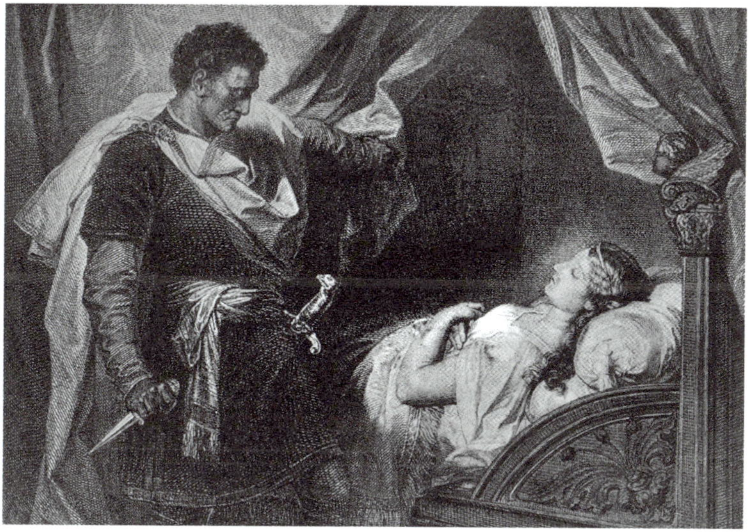

大人教小孩子做什么，他们总是用温和的方法，从容易的事情做起。奥瑟罗尽可以那样温和地责备她，因为当她受责备的时候，老实说，她也只是个孩子。这位温柔的夫人就只有这么一点点怨言。

苔丝狄蒙娜睡到床上，她想她丈夫跟着也会来的。由于精神上痛苦，她不久就睡着了。奥瑟罗走进屋里来了，他是怀着要把他的夫人害死的凶恶念头的。可是看到她在酣睡，奥瑟罗不愿意叫她流血，也不愿意刺伤她那比雪花石膏还要白净的皮肤。可是他拿定了主意要把苔丝狄蒙娜弄死，不然的话，（奥瑟罗说）她活着还会骗别的男人，正像把他骗了一样。奥瑟罗最后一次吻了她，那个吻真甜啊（他这么说），还得再吻一次。然后他哭了，可是他说他流的是无情的眼泪。

苔丝狄蒙娜给他吻醒了。她望着奥瑟罗，看到他咬着下嘴唇，翻转着眼睛，知道他一这样，总是要做出什么可怕的事情来。他吩咐苔丝狄蒙娜准备死，叫她去祈祷，因为他不想杀害她的灵魂。

这个清白无辜的妻子完全听任他摆布了，她哀求奥瑟罗放慈悲些，她问自己究竟做了什么错事。这时候奥瑟罗才提起凯西奥的名字，和（奥瑟罗说是）苔丝狄蒙娜送给他的那块手绢。那位清白无辜的夫人正要替自己分辩的时候，他忽然不肯听下去了，就用被子蒙起她来，活活地把她闷死了。

就在这当儿，受了伤的凯西奥血淋淋地被抬进屋来了。伊阿古派一个爪牙去暗杀凯西奥，那家伙并没能杀死凯西奥；他把凯西奥刺伤了，可是并没伤着致命的地方。伊阿古为了避免给人发觉这件事情是他主使的，又把刺客本人杀死了。可是从刺客口袋里翻出来的一些信清清楚楚地证实了伊阿古的奸计，也证实了凯西奥的清白。凯西奥现在跑来向奥瑟罗道歉，并且质问怎么得罪了他，竟惹得奥瑟罗派伊阿古来杀他。

事情揭穿了以后，对奥瑟罗真像是一个晴天霹雳。这时候他才明白地认识到自己等于做了杀人犯，他的妻子（可怜那个无辜的夫人）对他一直是忠实的。这件事情的揭穿使他万分痛苦，他实在活不下去了，就把自己刺死，倒在他那亲爱的、被杀害了的妻子的尸身上，咽了气。

这些鲁莽的行为使在场的人都感到极大的恐怖和惊愕，因为奥瑟罗一向名声很好，在他没有受坏蛋的阴谋欺骗以前（他自己高贵的性格使他对那个坏蛋从来也不起疑心），他本来是个挚爱多情的丈夫。他爱得不明智，可是他爱得很深。他那双刚毅的眼睛虽然不是在每一件小事上都会掉泪，可是（当他发觉他的错误以后）他的眼泪就像阿拉伯橡树的树胶那样流个不停。他死了以后，大家仍然记着他过去的功绩和他的勇敢作为。他的继任者只得用最严厉的刑罚惩办伊阿古，把他用极刑处死了。同时，也把这位著名的将军惨死的经过呈报给威尼斯政府。

太尔亲王配力克里斯

PERICLES PRINCE OF TYRE

窥探大人物的隐蔽罪行一般总是危险的。太尔亲王配力克里斯就发现了希腊的坏皇帝安提奥克斯暗地里干的一件非常要不得的事，那个皇帝为了报复，就威胁说要加给亲王的臣民和太尔城[①]十分可怕的灾难。为了避免这场灾难，配力克里斯就自动离开他的领土，到外面去流亡。他把国事委托给一位又能干又正直的大臣赫力堪纳斯，然后就坐船离开太尔，想等这个实力雄厚的安提奥克斯怒气平息了再回来。

亲王首先去的地方是塔色斯[②]。他听说塔色斯城的人那时候正遭遇严重的饥荒，就带了大批粮食去救济他们。到了那里，他发现那座城已经落到山穷水尽的地步了，而他带着他们梦想不到的援助，就像是从天上掉下来的救星一样。塔色斯的总督克利翁非常感激地欢迎了他。配力克里斯到了这里没多久，他的忠实的大臣就来信警告他说，留在塔色斯是不安全的，因为安提奥克斯已经晓得了他住的地方，秘密派人来谋害他了。配力克里斯接到信以后，就坐船走了。当地所有的人民都受到他的周济，大家全祝福他，替他祷告。

船走了没多远，就遇到一场可怕的风暴，除了配力克里斯，船上的人全都淹死了。配力克里斯赤条条地被海浪冲到一个不知名的海岸上。他在那里徘徊了没多久就碰到几个穷渔夫。他们把

---

① 古菲尼基的港口，在现在的黎巴嫩。

② 古罗马西里西亚的首府，在小亚细亚东南部。

他请到家里去，给他衣服穿，给他东西吃。渔夫告诉配力克里斯这个国家叫潘塔波里斯[1]，他们的国王是西蒙尼狄斯，大家都叫他作善良的西蒙尼狄斯，因为他把国家治理得很好，太平无事。渔夫还告诉他国王西蒙尼狄斯有个年轻漂亮的女儿，第二天就是她的生日，宫里要举行一次盛大的比武会，许多王子和武士为了争夺这位美丽的公主太莎的爱，都从各地方到宫里来比武。亲王听到这话，心里正可惜他的一副好甲胄丢了，因而不能加入到那些勇敢的武士中间去的时候，另外一个渔夫把他用渔网从海里捞上来的一副完整的甲胄拿了来，一看，正是配力克里斯丢的那副。配力克里斯看到自己的甲胄，就说："命运呀，多谢你！我倒了这么多霉，你终于给了我一些补偿。这副甲胄是我的亡父传给我的，为了纪念亲爱的父亲，我一向很宝贵它，走到哪里都随身带着它。狂暴的海虽然把它夺了去，如今风平浪静了，它又把甲胄还给了我。我感谢海，因为既然有了我父亲的遗物，那只船失事也就算不得什么灾祸了。"

第二天，配力克里斯就穿上他那位英勇的父亲的甲胄，到西蒙尼狄斯的王宫去了。比武的时候，他表现出惊人的本领，从从容容地把那些凭武艺跟他争夺太莎的爱的勇敢的武士和英勇的王子全打败了。当勇士们在王宫比武会上为一位公主的爱较量的时候，如果一位勇士把所有的人都打败了，那位尊贵的小姐照规矩应该向为了她而做出那样英勇举动的胜利者表示最大的尊敬。太莎也没违反这个规矩，她立刻把配力克里斯打败了的王子和武士全都打发走了，对配力克里斯特别表示好感和尊敬，给他戴上胜

---

① 希腊文，意译是"五座城"。古代地理有几个"五座城"，这里指的大概是小亚细亚的。

利的花冠，作为那天的幸福之王。配力克里斯一看见这位美丽的公主，立刻就热烈地爱上了她。

配力克里斯的确是个多才多艺的人，样样本领他都精通。这位好西蒙尼狄斯十分赞赏配力克里斯的英勇高贵的品质，尽管他并不知道这个王族出身的陌生人的身份（配力克里斯怕给安提奥克斯晓得，就只说自己是太尔的一个普通绅士），然而当他看出他女儿深深爱上了配力克里斯的时候，他并不反对这个来历不明的勇士做他的女婿。

配力克里斯娶了太莎不上几个月，就接到消息说，他的仇人安提奥克斯死了，他离开太尔日子太久了，老百姓等得不耐烦，快要叛变了，并且谈着要让赫力堪纳斯来接替他空下来的王位。这个消息还是从赫力堪纳斯自己那里来的。赫力堪纳斯是亲王忠实的臣子，他不肯接受别人要给他的高位，只派人把老百姓的意思透露给配力克里斯，这样配力克里斯好回国，重新享受他应享受的权利。西蒙尼狄斯晓得他女婿（那位隐姓埋名的武士）原来是有名的太尔亲王以后，就又惊又喜，然而想到如今他必得跟他所钦佩的女婿和他钟爱的女儿分手，又可惜配力克里斯原来不是个平民。太莎已经怀了身孕，西蒙尼狄斯不放心叫她去冒海上的风险，配力克里斯自己也愿意叫她先留在她父亲身边，等孩子生下来再走。可是那个可怜的太莎恳切地要求跟她丈夫一起走，最后他们只好同意，一心盼着她到了太尔再生养。

海跟不幸的配力克里斯真是冤家对头。他们离太尔还老远的时候，海上又起了一场可怕的风暴，太莎吓病了。过了不久，她的奶妈利科丽达就抱着一个小娃娃来见配力克里斯，告诉他一个悲惨的消息：他的妻子刚生出小娃娃来就死了。奶妈把娃娃捧到她父亲面前说：“孩子太小了，这个地方对她不合适。这就是您那位已故的王后遗下的孩子。”

配力克里斯听说他的妻子死了，就悲痛得死去活来。他刚一能开口，就说：“神啊，你们为什么叫我们爱上你们美好的恩赐，然后又把它硬从我们手里夺去呢？”

“把心放宽点儿吧，殿下，”利科丽达说，“王后死了，就留下这么个小女儿。为了您的孩子，请您打起点儿精神来吧。这个宝贝儿是要您来抚养的，就是看在她的面上，也请您把心放宽点儿吧。”

配力克里斯把这个新生的娃娃抱在怀里，对她说：“愿你一辈子过的是宁静的日子，因为从来没有一个孩子是在这样惊涛骇浪中生下来的！愿你的生活平稳安定，因为从来没有一个亲王的孩子出生的时候遭到像你这样粗暴的待遇！愿你日后幸福，因为为了报知你的诞生，天地水火和空气都在大声呼喊。你一生下来就蒙受了损失——指的是她母亲的死——，你初次来到人间，你会发现这种损失是人间的一切快乐都不能补偿的。”

风暴仍然狂怒地咆哮着。水手们有个迷信，认为船上如果停着死人，风浪永远也不会平息。他们来见配力克里斯，要求把王后丢到海里去。他们说：“您还有勇气吗，殿下？上帝保佑您！”

“我有的是勇气，”伤心的亲王说，“我不怕风暴，它已经把最大的不幸加在我身上了。可是为了这个可怜的娃娃——这个初次航海的人儿，我希望风浪早些平息。”“殿下，”水手说，“那么就必须把王后丢到海里去。浪头很高，风很大，船上的死人不丢掉，风暴是不会平静下来的。”

配力克里斯虽然明知道这个迷信多么荒谬绝伦，一点儿根据也没有，可他还是耐着心同意了，说：“就照你们的意思办吧。最不幸的王后，只好把她丢到海里去了！”

于是，不幸的亲王就去看了他亲爱的妻子最后一眼。他望着他的太莎说：“我亲爱的，你生孩子生得太可怕了：没有灯，没有火，无情的大自然把你完全忘掉了，如今又来不及替你举行葬礼，只能几乎连棺材也没有就把你丢到海里去。本来该在你的遗体上面立一座碑的，可是如今只能叫你的尸骨跟那些不值一文的贝壳躺在一起，淹没在啸叫着的海水下面。啊，利科丽达，吩咐涅斯托替我拿香料、墨水、纸、我的首饰盒和我的珠宝来，叫她把装缎子的匣子拿来。把娃娃放在枕头上。利科丽达，趁我代替神父为太莎做最后祝福的工夫，快点儿去办吧。”

他们给配力克里斯搬来一只大箱子，配力克里斯就把他的王后用缎子寿衣装殓起来，放在箱子里，周身撒上芬芳的香料，旁边搁了贵重的珠宝和一张字条，上面写明她是谁，并且说要是有人碰巧捡到这只装着他妻子遗体的箱子，就恳求他把太莎埋了。然后，配力克里斯就亲手把箱子投到海里去。风浪平静以后，他吩咐水手把船开到塔色斯去。“因为娃娃支撑不到我们到达太尔的时候了，”配力克里斯说，“在塔色斯，我要把她交给人好好抚养。”

太莎被丢到海里去的那个夜晚有暴风雨，第二天大清早，萨利蒙（以弗所的一位很受人尊敬的先生，也是位很高明的医生）正在海边站着，仆人们把一只箱子抬到他跟前，说是海浪冲上岸来的。

“我从来也没见过这么大的浪头，”一个仆人说，“突然把箱子冲上岸来了。”萨利蒙吩咐把箱子搬到他家里去，打开一看，大吃一惊，原来是一个年轻可爱的女人的尸身。他从那芬芳的香料和装满了珠宝的首饰盒断定，葬得这样奇怪的一定是位高贵的人物。他又搜寻了一下，发现还有一张字条，这才晓得躺在他面前的死人曾经是位王后，而且是太尔亲王配力克里斯的妻子。萨利蒙对这个意外的遭遇感到很惊奇，他更同情那位失掉这可爱的夫人的丈夫，就说："配力克里斯，要是你还活着，你一定也悲伤得心都碎了。"然后他仔细望着太莎的脸，看到她脸色十分鲜艳，不像是死了的。于是他说："把你丢到海里去的那些人，太性急了。"因为他不相信她已经死了。他吩咐生上火，把该用的强心药拿来，奏起柔和的音乐，这样，假使她苏醒过来的话，可以帮助镇定她那受了惊的心灵。那些人围着太莎，不知道究竟发生了什么事。萨利蒙对他们说："诸位，请你们让开些，叫她吹到一点儿风，这位王后会复活的。她昏迷了不到五个钟头。瞧，她又吐出气来了，她活过来了。看哪，她的眼睫毛动了。这个美人儿活过来谈起她的遭遇的时候，会叫咱们都落泪的。"

太莎一直也没有死，她只是在生下那个娃娃以后昏过去了，所以看到她的人都认为她死了。现在得到这位好心人的照料，她又活过来，重见天日了。她睁开眼睛说："我是在哪儿呀？我的丈夫呢？这是什么地方啊？"

萨利蒙一点点让太莎了解她遇到的事。等他估量她的精神已经恢复过来，看那些东西也经受得住了，才把她丈夫写的字条和那些珠宝给她看。她看到字条，就说："这是我丈夫的笔迹。在海上坐船的事我是记得很清楚的，可是我是不是在海上生下孩子的，对着天神起誓，我实在说不准。可是既然我永远也看不到我的丈夫了，我要去当修女，不再享受世俗的欢乐了。"

"夫人，"萨利蒙说，"您要是想那样做，狄安娜[①]的神庙离这儿不远，您可以住进去修道。而且如果您愿意的话，我有一

---

① 罗马神话中的月神，以弗所就以她的庙出名。

个侄女可以伺候您。”

太莎很感激地同意了这个办法。等她身体完全复原了以后，萨利蒙就把她安顿到狄安娜的神庙里，她当了那位女神的信女——也就是祭司。太莎在神庙里哀悼着她认定已经死去了的丈夫，照当时的规矩十分虔诚地修行着，度过她这一辈子。

配力克里斯把他的小女儿（因为她是在海上生的，所以配力克里斯给她起名叫玛丽娜[①]）带到塔色斯，打算把她托付给那个城的总督克利翁和总督的妻子狄奥妮莎照顾，想到既然塔色斯闹饥荒的时候他曾经救济过他们，他们一定会很好地照顾他这个没娘的小女儿。克利翁看到配力克里斯亲王，听到他所遭受的深重的不幸，就说：“唉，您那位可爱的王后死得真可惜！要是上天能够让您把她带到这儿来，让我也饱饱眼福有多好呢。”

配力克里斯回答说：“我们得听从上天的旨意。我就是像太莎所葬身的汪洋大海那样大嚷大叫，结局也还得是这样。这是我的好娃娃玛丽娜，我得把她托付给你们，请你们发发慈悲。我把这个娃娃交给你们抚养，求你们务必给她符合公主身份的教育。”然后，他对克利翁的妻子狄奥妮莎说：“好心的夫人，我恳求您把我的孩子抚养大了吧。”她回答说：“我自己也有个孩子，殿下，我对她一定不会比对您这个孩子更疼爱。”克利翁也做了同样的诺言说：“配力克里斯亲王，您曾用粮食救济过我们所有的老百姓，为那件事，他们每天祷告的时候都提到您，就是看在这件事上，我们也不会错待您的孩子的。万一我对您的孩子有疏忽的地方，所有受过您救济的老百姓也会强迫我去尽我应尽的责任。如果我非得有人督促才去尽责任，那就求神明惩罚我和我的子子

① 拉丁文，意思是“海”。

孙孙吧。”

配力克里斯知道他们一定会很好地照顾他的孩子了，就把她交给克利翁和他的妻子狄奥妮莎去抚养，他还把奶妈利科丽达留下。配力克里斯走的时候，小玛丽娜还不知道她失掉了什么，可是利科丽达在跟她的主人（亲王）分手的时候，哭得很伤心。“啊，不要哭啦，利科丽达，”配力克里斯说，“不要哭啦。好好照看你这位小女主人吧，将来你还要靠她呢。”

配力克里斯一帆风顺地到了太尔，又太太平平地治理起国政来了。这时候，他认为已经死了的悲伤的王后仍然留在以弗所。这个从来没跟不幸的母亲见过面的娃娃玛丽娜，就由克利翁按照适合于她那高贵出身的方式抚养大。克利翁使她受到最完善的教育，玛丽娜到了十四岁上，在当时的学问方面就比得上最博学的先生们了。她唱起歌来像天仙，跳起舞来像女神，在针线活儿上，她的手艺巧妙得能照飞禽、水果和花卉的本来形状摹拟下来；她用绸子做的玫瑰跟天然的玫瑰一模一样，两朵天然的玫瑰彼此也没有这么相像的。玛丽娜学会这些本领，人人看了都称赞。克利翁的妻子狄奥妮莎由于嫉妒竟变成她的死对头，因为她自己的女儿很迟钝，总不能做到像玛丽娜那样好。她发现她的女儿虽然跟玛丽娜同岁，也受到同样完善的教育，可是做不出同样的成绩。因此，大家都单单赞美玛丽娜一个人，她的女儿相形之下就没人理会了。于是，狄奥妮莎想了一条计策，要把玛丽娜消灭掉。她心里转着糊涂念头，以为大家只要看不到玛丽娜了，她的不幸的女儿就会比以前受到更多些尊敬。

为着达到这个目的，她雇了一个人来谋害玛丽娜。她很会挑时候，单挑那个忠实的奶妈利科丽达刚死以后来实行这个奸计。狄奥妮莎跟她派去谋杀的那个人谈话的时候，年轻的玛丽娜正在哭着死去的利科丽达。

狄奥妮莎雇来干这件坏事的里奥宁虽然很凶恶，可是连他也不忍下手去害玛丽娜，所以真可以说玛丽娜赢得了一切人的心，使大家都爱她。里奥宁说："她是个善良的人儿呢。"

"那就更应该让她跟神做伴儿去啦，"玛丽娜的这个毫无心肝的仇人回答说，"看，她来了，哭着她死去的奶妈利科丽达。你下了决心照我吩咐的做吗？"

里奥宁不敢违背她的旨意，就回答说："我已经下了决心啦。"

这样，这么短短一句话就注定了顶可爱的玛丽娜将要夭折。这时候，玛丽娜手里提着一篮子花走来了，她说，她要天天把花撒到好利科丽达的坟上。只要夏天还没过去，她要在上面铺满紫罗兰和金盏花，像锦毯一样。

"咳，"她说，"可怜我这个不幸的姑娘，在风暴里出生的，母亲当时就死了。对我来说，这世界就像个不停歇的暴风雨，它把我从亲人身边刮走了。"

"玛丽娜，"虚伪的狄奥妮莎说，"你怎么一个人在哭呀？我的女儿怎么没陪着你呀？别哭利科丽达了，你把我看作你的奶妈吧。这么伤心对你没什么好处，瞧，你哭得都没从前漂亮了。来，把你的花儿交给我吧，海风会把它们吹坏的。你去跟里奥宁散散步去吧，空气很新鲜，会提起你的精神的。来，里奥宁，搀着她，陪她走走去。"

"不，夫人，"玛丽娜说，"请不要让我占用您的仆人。"原来里奥宁是狄奥妮莎的一个侍从。

"去吧，去吧，"这个狡猾的女人说，她想找个借口好叫里奥宁单独跟玛丽娜在一起，"我很爱你的父亲——太尔亲王，也很爱你。我们天天都盼着你父亲会来。我们将告诉他说，你已经成了个出色的美人儿。要是他来了，发现你悲伤得变了样子，他一定会以为我们没好好照顾你。散散步去吧，像从前那样高兴起来。你那美丽的容貌，曾经叫老老少少看了都失魂，你得好好地保养着才好。”

经她一再催促，玛丽娜说：“好吧，我去，可是我实在不想散步。”

狄奥妮莎一边走开，一边对里奥宁说：“记住我刚才说的话！”这句话真可怕，因为它的意思是要里奥宁不要忘记把玛丽娜弄死。

玛丽娜望着海（她出生的地方）说：“刮的是西风吗？”

“是西南风。”里奥宁回答说。

“我生下来的时候刮的是北风。”她说，心里一下子勾起对狂风暴雨、对她父亲的悲伤和她母亲的死的回忆。她说：“利科丽达告诉我，我父亲一点儿也没有害怕，他只是对水手们嚷着：‘拿出勇气来，好水手！’缆索擦破了他那尊贵的手。他抓紧了桅杆，顶着一阵差点儿把甲板冲成两半的海浪。”

“那是什么时候的事情？”里奥宁说。

“我出生的时候，”玛丽娜回答说，“从来也没有过那么猛烈的风浪。”

然后她形容起风暴、水手的动作、水手长吹的哨子和船主大声地叫喊。“这样一来，”她说，“把船上的骚乱增加了三倍。”

利科丽达时常对玛丽娜讲她那不幸的出生的故事，所以她永远也不能忘记这些事。可是说到这里，里奥宁打断了她的话，要她祈祷。

“你是什么意思？”玛丽娜说。她还不知道是为什么，然而她害怕起来。

“要是你需要一小会儿时间做一次祷告的话，我可以答应你，”里奥宁说，“可是不要啰唆，神的耳朵灵得很，而且我已经起过誓要赶快把事情干完。”

“你要杀我吗？”玛丽娜说，“唉，可是为什么呀？”

“这是夫人的意思。”里奥宁回答说。

“她干吗要害死我呀？”玛丽娜说，“我想来想去，从来没得罪过她。我从来没说过一句坏话，也没虐待过什么活的东西。相信我吧，我从来没打死过一只老鼠或者伤害过一只苍蝇。有一回我没留心踩了一条虫子，我难过得流了泪。我犯了什么过错呢？”

凶手回答说：“派我来为的是杀你，可不是来讲为什么要杀你的道理。”他正要动手杀她，刚好有一伙海盗登了陆。他们看到玛丽娜，就把她虏走了，带到船上去。

虏走玛丽娜的海盗把她带到密提林[①]，当奴隶卖了。玛丽娜的境遇虽然降到那样卑微的地步，由于她长得美，品德又好，她在全密提林城很快就出了名。她替买她当奴隶的那个主子赚了许多钱，使他发了财。她教人音乐、舞蹈和刺绣，学生交的钱她统统给了她的主人夫妇。玛丽娜的才学和勤劳的名声传到了密提林的总督拉西马卡斯（一位年轻的贵族）的耳里，他就亲自到玛丽娜住的地方来看全城交口称赞的这位出色的才女。她的谈吐使拉西马卡斯听了非常欢喜，因为他虽然听到过许多关于这位可钦佩的姑娘的话，他还没料到玛丽娜会像他看到的那样头脑清楚，品德好，心地善良。拉西马卡斯离开她的时候说，希望她要永远那样勤劳，品德永远那样好，还说如果她再听到他的消息，那一定

---

① 希腊的一个岛屿，在爱琴海中，也叫里兹博斯。

是对她有好处的。拉西马卡斯觉得玛丽娜这样贤惠，教养好，品德优良，而又容貌秀丽，仪表不俗，他很想娶她。尽管她目前的地位很低，他却希望有一天会发现她的出身是高贵的。可是每逢人问起玛丽娜的父母，她总不出声地坐在那里掉眼泪。

这时候里奥宁在塔色斯，为了怕狄奥妮莎生气，就告诉她已经把玛丽娜杀死了。于是那个坏女人宣布玛丽娜死了，并且假装替她举行了葬礼，还立了一座堂皇的墓碑。过不多久，配力克里斯由他忠实的大臣赫力堪纳斯陪着，从太尔坐船来到塔色斯，特意来看看他的女儿，打算把她接回家去。玛丽娜还是个娃娃的时候，配力克里斯就把她托付给克利翁和他的妻子了，从那以后，父女再没见过面。这位好亲王一想起要跟死去的王后遗下的这个亲爱的孩子见面，他心里有多么高兴呀！可是当他们告诉他玛丽娜已经死了，并且把替玛丽娜立的墓碑指给他看的时候，这个顶可怜的父亲伤心极了。塔色斯埋葬了亲爱的太莎唯一留下的女儿，也就是埋葬了配力克里斯最后的希望。他不忍看到那地方的景物，就上了船，匆匆忙忙地离开了塔色斯。从登船那天起，他就被一种沉重的忧郁笼罩起来，一直不讲话，对周围的事物好像完全没了感觉。

从塔色斯到太尔的航程中，船要走过玛丽娜住着的密提林。那地方的总督拉西马卡斯从岸上看到这只王家的船，很想知道上面坐的是什么人。为了满足他的好奇心，他就坐了一只平底船靠近那只大船。赫力堪纳斯很有礼貌地接待了他，告诉他这只船是从太尔开来的，现在他们正在把亲王配力克里斯送回那里去。

“大人，这三个月以来亲王跟什么人也没讲过话，”赫力堪纳斯说，“他也不肯吃饭，只吃那么一点点东西，好延长他的忧愁。要从头到尾去讲亲王怎么得的病，那就太啰唆了，他的病主要是因为他失掉了妻子和一个心爱的女儿。”

拉西马卡斯要求见见这位悲伤的亲王。他见到配力克里斯，看出他以前的风采是很好的，就对他说：“亲王殿下万岁，愿神保佑您！欢迎您，亲王殿下！”

拉西马卡斯说了这些话也没用处，配力克里斯并没有回答，看来他甚至没理会有陌生人来到他跟前。后来，拉西马卡斯想到那位举世无双的玛丽娜姑娘，觉得她也许能用温柔的话引动沉默的亲王开口。他得到赫力堪纳斯的同意，就派人去把玛丽娜找来。玛丽娜的生父正坐在船上发愁，她一上船，大家好像早就知道玛丽娜是他们的公主一样，对她表示欢迎。他们嚷着：“好漂亮的一位姑娘。”

拉西马卡斯听到他们夸奖玛丽娜，高兴得很，就说：“像她这么好的姑娘，要是能确实晓得她出身高贵的话，我就一定不再想望别人，能够娶她做妻子就已经觉得万分幸运了。”然后他就把这个看来地位很卑微的姑娘当作他希望中的出身高贵的姑娘，用十分恭敬的口气对她讲话，称她作“美丽的玛丽娜”，告诉她船上有一位尊贵的亲王因为伤心不肯说话。他恳求玛丽娜治一治这位陌生的亲王的忧郁症，就好像玛丽娜有力量赏赐人健康和幸福似的。

“大人，”玛丽娜说，“我愿意尽力给他治病，可是有一样，只许我和我的女仆走近他。”

玛丽娜在密提林曾经很谨慎地隐瞒了她的身世，她不好意思让人知道一个王族出身的人现在沦为奴隶了。可是，对配力克里斯她却首先说出自己命运的变幻无常，说她是从多么高贵的身份落魄到这般田地的。玛丽娜好像晓得她是站在她的父王面前，她说的都是她自己悲惨的身世，可是她所以要这样做，是因为她知道最能引起不幸的人注意的，是听到别人讲跟他们自己所遭受的同样不幸的灾难。她那悦耳的声音惊醒了垂头丧气的亲王，亲王抬起那双已经有好久凝视不动的眼睛，望到长得跟她母亲一模一样的玛丽娜，大吃一惊，他想起了已故的王后的相貌。沉默了多少日子的亲王又说话了。

“我最亲爱的妻子长得就像这位姑娘，”恢复了神志的配力克里斯说，“我的女儿要是活着，长得也一定是这样。她的额头跟王后的一样高，个子也跟她一般高，身段也是那么苗条，嗓子也像银铃一样，眼睛也像宝石。年轻的姑娘，你住在哪儿呀？告诉我你的父母是谁。我好像听你说过你曾经受过委屈，遭过伤害，还说要是咱们都把苦诉出来，你的也不比我的轻呢。”

“我说过这样的话，”玛丽娜回答说，“我认为我所说的话都是在情在理的。”

“把你的身世告诉我吧，”配力克里斯回答说，“如果我能知道你所受的苦有我的千分之一的话，那么你就是像个男子汉那么忍受了苦痛，我倒像个女孩子般经不起折磨。可是看来你的确像凝视着君王坟墓的忍耐女神，对于一切艰难困苦都微微一笑，满不在乎。最善良的姑娘，你叫什么名字呀？请你把身世讲给我听吧。来，坐在我旁边。”

配力克里斯听说她名字叫玛丽娜有多么吃惊呀，他晓得这不是个普通的名字，而是他专门替他的孩子所起的名字，为了表示她生在海上。“啊，这是跟我开玩笑，”他说，“一定是哪位神生了气，派你到这儿来，好叫世人嘲笑我。”

“殿下，请您耐心些，”玛丽娜说，“不然我就不往下说了。”

“说下去，我一定耐心听，”配力克里斯说，“你说你叫玛丽娜，你不知道我听了有多么吃惊。”

“给我起这个名字的人很有些权势，”玛丽娜回答说，“是我父亲给起的，他是位国王。”

“哦，一个国王的女儿！”配力克里斯说，“而且叫玛丽娜！你真的是有血有肉的活人吗？你不是仙人吧？说下去：你在哪儿生的？怎么会叫玛丽娜？”

她回答说：“我叫玛丽娜，因为我是在海上生的。我母亲是个国王的女儿。我的好奶妈利科丽达时常流着泪告诉我说，我刚一生下来她就死啦。我的父王把我留在塔色斯，后来克利翁的那个狠毒的妻子想谋害我。一群海盗跑来救了我，把我带到密提林来。可是殿下，您为什么哭呀？您也许以为我是个冒名顶替的，可是，要是配力克里斯国王还活在世上的话，我的确就是他的女儿。”

这时候配力克里斯好像为了自己的狂喜害怕起来了，又疑心这不会是真的，就大声喊侍从们。听到他们所爱戴的国王的声音，大家也高兴了。配力克里斯对赫力堪纳斯说：“啊，赫力堪纳斯，砍我一刀，砍出伤口来，让我马上感到痛苦，免得这片像汪洋大海一样冲过来的欢喜把我生命的海岸都给冲破了。啊，过来吧，你这生在海上、葬在塔色斯、如今又在海上找到了的人儿。啊，赫力堪纳斯，跪下吧，感谢至善的神！这就是玛丽娜。祝福你，我的孩子！亲爱的赫力堪纳斯，把我的新衣裳拿来。她本来差点儿被那残忍的狄奥妮莎在塔色斯害死，可是她没有死。你们给她下跪，管她叫作你们的公主吧，她就会把全部经过告诉你们的——这是谁呀？”他头一回注意到拉西马卡斯。

“殿下，”赫力堪纳斯说，“这是密提林的总督。他听说您心里发愁，特意来看望您的。”

“殿下，我拥抱您，”配力克里斯说，“把长袍递给我。看到玛丽娜，我的病就好了——上天祝福我这个女儿！可是听呀，这是什么音乐？”这时候他好像听到柔和的音乐，不知道是哪位仁慈的神奏的，还是他自己的快乐使得他有了这样的错觉。

“殿下，我听不见有什么音乐。”赫力堪纳斯回答说。

“听不见？”配力克里斯说，“这是天上的音乐。”

当时并没有听到什么音乐，拉西马卡斯断定亲王一定是由于一阵狂喜，有些神志不清了。他说：“不要去反驳他，他说有音乐，就算有音乐吧。”

然后，他们也说听到了音乐。这时候，配力克里斯说他昏昏沉沉地想睡。拉西马卡斯就劝他在一只躺椅上歇一歇，头底下给他放了一个枕头。过分的欢喜使他筋疲力尽了，他一倒下就睡着了。玛丽娜静悄悄地坐在躺椅旁边，守着睡着了的父亲。

配力克里斯睡觉的时候做了一个梦，这个梦叫他决定到以弗所去。他梦见以弗所的女神狄安娜在他面前显圣，吩咐他到以弗所她的神庙去，在祭台跟前讲一讲他一生的经历和不幸。她凭着她的银弓起誓，说如果照她吩咐的去做，他一定可以碰到了不起的幸运。他醒来以后，不知怎地精神振作起来了。他把梦讲给大家听，并且说他决定照女神吩咐的去做。

拉西马卡斯请配力克里斯上岸去，说密提林这地方也没有什么可以款待他的，可还是请他在这里休息一下。配力克里斯接受了这个殷勤的邀请，答应在他这儿待上一两天。那期间，我们可以充分想象到总督在密提林怎样设宴欢庆，用多么富丽堂皇的表演和娱乐来招待他亲爱的玛丽娜的父王。在玛丽娜处境卑微的时候，拉西马卡斯就那么敬重过她。拉西马卡斯向玛丽娜求婚的时候，配力克里斯一点儿也不反对，因为他知道当他的孩子地位卑微的时候，拉西马卡斯曾那么尊重过她，而且玛丽娜本人对拉西马卡斯的求婚也没什么不愿意。可是配力克里斯提了一个条件：在他答应以前，他们俩得陪他去朝拜以弗所的狄安娜神庙。于是过不久，三个人就一起坐船到神庙去了。女神替他们刮起顺风，不上几个星期他们就平平安安地到了以弗所。

配力克里斯带着他的随从走进庙里的时候，把配力克里斯的妻子太莎救活了的好萨利蒙（这时候他已经很老了）正站在女神的祭台旁边。太莎如今是庙里的一位祭司了，她在祭台前头站着。虽然这些年来配力克里斯因为哀悼死去的妻子，样子变了很多，可是太莎还有点儿认得出她丈夫的模样。他走近祭台刚一说话，太莎就听出他的声音来了。听到他说的话，她真是又惊又喜。

配力克里斯在祭台跟前说的是这些话："万福，狄安娜女神！我奉您公正的旨意，到这里来表明：我就是太尔的亲王，从本国避难出来，在潘塔波里斯跟美丽的太莎结了婚。她因为生小孩，死在海上，可是生下一个叫玛丽娜的姑娘。这个姑娘在塔色斯由狄奥妮莎抚养，到了十四岁上，狄奥妮莎想杀害她，可是福星又把她带到了密提林。我坐船正打那里的海岸经过，这个孩子的好运气又把她送到我的船上。她凭着很好的记性证明了她是我的女儿。"

太莎听了配力克里斯这番话，狂喜得再也忍不住了，就大声嚷着："你是，你是，——啊，尊贵的配力克里斯！"然后她就晕倒了。

"这个女人怎么啦？"配力克里斯说，"她要死了，诸位，救救她呀！"

"先生，"萨利蒙说，"要是您对着狄安娜的祭台说的都是实情，那么这位就是您的夫人。"

"可敬的先生，不对呀，"配力克里斯说，"我是用这双手亲自把她丢到海里去的。”

于是，萨利蒙讲了一遍这个女人怎样在一个刮风暴的清早，被冲到以弗所的海滩上，他怎样打开棺材，看到里面有贵重的珠宝，一张字条，他又怎样幸运地救活了她，把她安顿在狄安娜的这个神庙里。

这时候，太莎从昏迷中苏醒过来了，说：“啊，殿下，你不是配力克里斯吗？你的声音跟他一样，相貌也跟他一样。你刚才不是提到什么风暴，什么生了一个人和死了一个人吗？”

他吃了一惊，说：“这是死了的太莎的声音呀！”

“我就是，”她回答说，“我就是你们认为死了葬在水里的那个太莎。”

“狄安娜真灵啊！”配力克里斯嚷着，心里对神明的力量感到惊奇。

“现在我更认出你来了，”太莎说，“咱们在潘塔波里斯流着泪跟我的父王告别的时候，他送过你一只戒指，就跟你手指上戴的一样。”

“神仙啊，我知足了！”配力克里斯嚷着，“你们现在赐给我的恩典使得我过去受的痛苦都像游戏一样。啊，来吧，太莎，再一次埋葬在我的怀抱里吧！”

玛丽娜说：“我的心跳着要投到我母亲的怀抱里去。”

这时候，配力克里斯就叫她们母女相见，说：“看谁跪在这儿哪！你的骨肉，你在海上生的孩子，她叫玛丽娜，因为她是在海上生的。”

“上天保佑你，我亲生的乖乖。”太莎说，一面狂喜地搂着她的孩子。这时候配力克里斯跪在祭台跟前说：“纯洁的狄安娜，谢谢你给我托的梦。为了这件事，我要每天晚上给你上供。”

然后，配力克里斯得到太莎的同意，当场就庄严地把他们的女儿（贞洁的玛丽娜）许给很值得她爱的拉西马卡斯了。

这样，我们从配力克里斯、他的王后和他的女儿身上看到一个极好的榜样：品德高尚的人受到灾难的打击（这种灾难经过了上天的默许，为的是教给人们忍耐和坚贞），并且在灾难的指引下，战胜意外和变化，终于得到成功。在赫力堪纳斯身上，我们可以看到真实、信义和忠诚的杰出的典范。赫力堪纳斯本来可以继承王位的，然而他宁可把合法的国王请回来，也不肯损害别人而自己当权。从救活了太莎的好萨利蒙身上，我们认识到在知识的指引下去做好事，替人类创造幸福，这样做是接近神的本性。

现在我们还得提一下克利翁的那个凶恶的妻子狄奥妮莎。她也得到了罪有应得的结局。塔色斯的居民知道了她对玛丽娜使的恶毒阴谋以后，就一致起来替他们恩人的女儿报仇，在克利翁的王宫里放火，把他们夫妻和他们一家都烧死了。看来神明对这件事很满意，因为尽管这个卑污可耻的谋杀只是个企图，并没能成为事实，然而这个罪行是严重的，这么惩罚也才算恰当。

萧乾

(1910—1999)

后　　记

李辉

我常说自己是个运气很好的人。70 年代末刚进大学，我遇到贾植芳先生这样好的前辈，在他的引导下开始研究巴金，他的做人与学问深深影响了我。恩师对我后来的学业发展和文化圈子的形成，起到特殊的引路作用。

80 年代初来到北京，很快就认识了萧乾先生。

就读于燕京大学的萧乾，第一篇短篇小说《蚕》，是沈从文先生在《大公报》副刊上发表，他们那时就是很好的朋友。沈从文推荐萧乾接替他编辑《大公报》副刊。萧乾还是记者，也是写特写的高手。萧乾创作的小说《梦之谷》，由巴金的文化生活出版社出版。萧乾 1939 年从香港前往英国，“二战”期间爆发，他成为《大公报》在欧洲的战地记者，一待就是将近七年，他为《大公报》发表许多关于欧战的新闻与特写。

萧乾从小在教会学校念书，很早熟稔英语，成为著名的翻译家。那些年，我经常去看望他，他总是送给我翻译的各种作品，如英国亨利·菲尔丁的《大伟人江奈生·维尔德传》《弃儿汤姆·琼斯的历史》、捷克雅·哈谢克的《好兵帅克》、加拿大里柯克的《里柯克幽默小品选》、挪威易卜生的《培尔·金特》、詹姆斯·乔伊斯的《尤利西斯》（与文洁若合译）等。

将近二十年的时间，萧乾总是多方面指点我，帮助我，令我获益匪浅。他既是我的采访对象，又是我的作者，80年代他的几个重要的系列文章，如《北京城杂忆》《文革杂忆》《欧战杂忆》，都是交给我在《北京晚报》发表的，当时他的这些文章曾产生很大反响。《萧乾传》则是我创作的第一本传记，它改变了我过去进行纯粹学术研究的路数，从此我开始以传记写作为主。他推荐我去写新闻界老前辈刘尊棋的传记，鼓励我去写吴祖光新凤霞夫妇……可以说，萧乾先生影响了我的写作方向的选择。

萧乾经常给我写信。我将萧乾写给我的一百多封信整理出来并予以收录。整理它们，阅读它们，是我重新认识萧乾、理解萧乾的过程，更是我重温往事、感受温暖的过程。这些信，记录了他在将近二十年的时间里对我的关爱和帮助。从传授写作技巧、词语修饰，到推荐写作对象、针砭时弊；从指点行事风格、交际方式，到关心婚姻、评论作品……有批评，有误会，有开导，人生遇到的方方面面，他几乎都写到了。

一次，我寄去一篇文章请他看。他回信说："短文读了，也做了些改动。你很会抓题材，写起来也能抓到要点。文字还可以再考究些。首先语法上要顺，其次句子组织的不宜过松散。我是很在乎标点符号的——学过外文的人，一般这方面较严格。我改了不少你的标点。……"

我曾感到困惑与迷惘，心情极其糟糕，写不出东西。历尽沧桑的萧乾，连续给我写来好几封长信，以他的亲身经历和人生感悟开导我，他不希望我沉沦下去。他在信中说：

但我强烈建议你此时此刻用具体、带强迫性的工作，把自己镇定下来。什么叫修养？平时大家都一样，到一定时候，有人能坚持工作，有人心就散了。人，总应有点历史感，其中包括判定自己在历史中的位置。心猿意马？我认为缰绳不可撒手。在大雾中，尤不可撒手。这几年你真努力，你应肯定自己的努力。要有个“主心柱儿”，不因风吹草动就垮。

能够如此推心置腹，读之岂能不为之感动而奋起？如果说自己这些年没有消沉，没有离开温馨的文化园地，萧乾在关键时刻的敲打，显然起到重要作用。正是在萧乾的教诲下，我在这一年冬天，开始在报社图书馆借出《国闻周报》，用半年多时间，校勘沈从文的《记丁玲女士》，然后采访萧乾、冰心、张兆和、施蛰存、赵家璧、陈明、沈虎雏、姜德明等先生，完成《恩怨沧桑——沈从文与丁玲》一书。也是因为这一写作，才有了随后在《收获》开设“沧桑看云”专栏，乃至后来长达十年之久的《封面中国——美国〈时代〉讲述的故事》的写作。我想，如果没有萧乾、冯亦代、董乐山等几位先生的敦促，我恐怕什么事情也做不好。

19世纪期间，兰姆姐弟酷爱莎士比亚戏剧，为便于读者阅读这些戏剧，姐弟二人特意改写《莎士比亚戏剧故事集》，萧乾将之翻译过来，1956年由中国青年出版社出版。

萧乾在1989年新写的《译者前言》里说得好，兰姆姐弟将《莎士比亚戏剧故事集》予以改编，对自己有一个很高的目标：“要尽量把原作语言的精华，糅合到故事中去。同时，为了保持风格的统一，防止把莎剧庸俗化，他们在全书中尽可能使用十六七世纪的语言。”可以说，这本兰姆改编的故事集，特别适合孩子们阅读。1991年我前去看望他，他签名赠送我们夫妇一本台湾的繁体字版《莎士比亚戏剧故事集》。

序言最后，萧乾写道：

大凡伟大的作品，都有一个共同点，就是能够超越时空，因为具有普遍而永恒的价值。兰姆姐弟这部名著，曾被译成几十种文字，在世界范围内可说是家喻户晓，而且盛誉经久不衰。这首先要归功于莎士比亚的原著；然而兰姆姐弟深入浅出的文字以及对年轻读者心理的掌握，也是此书风行世界的重要原因。这只有热爱年轻人，对年轻人有深入理解的作家才做得到。

（1989 年 5 月）

经萧乾夫人文洁若同意，大象出版社将出版萧乾先生翻译的兰姆姐弟《莎士比亚戏剧故事集》。为出版此书，我特意买下一批百年之前的与莎士比亚戏剧相关的铜板木刻，将之与每个戏剧相配。

一本精美漂亮的图文书，希望更多的读者喜欢。

2018 年 10 月 20 日，生日之际写于看云斋